放蕩貴族の最後の恋人

ロレイン・ヒース

さとう史緒 訳

SCOUNDREL OF MY HEART
by Lorraine Heath
Translation by Shio Sato

mira

SCOUNDREL OF MY HEART

by Lorraine Heath

d by K.K. HarperCollins Japan, 2024

大切な親友ナンシー・ハドックに愛を込めて
砂浜で踊っているところを見つかる喜びを
教えてくれたあなたへ

そしてジェリー・ハドックの思い出に
飛び抜けて体が大きくて優しく、
常にわたしを温かく迎え入れてくれたあなたへ

放蕩貴族の最後の恋人

おもな登場人物

キャサリン（キャット）・ランバート――伯爵令嬢
レディ・アルシア――キャサリンの親友
レディ・ジョスリン――キャサリンの友人
チャドボーン――アルシアの婚約者。伯爵
キングスランド――花嫁募集中の公爵
ローレンス――キングスランドの弟
ペティピース――キングスランドの秘書
グリフィス（グリフ）・スタンウィック――アルシアの兄。公爵の次男
マーカス・スタンウィック――アルシアの兄。公爵の長男

1

一八七三年六月九日　ロンドン

「これこそまたとない機会だと思う。わたしたちの誰かが公爵を捕まえられるかもしれない」

かすれた女の声が聞こえ、グリフィス・スタンウィック卿《きょう》は目覚めた。細目の紙やすりでベルベットの布地をこすったみたいに、焦《じ》らすような優しさのなかにどこか粗っぽさが感じられる声だ。たちまち脚の間がこわばり、低くうめきそうになった。今朝は欲望を満たしていないせいで、欲望の証《あかし》が敏感に反応しているのだろう。だがベッドをともにする相手として、その声の持ち主に特別な興味を抱いているわけではない。

これが人生最高の日だったなら、常に前向きなレディ・キャサリン・ランバートを前にしても、いらだちをかき立てられるだけですんだだろう。でも、いまこの瞬間は違う。彼女の快活さがしゃくにさわってしかたがない。頭蓋骨を何本もの小さなかなづちで叩《たた》かれているみたいに、頭ががんがんと痛いせいだ。おまけに胃がねじれるような気分の悪さも感じている。グリフィスはどうにか思い出そうとした。どうして自分はテラス近くにある生け垣の背後で、泥まみれのままうつ伏せに横たわっているのだろう？　いまそのテラスでは、妹アルシアが親友レディ・キャサリンと朝食を楽しんでいた。キャサリンの両親がイタリア旅行へ出かけたため、この屋敷にやってきてすでに二週間が経《た》とうとしている。

何はともあれ、こんなに具合が悪いのは前夜スコッチを飲みすぎたせいに違いない。まあ、これまで正体を失うほど酩酊《めいてい》したことは一度もないが。翌朝、絶対に目覚めたくない場所で目覚めたことも。いったい昨夜何があったのだろう？　庭先の泥の上よりもシーツの上で目覚めるほうがはるかに心地いいはずなのに。

「でも公爵が求めているのは、絶対にデビュー一年めの若いレディだわ」レディ・ジョスリンの尖《とが》った声が聞こえた。キャサリンと同じく妹アルシアの友人であり、同じくらい腹立たしい存在だ。これほど早い時間なのに、ジョスリンは友だち二人に加わろうとやってきたのだろう。朝食だかなんだか知らないが、この三人が集まると噂話《うわさばなし》に花が咲き、一瞬たりとも沈黙が訪れることがない。こちらにしてみれば、いまほど静寂が恋しいときはないのに。「わたしたち、もうすぐ二十四歳になるんだもの。婚期を過ぎていると思われてもおかしくない。次男の気を引ければもうけものだわ」

「次男はだめ。絶対になし」キャサリンがかたくなに言い張る。「わたしの人生、台無しになるもの」

キャサリンがこんな言い方をするのを耳にしたのは、これが初めてではない。次男と関わり合いになるのは馬糞《ばふん》まみれになるのと同じだ、と言わんばかりの口調だ。まだ頭がぼんやりしたままではあるが、彼女の言葉に心が傷ついた。次男のハートを射止めるのは、女にとってそれほど最悪な事態ではないはずだ。実際この自分も、耐えられないほどひどい口臭の公爵やロバに似た耳障りな笑い声の侯爵、ポリッジみたいにふにゃふにゃした手の伯爵、できものが絶えない子爵たちを知っている。とはいえ、認めざるをえない。この状態を考えると、いまの自分には彼らをとやかく言う資格などないだろう。

そのうえ、家督を相続する者以外の男子を毛嫌いしているのはキャサリンだけではないことも十分承知している。二十七歳になるのに、いまだ真剣に求婚したことがないのはそのせいだった。次男であるがゆえ、世継ぎをもうける必要がないせいもある。それに、自分はこの独身生活を謳歌《おうか》している。責任はないし、ある程度の小遣いは保証されている。酒も賭け事も好きなだけ楽しめるし、貞操観念が低い女たちをとっかえひっかえできるから、毎晩そういう女たちを相手に不道徳な行為を楽しんでいる。ただ夜が明け始めると、とたんに冷めた気分になるのは否めない。朝、冒険好きで大胆な女たちの温かな体の隣で目覚めるのはそう悪いことではないのだが、正直、最近そういう女たちにも飽き始めている。

しかし、こんな場所で目覚めるなんて、昨夜いったいこの身に何が起きたのだろう？

「わたしはキューピッドのおかげで運命の相手に巡り合えた」妹アルシアの声がした。落ち着いた口調だが、どこか嬉《うれ》しそうな声だ。「だから心から信じているの。大切なお友だちであるあなたたちも、今年の社交シーズンが終わるまでには、わたしと同じように幸せな婚約をしているはずだって」

「チャドボーンは正真正銘の幸せ者よね」そう言ったのはレディ・キャサリンだ。「彼があなたに夢中なことは、ロンドンじゅうの誰もが知っているもの。それに彼ならすばらしい旦那様になるはずだわ。彼ったらあなたに首ったけ、もうめろめろよね」

グリフィスには妹の姿が容易に想像できた。チャドボーン伯爵の話に頬を染め、とろけるような笑みを浮かべているだろう。妹のほうも来年一月に結婚する予定の伯爵に首ったけなのだ。

「わたしのように、あなたたち二人もすぐに求婚されることになる。わたしはそう信じてるわ。この予言が当たっているかどうか試すための完璧な機会が、こうして巡ってきているんだもの」

「でもこれって本当に一番いいやり方なの？」ジョスリンが尋ねた。「公爵に手紙を書いて、なぜほかのレディたちよりも自分を選ぶべきなのか、その理由を説明しろだなんて。あまりに新しすぎるやり方に思えるけど」

「キングスランド公爵は多忙な方だもの。広大な領地と増え続ける財産の管理でとても忙しいという話だわ」キャサリンが言う。「次から次へとレディたちとおつき合いして、自分にぴったりだと思える相手を見つけ出す時間の余裕もないんですって。むしろ、わたしはこんな戦略を思いついた公爵は頭がいいと感心しているの」

キングスランド公爵は独身で、英国貴族のなかでも最も望ましい結婚相手として引く手あまただ。ただ彼自身は社交の場を避けていて、ロンドンに滞在するのは貴族院での務めを果たす間のみ。ゲームと名がつくものすべてに負けたことがなく、グリフィスが知る限り、親しくしている友人もいない。何世代にもわたって受け継がれてきた公爵という爵位のおかげで、富、権力、影響力のすべてをほしいままにしている男だ。今回彼が『タイムズ』に出した広告を見てもそのことがよくわかる。キングスランドは貴族仲間に宛てたその広告を通じて、彼らの娘たちに〝自分が将来の公爵夫人としてふさわしいと思う理由〟を手紙に書かせてほしいと訴え、その手紙を読んで妻となる女性を選びたいと宣言した。結果は六月最終日の夕刻に自ら主催する舞踏会で発表し、今年の社交シーズンの残りはその女性とつき合い、もし彼女が手紙どおりの魅力的な女性だと納得できたら、来年の社交シーズンが終わるまでに求婚するつもりだという。

たしかに無駄はないが、グリフィスに言わせれば、そんなのは退屈きわまりないやり方だ。自分なら、まず相手の女が垣間見せる思いがけない魅力や興味深い一面を感じとりたい。そのうえでゆっくりと時間をかけてその女性を誘惑し、少しずつ解き明かしていきたい――自分と似ている点や違う点、それに相手の秘密も含めて。そのすべてがどう相まって一人の女をかたどっているのか探り出すのが好きだ。体を重ねる前に発見することもあれば、ベッドをともにしている最中やそのあとにわかることもある。でもいつも、相手の女全体を形づくっているさまざまな要素を解き明かしていく過程を楽しむことに変わりはない。たとえすべてを理解し、相手に対する興味がなくなっても、発見の旅そのものの醍《だい》醐《ご》味《み》がたまらないのだ。グリフィスにとって、そういう発見を積み重ね、違いを正確に見きわめていくことこそ至上の喜びだった。一度も味わったことがない上物のワインを試すように。

「それが本当にすばらしいやり方かどうか、わたしにはよくわからない」ジョスリンがぽつりと言う。もちろん、すばらしいやり方なわけがない。恐ろしく怠惰なやり方だ。しかも女たちを不当に扱うやり方でもある。一人の生身の女の性質や特徴をリストにまとめさせるなど言語道断。まるで家畜と同じ扱いだ。おまけに、ある特定の男の目に、自分のどんな部分が魅力的に映るかわかるほど自身を知り尽くしている女などいるだろうか？

「でも彼に手紙を書いても害はないと思う。前にひざまずく求婚者たちなんていないふりをしてね」

「そのとおり！　わたしたち、これまで競い合うことで、よりいい部分を引き出し合ってきたんだもの」キャサリンが我が意を得たりとばかりに叫んだ。とたんに両耳と脳に耐えがたい痛みが走り、グリフィスは低いうめきを抑えられなかった。

「いまのはいったい何？」そう口にしたのは妹だ。できることなら体をボールみたいに小さく丸めて隠れるか、屋敷の端の見えない場所まで移動するかしたい。だが少しでも動いたら、頭がさらにがんがん鳴り響くだろう。頭蓋骨を叩かれているような痛みも激しくなるはずだ。ここは静かに横たわり、レディたちが一刻も早く朝食をすませるようひたすら祈るのが一番だ。

そのとき、枯れ葉と小枝を踏みしめて近づいてくる足音が聞こえた。明らかに〝ひたすら祈る〟というのは最善策ではなかったようだ。

「グリフ？　土の上に寝転んでいったい何をしているの？」

グリフィスは目を細めながら――朝の太陽の光というのは、いつもこんなにまぶしいものなのか？――アルシアを見あげた。「正直、自分でもよくわからないんだ。昨日の夜、屋敷まで戻ってきたはいいが、結局入れずにここまでやってきたらしい」不思議なのは、正面玄関の鍵を持っていたのに使わなかったことだ。きっと酔っ払っていて手が言うことをきかず、ベストのポケットから鍵を取り出せなかったのだろう。とはいえ、いまそのポケットを叩いて確かめてみたところ、空っぽだった。どこかへ置き忘れたのだろうか？

「また飲みすぎたのね？」

「何かを祝っていたような記憶はあるんだ」まあ、賭けでつきまくっていた最初の間だけだが……そのあとは祝うどころではなかった。幸運が両手からすり抜けてしまった男はアルコールに慰めを求めるもの。そう相場が決まっている。

「さあ、立ってそこから出てきて」アルシアはきびきびとした口調で命じた。三歳年下の妹ではなく、三歳年上の姉のようだ。

グリフィスはどうにか体を起こして立ちあがると、れんがに背中を押し当て、生け垣の尖った葉っぱに引っかからないよう注意しながら、壁と枝葉の間の狭い空間から抜け出した。

ようやくアルシアの前にたどり着くと、妹は顔をしかめた。「蒸溜所《じょうりゅうじょ》みたいにお酒くさい」

「蒸溜所のにおいなんてどうやって知ったんだ?」アルシアの背後を見ると、純白のリネンがかけられた丸テーブルに二人のレディがちんまりと座っている。彼女たちにとびきり魅力的な笑みを向けようとしたが、うまくいったとは言いがたい。ひどくなるいっぽうの頭痛のせいだが、先ほど耳にした彼女たちの話のせいもある。「レディたち、今朝のご機嫌はいかがかな?」

「たぶん、あなたよりはいいはずよ」キャサリンが言い返した。こんな皮肉っぽい言い方をするのは、この自分に対してだけに違いない。

「さあ」アルシアはティーポットにすばやく手を伸ばした。「紅茶を一杯飲んで。いまあなたが一番必要としているものに思えるから」

いま自分が一番必要としているもののなかに、紅茶は絶対に入っていない。まず必要なのは熱々の風呂だ。我ながら蒸溜所みたいに酒くさいのがよくわかる。しかもチェルート葉巻の工場みたいなにおいも相まっている。髭《ひげ》を剃《そ》り、とびきり濃いブラックコーヒーを飲めば、少しは気分もよくなるはずだ。もしほかのレディたち二人から嫌悪感たっぷりの表情で見つめられていなければ、いま何よりも満たす必要がある欲求――ふかふかのベッドで眠りたい――を満たすべく退散しただろう。でもこの場からすぐには立ち去らず、話の輪に加わって彼女たちをいらだたせれば、ひねくれた喜びを感じられるはずだ。だから椅子を引き、どさりと腰をおろして、妹から手渡されたカップとソーサーを受けとった。

「愛する妹よ、おまえは本当に優しいな」

偽らざる本音だ。アルシアは常に周囲に目を配っている。これほど寛大な魂の持ち主である妹は、自分などにはもったいないとつくづく思う。いれたての紅茶から立ちのぼる湯気を見おろしながら、長い時間をかけてゆっくりと一口飲んでみた。アルシアが砂糖をたっぷり入れてくれていたおかげで、ありがたいことに具合の悪さが和らいだ。目の奥の痛みが消え、少なくとも今日一日どうにか生き延びられそうな気分になってきた。

キャサリンは口を引き結び、非難めいたまなざしでこちらを見ている。だから彼女からはっきりこう言われても驚きはしなかった。「あなたはもっとちゃんとした人のはず」

いや、まさに先ほどキャサリンが言っていたとおりだ。誰も次男など必要としていない――貴族のレディたちも、自分の父親も、母親も。世継ぎである二歳年上の兄でさえ、この自分とはめったに一緒に過ごそうとしない。だが相手がスコッチやカード、女優たちならば、冷たくあしらわれることもない。

「まさかあなたのお兄様がここにいるなんて思いもしなかった」ジョスリンが言う。「さっき、わたしたちが話していたこと、絶対に聞こえていたはずよ」

「すまない、レディたち。聞くつもりはなかったんだが、きみたちの心地いい声が耳から離れなくてね」

その瞬間、キャサリンから睨《ね》めつけられた。声に秘めた皮肉を敏感に感じとったのだろう。

いっぽうでジョスリンは王権《クラウン》を示す儀式用品《ジュエルズ》を手渡されたかのように満面の笑みを浮かべている。相手の言葉に隠された微妙な心情に気づけないらしい。「だったらあなたも喜んでこの話題に加わってくれるはずよね。あの公爵にいい印象を与えて、求婚する価値があると思わせるためにはどうすればいいと思う？」

「あの公爵が何を望んでいるか、どうして彼にわかると思うの？」キャサリンが尋ねた。

グリフィスは片方の口角を持ちあげ、挑発的かつ誘惑的な笑みを浮かべた。「公爵が望んでいるものくらいわかるさ。どんな男も望むものだ。社交界では聖人のごとく、寝室では売春婦のごとく振る舞う女に決まっている」

キャサリンは目をすっと細めた。研ぎすまされた短剣のように見える。彼女をいらだたせるのは簡単だ。自分でも理由はよくわからないのだが、キャサリンをいらいらさせることにいつも大きな喜びを感じてしまう。案の定、彼女はぴしゃりと言い放った。「そんな意見、なんの役にも立たないわ」

「だが紛れもない真実だ」

「わたしたちは高貴な生まれの、しつけのいいレディなのよ。もちろん、殿方とベッドをともにしたことなんてない。だから、シーツのなかで自分にどんなことができるかなんてわかるわけがないでしょう?」グリフィスの脳裏に突然、シーツの中にいるキャサリンの姿が思い浮かんだ。興奮をかき立てられ、本当の悦《よろこ》びとはどういうものか完全に理解した彼女の姿が。たちまち下半身がこわばったため、その想像を振り払った。いったい自分はどうしたんだ?　キャサリンと睦《むつ》み合っている姿を想像するとは。「それに、結婚生活のそういう特別な点に関して旦那様が何を望んでいるかは、旦那様がわたしたちに教えてくれるものよ」

「それはどうしてだ?」グリフィスは尋ねた。心底疑問だった。「なぜ夫にしか発言権がないんだ?　そばかすちゃん、きみだってそういう場面で自分がどうすれば楽しめるか、少しは考えたことがあるはずだ」

「考えたことなんてないわ」怒ったような口調でキャサリンが答える。

「むきになりすぎだよ。〝この婦人は大仰なことばかり言うとわたしは思う〟というシェイクスピアのセリフもあるだろう?」

「ばかなこと言わないで。レディはそんないやらしいことを考えて、自分の心を汚したりしないものよ」

「一度も考えたことがないのに、どうしてそういう考えがきみの心を汚すとわかるんだ?」

「あなたって本当に小難しい人ね」

「いや、僕は、きみが男と女の間にどんなことが起こると想像しているか本当に興味があるんだ。もしもじっくり考えたりしたら、汚れていないその脳みその色が変わってしまうほどどぎつい行為だからね」

キャサリンはいまにも自分の紅茶カップをグリフィスに投げつけそうな形相だ。「ずいぶんと詳しいのね」

その低いかすれ声を聞き、グリフィスはまたしても脚の付け根がこわばるのを感じた。

「ああ。むき出しの肌を愛撫《あいぶ》したり、鎖骨に軽く歯を立てたり、ここをつまんだり、あそこをこすったりする。体の曲線やくぼみやへこみにキスの雨を降らせたりも。そういった行為のどこが汚れているというんだ？」

　キャサリンの唇がゆっくりと開かれ、愛らしいバラ色の頬がみるみるうちに美しい深紅に染まっていくのを目の当たりにして、グリフィスはふと考えた。自分と同じように、彼女もいま想像しているのだろうか？　こちらが手袋を外して指を広げながら、彼女のあらわになった太ももの間に近づけ、秘められた欲望の芯を探ろうとしている様子を。そこに待ち受けているのは、誰からも触れられたことも探られたこともない世界。まさしく天国そのもの――くそっ、いったい僕はどうしたんだ？　誰かとベッドをともにするとしても、キャサリンは最もありえない相手なのに。いま彼女の赤褐色の髪が朝の光を浴びて、炎のようにさまざまな輝きを帯びていたとしても関係ない。悔しいことに、あの燃えるような色の髪に触れたら、やはり指先に熱さを感じるのだろうかなどと考えてしまうとしても。彼女の体から漂うのが甘やかというよりも刺激的なにおいで、常に刺激的な味つけ好みの自分とぴったりでも関係ない。彼女の唇が赤よりもピンクに近い色で、ごくまれに絵を描くとき、そういった淡い微妙な色調を好んでいたとしてもだ。

「ねえ、グリフ、ここにいるメンバーを考えると、わたしにはこれが適切な話題だとは思えない」アルシアがためらいがちに言う。

「だが僕が言いたいのはそこなんだ」グリフィスは祈った。声がしわがれているのは突然口のなかがからからに乾いたせいではなく寝起きのせいだと、目の前にいるレディたちが考えてくれますように。「そんなふうに禁じるべきじゃない。男たちはそういう行為について考えたり、話し合ったり、経験したりするのを許されている。たとえ身を固めていなくてもだ。それなのに、なぜ女性はそうするのを禁じられている？」

その発言を聞き、レディたちははっと息をのんだ。グリフィスはかぶりを振りながら続けた。「たとえ、結婚前の女性にそういう経験が許されなかったとしても」――ただしグリフィス自身はその根強い意見には同意しかねるが――「女性は少なくともそのことについて考えたり、意見を述べたりすべきだと思う。恥ずかしがったり、自分の心が汚れるのではないかと恐れたりすることなくね」

妹からレディ・キャサリンに注意を戻してふたたび尋ねる。「きみは本当に一度もそういう行為について考えたことがないのか？」

「ええ」

「だったら、きみは自分が何を望んでいるのか、どうすれば楽しめるのかをどうやって知るんだ？」

「さっきも言ったように、そういうことは夫となる殿方がわたしに教えてくれるはずよ」

「どんな事柄であれ、きみは自分の意見を持たずにすまそうとする女性には見えない」グリフィスは前かがみになった。「一カ月分の小遣いを賭けてもいい。きみはそのことについて考えたことがあるはずだ。それもかなり徹底的に」

キャサリンは小鼻を膨らませた。心なしか、呼吸がゆっくりになったように見える。だがそんな怒りの表情を見ても、グリフィスの脚の間はこわばるいっぽうだ。いったいいま、彼女はどんな光景を思い浮かべているのだろう？

「グリフ、あなたはいま、わたしたちの招待客を嘘つき呼ばわりしたも同然よ」アルシアがうろたえたように言う。

当然だ。実際にキャサリンは嘘をついているのだから。だが彼女をもう一度嘘つき呼ばわりするつもりはない。キャサリンが抱いている妄想をすべてここで打ち明けさせたいとも思わない。「すまない。昨日の夜さんざん飲んだせいで、僕はまだ誰かと話をする状態じゃないらしい」椅子を引いて立ちあがり、最初に質問してきたジョスリンに注意を向けた。キャサリンを見つめ続けているうちに、頭がくらくらしてきたからだ。どうやら、体じゅうの血液がものすごいいきおいで、本来流れてはいけない部分へ流れたがっているらしい。「公爵の手紙には、きみの目鼻立ちがはっきりしていて完璧なマナーを身につけていること、それに興味のあることやこれまで達成したことを書くといい」

「まあ、閣下《マイ・ロード》、ありがとうございます」

グリフィスはジョスリンに小さな笑みを向けた。「健闘を祈っている」

そう言い残し、大股で屋敷のなかに入った。先ほどまで何より熱々の風呂に入りたかったが、しばし先延ばしする必要がある。レディ・キャサリンは自分の心を汚す考えなどいっさい許さないかもしれないが、いまやグリフィスの心のなかはみだらなイメージでいっぱいだ。この体の下で身もだえするキャサリンの裸体のイメージがどうしても消えない。まずは飛びあがるほど冷たい水風呂に飛び込まなくては。

キャサリンは前室に座り、膝上に書き物机《エスクリトウワー》を置いたまま、心ここにあらずの状態でグリフィス・スタンウィックに悪態をついた。これでもう百回めだ。彼から聞かされた言葉のせいで、ひわいな考えが次から次へと湧き出し、どうしても追い払うことができない。誰かの両手が自分のむき出しの両肩に置かれ、さらに下へ、本来なら触れてはならない場所へとおりていく……。まったく、なんて憎たらしいの！

しかも、不適切な想像なんて一度もしたことがないと言ったら、嘘つきだとほのめかされた。あのろくでなしったら。

もちろん、不適切な想像をしたことはある。でもそれを告白すべきだと言い張った彼の態度がどうにも許せない。高貴な生まれのレディたるもの、みだらな想像などするべきではないし、たとえしていたとしても認めるべきではない。特に、そのふしだらな想像の相手が親友の憎たらしい兄だった場合はなおさらだ。想像のなかで、彼はとてもいやらしいことをこちらにしかけてくる。ドレスの深い襟ぐりの、シルクと素肌の境目にそろそろと指をはわせたり、こちらの手首の内側に唇を押し当てたり。ちなみに、念のために手首の内側にはいつも香水を少しつけるようにしている。まったくもう――またしても彼に悪態をつく。

さらに悪いことに、彼はあのあだ名を口にした。そばかすちゃん。初めて出会った十二歳のときにつけられたいまわしいあだ名だ。なんて嫌な呼び方。茶色い小さなそばかすは悩みの種だった。出かけるときは必ずボンネットをかぶり、顔には〝魔法のような効果〟を謳《うた》ったありとあらゆる種類のクリームを塗ったものだ。そのせいで赤面するとしみのように見えた。しかも、どういうわけかグリフィス・スタンウィック卿が近くにいるときはいつも頬が染まってしまうのだ。

いまは一番の親友レディ・アルシアの屋敷に滞在しているため、グリフ――アルシアが兄を呼ぶ呼び方を自分もこっそりまねしている――とは日中顔を合わせることが多い。日中だけでなく……夜に偶然出会うこともある。

キャサリンは込みあげてくる罪悪感を必死に振り払おうとした。今朝、彼が生け垣近くで目覚めた責任はこの自分にある。前夜なかなか眠れなかったため、本でも読もうと図書室へ向かう途中、玄関広間を通りかかったところで扉が開かれたのに気づいた。続いて千鳥足で入ってきたのはグリフだ。といっても、見えたのは彼の体の一部だけ。戸口の脇柱にぐったりと体をもたせかけ、掛け金から手を離そうとしないまま、ぞっとするほどだらしのない姿だった。装飾用のネクタイ《ネッククロス》はだらんと垂れ下がり、帽子もかぶっておらず、髪は妙な角度に立ちあがっている。数えきれないほどの女たちから指を差し入れられたかのように。きっと本当にそうなのだろう。キャサリンに目をとめると、彼は片方の口角を持ちあげた。「やあ、そばかすちゃん」

こんなみっともない姿のグリフなんて見たくない。まるでおじのジョージのよう。キャサリンの父親の弟であるジョージは大酒飲みで、仕事よりも遊びを好み、定期的に父のもとへ金をせびりにやってくる。どうしても賭け事をやめられないのだ。〝長男であるキャサリンの父親が爵位も領地も相続したのに、次男である自分は何ももらっていない。だから兄は自分に貸しがある〟というのがジョージの言い分だ。ただし、父には財産を残すべき息子が一人もいない。結局のところ、父から次に爵位と領地を受け継ぐのはジョージのはずなのに。祖母――ジョージの母親本人――の話を聞いても、おじに対する意見が変わることはなかった。祖母もこの次男にはほとほと失望していて、家族の集まりにぐでんぐでんに酔っ払ったジョージが姿を現すたびに〝次男と結婚してはだめよ〟と忠告されたものだ。ジョージが気にかけているのは彼自身についてだけ。自分以外の人のことは何も気にしていない。自身の妻も、息子のことも。ちなみに、その息子は万事においてジョージそっくりだ。キャサリンの父親に金をせびりに来ることさえある。そういうとき、きまってジョージの息子はこう言うのだ。〝どうせ最終的にはすべて僕のものになるんだ。いま、少しくらい僕にくれたっていいでしょう?〟

どう考えてもグリフはジョージやその息子と似た者同士のようだ。こちらが気にすることではないのに、どういうわけか彼の振る舞いが気になった。なぜなのか考えてもその理由がわからない。それでも、グリフにはいまよりもっとしゃんとしてほしいと願ってしまう。だから昨夜、またとない機会に遭遇した瞬間、みじめな思いをさせて反省させようと思いつき、足早に彼に近づいた。

「まあ、あなたのお父様がこっちに向かってきているわ。こんな状態のあなたを見せるわけにはいかない。早く屋敷の裏に回って。裏口から入れてあげる」

真っ赤な嘘だった。というか、グリフの父親は屋敷に戻ってさえいなかった。公爵は夜になると屋敷でゆっくり過ごすより外出することのほうが多い。彼に愛人がいるのは公然の秘密だ。妻である公爵夫人よりもその愛人と好んで過ごしている、というもっぱらの噂だった。

だが酩酊したグリフは、キャサリンが嘘をついているのではないかと疑いもせずに、入ってきたばかりの扉から慌てて出ていった。だからキャサリンは鍵穴に残っていた彼の鍵を抜きとってポケットにしまい、扉を閉めて鍵をかけた。それから小走りで使用人用の出入り口に向かうと、そちらの扉も鍵がかかっているのを確認した。グリフが頭がおかしくなったかのように扉を叩き続けている音を聞いて、思わずにんまりとする。

そのとき、扉の向こう側で彼が大声で叫ぶのが聞こえた。「そばかすちゃん！　頼むよ、そばかすちゃん、扉を開けるんだ。いい子にしてくれよ」

いい子になんてなりたくない。いま望んでいるのは、グリフにあのくだらないあだ名を叫ぶのをやめさせること。それにグリフに、家族の頭痛の種となっている男二人とは違う道を歩んでもらうことだ。

とうとう静寂が訪れた。勇気を振り絞って扉を開けて頭を突き出してみたところ、グリフの姿はどこにも見当たらない。一瞬パニックに襲われたが、すぐにひわいな歌を歌う調子はずれの声が聞こえてきた。暗闇のなか、庭園をふらふらとさまようグリフのシルエットを見つめていたところ、とうとうその姿が生け垣の背後に消えた。しばらく静かだったが、やがていびきが聞こえてきたため、彼には寝心地の悪い土のベッドがふさわしいと考え、そのままにしたのだ。

いまになって、すべてをひどく後悔している。今日の午後、グリフにあることを頼もうと心を決めたから。でも、彼と二人きりになってその話題を切り出すのはほぼ不可能に近い。いまこうして一人だけ前室にいるのはそのせいだった。アルシアと彼女の母親の公爵夫人は、夫人お気に入りの応接間で夕食後の紅茶を楽しんでいるというのに。

これまでこの一家とはたびたび食事をしてきたが、今夜初めて気づいたことがある。テーブルの上座に座る公爵が、右側に座る長男マーカスにしか話しかけず、左側に座る次男グリフには一度も話しかけようとしなかったのだ。

キャサリンはグリフの隣に座っていたにもかかわらず、今夜テーブルに着いていたのは六人だけ――公爵の向かい側に公爵夫人が、キャサリンの前にはアルシアが着席しているだけ――だったせいで、グリフと個人的に話すことができなかった。夕食の席に座ったグリフを見て、今朝の情けない姿を想像できる者は誰もいなかっただろう。全身から漂っていたのは、整髪料《ベイラム》と彼独特のにおい――木の葉色づく秋に漂う大地のにおい――があいまった退廃的な香りだ。髪型も、指先一本すら差し入れられていないかのように完璧に整えられていた。でも彼は無視されるのに慣れているかのごとく、常に目の前にある自分の皿とワイングラスのどちらかだけに集中している様子だった。

公爵は、アルシアには何度か質問をした。キャサリンにも、彼女の両親がイタリアに到着して以来、何か連絡はあったかと尋ねてきた。元気にしていると便りがあったと答えたところ、公爵は自分が最後にローマへ旅行したときの思い出話を始めた。彼は他人の話を聞くよりも、自分が話すほうが好きみたいだ。

両親は明日の午後ロンドンにある屋敷に戻ってくるため、キャサリンは明日の午前中に実家に戻ることになっている。とはいえ、もはや両親との夕食を楽しめるとは思えない。二人は夫婦の愛情をふたたび燃えあがらせようとしている最中で、お互い以外はほとんど誰も眼中に入れようとしない。だからイタリア旅行も二人で出かけている。どちらもとにかく不器用で、自分の感情をうまく表現できるたちではないのだ。でもキャサリンは大好きな祖母の愛情をたっぷり受けて育ってきた。一番心に残っているのは、祖母と一緒に、海辺にある彼女の小別荘で過ごした日々の記憶だ。ふと思う。グリフは心の慰めを見いだせるような場所があったのだろうか？

　こうして彼を思いやれても自分を褒めたいとは思えないけれど。むしろ彼を利用したいと考えていることに、罪悪感でいっぱいになる。でも望むものを手に入れるために、人はやるべきことをやらなければならない。

　グリフは今夜もまた外出するだろう。この屋敷にやってきて以来、彼は毎晩外出している。それゆえこうして前室に座って書き物机を前にしながら、自分の一番いい点を書き出しているのだ。というか、書き出そうとしている。これまでのところ、書き記したのは〝トランプ遊びのホイストがじょうず〟という一行だけ。レディ・ジョスリンは苦労などしていないだろう。自分の長所を並べ立てるなんて思いあがった振る舞いに思えるけれど、ジョスリンなら嬉々《きき》としてこの難しい課題に挑戦しているはずだ。もしかすると少し大きめの画用紙《フールスキャップ》を何枚も使ってずらりと書き連ねているかもしれない。わたしのほうは、ジョスリンのような自信を持ち合わせていない。いつも控えめなアルシアに親近感を覚える理由の一つはそこにある。

　でも、どうしてもあの公爵の注目を引きつけなければならない。キャサリンには多額の花嫁持参金があり、そのなかには愛する祖母が晩年暮らして息を引きとった、あの思い出の小別荘も含まれている。信託財産に入れられているため、ゆくゆくはキャサリン自身が寡婦用住宅として使用できるのだ。持参金の残りは結婚した夫のものになるが、キャサリンが気にしているのは大切な小別荘だけだ。ただし、小別荘を自分のものにするためには、必ず貴族と結婚する必要がある。一族の財産は最終的に浪費家のおじと、さらにはその息子が相続するはずだが、キャサリンの祖母は彼ら二人をはなから信頼しておらず、自分の大切な孫娘の面倒をきちんと見るはずがないと考えた。キャサリンにふさわしい人生を与えてくれるのは爵位を持つ男性しかいない、だから結婚相手は貴族に限ると固く信じていたのだ。ところが社交界デビューを果たした年から一年が過ぎるごとに、そういった相手に出会って、何より大切な小別荘を自分のものにする見込みは確実に薄れつつある。

キングスランド公爵なら完璧だ。彼には一度会ったことがあり、その高飛車な振る舞いに辟易《へきえき》させられたが、傲慢さは公爵の多くに共通する特徴だ。結局のところ、彼らは公爵なのだから。結婚したら従順な妻になるつもりだ。世継ぎと次男を一人ずつもうけ、夫から飽きられたら、あの小別荘に慰めを見いだせばいい。小別荘と、祖母から愛情をたっぷり与えられた思い出さえあれば、この先人生でどんなことがあっても乗り越えられる。

大理石の階段から重々しい足音が聞こえた。公爵と長男マーカスはすでに外出している。ということは、あれはグリフの足音に違いない。キャサリンは机を脇に押しやると立ちあがり、ドレスのスカートをひるがえしながら足早に戸口へ向かった。

　グリフは仕立てのいい、濃い青色の上着に銀色のベストを合わせていた。夕飯のときと同じいでたちだが、いまはビーバー帽を手にしている。その姿が見えたとたん、心臓がとくんと跳ねた。いつもそうだ。彼の姿がちらりと見えるとこうなる。でも、それは常に意見が合わないせいで、彼と出会った瞬間に身構えてしまうから。ただそれだけだ。ここ数年で、彼がとびきりハンサムな男性に成長したこととはなんの関係もない。

　グリフはこちらに気づかず、すでに正面玄関へたどり着こうとしている。せっかくの機会を逃しそうになり、キャサリンは慌てて真鍮の鍵を掲げた。「閣下《マイ・ロード》、あなたの鍵らしきものを見つけたの」

　立ち止まったグリフから全身に視線をはわされ、とっさに思う。緑色のドレスを着ていてよかった。このドレスなら、赤面してもそんなに赤くは見えないはずだ。

　グリフが近づいてくる。瞳の色がはっきり見えるくらいの近さだ。どうして突然コルセットがきつくなったように感じられるのだろう？　グリフの美しい瞳を見ると、うっとりせずにはいられない。深い青色のなかに、灰色の筋が散らばっている。

「それをどこで見つけたんだ？」

「正面の車回しよ。今日の午後、散歩しているときに落ちているのを見つけたの」

「おかしいな」

　まだ手袋をはめていないままにもかかわらず、グリフは手を伸ばしてきて鍵を受けとった。指先が触れ合ったとき、指先から腕へ奇妙な熱っぽさが伝わった。いや、腕だけではない――体全体に。

「庭園にきみたちを残して立ち去ったあと、僕も車回しを探したがそのときはなかった」

どうしよう、このままだと嘘がばれてしまう。「今朝のあなたは最高の体調とは言えなかったはず。きっと目の調子もよくなかったのよ」

グリフは視線を合わせてきた。「体の調子がいいときの僕を知っているのか、レディ・キャサリン？」

二人だけの秘密を共有するかのように、低くゆったりとした口調。いつものように言い返してやりたいのは山々だけれど、いまは、これまで気づかなかったグリフの体の変化が気になってしかたない。いつから肩幅がこんなに広くなったの？　いつから、あつらえの服をこれほど見事に着こなせるようになったのだろう？　全身は引き締まり、しっかりした筋肉がついている。何か運動を定期的にやっているのだろうか？　自分の親友の兄だというのに、実際のところ、グリフについてはほとんど何も知らない。

落ち着かない気分のまま、彼の質問は無視した。「これから賭博場か紳士クラブへ行くのね」

「次男として、それ以外僕に何ができるというんだ？」

キャサリンは彼の声ににじむ皮肉っぽい調子を聞き逃さなかった。間違いない。彼は今朝盗み聞きした会話に腹を立てているのだろう。別に次男全員に反感を抱いているわけではなく、対象はおじゃいとこのように堕落した次男だけだが、残念ながらグリフもその範《はん》疇《ちゅう》に当てはまる。「軍に入隊するとか、牧師になるとか、議会の一員になるとか」

「そういう仕事をしている僕の姿など、きみだって想像できないはずだ」

「あなたは一生、有閑紳士として過ごすつもりなの？」なぜこんなことを尋ねているのだろう？　どうして彼との会話を引き伸ばそうとしているの？

そのときグリフの瞳に何か――ほとんど憧れのようなもの――がきらめいたが、すぐに消えてしまった。「むしろ悪党として過ごしたいものだ。とにかく鍵をありがとう」彼はウィンクをすると、ベストのポケットに鍵をしまい、体の向きを変えて立ち去ろうとした。

「あなたは懐中時計も時計鎖《フォブ》も持っていないのね」

グリフがふたたびこちらに注意を戻した。自分でも不思議だ。どうしていま初めて、彼がそういう装飾品を持っていないことに気づいたの？　しかも、わざわざこうして尋ねたのはなぜ？　どうして突然彼について知りたくてたまらなくなったのだろう？

「ああ。マーカスが成年に達したとき、父上は自分の父親から受け継いだ懐中時計を与えた。僕が成年に達したら、父上は僕用の懐中時計を買ってくれるかもしれないと考えていたが、成年してもう六年経つ。そろそろ自分で買うことを考えるべきなんだろうな」

「あなたが成年に達したとき、お父様は何を与えてくれたの？」

「何もくれなかったはずだ」

グリフはその言葉をさりげなく口にした。そのことについて何も感じていないかのように。でもがっかりしなかったはずがない。「それは……本当に残念だったわね」

いまや彼の灰色がかったブルーの瞳には、はっきりとした感情が表れている。怒り、困惑、いらだちだ。「きみにあわれんでもらう必要はない。もしよければそろそろ失礼する。幸運の女神《レディ・ラック》やほかのレディたちが僕を待ってくれているからね」

ふたたびグリフは立ち去ろうとした。

「今夜あなたがキングスランド公爵と偶然会うようなことはないかしら?」

今回向き直った彼の瞳はすっと細められ、顎には力がこもっていた。「可能性はある。僕らがひんぱんに訪れているのは同じ紳士クラブだから」

キャサリンは唇を舌で湿らせると、体の前で両手を折り重ね、彼のほうへ一歩進み出た。「彼が妻にどんな点を求めているのか、わたしのために尋ねてみてくれない?」

グリフはすばやく首を振った。「あの公爵はとんでもなく傲慢だ。自分以外の人間を思いやる能力に欠けている。彼と結婚したらきみはみじめな思いをするだろう」

あたかもわたしがみじめな思いをしないか気にかけているみたいな言い方だ。実際の話、グリフはそうなればいいと心ひそかに思っているのではないだろうか?「お願いよ。わたしにはわたしなりの理由があって、どうしても彼から求婚されたいの」

「レディ・ジョスリンに勝ちたいから？」

キャサリンは弱々しい笑みを浮かべた。「それもある。でももっと個人的な理由があるの」

「その答えを知って、きみは手紙に嘘を並べ立てるつもりなのか？　それとも自分を変えてまで彼が望む女性になるつもりか？」

「彼への手紙に嘘を書くつもりはないわ。でも、彼が妻に望む特徴をもしわたしが持っていたら、その特徴を強調して書くことはできる」

グリフは深いため息をついた。「彼に会えたら尋ねてみよう。だが、きみのそんな愚かな企《たくら》みを手助けするために骨を折らされるのはごめんだ。せっかくの夜を台無しにするつもりもない」

「ありがとう、閣下《マイ・ロード》。あなたの寛大な心に感謝するわ」

「どんなことがあろうと、きみが僕に感謝するなんてありえないが」

キャサリンはいたずらっぽい笑みを浮かべた。「それもそうね。彼から聞いた答えを思い出せなくなるほど、今夜あなたが飲みすぎないことを願うわ」

「どうして僕が何かを忘れるほど飲みすぎると思うんだ？」

グリフは今朝、自分があんな場所で目覚めることになった経緯をまったく覚えていないのだろうか？　「今朝、生け垣の背後から、どうしてここにたどり着いたか何も思い出せないとアルシアに話しているのが聞こえたから」

「なるほど。だが記憶は一時的になくなったにすぎない。時間が経てばすべてを思い出すはずだ」

もし彼から冷水がたっぷり入った浴槽に突き落とされても、これほど全身に寒気を感じることはなかっただろう。いまはひたすら祈るような気分。どうかグリフの考えが間違っていますように。

「それじゃおやすみ、そばかすちゃん」彼は帽子をかぶると、扉のほうへ向かい始めた。

なんて憎たらしいの。「ねえ、気づかない？　わたしにはもうそばかすなんてない」

グリフは扉を開けて一歩外へ踏み出したところだったが、振り返ってにやりとした。レディをその場で失神させるような、悪《わる》っぽくて魅力的な笑みだ。「でもどこにあったか、僕はいまでもはっきりと思い出せるんだ」

そう言い残し、彼は出ていった。

一人残されたキャサリンは後悔せずにはいられなかった。グリフに鍵をあっさり返したことも、あんなお願いをしたことも……それに彼との言葉のやりとりを楽しみすぎていたことも。

がたがたと音をたてながら通りを進む馬車のなか、グリフはベストのポケットに手を入れ、先ほどキャサリンから渡された鍵を取り出した。あのとき感じた彼女の指の温《ぬく》もりが、まだほんのり残っているような気がする。今朝この自分が見つけられなかったとしても、キャサリンが遅い時間に散歩に出かけ、午後の太陽に照らし出されていたこの鍵を見つけたというのはありえる話だ。いっぽうで、彼女が本当のことを話さずに何か隠しているのもまたありえる話。

2

脳裏にちらつくのは、夜用ガウンを羽織って戸口に立つキャサリンの姿だ。この自分を屋敷の裏側に追いやり、結局生け垣で目覚めさせた責任は彼女にあるのだろうか？　あの小生意気な女ならやりかねない。

もはやキャサリンにそばかすがないことには気づいていた。というか、彼女に関することならどんなことにも気づいている。いつもそうだ。そしていつだって、その事実に激しくいらだってしまう。彼女の赤い髪は暗い場所だとほとんど茶色に見えるのだが、陽光を浴びるとまぶしさを競うかのように輝き始める。それに鼻先はキスを求めているかのように少しだけ上向いているし、赤褐色の眉は心配事があると思いきりひそめられる。キャサリンの唇が持ちあげられ、笑みを形づくる様子は、見ているだけで引き込まれる。しかも彼女の口の形ときたら。男にとってまさに完璧、安息の地となるために作られたかのようだ。これまで幾度も彼女の唇の夢を見たせいで脚の間がこわばり、目覚めたものだ。

いつもキャサリンを悩ませ、あの唇を引き結ばせるのはそのせいもある。真一文字に結ばれていても彼女の唇は実に蠱惑的《こわくてき》だが、キャサリンを困らせれば、少なくとも距離を保っていられる。自分が男としてキャサリンの好みではないことも、彼女にふさわしいタイプではないことも百も承知だ。しょせんは長男の予備。万が一のときのための二番手であるうえ、必要とされる場合が来ないことを願われる存在だ。いっぽうで、キャサリンはより権威ある貴族と結ばれるよう運命づけられている——すなわち公爵と。

だがそもそも、彼女は僕に助けを求める必要などあったのだろうか？　あのいまいましいキングスランド公爵の注目を引く手助けを？

馬車が停《と》まると、従者が現れる前に自分から飛びおり、御者に声をかけた。「ありがとう、ジェームズ。用がすんだら自分で帰ることにする」このあと、お気に入りの紳士クラブに立ち寄ってから帰るつもりだ。

「かしこまりました、閣下《マイ・ロード》」

馬車が丸石の道を走り去ると、グリフは街灯柱にもたれ、通りの向かい側にある三階建てのれんが造りの建物を見つめた。灯《あか》りは一つもともされていない。完全に閉ざされ、打ち捨てられ、放置されている。こんな裏寂しい建物に親近感を覚えるなんてばかげているが、どうしても手に入れたい。その気持ちが強すぎて、愚かしい決断をすることもある。一刻も早く手に入れたいと焦るあまり、無謀な賭けをしてしまうのだ。この建物は売りに出されているが、まだ買いとれるほどの資金は貯《た》められていない。

だがここをどうしたいかという計画ならすでにある。この建物にかつての威光を取り戻させ、爵位を受け継ぐ長男たちは入店できないクラブにしたい。出入りが許されるのは次男や彼らよりもあとに生まれた弟たち、それに、金持ちであるのに英国貴族には歓迎されない若い男たちだ。壁の花や婚期を過ぎた独身女性、家族の醜聞のせいで無視されている若いレディたちも歓迎しよう。つまりは、英国社交界のはみ出し者たち――あるいは本来なら社交界の一員であるべき者たち――のための場所にしたい。彼らが訪ねてきて出会い、食事や酒を楽しみ、禁断の悦《よろこ》びにふけるような場所に。だがそのためにはまず、そういったすべてを実現させるための資金力をつけなくてはならない。

グリフはきびきびとした足取りで歩き始めた。大股で向かっているのは〈ドジャーズ・ドローイング・ルーム〉だ。ポケットに入っている賭け金は二十五ポンド。今月の小遣いの残りすべてだ。もし全額失えば、今月の賭けは終わりということになる。誰かに金を借りたことも、ツケ払いをしたことも一度もない。誰もが簡単に〝めくったカードの強さしだいで、あるいは回されたルーレットの出目しだいで借金などすぐに返せる〟と信じ込み、罠《わな》にはまってしまう。だから手持ちの金だけで勝負をして勝つか、負けるかのどちらかにとどめている。昨夜の賭けのテーブルでは二百ポンド勝ったあとすぐに、そのすべてを失った。欲が出て一度きりのルーレットに全額を賭けたせいだ。さらに愚かしいことに、落ち込んだ気分を和らげようとして酒をしこたま飲んだ。そのせいで今朝はひどい一日の始まりとなったが、もはや過ぎたこと。そろそろ気分も新たにやり直すべきときだ。今夜こそ勝たなければならない。

グリフはフォーカード・ブラグが好きではない。それでもそのテーブルに着いたのは、フォーカード・ブラグがあのいまいましいキングスランド公爵お気に入りのゲームだからだ。最初は別の場所で勝って手持ちの金を増やすつもりでいたが、クラブに入ってすぐに公爵の姿が見えた。彼が座るテーブルの席が一人分だけ空いているのに気づき、不愉快な仕事はさっさと終わらせようと考えたのだった。

まったく、迷惑にもほどがある。レディ・キャサリンにはそれなりの見返りを求めるべきだろう。こんな思いをさせられているのだから、お返しとして何を要求するか考えておかなければ。

最初に出す賭け金《アンテイ》が告げられると、賭けたチップを入れておくところ《ポット》目がけてチップが投げられ、手札が配られた。グリフは自分のカードを確認し、手元に置いておきたくない一枚を捨てると、咳払《せきばら》いをした。「ところで閣下《ユア・グレイス》」――テーブルに着いている公爵はキングスランドしかいないため、わざわざ名前まで呼ぶ必要はない――「『タイムズ』に掲載された広告を見た。きみはいったい妻にどんなことを求めているんだ?」

「黙るんだ」

そっけなくはねつけるような返事を聞き、グリフは心を決めた。キングスランドから有り金すべてを奪うまで、ひとまずゲームに集中するとしよう。自分は振る舞い方を注意されるような子どもではない。〝大人の話に加わっても口は開くな〟などと言われる筋合いはないのだ。ゲームで負かされたら、公爵は鼻持ちならない態度を取ったのを後悔することになるだろう。

キングスランドはカードを一枚捨てると、グリフに注意を戻し、鋭い一瞥《いちべつ》を投げかけてきた。相手を萎縮させるようなその目つきは、生まれたときから教え込まれてきたものだろう。だがそんな一瞥にたじろぐグリフではない。何しろ、これまで父親から同じような一瞥を数えきれないほど投げかけられてきたのだ。

「僕が妻に求めるのは静かにしていることだ。こちらが重要な事柄を集中して考えているときに邪魔してほしくない。ほとんどしゃべらないが、口を開く必要があるときを心得ている相手が望ましい」

「女がどういうものか、きみもよく知っているだろう?」グリフの言葉を聞くと、テーブルを囲んでいるほかの四人の紳士全員が含み笑いをした。

「ああ、僕は女がどういうものか、よく知っている」

「だったら、女にしゃべるなと言うのは、太陽に輝くなと言うのと同じだとわかっているはずだ。そのうえ会話を楽しめる相手なら、なぜ黙らせる必要がある?」

「まるで相手の一言一句に耳を傾けなければいけないような言い方だな」子爵が口を挟んでにやりとした。「僕は女の柔らかな声を聞いているだけでいい」

　そこで公爵はぴしゃりと叩《たた》くような厳しい一瞥を子爵に向けた。

「沈黙は金だ」気の毒な子爵はつっかえながら言い直した。「僕も沈黙は好きだよ」

「きみはそれを身をもって示すべきだろう」キングスランドがなめらかな声で応じる。

「ええ、閣下《ユア・グレイス》」子爵はそう答えると口を閉ざし、突然自分のカードに熱心に見つめ始めた。注意して見つめていないと、カードがどこかに飛んでいってしまうかのように。

　公爵は子爵からグリフに注意を戻した。「きみはウルフォード公爵の次男だな?」

「ああ」

「たしか妹が一人いたはずだ」

「そうだ」

「彼女は僕に手紙を送るつもりなのか？」

グリフは冷笑を浮かべた。妹アルシアはわざわざ手紙を書いて公爵の注目と好意を引きつける必要などない。なんと幸いなことか――暗にそう伝えるあざけりの笑みだ。「まさか。妹はチャドボーン伯爵から注目されている」

「ああ、そうだったな。『タイムズ』で二人の婚約記事を目にした。だったら、なぜきみは僕が妻にどんな資質を求めているか気にしているんだ？」

「単なる好奇心にすぎない。今回きみは斬新な求婚方法をとった。なぜ従来のやり方は気に入らなかったのだろうと不思議に思ったんだ。そして、きみは珍しい性格の妻を探そうとしているのかもしれないのではないかと考えた」

「通常の求婚方法は長くて退屈だし、時間の無駄だと考えたんだ。なぜ舞踏室で何時間も我慢しながら、次から次へとレディたちを紹介されてダンスする必要がある？　次に投資すべき事業について考える場合のように、おのおのの特徴は読めば十分なはずだ。そうだろう？　よりすばやく、より合理的で、より効果的なやり方だ」

「きみは妻を投資先と同じようなものだと考えているのか？」

「もちろんだ。きみだって女がどういうものか、よく知っているだろう？　とかく女は金がかかる。最終的には利益が得られないかもしれない相手に対して、求婚するためだけに一銭たりとも金は使いたくない。さあ、きみはどうする？　賭《ベット》けるかゲームからおりる《フォールド》か？」

グリフは自分のチップをチップの山に向けて放り投げ、プレイを続行する意思を示した。結局のところ、彼はそのゲームで勝ち、そのあとも勝ち続け、昨夜失った二百ポンドを取り戻した。レディ・キャサリンのおかげだとは思いたくない。だが最初にルーレットをやらずカード・テーブルに着いたことで、間接的に彼女に助けられたことになる。今夜こうしてゲームで勝って、金を手に入れられたのだから。

3

キャサリンは眠れずにいた。やはりグリフにあんなことを頼むべきではなかったのだ。彼があんなふうにあっさり引き受けたのは、責任を果たすかどうかにかかわらず、あとでわたしを手ひどくからかうつもりだからだろう。しかも、こちらが求める情報を手に入れた場合、その代償を払うよう求めてくるに違いない。とはいえ、望みのものを手に入れるためなら、その対価を支払う価値はあるはずだ。

なぜ祖母はわたしにあの小別荘をすんなりと与えてくれなかったのだろう？　どうしてあんなばかげた条件をつけたの？　あの村に滞在したとき、わたしがほかの子どもたちと楽しく遊んでいたせい？　それを見て祖母は、孫娘があの小別荘に引っ越してきて、村の鍛冶屋かパン職人の息子と結婚するのではないかと心配したのかもしれない。

ああ、なぜうちの家族は社交界における立場にあんなにこだわるのだろう？　社交界で高い地位を保ち続けたことで、これまで家族の誰かが幸せになったと言えるだろうか？

そして、もしおじやいとこが生活の面倒を見てくれなかったとしても、わたし自身で自分の面倒を見ることは本当にできないのだろうか？　たとえば乳母や家庭教師、もしくは老婦人の話し相手として働くことだってできるはずだ。長年憧れ続けた自由を手にできるかもしれないと思うと、仕事をするのも嫌だとは思わない。貴族の間で、どうして結婚はそんなに大切なものだと信じられているのだろう？　女性だって〝殿方のベッドの相手をし、子どもを産んで、美しくあること〟以上の何かを求められるべきでは？

扉を軽く叩《たた》く音がして、現実に引き戻された。もう午前二時に近い。アルシアが社交シーズンや社交界について噂話《うわさばなし》をするためにやってくるには少し遅すぎる。とはいえ、グリフが退廃的な一夜を過ごして戻ってくるには早すぎる。もしかして誰かが両親からの伝言を伝えに来たのだろうか？　二人の身に何かがあったの？

キャサリンは上掛けをはねのけてベッドからはい出た。寝室の扉に駆け寄り、開けたとたん、心臓が一瞬止まったような気がした。扉の向こう側にいたのはグリフだったのだ。ネッククロスは外しているが、昨夜ほどだらしない格好ではない。それにぞっとするほど酒くさくもない。実際の話、彼の全身から漂っているのはとても好ましいにおいだ。わずかにスコッチの香りはするが不快になるほどではない。これほどくつろいだグリフの姿を見たのはいつ以来だろう？　よく思い出せない。わずかに笑みを浮かべ、瞳を輝かせている。

「きみが必要としている情報を得た」グリフが言う。ろれつが回っていなかった昨夜とは違い、はっきりとしたしゃべり方だ。不明瞭な発音のせいで聞きとれない言葉も一つもない。むしろ彼は幸せそうな、しかも勝ち誇ったような話し方をしている。でも、どういった経緯で彼がそんな気分になったのかは知りたくなかった。

「公爵とは話せた？」

彼がドアの脇柱に片方の肩をもたせかける。「ああ」

「彼はなんて？」

グリフは片方の口角をさらに持ちあげた。「彼の好みを教える見返りとして、きみは僕に何をくれるつもりだ？」

まさに読みどおりだ。どうしてグリフはこの件に関して予想を裏切る反応をしてくれなかったのだろう？　というか、なぜわたしは彼のこういう反応を予想できたの？「どうしてそんなことを言うの? ただ答えを教えてくれればいいのに」

「かなり骨を折らされたからな」グリフは頭を少しだけ傾けると、金色の片眉をつりあげた。「そうなるのはごめんだと言ったはずだ」

キャサリンは大きなため息をついた。「いったい何がほしいの？」

グリフはキャサリンの背後に手を伸ばすと、三つ編みにした髪を手に取り、彼に近いほうの肩にのせてきた。「この髪をほどいてほしい。ラプンツェルのように」

キャサリンは目をぱちくりして彼を見つめた。「そうすれば、ぞっとするような髪だとからかうことができるから？」

「ぞっとするような髪だって？」

「だって、変わった赤色だし、色合いもきれいじゃない。うねって手に負えない巻き毛がたくさんあるし」

「その色がいいんじゃないか。僕はいつもそう思っている。輝くように明るい赤だ。くすんだ赤でもなければ、ありふれた赤でもない。いつも思っていた――」グリフは突然口をつぐみ、頭を小さく振った。「――ほどいたらどんなふうに見えるんだろうと」

「あなたでも……わたしをいいなと思うことがあるの？」

「いいや、ちょっと気になっただけだ」

彼のかたくなな口調を聞き、キャサリンは心を決めた。三つ編みの先を持ちあげ、しっかりと結ばれたリボンに手をかける。

「僕がほどく」

キャサリンが見つめるなか、グリフは器用な手つきでリボンの端を引っ張り、先ほど侍女が結わえた結び目をほどき始めた。時間をかけて、もどかしいほどゆっくりとサテンのリボンをほどいていく。やがて完全にほどき終わると、三つ編みはそのままにしてリボンだけを毛先から外し、ベストの小さなポケットのなかへ入れた。

「あとは続けて」グリフの声は低くて優しい。ほとんど官能的なほどに。

キャサリンは不思議だった。なぜグリフは自分で三つ編みをほどこうとしないのだろう？　そして、どうしてわたしは彼にそうしてほしいと望んでいるの？　グリフから熱っぽく見つめられているせいで息苦しさを覚えながらも、どうにか三つ編みをほどき始める。

「そんなに早くほどかないで」彼がささやいた。

「あなたがそんなに忍耐強い人だったとは知らなかったわ」

グリフは目をあげて一瞬だけ視線を合わせると、ふたたびキャサリンの手に注意を戻した。「必要があるときだけだ」

「女性に関しては？」

グリフはにやりとした。悪魔のように魅力的な笑み。「もちろん、いくらでも辛抱できる」

キャサリンは指の動きをゆっくりにした。グリフと同じように自分自身もまたこの瞬間を楽しんでいる。彼が瞳を煙らせ、小鼻を膨らませ、唇をわずかに開いている様子に嬉《うれ》しさが込みあげた。といっても、もしこれほど近くで観察していなければ、彼のそんな様子に気づけたかどうか。これまで出席した舞踏会では多くの殿方たちと言葉を交わし、ダンスを踊ってきたけれど、これほど強烈なまなざしで見つめてきた相手は誰一人いない。いつなんどき、こちらに襲いかかってきてもおかしくないようなまなざしだ。

グリフがこんなに熱っぽい目で見つめてくるなんて、どう考えても奇妙だ。きっとこちらが考えるよりもずっと酔っ払っているのだろう。だからすっかり忘れているのだ。目の前に立っている女が何者なのかも、その女とはいつも言い争っている間柄であることも。三つ編みを最後までほどき終わると、頭を軽く振って、肩のあたりにふんわりと巻き毛がこぼれるようにした。一瞬グリフが大きく息をのむのが聞こえ、思わず同じ反応を返してしまう。どういうわけか全身がかっとなり、奇妙なうずきが駆け抜けていた。でも、どうにか抑えなければ。「それで、公爵が妻に求めているのはなんだったの？」

「黙るんだ」

キャサリンは片方の拳を握りしめると、グリフの肩を強く叩いた。はずみで彼が二歩あとずさる。

「いったい何事だ？」グリフが見つめているのは、もはや髪ではなくキャサリン自身だ。しかも負けじとばかりに、彼もキャサリンをにらみつけている。

「わたしはあなたに言われたとおりにしたのに、おまえは何も尋ねるなって？　さっきの約束を破るつもり？」

グリフは叩かれたほうの肩をさすりながら顔をしかめた。「キングスランドが妻に求めているのは、おとなしく口をつぐんでいることだった。あえて言うが、きみがその要求を満たすには相当な時間がかかりそうだ」

ああ、愚かな勘違いをしてしまった。キャサリンは肩をさすっていたグリフの手を優しく払うと、自分の手でさすり始めた。少しでも彼の痛みを和らげてあげたい一心だったが、すぐに予想外のことに気づいた。まさかグリフがこんなに筋肉質でがっちりしていたとは。てっきり彼は毎日だらだらと過ごしているものと考えていたけれど、思い違いだったようだ。どうやらグリフは怠惰とは無縁の日々を送っているらしい。「勘違いしてごめんなさい。そもそもあなたがちゃんと伝えなかったせいもあるけれど……謝るわ。それで、公爵はほかにはどんなことを望んでいたの？」

沈黙が続いたため、キャサリンは顔をあげてグリフをちらりと見あげた。彼は肩に置かれた手をじっと見つめたままだ。まるで人の手を一度も見たことがないみたいに。思えば、いままでこんなふうに優しくグリフの体に触れたことがあったかどうか思い出せない。彼に鍵を返したとき、指が触れ合ったのは物の数に入らないだろう。たとえいまもあのときと同じく、突然うまく呼吸ができなくなっているとしても。自分からやったこととはいえ、これは親密すぎる行為だったのだ。そう強烈に意識したとたん、猟犬を追い払うように彼の肩をぽんと軽く叩いた。「さあ、これで少しはよくなったでしょう？」

グリフはうなずくと、廊下にさっと目を走らせた。どんどん気まずくなりつつあるこの場から逃げるための出口を探すかのように。

「あなたはまだ質問に答えていない。ほかに公爵は何を求めていたの？」

グリフは注意をキャサリンに戻したが、いまでは困ったように眉を思いきりひそめている。「静かにしていること。それだけだ」

キャサリンは安心したようにうなずいた。「わたしなら簡単にできることだわ」

グリフが廊下に響き渡るような笑い声をあげ始める。キャサリンはその笑い声にハートをぐさりと一突きされたような気がした。「よく言うよ」

この男ときたら、どこまでいらいらさせたら気がすむのだろう？　たしかに彼に手助けしてもらったけれど、こんな物言いは許せない。両手を腰に当てながら言う。「わたしだって必要とあらば、完璧に口をつぐんでおくことくらいできるわ」

「きみの話は人を夢中にさせる。それなのに、なぜそれほど面白い話にすら興味を持たない男と結婚したがっているんだ？」

キャサリンにはよくわからなかった。からかっているのだろうか、それとも皮肉を言っているの？　これまで彼が、わたしの話を〝人を夢中にさせる〟と考えたことがあるとは思えない。「わたしが心から望んでいるものを手に入れるためには、そうするしか方法がないからよ」

「いったいそれはなんなんだ？　夫か？　公爵か？　それとも公爵夫人という爵位なのか？」

もしグリフがこれほど嫌悪感たっぷりな口調でなければ、面前で扉をぴしゃりと閉じていただろう。でもこの点に関しては彼に不当な判断をされたくない。絶対に。

「小別荘よ」

グリフはキャサリンに驚かされるのが好きではない。だがそういうことが最近とみに増えている気がする。わずか数分前、キャサリンからふいに肩をさすられ、分別を失いそうになった。お返しとして彼女を愛撫《あいぶ》すればどれほどいい思いができるか、真剣に考え始めていたのだ。どう考えても間違ったことだし、やってはいけないことなのに。「小別荘？」

キャサリンはこくんとうなずいた。「海辺にある小別荘で〝風《ウインドスウエプト》のコテージ〟というの。もとは祖母のもので、人生で一番楽しい思い出が詰まった場所よ。でも祖母はその小別荘を信託財産の一部にして、わたしが爵位のある殿方と結婚しなければ所有できないという条件をつけたの。それも、期限は二十五歳の誕生日まで。来年の八月、わたしは二十五歳になる。あのキングスランドの広告は、その期限に間に合わせるための最後のチャンスになるかもしれない」

グリフにもいささか思い当たる節がある。人はときに理屈では説明しきれない理由から、この建物をどうしても自分のものにしたいと願うものだ。「キングスランドは自分が何かに集中しているとき、妻には邪魔されたくないとかなんとか言っていた。まったく、そんな無意味なことを主張するなんて彼はどうかしている。そう思うだろう？」

「わたしに髪をほどかせるのだって意味のないことよ。これからあなたにこの髪をブラシで梳《と》かしてもらって、もう一度三つ編みにさせるべきかもしれないわね」

いや、むしろこの指先を差し入れて、輝く美しい髪を梳《す》いてあげたい。そうすれば、見た目どおりにシルクのごとく柔らかな手触りがするのか、わかるだろう。あの豊かな髪を三つに分けて――

おい、たかが髪じゃないか。これまで出会ったどんな女にも髪はあった。自分にもある。それなのに、キャサリンの髪の手触りをこんなに知りたくてたまらないのはなぜなんだ？

「たぶん、僕なら一つにまとめてアップにするだけだな」

キャサリンは笑みを浮かべた。優しくて柔らかな笑みだ。グリフとは一度も言い争ったことなどないかのように。それに、グリフが次男ではないかのように。「ええ。あなたならそうするかも。それにあなたは密偵としては最悪ね。でも実際に公爵に尋ねてくれたし、ほんの少しだけど情報も手に入れてくれた。そのことには感謝するわ。あなたに不便をかけたのだから、なおさらね」

とはいえ、二百ポンド稼いで帰ってきたのも事実だ。その点ではキャサリンに借りがある。「これからも気にとめるようにして、もしほかに何かわかったら知らせるよ」

「ありがとう、閣下《マイ・ロード》」

「レディ・キャサリン、きみが僕の妹と親しくなってからもう十二年にもなる。まさしくアルシアの一番の親友だ。そろそろ堅苦しい挨拶は省略してもいいと思う」

「アルシアとわたしが何年のつき合いか、ちゃんと覚えてくれているのね？」

初めてレディ・キャサリンを見かけた日のことは、いまでもよく覚えている。ブルーのドレスに白いボンネットを合わせ、一面にクローバーが咲き乱れる野原をスキップしていた。スキップするたびに、首のまわりにしっかりとリボンで結ばれたボンネットが彼女の背中で揺れていた。家庭教師から〝おてんば娘のように振る舞うのはいけません〟と注意されるまで、彼女は笑い声をあげながらスキップをやめようとはしなかった。こうして彼女と距離を保ち続けている理由の一つはそれかもしれない。あのとき、彼女の笑い声になすすべもなく惹《ひ》かれてしまったから。あるいは本能的にわかっていたからかもしれない。もしこのおてんば娘をこれ以上見つめていたら夢中になってしまうだろう、と。

「いや、正確に覚えているわけじゃない」グリフはあとずさった。「もう遅い。僕もそろそろ寝なくては。ほとんど成果がなかったのに、きみを起こしてすまなかった」

「いいえ、わたし、寝ていなかったの」

「昨晩、僕が屋敷に戻ってきたときもそうだったね」こちらの狙いどおり、キャサリンの首から頬にかけての肌がみるみるピンク色に染まっていく。その様子を目でたっぷりと楽しみながら思った。あのピンク色は彼女の全身に広がっているのだろうか？

「あなたがなんの話をしているのか、さっぱりわからないわ」キャサリンはそっけない口調で答えた。

「きみは嘘つきだな、キャサリン。そのうち思い出すと言っただろう？　結局、きみは僕に借りがあったんだよ。その髪をほどかせてもらって当然だ」

グリフは寝室へ戻ってからも、その瞬間キャサリンが浮かべた憤慨の表情を思い出し、ベッドに入るまでの間ずっと含み笑いを浮かべずにはいられなかった。真顔に戻ったのは、彼女のリボンを指先で撫《な》で始めてからだ。自身の愚かさにほとほとあきれてしまう。たかが布切れだというのに、自分よりも彼女と密接な関係にあるリボンに嫉妬するとは。

それにしても先ほどは本当に危なかった。どうにか自分を戒めたものの、すんでのところで、三つ編みをほどいてほしい理由を正直に打ち明けそうになったのだ。そうすれば、きみの髪が僕の純白の枕の上で赤々と広がる様子を想像できるからだと。もしくは、僕のむき出しの胸の上でもいい――キャサリンの髪はとても長い。きっとこちらの脚の間まで達するだろう。そう考えたとたん、欲望の証《あかし》がたちまちこわばり、うめき声をあげた。まさにこの瞬間、柔らかな髪が脚の間に触れ、くすぐられたかのように。

ああ、いったいなぜ、キャサリンの頼みをきいた見返りとしてあんなことを頼んだのだろう？　結局そのせいで苦しむことになったというのに？　もっと簡単で、三分以上楽しめるようなことを頼むべきだった――たとえ、あの三分間の記憶は脳裏から永遠に消えることがないとわかっていても。

〝今後は僕を見かけたらいつもにっこりと笑ってほしい〟〝僕が冗談を言ったら、たとえ面白くなくても笑ってほしい〟〝僕が腹立たしい存在ではないかのように愛想よく見つめてほしい〟〝僕をいつでも歓迎してほしい〟〝二度ときみの髪をピンとリボンでとめないでほしい〟

キャサリンに頼むことなら、ほかにいくらでもあったはずだ。それなのに、いつもの習慣に従い、キャサリンが反対できず、しかも僕自身がその場で最も強烈な喜びを覚えられることを選んでしまった。そのせいでいまこうして心を痛めている。もはや、キャサリンからあれ以上のものを得る望みは絶たれてしまった。

4

グリフはハンサム馬車からおりると、屋敷へ伸びる車回しをのんびり歩き出した。事務弁護士との一時間ほどの話し合いを終えて、大きな満足感とともに帰ってきたところだ。自分専用の事務弁護士を雇っていることは、家族の誰も気づいていない。

紳士クラブに足しげく通うのは、賭け事をして勝つスリルを味わうためだけではない。ほかの会員から投資に関するさまざまな情報を得るためでもある。もし自分の事業を始めるために十分な資金を貯《た》めたいなら、毎晩賭けをして運だけに頼っているわけにはいかない。ただし、賭けに勝って得た金を投資に回して賢く運用すれば、いまより経済状況がよくなる可能性はある。毎月父親からもらう小遣いは雀《すずめ》の涙ほどで、それを補うためにも投資しようと心に決めている。いつか十分な資金ができたら、あの父親にこれまでもらった小遣いを一銭残らず返してやる——そんな想像をしては溜飲《りゅういん》を下げていた。

投資はリスクが高いほど見返りも大きくなる。その常識はちゃんとわきまえている。だが残念ながら、これまで行ってきた投資は二件とも損失を出してしまった。そのうちの一つの投資先はかなり有望に思えたにもかかわらず、いまだ利益を生み出せていない。

でも昨夜、尊大なキングスランド公爵の相手をしばらくしたあと、公爵本人から一緒に飲もうと誘われ、彼が不動産会社数社に投資をしている話を聞かされた。なんでも、貧しい者たちが必要としている簡易住宅を建築する企業だという。まずは、昨夜手にした勝ち金の半額のみ投資したが、運がよければ、今後その投資先から小額であっても定期的な収入が得られるかもしれない。財政状況が許せば、この先さらに投資額を増やすつもりだ。

軽やかな足取りで屋敷へ入り、執事に帽子を手渡した。「妹はいるかな?」

「お昼寝を楽しまれております、閣下《マイ・ロード》」

「ならばレディ・キャサリンもだな」

「いいえ、閣下《マイ・ロード》。あの方はいま庭園にいらっしゃいます」

彼女と二人きりで過ごせるとわかったとたん、胸の鼓動がやや速くなったのが気に入らない。賢い男なら、このまま自分の寝室へ戻って読書を楽しむだろう。だが今日の午後ずっと頭を働かせてきたせいで、いまは少し無鉄砲に行動したい気分だ。

キャサリンはニレの木陰にある鋳鉄製の長椅子に腰かけていた。ちょうどピンクや紫、白といった色とりどりのキンポウゲが咲いている近くだ。だが花々よりも、彼女のほうがはるかに色鮮やかに見える。今日のキャサリンはライラック色のドレスを着て、髪の毛をおろし、白いリボンでまとめていた。グリフの母は〝レディは絶対に昼寝をすべきだ〟という持論の持ち主のため、キャサリンもあの母からそう言われて、一休みする前に髪からピンを引き抜いたのかもしれない。足元にはつばの広い麦わら帽子が置かれている。彼女が帽子をかぶっていないのはありがたい。帽子に隠れることなく、顔がはっきりと見える。いまキャサリンはぼんやりと遠くを眺めていた。繊細な形の眉を思いきりひそめ、本来ならキスを受けるべきはずの下唇も噛《か》みしめたままでほとんど見えていない。膝上に置かれた小さな書き物机はすっかり忘れ去られているようだ。

「昼寝をしていたんじゃないのかい?」

ぱっとこちらを見たとき、キャサリンは会えて嬉《うれ》しそうな顔をしたように思えたが、すぐに顔からいっさいの感情を消した。ただ、口元には温かな笑みの名残が感じられる。

「こんなに気持ちのいい午後に、屋敷のなかで過ごすのが残念に思えたの」

「くれぐれも僕の母親に見つからないようにしてくれよ。見つかったら母はかんかんに怒るはずだから」

キャサリンは笑みを広げた。「あなたのお母様は、レディは休息しなければならないと心から信じているものね。わたしは自分の家で昼寝をしたことがないの。夜、寝つきが悪くなりそうだから」そう言って頭をわずかに傾けた。飼い主を探し出そうとしている子犬そっくりだ。「今日は朝食も昼食も、わたしたちとは一緒にとらなかったわね」

「出向かなくてはいけない用事がいくつかあったから紳士クラブで食事をすませたんだ。

座ってもいいかな？」グリフは身ぶりで長椅子の空いているほうを示した。

「どうぞ」キャサリンが手を伸ばし、たっぷりしたドレスのスカートをなるべく太ももの下に押し込もうとした。その間にグリフはひんやりとした長椅子に腰をおろした。彼女にわざわざ立ちあがる面倒をかけたくない。

その長椅子は庭園をそぞろ歩く恋人たちがしばし休めるようにと設計されている。だから座った瞬間に、かつてないほどの至近距離にキャサリンがいるのに気づいた。そよ風にのって彼女の香りが漂っている。鼻腔《びこう》をくすぐるのは、オレンジ――グリフの好きな果実だ――にシナモンがあいまった、なんともいえない芳《かぐわ》しい香りだ。いくつものリボンで結ばれた髪から何本かの巻き毛がほつれ、上品で美しい顔をふちどっている。まっすぐグリフのほうを向いているわけではないが、それでも目にはキャサリンの横顔以上のものが見えた。この身にスケッチの才能があればよかったのに。だがスケッチはうまくできなくても、いま目の前にいる愛らしいキャサリンのイメージをなるべく正確に記憶に刻み込むことはできるだろう。「何を書いているのかな？」

キャサリンはため息をつくと、頬をほんのりとピンク色に染めながら横目でグリフをちらっと見た。「自分のいい点を書き出そうとしていたところなの」

「ああ、公爵に出す手紙のためか」いまいましいキングスランドめ。いまこうしてこちらの太ももに押し当てられているキャサリンの太ももがどんな感触かを、いずれ知ることになる男だ。ただし、最高級仕立てのしっかりと織られた糸でさえ、伝わってくる彼女の温《ぬく》もりを阻むことはできない。

キャサリンはうなずくと、さらに頬を染めた。そのまま自然発火するのではないかと心配になるほどだ。「つくづく反省させられたわ。自分が婚期を逃しそうになっている理由がわかった気がする。わたしっていいところが何もないし、むしろ退屈な人間なんだもの」

それは非常に、疑わしい。とはいえ、ここにきてようやくキャサリンのことが理解できてきた。彼女はこちらが思っていたよりもはるかに控えめで、その奥ゆかしさがなんとも可《か》愛《わい》らしい。自分のいいところを書き出すのに、これほど苦労しているレディがキャサリンのほかにいるだろうか？　ほとんどのレディは、自分の長所だと思う点を図々《ずうずう》しくも並べ立てているはずだ。実際は違うのに〝ダンスをじょうずに踊れること〟、これまで誰かをくすっとさせたこともないのに〝機知とユーモアに富んでいること〟、実際はやったこともないくせに〝家事を完璧に取りしきる能力があること〟……。

グリフは片手を差し出した。「見てもいいかな？」

キャサリンは大げさにぐるりと目玉を回した。別のときなら、彼女からそんな表情をされたらすぐに立ち去っていただろう。「見せてもあなたは笑うか、からかうだけだもの」

グリフ自身、いくら考えても理解できない。どうして彼女が何を書いているかがこんなに気になるのだろう？　なぜ突然、キャサリンが望みのものを得ることがこれほど重要に思えてきたのか？「そんなことはしない。約束する」

キャサリンはわずかに体をずらして真正面から向き合うと、またしても赤褐色の眉をひそめ、眉間にわずかにしわを寄せた。「なぜ親切にしてくれるの？　これまでわたしたち、話をするというより言い争いばかりしてきたのに」

こっちだって、それがわからないから四苦八苦しているのだ。だがそんな本音をここで打ち明けるつもりはない。「次回飲みすぎて戻ってきたとき、裏口に追いやられるのはこりごりだからだ。それよりも手を貸して階段をのぼるのを手伝ってほしい」

「全部思い出したの？」

「ああ、すべて思い出した」

キャサリンはいたずらっぽく目を光らせると、かすかな笑みを浮かべた。その件はうやむやにしたいと考えているかのように。でもそんな弱々しい笑みより、自分が優位に立ったと確信したときに彼女が見せる、勝ち誇ったような笑みのほうが好きだった。

キャサリンが風のささやきを思わせるため息をついた瞬間、込みあげる欲望に脚の間がこわばったのがわかった。どうしても想像してしまう。これとはまったく違う状況――重ね合わせた体の下――で悦《よろこ》びに我を忘れ、こんなため息をつく彼女の姿を。「おとといはきみに失礼な態度を取って悪かったね」

「酔っ払っていたんでしょう？」ピンク色の唇がわずかに引きつった。

キャサリンの肌は抜けるように白い。見えていないほかの部分の肌も同じなのだろうか？

「ああ……そうだ」

一瞬なんの話をしているのかわからなくなった。キャサリンの胸の頂は薄ピンク色で、太ももの間は体のなかで最も濃いピンク色をしているに違いない――そんなことを考えていたせいだ。おかげでいつもより浅い呼吸になっている。「自分で言うのもなんだが、あの夜は両親でもアルシアでも僕を屋敷に入れなかったと思う」

「あんなに酔っ払うことはよくあるの？」

「めったにない。だがあの夜は賭けで負けてがっかりして、自分が情けなくて腹立たしくてしかたなかった。自分の判断ミスのせいでひどく落ち込んでいたんだ。それに比べると、昨夜ははるかに上首尾だった。密偵活動以外はね」そこでグリフは指をぱちんと鳴らした。「さあ、きみの書いたものを見せてほしい」

ためらいがちにゆっくりと、彼女は紙を手渡してきた。

ホイストがうまいこと。

ピアノがじょうずに弾けること。

大切な話があるときしか話さないこと。

最初の二つに関して、グリフが判断するのは不可能だ。これまでキャサリンとカードゲームをやったことも、彼女がピアノを弾くのを聞いたことも一度もないからだ。三つめは議論の余地があるだろう。自分はおとなしいたちであると訴えようとしているのは明らかだ。でも、グリフと一緒にいるとき、キャサリンはまったく大切な話には思えないことでも口にし、会話に引き込むことが多い。それもおそらく、こちらをいらだたせ、なんらかの反応を引き出すためだけに。こちらも常にその餌に真っ先に食いついてしまう。どんなことであれ、キャサリンから注意を払われるのは、なんの関心も持たれないよりましだからだ。だがいま、こうして手紙を読んでいると直感的にわかる。キャサリンがどれほど骨を折って自分の長所を表現しようとしても、あの公爵は彼女の手紙をごみ箱へ捨てるだろう。やはり思ったとおり、男の目にどんな部分が魅力的に映るか書き出せなどと女性側に求めること自体、どだい無理な話なのだ。

「キングスランドは妻に口をつぐむことを求めている。一緒にホイストしたり、ピアノを弾いて楽しませてくれと頼んだりする気はないはずだ」そういった娯楽を彼女と一緒に楽しむことにかけて、あの公爵ほど向いていない男はいない。「きみは公爵にとってなんの興味もない二つの長所を先に書き連ねている。だから彼は三つめの長所が真実かどうか疑問に思うだろう」

「だったら、どうすればいいと思う？」

「僕の知恵を授ける見返りとして、きみは何を与えてくれる？」

「あなたって本当に悪党」キャサリンがからかうように瞳を輝かせるのを見て、グリフの胸は苦しくなった。こちらがそう言い出すことを、彼女もちゃんと理解していたのだろう。キャサリンがこの自分のことをよくわかってくれている――そんな満ち足りた気持ちがどっと押し寄せてきた。「公爵の舞踏会で、最初のワルツをあなたのために取っておくわ」

「借りを返すのに、僕を数週間も待たせるつもりなのか？」

「そのほうが期待がさらに膨らむはずよ」

グリフは舞踏会にほとんど出席したことがないし、キャサリンと踊った経験は一度もない。この両腕に彼女を抱いてフロアを流れるように踊るところを想像してみる。悔しいが、これまで同じ想像をしたことは一度や二度ではない。「これから僕が言うことをよく注意して聞いてほしい。自分以外の男を結婚という足かせに縛りつけるために秘密をもらすなんて、男にとってめったにないことだからね」

キャサリンが浮かべた勝ち誇ったような笑みを見て、グリフの体の芯は激しく揺さぶられた。

「ということは、あなたはこの取り引きを受け入れてくれるのね？」

グリフはわずかに肩をすくめた。そんな取り引きなどちっとも重要ではないかのように。見返りなど何も期待していないかのように。「そうすれば僕がワルツの踊り方を学ぶ、いい言い訳になるからね」

「あなたはワルツの踊り方を知っているはずよ。前に踊っているのを見たことがあるもの」

以前の舞踏会で、踊っていた自分の姿に気づいてくれていたのだ。ほんの少しでいいから、そのときやきもちを焼いてくれたなら嬉しいのだが。「そうなのか？」

彼女は見えない糸くずを払うかのように、ドレスのスカートを軽く引っ張った。「あなたはわたしの親友のお兄様だもの。舞踏室にいたら気づくのは当然だわ」

「だがきみは舞踏室で僕に話しかけてきたことが一度もないね」

キャサリンはこちらをじっと見つめてきた。深い後悔が感じられるまなざしだ。そのせいか、今日は彼女の瞳がほとんどブルーに見える。着ているものによって、いつもは緑色の目が少し違って見えるようだ。「話しかけても喜ばれるかどうかあやふやなときは、その相手を無視するほうが簡単だから」

「そばかすちゃん、僕はときどききみをからかうかもしれないが、おおぜいの人がいる前できみに恥をかかせるようなことはしない。それは理解していてほしい」

「ええ、わかったわ」

それから長いこと、二人は無言のまま見つめ合った。こぼれ落ちた言葉や本音、もろさを吟味するかのように。先に目をそらしたのはキャサリンのほうだった。唇を湿しながら視線を落とした姿を見たとたん、グリフは下腹部がこわばるのを感じた。もし立っていたら膝の力が抜けていただろう。キャサリンはいつもこの自分に対して、これほど強烈な威力を発揮していたのだろうか？　なんの努力もせずに僕を焦《じ》らして苦しめ、なすすべもなく誘惑するような力を？　それとも、キャサリンが別の男を追いかけていると知ったことでようやく自分の気持ちに気づき、彼女にはこの僕を追いかけてほしいと思うようになったのか？

だが僕と結婚しても、キャサリンは喉から手が出るほどほしがっているものを手に入れられない。グリフは咳払《せきばら》いをした。「愛《いと》しい人、よく聞くんだ。僕の知恵に驚くがいい」

キャサリンが微笑を浮かべる。それはグリフにとって、これまで見た彼女の微笑のなかで最も美しく気取りのないものだった。これから海に出ようとしている船乗りを船から引きおろすような類いの、本物の温かさと思いやりに満ちた笑みだ。「あなたって本当にうぬぼれ屋さんね」

非難めいた言葉ではない。ほんの少しだけからかいが込められ、これまでいつもキャサリンが示してきたいらだちや不満はこれっぽっちも感じとれない。「文句を言ってはいけないよ。きみは僕から最高の知恵を授かろうとしているんだから」

「だったらわたしを驚かせて。公爵の好意を勝ちとるために、手紙に何を書けばいいのか教えて」

キャサリンの顔全体が見えるように、グリフは体の角度を変えて、長椅子の背もたれに片腕を伸ばした。目を合わせたまま、彼女の肩にこぼれているシルクのごとき巻き毛に指先で触れてみる。仮に嫌がっていたとしても、キャサリンからそんなそぶりは感じられない。だからほかの巻き毛も指先でもてあそんでみた。「公爵に、きみの髪は炎のような色だと伝えるんだ。それに瞳は森にある美しい苔《こけ》を思わせるが、そのときの感情によってさまざまに色合いが変わることも。幸せな気分のときは庭園の植物たちのようにいきいきとした緑色になり、憂鬱な気分のときは大地のような褐色になる。それに情熱に支配されたときは、夜明けの空みたいな青色になるんだと」

キャサリンはわずかに眉をつりあげ、目を見開くと、グリフのほうをちらりと見た。

「情熱なんて言葉を使うつもりはないわ。あなただって、わたしがそうなったときに目の色がどうなるかは見たことがないはずよ」

いや、それ以上の光景を目にしたことがある。興奮をかき立てられたキャサリンの瞳がどうなるかを。昨夜髪をほどいたとき、彼女の瞳には万華鏡のように熱っぽさと欲望、興奮が次々と立ち現れ、鮮やかな青色に変化していった。「なぜ気を悪くしている？　きみはすばらしいアリアを聴いて興奮しないのか？　美しい夕日を見たり、おいしそうなデザートが運ばれてきたりしたら興奮するだろう？　特にイチゴのデザートだったらなおさらだ」以前その様子も目にしたことがある。キャサリンはイチゴが大好きなのだ。彼女がにっこり笑ってくれるならば、一度に食べきれないほどたっぷりと用意してあげたい。

「いったい、きみはどんな類いの情熱を頭に思い浮かべたんだ？」

キャサリンは弾《はじ》かれたように頭をあげた。怒りのせいで、目の色がすっかり濃くなっている。「もしあなたが情熱という言葉を口にした場合、わたしがどんな類いのものを想像するか、はっきりわかっているはずよ」

グリフは指を一本キャサリンの巻き毛の下に差し入れ、うなじに沿って軽く滑らせた。細やかな巻き毛が小刻みに震えているのが指先から伝わってくる。「ああ、相手を強く求め、欲求を募らせ、どうしてもほしいと願う気持ちだ」

「あなたはそんなふうにわたしに触るべきじゃない」

「だったら僕の手を払いのけるんだ。あるいはそのままにするのもいい。そうすれば欲望にかき立てられたとき、きみの瞳がどんな色に変わるのかはっきりと確認できる」

「わたしはあなたに欲望をかき立てられたりしない」

「だったら、こうして触っていることの何が悪い？」

ただし一つだけ悪いことがある。僕自身がキャサリンを恋しく思う気持ちが、本来あってはならないほどかき立てられていることだ。慎重に自分を抑えなければ、彼女をこれほど求めていることに気づかれてしまう。

「なぜ公爵がわたしの髪や目のことを気にかけると思うの？」

「彼が望んでいるのはお飾りの妻だからだ。普段は棚の上にのせておいて、ときどき自分の腕を華やかに飾ってくれる女をね」

「男性はみんな、そういう女性を望むものよ。あなたは腕を飾ってくれる女性を望んでいないとでも？」

「もちろん、僕も腕に寄りかかってくれる女はほしい。でも僕がその女性を誇りに思うとしたら、それは彼女の髪や瞳の色合いとはなんの関係もない。高くて美しい頬骨や、長くて優美な首もだ。僕ならば彼女の知性や思いやり、大胆さを誇りに思うだろう。もちろん、心よりも外見を重視しているかのように、お飾り人形みたいに棚の上にのせたまま、ほこりまみれになどしない。彼女とはいろいろなことについて意見をわかち合い、僕にとって――そして彼女にとって大切な物事について話し合い、意見を闘わせたい。僕が間違っていることがあれば、彼女のほうが正しいと納得させてほしい。僕がその女性に隣にいてほしいと思うのは、彼女の判断に重きを置いているからだ。その女性が、僕に対して正直であることを恐れていないからだ。それに彼女が僕をにやりとさせたり、大笑いさせたり、この腕のなかで目覚めてくれることをありがたいと思わせてくれるからだ」

ばかばかしいほどむきになって反論する間も、グリフはときどきキャサリンの首筋まわりに片手を近づけずにはいられなかった。いまにも彼女の体を引き寄せるかのように。キャサリンはわずかに唇を開き、いままでこんなたわ言は聞いたことがないとばかりに、こちらをまじまじと見つめたままだ。

いったいどうして、僕は先ほどからこんなふうにぺらぺらしゃべり続けているんだ？　かたわらに寄り添う妻をめとる――これまで一度もそんな考えを持ったことはない。結婚相手にどんな点を求めるかも考えたことなどなかった。それなのに、自分が何を望んでいるかがふいにわかった。突然気づいたのだ――いつも求めていたのは彼女だったのだと。少々負けず嫌いなところがあり、現実的な視点を持ってこちらに立ち向かってくる彼女を。キャサリンは、僕をからかったりあざけったり、こちらが愚かな振る舞いをしたときは正直にそう告げて、〝あなたはもっとちゃんとした人のはず〟と意見してくれる女性、もっといい人間になりたいと思わせてくれる女性だ。僕の良心を呼び覚まし、半人前ではなく一人前にし、完全な存在にしてくれる。

「あなたはどんなことに関して、その彼女に意見を求めたいと考えているの？」キャサリンはひっそりと尋ねた。「あなたがその女性と話し合いたいのはどんなこと？」

本当に興味があって尋ねているような口調だ。もしキスで答えたらどんな反応を返してくるだろう？　あのふっくらした唇を開かせ、舌と舌を重ね合わせ、キスを深めたい。キャサリンがこちらの両肩に指をめり込ませ、甘やかな吐息を何度もつくようになるまで。

グリフはキャサリンが息をのむ姿をじっと見つめた。喉元のなめらかな筋肉が繊細に動くさまから目が離せない。彼女のほうは、僕とキスをしたらどんな感じだろうとこれまで一度でも考えたことがあるのだろうか？　もしうなじに手をかけて、体を引き寄せたら抵抗するのか？　そんな振る舞いをしてしまわないよう、手で長椅子の背もたれをしっかりとつかんだ。「もし本当に知りたいなら、今夜みんなが寝静まったあとに、僕に会いに正面玄関前の車回しに来てほしい。付き添い役なしで」

キャサリンはまばたきをし、グリフを見つめた。「そんなの……恥ずべき行為だわ」

「ああ。ただし誰かに見つかった場合だけだ」

彼女は舌で上唇を湿らせると、下唇を噛んだ。

ああ、神よ、キャサリンが僕の申し出について真剣に考えている。そのとき、奇妙な感じ――高揚感だろうか？――が全身を駆け抜けるのを感じた。てっきり断られるだろうと思っていた――こちらの誘いに応じれば何かいいことがあるかと検討すらされず、即座に。

「もし僕に会えば、キングスランドの手紙に、冒険好きで大胆だと書くことができる」

キャサリンはゆっくりとかぶりを振った。「わたし、やってはいけないことをやったことなんて、ただの一度もない」

「いっぽうの僕は、やってはいけないことをすべてやっている」

「そっちのほうが面白い？」

「そっちのほうが語るべき物語が与えられる」グリフは彼女のほうへ前かがみになった。「きみは語るべき物語を求めてはいないのか、レディ・キャサリン?」

キャサリンが顔をじっと見つめてくる。顔の輪郭を指でじかにたどられているかのようだ。それこそありとあらゆるくぼみも、曲線も、直線も。自分でもさっぱりわからない。なぜ突然キャサリンの注目を一身に集めたいと乞い願うようになったんだ? 元来自分は頭の回転が遅いほうではない。それなのにいまはキャサリンのことしか、彼女と一緒にいるこの瞬間のことしか考えられない。利発な彼女が心の奥で何を考えているのだろうとあれこれ考えてしまう。はたしてあの公爵が、必要とあらば彼自身を非難したり叱りつけたりできる女性の価値を認めようとするだろうか?

「どうしてそんなに親切にしてくれるの? キングスランドに注目されるにはどうしたらいいか、わざわざ教えてくれるなんて。特にあなたは彼のことを尊敬しているようには見えないのに。彼とくっつけてわたしがみじめになる姿を見たいとか?」

そんな彼女の姿など絶対に見たくない。「公爵がきみを選んだというだけで、彼とどうしても結婚しなければいけないということにはならないよ。公爵が自分にぴったりの相手かどうか決めるのはきみ自身だからね。とはいえ、きっときみたちはお似合いだろう」

キャサリンは書き物机の縁をそろそろと指でたどった。「でも、なぜあなたは忠告してくれるの? 彼を捕まえる手助けをしてくれるのは? わたしたち、これまでずっと会えば言い合いばかりしてきたのに」

「きっと、そろそろそんなことはやめるべきだと僕が考えたからだ。それにさっきも言ったが、今度酔っ払って帰ってきたら、きみには階段をのぼるのを手伝ってほしいからね」

「でも朝になれば、わたしは両親の屋敷へ戻る。だからもうあなたを助けることもない。いったいあなたになんの得があるというの？」

なぜキャサリンはこんなに疑《うたぐ》り深《ぶか》いのだろう？　どうしてすなおにこちらの助けを借りて、自分の幸運を受け入れようとしないんだ？「きみとワルツを踊れる」

キャサリンは眉をひそめ、唇をすぼめた。明らかにその答えでは満足できない様子だ。

「でも、ダンスは申し込むだけでできる。なぜこれまで一度も申し込んでこなかったの？」

「きみはいつも次男たちへの反感をあらわにしていたからね」それにいつも、その反感はこの自分に向けられていると考えていた。だがいまは、彼女なりの理由があったのだと理解している。こちらにとって納得できる理由とは言いがたいが、それでも理解していることに変わりはない。

「反感なんかじゃない。でも、積極的に彼らを受け入れようとしてるわけでもなくて……もし不愉快な印象を与えていたならごめんなさい。まるであなたが……劣っているみたいな」

「気を悪くしたことは一度もない」嘘だった。だがこれ以上キャサリンの罪悪感を募らせるようなことを言ってもなんの意味もない。彼女は自分の手ではどうすることもできない状況に置かれているのだから。

キャサリンが探るようなまなざしを投げかけてくる。いままでこれほどまじまじと見つめられたことはあっただろうか？　ふいに心配になる。彼女はこちらの魂の底までのぞき込もうとしているのでは？　自己憐憫《れんびん》にまみれた本当の姿を見抜かれるのでは？

「まあ、ここにいたのね！」アルシアの声が響いた。長椅子に座った恋人たちが二人きりのひとときを楽しめるよう作られた、ゆったりとカーブした小道を回り込みながら近づいてくる。

グリフは体を後ろに戻して足首を組んだだけだったが、キャサリンはびくっとすると、その場で立ちあがった。グリフのそばにいるのを見られたのが罪深いことであるかのように。あるいは彼女はその瞬間、罪深いことを考えていたのかもしれない。魂をのぞき込もうとしていたのではなく、指でグリフの体に触れようかと真剣に悩んでいたのかもしれない。「キングスランド宛ての手紙を書いていたところなの」

「だったら、一休みするのはどうかしら。よかったら公園へ乗馬しに行かない？」

「まあ、すてきね」

「グリフ、一緒に来てくれる？」アルシアが尋ねる。「あなたがいてくれたら、わざわざ馬手をわずらわせる必要がなくなるから」

よせ。絶対に一緒に行くべきではない。すでにキャサリンと二人きりでかなりの時間を過ごしている。しかも個人的な思いを打ち明け合い、今夜二人で外出しようと誘いまでかけたのだ。それだけでも最悪の事態になる予感がする。妹からの誘いは断り、姿を消したほうがいい。

それなのに、口をついて出たのはまったく正反対の返事だった。

「ああ、いいとも」

5

ハイドパーク内にある乗馬用道路《ロットン・ロウ》で白馬を走らせながら、キャサリンはアルシアの隣にいるグリフをちらちらと盗み見ていた。礼節がきちんと保たれているのは、こうして彼の妹を間に挟んでいるおかげだ。それなのにがっかりせずにはいられない。グリフが近くにいてくれないことにも、庭園のときのように個人的な会話ができないことにも。ほんの一瞬だがあの庭園で、グリフはわたしにキスをしようと考えているように見えた。そしてほんの一瞬、わたしも彼にそうしてほしいと願っていた。

グリフはさっそうと馬を操っている。レディとすれ違うたびに帽子を軽く持ちあげ、笑みを浮かべている。それも、その女性が鞍《くら》の上で少し体のバランスを崩すほど魅力的な笑みだ。いまさらながら、彼の笑みがとてもいたずらっぽくて、女性の胸をときめかせることに気づかされた。これから始まる楽しい冒険を約束するかのような笑み。いままでグリフにからかわれるのが嫌でたまらなかったけれど、もしかするとあれはこちらと戯れるための罪のないからかいだったのでは？　もともとグリフは何事も大まじめに受け止めるたちではないのだ。

というか、これまではそう考えていた。

でもアルシアの屋敷に滞在するようになって、ここ数日観察したところによると、どうやらグリフが気さくに振る舞っているのは、周囲に張り巡らせた防御壁を隠すためらしい。能天気さを装うことで、その壁よりも高いツタをはわせているのだ。

自分が傷つかないために。

庭園ではかつてないほど長いこと彼と言葉を交わし、楽しい時間を過ごした。突然やってきて会話を中断させたアルシアに少しいらだちを覚えてしまったほどだ。グリフが〝女はお飾り以上の存在になるべきだ〟という考えの持ち主だと、せっかくわかりかけていたのに。

グリフが自分の妻に望む点について語っている間、ただ長椅子に座り、彼の話にうっとり耳を傾けることしかできなかった。妻に何を望むのか、いままでもじっくりと考えてきたに違いない。一瞬たりともそんなまじめなことは考えもしない人だろうと思っていたのに。グリフは妻となる女性の心と魂を大切に考え、彼自身の人生の一部として彼女に関わってほしいと願っている。お飾りの妻としてではなく、夫のおまけのような存在としてでもなく。

ありそうにないことだけれど、あのときグリフがわたしのことを言っていた可能性はゼロではない。心ひそかに、そうだったらいいのにと願ってしまう——でも、その理由については深く考えたくなかった。なぜグリフに爵位さえあればいいのにと考えてしまうのかも、どうして彼のことを考えると心臓のリズムが不規則になるのかも。庭園で二人きりで過ごしたあの時間、グリフが本当のわたしを見てくれたように感じた。〝軽く見られたくない。価値は、わたしの見た目ではなく知性や心、魂そのものに見いだしてほしい〟という強い願いを理解してくれたように思えたのだ。

心のなかにあったばらばらの何かが曲がったり歪《ゆが》んだりし、やがて一つにまとまると、グリフをこれまでとはまったく違う観点から見るようになっていた。彼はわたしが想像していたよりもはるかに複雑な男性だ。その複雑に絡み合う糸をほぐして、彼の人となりを形づくるさまざまな陰影をもっとじっくりと観察してみたい。グリフはさまざまな色調の金と銀の糸から成るつづれ織りのよう。

「キャット、見て」アルシアが言う。「キングスランド公爵がこっちへ向かってきているわ」

庭園で過ごしたグリフとの時間についてあれこれ考え、彼のほうばかり気にしていたせいで、キャサリンはあたりにほとんど注意を払っていなかった。でもアルシアの言うとおり、たしかに公爵が馬を急ぎ足にして三人のほうへ向かってきている。無駄のない、流れるような動きはまさに人馬一体だ。公爵と言葉を交わせるかもしれないのだから、もっと胸の高鳴りを感じるべきなのでは？　結婚を望んでいる男性が近づいてきているのだから、もっと彼を気にして当然でしょう？　あの殿方を形づくるつづれ織りの糸を解きほぐしたいと考えるべきではないの？

三人がそれぞれの馬の歩みを止めたタイミングで、ちょうど公爵がやってきた。三人を一瞥《いちべつ》し、グリフに目をとめて話しかける。「やあ、閣下《マイ・ロード》」

グリフはわずかに頭を傾けた。「閣下《ユア・グレイス》、紹介させてほしい。こちらは僕の妹レディ・アルシア。そしてこちらは彼女の親友、レディ・キャサリン・ランバートだ」

公爵はカラスの羽根のように真っ黒なシルクハットを頭から取った。「やあ、レディたち。まずはレディ・アルシアにお祝いを言わなくては。チャドボーン卿《きょう》は実に運のいい男だ」

「ありがとうございます、閣下《ユア・グレイス》」

それから公爵はキャサリンをじっと見つめた。まるで難解なパズルを相手にするかのようなまなざしだ。「レディ・キャサリン、きみはもう売約ずみなのか？」

「ずいぶんと立ち入った質問ですね」

「だが核心をつく質問だ。そうだろう？」

視界の隅でグリフが体をこわばらせたのが見え、キャサリンは不思議に思った。彼はこんな調子で、どうやって公爵から妻に求める条件を聞き出したのだろう？「いまのところ、婚約者はいません」

一度も婚約した経験がないことまで公爵に伝える必要はない。これまでも近づいてくる殿方は何人かいたのだが、彼らを本気にさせるそぶりは見せないできた。心惹《ひ》かれる相手が一人もいなかったからだ。

公爵はグリフをちらっと見ると、ふたたび視線をキャサリンに戻した。二人を見比べて、なんらかの謎を解き明かそうとしている様子だ。「だったら、僕は近いうちにきみからの手紙を受けとることになるだろう。僕が主催する舞踏会の前に」

「正直に申しあげて、まだどうするか決めかねています」

「いや、きみは絶対に僕に手紙を送るだろう」

なんて男。傲慢もはなはだしい。「閣下《ユア・グレイス》、あなたが将来の奥様に対して、彼女自身で考えたり決めたりすべきことまで意見しない方であるよう願っています」

「もし教える必要があるなら僕はそうする。こと大事な問題に関して、夫は妻に自分の意見を聞かせるものだ。きみはそんなことも知らないのか？」

彼はふざけているのだろうか？　キャサリンにはわからなかった。「なぜあなたは自分の考えを持てないような女性をお望みなのでしょう？」

「逆に、なぜそうじゃない女性を望まなければならないんだ？」

「そのほうが挑みがいがあるからだ」グリフが割って入った。

公爵は思いきり眉間にしわを寄せ、グリフを睨《ね》めつけた。「わざわざもう一つつけ加えなくても、僕はすでに挑戦しなければならない問題を山ほど抱えている」

「だがこれは仕事よりずっと愉快で楽しい挑戦になるはずだ。何しろ、相手の女性を頭の回転が鈍いなどと非難することは許されない。何を言うかわからない女性を相手に、お次はどんな言葉が出てくるんだろうとわくわくするようになる。きみにはそういう経験がないのか？」

グリフはわたしについて話しているの？　このわたしを挑戦しがいがある相手だと見なし、次にこちらが何を言い出すのか楽しみにしてくれている？　世界が突然、上下逆さまになったかのようだった。グリフはわたしを褒めてくれているのだろうか？

「興味深い指摘だな」公爵は注意をキャサリンに戻した。容赦ないまなざしからすると、この男性は何一つ中途半端に終わらせたりしないのだろう。「レディ・キャサリン、きみはどう思う？　きみなら僕の毎日を退屈なものにしないと言いきれるのか？」

「ええ、あなたの昼間だけでなく、夜の時間も」

グリフの去勢馬がびくりとし、鼻を鳴らすと脇へ一歩踏み出したが、彼はすぐにその馬をなだめた。その間も公爵は微動だにしない。ただし目だけは別で、キャサリンの全身を値踏みするように眺めている。いままでずっと月明かりに隠れていた彼女が突然太陽の下へ足を踏み出し、その姿を現したかのように。

「わたしは感情を込めて本を読むのが得意なんです」キャサリンは続けた。「そうすれば物語をいきいきと語ることができます。父はいつも、おまえは読み方がじょうずだねと褒めてくれるんです」

「読書か」公爵は咳払《せきばら》いをした。「もちろん、きみはそう言おうとしていたんだろう」

読書のほかに何があるというのだろう？　まさか公爵は、ベッドを温めることについて話していると考えたの？　グリフも？　グリフの馬が動揺したように見えたのは、彼自身が先のわたしの言葉に驚いたせい？

アルシアが明るく言った。「レディ・キャサリンならば、どんな殿方にとっても自慢の種となるはずです。自信を持ってそう断言できます」

「なるほど」公爵はかたときもキャサリンから目を離そうとしない。

「言わせてもらえれば、公爵がどんなレディにとっても自慢の種になるかどうかはわからないままです」キャサリンは挑むように言い添えた。「閣下《ユア・グレイス》、あなたはあの広告に自分についてもう少し詳しい情報を載せるべきでした。そうすればレディたちももっと自信を持ってあなたに手紙を書こうと思えたはずです」

公爵は目に力を込めた。「レディは爵位以外、何も気にしないものだ」

「その評価が当てはまるレディたちもいますが、必ずしも全員がそうとは限りません」

「少なくともレディ・キャサリンには当てはまらない」グリフが言う。「彼女はそんな浅はかな人間ではない」

「本当にそうか？」

「ああ、閣下《ユア・グレイス》。彼女は違う」そっけない声だ。

公爵はグリフをすばやく一瞥すると、ふたたびキャサリンに視線を戻した。「レディ・キャサリン、教えてほしい。きみはチェスをするだろうか？」

「はい、閣下《ユア・グレイス》。わたしが夜に本を声に出して読むよりも、そちらのほうがお好みですか？」

「それはまだ決めていない。ただ興味がある。きみは一番重要なのはどの駒だと考えている？」

これはこちらの頭のよさを調べるための、一種のテストのようなものなのだろうか？

「クイーンです」

「ポーンだ」

「でもクイーンはどの方向にも動かせます」

「きみは僕に反論するつもりか？」

「もしあなたが間違っていると思った場合はそうします。ただし、あなたには自分の言い分を述べる機会を与えます」

「きみの寛大な配慮に感謝するよ」公爵の口調からすると、本気でそう言っているとは思えなかった。「たしかにクイーンは最も強力な駒だが、最も重要な駒ではない。そこへいくと、ポーンはいかなる戦略においても鍵となる。ただし、ポーンは小さくて数もたくさんあるから無視されることが多い。まるで次男のようにね」

「ああ、あなたは自分の弟さんが、あなたよりも重要だと言いたいのですか？」

「ああ、紛れもない事実だ。父は僕の身の安全を守るためならば、一瞬もためらうことなく弟を犠牲にするだろう。つまり、弟は僕の幸福にとって重要な存在であるということだ。ポーンを軽く見てはいけない」

「あなたは自分のために弟君を犠牲にするつもりですか？」

「そんな事態になることがないよう祈っている」公爵はグリフに注意を向けた。「近いうちに、またあのテーブルで会おう。きみに大負けした借りを返したいからな」公爵は帽子を軽く傾けた。「それじゃレディたち、ごきげんよう」

公爵はキャサリンの脇を通り過ぎようとして、つと馬の歩みを止めた。「レディ・キャサリン、きみの手紙には必ず〝あの公園で出会った議論好きな女の子〟だと書き添えるように。そうすれば、きみの言い分により注意を払えるから」

「あなたがお好きなのは〝議論好きな女の子〟だとは思えません。むしろおとなしいレディのはずです」

公爵はやや勝ち誇ったような顔でグリフを見た。以前彼に質問をされたのは誰のためだったか、気づいたような表情だ。「きっときみなら僕を納得させられるだろう。僕が自分の好みの判断を誤っていたとね」

公爵がその場から去り、話が聞こえなくなる距離まで遠ざかると、アルシアは嬉《うれ》しそうに小さな悲鳴をあげた。たちまち馬たちが落ち着きを失い、歩調を乱し始める。「公爵はあなたに好意を持った様子だったわね」

「そうかしら？」キャサリンにしてみれば、むしろ意地悪な態度を取っていたような印象だ。それに、公爵がこちらに好意を持ったと考えても、アルシアほど大きな喜びを感じられない自分に困惑している。

「間違いないわ。あなたはどう思う、グリフ？」

「ああ、たしかに」そう答えたものの、グリフはキャサリンよりもさらに不機嫌そうな面持ちだ。

「ねえ、キャット、今日こうして彼に出会えたのは何かの巡り合わせよ。妻選びの競争で一歩リードできたんだもの」アルシアは手を伸ばしてきてキャサリンの手を握りしめた。「わたし、心から信じているわ。次のキングスランド公爵夫人になるのは絶対にあなただって」

「それは楽観的すぎると思う。少し言葉を交わしただけだもの。どうして社交界にデビューしたばかりの若いレディよりも、売れ残り寸前の女性を望むの？」

「彼がうわついたレディよりも成熟したレディを好むように思えたからよ」

でも公爵は自分自身の意見をはっきり言うレディではなく、彼の意見に従えるレディが好みだ。わたしは口を閉ざしたままでいられるだろうか？

三人でふたたび馬を歩ませ始めると、グリフはぐるりと回り込んでキャサリンの隣にやってきた。「きみはせっかく公爵に気に入られるチャンスをわざと台無しにしようとしたね？」

グリフは本当にいらだっている様子だった。庭園で会話する以前の彼に戻ってしまったみたいだ。「どうしてそれをあなたが気にするの？」

「僕が骨を折ったのはきみのためだからだ。僕はキングスランドの信用を失うかもしれない」

「あなたは公爵に、妻に求める条件を尋ねたのはわたしのためだと話したの？」

「もちろん話さなかった。彼宛ての手紙に何を書くべきか忠告しようとしていることさえ言わず、彼の花嫁探しの方法に興味があるふりをしただけだ。だがいまさっき、彼は何かに気づいたように見えた。あのうぬぼれの強いキングスランドのことだ、きっと自分の推測が正しいと考えたはずだ」

「わたしも彼の様子には気づいたわ。それにあなたの言うとおり、わたしにはあなたに借りがある。もっと公爵の言葉を受け流すべきだった。でも本来の自分を偽ってまでそうするべきだったのかしら？」

「結婚したあと、きみはいくらでも本来の自分を彼に示すことができる」

キャサリンは笑い声をあげた。「そうすれば、公爵とわたしは間違いなく悲惨な関係になるでしょうね。壮大な愛とはまるで無縁の夫婦になるはず。でも少なくとも正直な関係は築けるわ。わたし、嘘のない関係が結べない相手とは結婚する気になれないの」

「自分の望みのものを手に入れるために、犠牲を払わなければならないときもある」

グリフは犠牲に関してどんなことを知っているのだろう？　もし今夜彼と落ち合ったら尋ねてみよう。

気分は会いたいほうに傾いているけれど、まだはっきり決めたわけではない。そんな大胆なまねをするには、グリフを心から信用する必要がある。

「二人で何をひそひそ話しているの？」アルシアが尋ねてきた。

「彼女と公爵の印象について話し合っていただけだ」グリフが答える。

「わたしには彼がいい人のように思えたわ」アルシアが言葉を継ぐ。「キャット、あなたは公爵にどんな印象を抱いたの？」

キャサリンはため息をついた。「ちょっとがっかりしたわ。彼がわたしのことを全然覚えていなかったから」

「きみは彼と前に会ったことがあるのか？」グリフが尋ねた。どうにも信じられないと言いたげな、腹立たしそうな口調だ。

キャサリンはちらっとグリフを見た。「二年前にある舞踏会で。一緒にダンスも踊ったのに」

「きみの思い違いだ。もしきみとダンスをしたなら、公爵がきみを忘れるわけがない」

「もしわたしとダンスをしたなら、あなたはわたしを忘れるわけがない？」

「その答えはすぐにわかるはずだ」グリフは低い声で答えた。ただ、声のいらだった調子はいくぶん和らいでいる。

キャサリンは心のなかでつぶやいた。

もしグリフと踊ったあと、彼とのダンスを一生忘れられなくなったらどうする？

6

グリフは階段の一番下に立ち、石造りの台座にもたれていた。台座が支えているのは、反り返ったオオカミの石像だ。口をわずかに開き、月に向かって遠吠《とおぼ》えをしているように見える。あるいは、この世にはびこる不公平さや非道さに対してうなりをあげているのかもしれない。今日の公園では、グリフも危うくうなりをあげそうになった。キャサリンがいつもの議論好きな一面を見せたからだ。もしキングスランド公爵がおとなしい妻を必要としているなら、あれほど辛辣で自信満々の物言いをする女性を望むわけがない。自分の意見は公爵の意見と同じくらい重要だと言わんばかりの口調だった。ただし本来ならそうであるべきだし、キャサリンの言い分にも一理あった。だから本音を言えば、拍手喝采を送りたい気分だった。高い爵位と名声を誇る男を前にしても萎縮しない彼女を誇らしく感じずにはいられなかった。

とはいえ、慎重にならなければ、キャサリンはあの公爵を捕まえるせっかくの機会を台無しにしてしまうだろう。キャサリンにはどうしても、このいまいましい競争の勝者になってほしい。なおかつ今夜、僕と一緒の時間を過ごしてほしい――キャサリンにはそんなつもりがないだろうとわかっていても。

彼女は〝一緒に行く〟とははっきり返事しなかった。だからがっかりするのを覚悟で、こうして立っている。

いますぐ自分一人で出かけるべきだろう。今日あの庭園でもともとの計画を変えたのは、ひょっとしてキャサリンが一緒に来てくれるかもしれないと考えたからだ。だが、キャサリンはいまベッドに横たわり、キングスランドの夢を見ているはず。公爵がナイトドレスの裾の下からそろそろと手を滑らせ、彼女の柔らかな太ももの手触りを楽しんでいる夢を。

しかし、以前キャサリンと会ったことがあるというのに、キングスランドがその事実を覚えていなかったのは、どうにも解せない。一度キャサリンを紹介されたら、どんな男でも彼女の存在を忘れられるはずがない――いや、紹介される必要すらない。あの姿を目にしただけで、存在が心に刻みつけられるはずだ。しかも両腕にキャサリンを抱いて舞踏室を旋回していたらなおさらのこと。目が覚めるような赤褐色の髪、炎のごとき輝きを放つ瞳、歯切れのいい話し方。キャサリンを前にして、ダンスを踊る間ずっと彼女の注目を浴びたなら、その記憶を忘れることなどできないはずだ。実際グリフには、忘れられない彼女の記憶が数えきれないほどある。なるべく彼女に近づかないようにしているから、そのどれ一つとして自分と一緒にいる思い出ではないが。

妹アルシアと一緒に、花が咲き乱れる野原をスキップしているキャサリン。同じくアルシアとともに毛布の上に座ってピクニックを楽しみ、頭上の枝に止まっていた鳥たちが驚いて飛び立つほどほがらかな笑い声をあげているキャサリン。舞踏会で階段をのぼりおりしているキャサリン。殿方と次々とワルツを踊っているキャサリン。こちらをにらみつけているキャサリン。僕に向かって眉をひそめているキャサリン。僕の発言を聞いて必死に笑いをこらえているキャサリン。それらの記憶は特に気に入っている。普段顔を合わせても冷静さを保っている彼女が、一瞬だけ素の自分を出した瞬間だからだ。

キャサリンから公爵の愛情を得ようとしていると聞かされるまで、そういった記憶について考えたことすらなかった。だがいまはこの頭のなかで、回転のぞき絵《ゾエトロープ》のようにぐるぐると回り続けている。しかも、ぼやけて見えるほど目まぐるしく回転していて、どうしても止められそうにない。

いったい僕はここで何を待っているんだ？　もうみんな床についているのは知っている。彼らが寝静まるまでずっと、図書室でジュール・ヴェルヌの冒険小説『海底二万里』を読みながら時間をつぶしていたからだ。いまだここにやってこないのは、キャサリンに来る気がない証拠。そもそも、彼女がここに来なければならない理由などあるか？　公爵宛ての手紙に何を書くべきかはすでに教えた。しかも今日の午後、キングスランドと再会を果たしたのだ。今回は公爵もキャサリンのことを忘れることなどあるまい。むしろほかのレディたちに比べると、彼女は断然有利に思える。

今日の午後の自分を思い出すと、きまり悪くてしかたない。妻に何を求めているかなど、これまで考えたことはなかった。というか、結婚する気さえなかったのだ。それなのに、なぜキャサリンに対して、いままで結婚や妻を望んできた印象を与えようとしたのだろう？　しかも今後もずっと望んでいるかのような印象を？　どうしてこんなに突然、彼女と一緒にいる楽しさに気づいた？

キャサリンが同じように感じていないのは火を見るよりも明らかだ。こんなふうにぼんやり時間を過ごすのはもうやめにしないと。予定ならいくらでも変更できるし、このまま賭場に向かえばいい。すぐに乗り込めるよう、車回しに馬車を待機させてある。馬たちが鼻を鳴らしており、すぐにでも出発できる状態だ。

それでもグリフは一縷《いちる》の望みにすがるように立ち尽くしていた。これまでよく考えもしないまま互いに敵意を抱いているように振る舞ってきたが、その敵意がどんなものであれ、今夜はそれを脇に置いて、二人で過ごす時間を心から楽しみたい――そんな期待のかけらを捨て切れない――

直後、すべての思考が突然停止した。扉がいったん開かれ、閉じられる音が聞こえたのだ。石造りの台座から離れ、階段を見あげると、キャサリンがいた。こちらへ向かって早足で駆けおりてくる。夜の冷たさに備えて、毛皮の装飾がついた袖なし外套《ペリース》を羽織っていて、その下からちらりとエメラルド色のドレスが見えた。ディナーのときに身につけていたのと同じドレスだ。

「遅くなってごめんなさい」キャサリンは早口で言った。寝室からここまで慌てて来たかのように息が荒くなっている。「アルシアが寝室にやってきて、公園でキングスランドと出会ったときのことをもう一度話し合っていたの。待っていてくれてありがとう」

彼女が来てくれた。いまこうして感謝の言葉をかけられ、改めて不思議になる。なぜ彼女が来ないのではないかなどと疑ったりしたのだろう？「待ち合わせ時間を決めていたわけじゃない」

「誘いには何も答えなかったけれど、あなたがあの庭園でほのめかしたことがなんであれ、その答えが知りたい。今夜わたしに教えてくれる？」

「教えるだけじゃない。きみに実際に見せるつもりだ」

キャサリンはこれまで生きてきて、今夜ほど大胆な――あるいはスキャンダラスな――振る舞いをしたことはなかった。こんな夜遅い時間に、殿方と二人きりで馬車に乗り込むなんて。しかも付き添い役もいないし、外出することも誰にも知らせないままだ。でもグリフは一番の親友の兄。不作法なことは何もしてこないはず。彼なら安心できる。

いいえ、違う。そう考えていたのは少し前までのことだ。いまは全身が奇妙な感覚にとらわれている。かすかな灯《あか》りしかともされていない道を大きく揺れながら進む馬車のなか、グリフは適切な距離を保ちながら反対側に座っているのに、存在を強く意識せずにはいられない。大きく浮きあがり、こちらにのしかかってくるかのよう。別に怖いわけではない。でも、絶対に無視できないような何かがひしひし伝わってくる。いつからグリフはこんなに……圧倒的な存在感を放つようになったのだろう？　整髪料《ベイラム》と香辛料、さらに神秘と退廃が入り混じった香りを漂わせている。気づかないうちに、かつて少年だった彼が立派な大人の男に成長し、突然わたしの物思いの大半を占めるようになっていた。どうしても無視することができない存在に。

同じように二人の関係にも変化が起きていた。どうやってその変化が起きたのか、自分でもさっぱりわからない。それに、今後その変化にどうやって対処していけばいいのかも。馬車が街灯のそばを通り過ぎるたびに、グリフの顔がさっと照らし出される。いつしかその瞬間を心待ちにしているのに気づいた。道をひた走る馬のひづめの音が二、三回聞こえるだけの、ほんのわずかな間でもいい。彼の顔をもっとはっきり見たい。自由に、しかも誰にとがめられることもなく、グリフの体に触れられる光が羨ましくて嫉妬しそうなほどだ。レディの場合、殿方にこれほど際限なく触れることは絶対に許されない。触れるのが許されるまれな機会があるとすれば、せいぜいダンスを踊るときくらいだろう。それも手袋をはめたままでだ。

もしキングスランド公爵から妻として選ばれて求婚されたら、いかなる方法であれ、結婚前に彼と肌を触れ合わせる可能性は万に一つもない。結婚初夜に公爵がわたしの寝室を訪れて初めて、彼と肌を合わせることになる。もし公爵に触れられてぞっとしたらどうするの？


「ずっと窓の外ばかり見ているね」グリフが口を開いた。暗闇のなか、彼のかすれ声がことのほか親密に感じられる。

それはきっと馬車のなかに影が満ちているせい。もしくは、こんなに遅い時間だから。あるいは二人きりだからかもしれない。いずれにせよ、その親密な雰囲気のせいで、ふと気づくと本音を吐露していた。「求婚のしきたりについて考えていたの。なんて堅苦しくて退屈なんだろうって。どうしてもっとお互いをよく知ることができる方法にならないのかしら？」

グリフがにやりとしたのが見えたとき、これほどすてきな笑顔の持ち主だと改めて気づかされた。秘密をわかち合う特別な存在として、大切に扱われているように感じさせる笑みだった。

「レディ・キャサリン、まさかと思うが、きみは僕の心を読めるのかもしれないな」

「つまり、あなたも同じことを考えていたの？」

「ああ、もう何年もずっと。それもあって、これからきみに見せようとしているものについて考えるようになったんだ」

「アルシアはもう知っていること？」

「まさか。誰にも話したことはない」グリフは窓の外を眺めた。「なぜきみに話す気になったのか自分でもわからない。あの庭園にいたときはしらふだったから、よけいにね」

不満げな言葉を聞いてキャサリンは笑い出したくなった。グリフをまんまと出し抜いたあの夜がよみがえったのだ。彼に勝てるといつもこんな明るい気分になる。本音を言えば、彼にからかわれても気にならない。キングスランド公爵とも、こんなふうにいきいきとした会話ができるだろうか？

「今夜どこかであなたを待っている女性はいないの？」

グリフは視線を戻してきた――まさに狙いどおりに。いったいわたしはどうしたのだろう？　彼の注目を浴びたいと考えるなんて。

「自分が知りたいことを僕からうまく聞き出そうとしているね」

「そんなことないわ」

「僕に愛人がいるかどうか確かめようとしているんじゃないのか？」

そうなのだろうか？　ああ、きっとそうなのだ。「もし愛人がいるとしたら、あなたと彼女の仲違《なかたが》いの原因にはなりたくない」

「僕がその彼女にきみとのことを話すと考えているのかい？」

「ええ。もしあなたがあなたのお父様に似ていて、自分の逢引《あいびき》を秘密にしようとしないたちならね」

「まず言っておこう。僕は父とはまるで似ていない」食いしばった歯の間から絞り出すような声が聞こえた。「次に言いたいのは、どう考えても、これは逢引と呼べる類いのものではないということだ。僕らは愛人同士ではないし、今夜の外出の目的もロマンチックとはほど遠いものだからね。最後に、もし愛人がいるなら僕はいまきみとここにいない。その愛人と一緒にいるはずだ。なぜ笑みを浮かべている？」

「あなたが愛人に不誠実な行動を取る人じゃないとわかって安心したの」それに、グリフに愛人がいないこともわかって。

「もしかして僕の愛人になりたいとか？」

「まさか！　そんなことを尋ねるなんて図々《ずうずう》しいにもほどがある。わたしは上品な生まれのレディで――」

「きみは上品さとはかけ離れている。大した度胸の持ち主だし、自分の思ったことをはっきり口にする。ちなみに、あのキングスランドがそれと正反対の女性を望んでいる理由は、僕にはさっぱりわからない」

「公爵のことは話したくない」

「きみは彼が好きじゃないのか?」

「彼に対してどんな感情を抱いているか、自分でもわからないの。さっき物思いにふけっていたのはそのせいよ。うちの父と母のような結婚はしたくない。父は金銭的な利益を得るために母を妻として選んで――」

「キングスランドは金に困ってなどいない」

「それから、政治的な影響力も――」

「キングスランドはいま以上の政治的影響力も必要としていない」

「たしかにそうね。つまり、彼が妻を必要としているのは世継ぎを産ませるためということになる」

「爵位のある男はみんなそうだ」

「でも、それでは女性のハートは射止められない。うちの両親は夫婦仲をよくしようとして今回イタリア旅行へ出かけているの。お互いを愛せるようになるかもしれないと考えてね。わたしは両親みたいに愛情のない結婚生活を三十年も続けたくない。アルシアのように、最初から愛し合える相手と結婚したいの」

「きみはチャドボーンがアルシアを愛していると考えているのか?」

「ええ、もちろん。彼は心からアルシアを愛しているわ」そう答えたものの、ふいに疑念がむくむくと頭をもたげてきた。思わず前のめりになりながら尋ねる。「あなたはそうは思っていないの？」

「あいにく恋愛事情にはうとくてね」

「だったら、あなたはこれまで一度も誰かを愛したことがないの？」

「一度、子犬にめろめろになったことがある」

キャサリンは眉をひそめた。「これまで何度もアルシアを訪ねたけれど、あなたのお屋敷で犬を見かけたことは一度もないわ」

「その子犬を飼うことを許されなかったんだ」

またしても彼の望みが叶《かな》わなかった事実を知り、胃がきりきりと締めつけられた。グリフは公爵の息子だ。本来なら、望みのものを与えられないなどありえないことなのに。思えば、うちの両親は常にわたしを甘やかしてくれた。たぶん、わたしが生まれる前に産んだ息子が、三人とも生後すぐに亡くなったせいだろう。「でも、女性を愛したことはないのね」

「ああ、一度もない。きみはどうなんだ？　若い頃、どこかのろくでなしに夢中になったのに、そいつが巨額の持参金を持つ別のレディに目移りしたせいで捨てられたことはないのか？」

「もしその男がわたしを振ったとしたら、ロンドンじゅうがその話を知っているはずよ。そんな悪党、こっちがテムズ川に放り込んでやるもの」

またしてもグリフから含み笑いを引き出せた。彼を笑わせるとこのうえなくいい気分。くせになりそうなほどに。

「ほらね？　きみはめそめそ泣いてばかりいる弱虫じゃない。勇敢で大胆な女性だ。きみを妻にできて、キングスランドは運がいい」

今度笑みを浮かべるのはキャサリンの番だった。「あなたともあろう人が、公爵の妻にわたしが選ばれると考えるなんて」

「たしかに妙だな」グリフは窓の外をちらりと眺めた。「そろそろ到着だ」

目の前に広がっているのは、ほとんどがれんがで覆われた巨大な建物だ。なかから灯りは一つももれておらず、立ち入ってはいけない場所に見える。キャサリンの胸の鼓動が少し速くなったが、グリフを信頼する気持ちに変わりはない。彼ならば、絶対にわたしを危険な状況に追い込んだりしないはず。

彼は馬車の外側につるされていたランタンの一つを手に取ると、御者にしばらくあたりを回るよう指示を出した。

「ここはどういう場所？」

「いまは放置されている」グリフは鍵を掲げてみせた。「さあ、なかへ入ろうか？」

「ここはあなたのものなの？」

「いいや、まだそうじゃない。購入資金が足りないんだ。だが売買を担当している代理人が、僕がこの物件に興味を持っていることを知っていて、今夜のために鍵を貸してくれたんだ」グリフは唇を歪《ゆが》め、皮肉っぽい笑みを浮かべた。「公爵の息子だということで得をすることもある。みんなが大目に見て信頼してくれるんだ。公爵の息子でなければ絶対にありえない場合でもね」

「この建物をどうしたいの？」

「ここでビジネスをしようと思っているんだ」

キャサリンをいざなって玄関前の階段をのぼるグリフの全身から、熱意が伝わってくる。彼はランタンを掲げて玄関前にたどり着くと、鍵を差し込んで回し、大きく扉を開いた。蝶番《ちょうつがい》がわずかにきしむ音を聞き、にわかに不安に襲われる。

しかし、グリフから身ぶりでなかへ入るよう示され、思いきって敷居をまたいだ。彼の前で、臆病風に吹かれているのを認めるつもりはない。ランタンの灯りに照らし出されたのは、洞窟のような入り口通路だった。うつろな空間に灯りが踊るさまをしばしうっとりと見つめる。通路の両脇に開かれた戸口があり、その間には堂々たる階段があった。優美な曲線を描きながら階上へつながる階段は、まさに大邸宅にこそふさわしい造りだ。

「こっちへ」グリフは声を響かせながら、広々とした部屋へキャサリンを案内した。もしこの建物が家として使われていたならば、居間に当たる部分だろう。天井から巨大なシャンデリアがいくつか垂れ下がり、反対側の壁にはこれまた巨大な暖炉がしつらえられている。

「ここを応接間にするつもりだ」

「応接間って、誰を迎え入れるつもり？　あなたの依頼人？　それともあなたのお客様？」

「僕の会員たちだ。きみは男女が一緒に入れる《コック・アンド・ヘン》クラブについて知っているかな？」

「あなたにそんなふうに思われていたなんて心外だわ。どんなクラブであれ、男性の体の一部を名称にしているクラブのことをわたしが知っているはずない――いいえ、ちょっと待って。もしかしてあなたが言っているのはオンドリとメンドリ《ルースター・アンド・ヘン》のほう？」

グリフが満面の笑みをたたえるのを見て、キャサリンは覚悟した。彼はいまから容赦なくこちらをからかおうとしている。そうわかっていても、悪魔のように魅力的な笑みを見られて運がいいと考えてしまうけれど。いままで目にしたことがない、とびきり誘惑的な笑みを。

「レディ・キャサリン、僕の言葉を聞いて、なぜそんな想像をしたのかな？」

「ひどい人、わたしが勘違いするってわかっていたくせに。きっと、わざとおかしな名前をつけたんだわ。オンドリとメンドリ《コック・アンド・ヘン》クラブだなんて」

「いや、本当にそういうクラブは存在するんだ。きみの見解もあながちはずれてはいないが。その名称にはいやらしい意味も込められているからね」

「そのクラブの目的は？」

「気が合う男女に出会いを提供することだ。その種のクラブは、この社会でもあまり裕福とは言えない地域に存在する。いや、存在していたと言うべきかな。最近ではほとんど見かけなくなっているから」

「あなたは行ったことがあるの？」

「ああ。いまよりずっと若かった十年ほど前、小遣いを使い果たして何か気晴らしになる面白いものを探し求めていたときにね。たまたまそういうクラブを見つけて興味をそそられた。レディたちはみんな、付き添い役なしでやってきていたんだ」

「だったら、その人たちはレディとは言えないのでは？」

「何をもって女性をレディと呼ぶかは、また別のときに議論できるだろう。とにかく、そこにいたレディたちは自由奔放で、一緒にいると楽しくて、求められれば相手が誰でも自由にダンスをしていた。ピアノで演奏されていたのがワルツというより、むしろ民族舞踊《ジグ》に近い曲だったとしてもだ。みんな酒をたくさん飲んでいたし、何人かのレディはタバコも吸っていた。夜がふけるにつれ、彼女たちの誰もがその場にいた男とくっついて、親密な触れ合いを楽しむためにクラブを出ていった。そのクラブのくつろいだ雰囲気のおかげで、そこにいた人たちは誰とでもすぐに打ち解けられていたんだ」

「同時に、すぐに罪も犯しやすくなる」そういった男女がクラブから出たあとどんな行為に及ぶか、キャサリンにははっきりとわかっていた。母からたびたび、男というのは一人でいる女を見ると誘惑したくなるものだと警告されてきた――身を持ち崩さないよう守ってくれる付き添い役がいないと、女がいかにたやすく誘惑に陥るかも。そこまで考えて疑問が湧いた。いったいわたしは、ここで何をしているのだろう？　グリフィス・スタンウィックと二人きりで？

とはいえ、グリフの魅力に屈するつもりはない。わたしは正真正銘のレディだ。それに自分なりのはっきりとした考えを持っている。〝非の打ちどころがないレディとしてあり続ける〟という信念を曲げるつもりはなかった。いま自分がここにいる事実を誰かに知られない限りは。

ただ、先ほどからため息をつきそうになるのをずっとこらえている。グリフの髪に指を差し入れたくてたまらない。その気持ちを抑えるのがどんどん難しくなってきている。彼の髪は見た目どおり、シルクのような手触りかどうか確かめてみたい。そしてこの手をグリフの両肩へ滑らせてみたい。服を着ていない彼の姿はどんなふうに見えるのだろう？

「それがそんなに悪いことだろうか？」グリフは暖炉の前まで歩くと、炉棚の上にランタンを置いた。おかげで部屋全体が灯りに照らし出され、よりはっきりと見えるようになった。グリフは胸の前で腕組みをし、壁に背をもたせかけている。「きみには結婚した友だちがいるはずだ。彼女たちは結婚初夜を迎える前、自分の夫についてどの程度まで知っていただろう？　アルシアは本当のチャドボーンについて、どの程度知っていると思う？」

「彼に何か問題でもあるの？」

「いや」グリフは首を振った。「僕が知る限り、何もない。だがチャドボーンとアルシアを見るといつも、どれほど体を寄せ合うように立っていても、互いの距離がロンドンとパリのように離れて見えるんだ。アルシアが彼とキスしたことがあるかどうかさえ疑わしい」

キャサリンは知っている。アルシアはチャドボーンとキスをしたことがない。でも、ここでその秘密をもらすつもりはなかった。実際、母は本当に父のことを十分理解したうえで結婚したのだろうかと疑問に思うこともある。二人の共通点はあまりに少なすぎる。そう考えると、アルシアたちに対するグリフの意見は的を射ているのだろう。

とはいえ、いまここでそれを認める心の準備はできていない。だから無言のまま、がらんとした部屋を歩き回り、室内が絵画や小像、観葉植物で飾られたところを想像してみた。

「ということは、あなたはここを男女が一緒に《コック・アンド・ヘン》入れるクラブにしたいと考えているの？」

「基本的にはそうだが、もう少し工夫を凝らしたい。僕が前に行ったクラブはワンフロアで、そこで客たちが踊ったり酒を飲んだり話したりして出ていく感じだった。僕は男女がダンスを楽しむためのフロアと、彼らがゆったりくつろいだり会話を楽しんだりするためのフロアを別々に用意したいと考えている。どちらかといえば社交クラブに近い。相手がいない人たちに出会いの可能性を提供する場所にしたいんだ」

グリフの全身から電流のように伝わってくるのは紛れもない興奮だ。彼は脚を組んでさりげなさを装ってはいるが、腕組みをしている両手には力がこもっているように見える。グリフもキャサリンも、自らの行動や言葉、それらに含まれた微妙な意味合い一つ一つによって周囲から判断される社交界という世界に生きている。それだけに、グリフがこうしてこの自分をここへ連れてきて、将来に関する彼なりの計画や夢、強い願望をわかち合ってくれていることに責任のようなものが芽生えた。グリフはわたしを信用して、この話を打ち明けてくれているに違いない。

「あなたの計画をすべて聞かせて」

グリフはもたれていた壁から離れると大股で歩き出し、たった四歩でキャサリンの隣までやってきた。「僕のクラブは爵位を受け継ぐ者は誰一人、会員として受けつけるつもりはない。つまりは、どんな舞踏会や晩餐《ばんさん》でも一目置かれる長男のことだ。このクラブの男性会員は、とても裕福なのに舞踏会に招かれることがない貿易商や小売り商人の息子たち、それに、彼らと同じく華やかな社交の場で無視されることが多い、貴族の長男以外の息子たちということになる。あとはなんらかの理由で社交界から拒絶されている者たちもだ。たとえば、あのトゥルーラヴ家の面々。彼らは生まれのせいで、華やかな催し物の招待状を受けとることがない。うなるほど金を持っているというのに」

「彼らは貴族と結婚しているわ」

「だが、たとえ結婚していなくても社交界に温かく迎えられるべきだと思う。彼らのような人たちはほかにもたくさんいる。嫡出子もいれば、そうでない者も。名門紳士クラブ〈ホワイツ〉はそういう者たちに会員資格を与えていないが、僕は与えるつもりでいる。それとレディたちにもだ。舞踏会で壁の花になる女性や、さほど若くない独身女性、それに華やかな席で無視されがちな女性たち――男性と同じく、裕福な貿易商や小売り商人の娘たちも会員にしたい。貴族の長男との結婚は無理だとわかっていて、次男との結婚で満足するような女性たち全員を」

ひょっとしてグリフは、その女性たちのうちの誰かが自分との結婚で満足するのを望んでいるのだろうか？　どこかの愛らしいレディと彼が戯れ合うことを考えただけで嫌な気持ちになる。でもそれはどう考えても不公平だ。こちらはグリフに、どんな手紙を書いたらキングスランド公爵の目を引けるか相談しているのだから。こちらは自分でも納得できる結婚相手を探そうとしている。なぜグリフがそうしてはいけないの？

「だったら、あなたはここで仲人クラブのようなものを開こうとしているの？」

「いや、最終目的は結婚じゃない。楽しむことだ。この部屋はいわば受付のような役割を果たすようになるだろう。来店した客はここでいくつかの質問に答え、会員資格を確認してからようやく、別のフロアでの探検を許されるんだ」グリフは炉棚の上のランタンを手に取り、キャサリンのほうへ戻ってくると、指に指を絡めてきた。無意識のうちにそうしたかのように、ごくさりげないしぐさだった。まるでそうするのがこの世で最も自然なことであるかのように。

キャサリンはみぞおちがうずき、心臓が高鳴るのを感じた。この触れ合いが自分にとって、〝この世で最も自然なこと〟以上の意味を持つ証拠だろう。本来感じてはいけない喜びや高揚感を覚えている。グリフとこんなふうに関われば、キングスランド公爵と結婚する機会を台無しにするも同然。結果的に、あの小別荘を手に入れることができなくなる。だからグリフに手を引かれて廊下へ出たときも、彼への募る想《おも》いをどうにかこらえようとした。自分の意識をグリフ本人ではなく、彼の計画だけに集中させたい。

「この階にあるほかの部屋もすべて、最初の部屋と同じ雰囲気にする」グリフが口を開いた。「客は部屋から部屋へ自由に動きまわり、誰かと挨拶したり話をしたりすることになる」

グリフは階段をのぼり始めた。脚が長い彼ならば一段抜かしであがれるはずだが、キャサリンに歩調を合わせてくれている。階段の子柱や手すりに施された、手の込んだ渦巻き模様の装飾にもっと注意を払うべきなのに、どうしてもグリフが気になってしかたない。というか、グリフのことしか目に入らない。背が高くすらりとしていて、彫刻のごとき美しい体躯《たいく》だ。体の動きは優美そのもの。ああ、なぜこれまで、グリフが詩的なほど流麗な振る舞いをすることに気づかなかったのだろう？　いくら言葉を尽くしても、彼の身のこなしのなめらかさを表現することはできないように思える。

この二、三日を除いて、グリフとこれほど長い時間を一緒に過ごしたことは一度もなかった。視界の隅に飛び込んできたと思ったら、こちらがむっとするような発言をして、少し言い争いをしたらすぐに立ち去っていく――それがこれまでのお決まりのパターンだったのだ。相手がどうしたいか、どんな夢を抱いているか、知ろうとしたことすらなかった。思いきってこちらから自分の話を打ち明けたら、今度はこうしてグリフが彼自身の話を打ち明けてくれている。

世界が突然ひっくり返ったような気分だ。つい先ほどまで、これが現実だと見なしていたことや大切だと考えていたことが、ふいに取るに足らないことのように感じられてきた。いまこの瞬間、この時間こそ、自分にとってかけがえのない、とても大切なものだとも。

踊り場にたどり着くと、グリフは足を止めてキャサリンにあたりの景色を見るよううながした。下にある一階フロアと、上に続く二階フロアが同時に見渡せる。

「一階と同じく、二階にもお楽しみのための部屋を用意するつもりだ。ダンスのための部屋、カードゲームのための部屋、ダーツのための部屋、それに本を読むための部屋も設けようと思っている」

断言しているものの、グリフの声には意見を求めているような調子が感じられた。

「すばらしい考えね。ピアノを弾くための部屋を作る利点について考えたことはある？　内気でうまく話せない女性でも、指先を使えば自分をうまく表現できる場合もあるから」

グリフが体をこわばらせたのがわかり、キャサリンは彼にまだ手を握られていたのに気づいた。彼はすぐに手を離したが、熱っぽい視線を向けている。「そうなのか？」

低いかすれ声だ。グリフはその内気な女性――キャサリン自身かもしれない――が指先を使って何か別のことをしているイメージを膨らませているのだろうか？　別に、彼がよこしまな想像をしたとしても気にならない。ここはそういう想像をかき立てる場所だろうから。

そして、先ほどのグリフの言葉は正しい。貴族が集う通常の夜会では、マナーのよさと適切な振る舞いが厳しく求められる。あんな堅苦しい状況で、相手の本当の姿を見きわめられる人がいるだろうか？「付き添い役はどうするの？」

「どうするとは？」

「自分が付き添っているレディをどこまでも追いかけさせるつもり？　それとも、付き添い役たちが待機できるような特別な部屋を設けるの？」

「付き添い役の入店を許すつもりはない。この場所で一番重要なのは、誰にも判断されることなく、自分の好きなように振る舞う自由を得られる点なんだ」

「あら、人は判断するものよ。誰かを判断するためだけにここへ出入りする人もいるはずだわ」

「なるほど、きみの話にも一理あるな」グリフは目を光らせながら、指摘された点についてあれこれ考え始めた。

いっぽうのキャサリンはひどく後悔していた。先ほどまでグリフの注目を一身に集めていたのに、その魔法のようなひとときを自ら断ち切るなんて。とはいえ、自分が口にした考えをグリフが真剣に検討してくれていることに喜びもあった。彼がこちらの意見を重視してくれているのが心から嬉《うれ》しい。

いままで、大事なことについて意見を求めてくれた殿方はいただろうか？　よく思い出せない。そういえば、かつて天気に関して意見を求めてきた男性がいた。明日は傘を持って出かけるべきだろうかと相談されたのだ。でも天気の相談に応えるのと、ビジネスに関する相談に応じるのはまったくの別物だ。答えの重みも比較にならない。

「誰かに入会資格を与えるときは、別の会員からの推薦が必要ということにしよう」彼は低くつぶやいた。「もしくは入会希望者リストを公開して、もしこのクラブにふさわしくない人物がいた場合、ほかの会員たちがリストから除外できるようにするやり方でもいい」

「でも、取るに足らない理由で誰かを排除しようとする人が出てくるかもしれない。本当は何も悪くない相手なのに、個人的な借りを返したいだけで除名する人もいるかも」

「誰がそんなことを？」

「女性なら間違いなくすると思う。きっと男性も。愚かな理由で恐ろしいほど復讐心《ふくしゅうしん》を燃やす人っているものだから。わたしも一度、ドレスがよく似ているというだけで、ある女性から刃《やいば》を向けられたことがある。今回キングスランド公爵の好意を勝ちとりたいのは山々だけれど……そうなれば友だちを失うことになるでしょうね。もしくは、彼の注目を求めていたほかのレディたちから刃を向けられるかも」

「なぜ彼女たちはきみの成功を祝福し、喜ぶことができないんだろう？」

「彼女たちが何よりも自分の成功を望んでいるからよ」

「もし自分以外の誰かが勝者になった場合、きみはその女性を妬むと思うかい？」

「そんなことはないと思いたい。もちろん公爵に拒絶された事実に苦しむことになるだろうけれど、それでも、選ばれた女性を祝福する気持ちの余裕があればいいと思う」

「そう思っている事実がいい証拠だ。きみは実際にその女性を祝福するだろう」

まさかグリフがこのわたしをこれほど信頼してくれているなんて。

「いずれどうなるかわかるはずよ」

こちらをじっと見つめながら、グリフは片手を掲げ、ゆっくりと近づけてきた。もしかして頬に触れようとしているのだろうか？　それとも顎に？　しかし、グリフは突然手を伸ばす方向を変え、自分のうなじをこすり始めた。

「だったら、きみはこのクラブを推薦制にすべきだと？」

こんな大切な事柄に関して、意見を男性から再確認されるなんて。身長がいきなり五センチ伸びたような気分だ。実際は頭の先がグリフの肩にやっと届くくらいなのだけれど。

「ええ、それが一番賢明な方法だと思うわ」

彼は夏の一日のように温かく、真昼の太陽のように輝く笑みを浮かべた。「だったらそうしよう」

グリフからじっと見つめられ、またしても体の端々までうずきが走った。わけのわからない期待――彼の両手をこの体に滑らせ、おかしなうずきを落ち着かせ、もとの状態に戻してほしい――が高まっているせいだ。「二階はどうするの？」

自分でも驚くような息も絶え絶えの声が出た。

「小さな部屋がいくつかあるから、カップル用にしようと考えている。もっと親密な……対話を求めている男女のために」

つまりは、言葉よりも体の触れ合いで〝対話〟する私的な場所ということだ。「あなたは彼らがみだらな行為をするようしむけるの？」

「必ずしもそうじゃない」

「部屋にベッドを置くつもり？」

「いくつかの部屋にはね。喜びをもたらすやり方は数限りなくあるものなんだよ。たとえば今夜もそうだ。僕たちは何も不都合なことはしていないが、それでも認めざるを得ない――僕は今夜こうしてきみと一緒にいて、本当に楽しい。女性と過ごしてこれほどの喜びを覚えたのはずいぶん久しぶりなんだ。付き添い役も、話の邪魔をする者も、聞き耳を立てている者も誰一人いない。僕らを勝手に判断する者も。僕らは常に人目にさらされるのが当たり前の世界に生きている。そのせいで、こんなふうに人目を意識することのない状態がどういうものか、その可能性を探れる機会などめったにない。そうだろう?」

言葉を重ねるにつれ、グリフの声は低く優しくなっていく。かつてキャサリンは市場で、地面に座った男が体を揺らしながら横笛を吹いているのを見かけたことがある。男の体の動きに合わせるように、枝編み細工の籠に入れられたコブラが体を左右にくねらせていた。まさにいま、あのコブラになったような気分でいる。この場の雰囲気にうっとりしながら、グリフが向かう方向ならどこへでもついていきたいような。階段をあがりきれば、二人きりになれる部屋が並んでいる。とはいえ、わざわざ階上に行く必要もない。いまこの建物にいるのは二人だけなのだから。グリフはあの毒ヘビよりも危険な存在だ。いや、それ以上かもしれない。こうして彼と一緒に過ごしていると、自分が抱いてきた価値観に疑いを抱いてしまう。これまではずっと、純潔や名声、周囲からの尊敬を保ち続けることが何より大事だと考えてきた。

それなのにいまはそのすべてが、自分に喜びをもたらすものには思えなくなっている。こうやって数時間、殿方と一緒に本来すべきではないこと——屋敷からこっそり抜け出して二人だけで出かけ、行き着いた建物のなかを歩き回り、スキャンダラスな行為について それらがけしからぬ行為ではないかのように淡々と話していること——をしている喜びのほうがはるかに大きい。「クラブの名前はどうするの?」

もしかすると横笛を演奏しているのはキャサリンのほうで、その音色にうっとりしているコブラはグリフだったのかもしれない。彼が質問されたことに気づき、さらにその質問の意味を理解するまで少し時間がかかった。

グリフは目をしばたたいた。キャサリンの瞳や髪、あるいは彼女の存在そのものに夢中になり、我を忘れていたかのように。彼はゆっくりと時間をかけて息を吐き出した。

「淑女と予備紳士たちのためのクラブ《ザ・フェア・レディーズ・アンド・スペア・ジェントルメンズ》だ。略して〈ザ・フェア・アンド・スペア〉にしようと考えている」

「いいわね」

「そう思うかい?」

キャサリンはうなずいた。「それにクラブの目的も気に入ったわ。あなたがお店をオープンして、ここを訪ねるのがとても楽しみ」言葉にしっかり力を込めた。彼の能力を信じていると伝えたい。グリフなら、この場所で事業を成功させることができる。一片の疑いもなく、そう信じている。

彼が浮かべた笑みはやや悲しげに見えた。「僕がどうにかこの建物を買いとって、すべての部屋に必要な設備を揃《そろ》える頃には、きみはすでに結婚しているだろう。僕のクラブの会員になれるのは独身者だけだ。くつろいだ雰囲気のなか、男女に出会いの機会を与えることこそ、このクラブの目的だからね」

「公爵がわたしを選ぶとは限らない」

「彼宛ての手紙には、僕が教えたとおりのことを書いたんだろう？」

「まだよ。いま書いているところ」

グリフは片手を掲げ、キャサリンの頬に触れられる距離まで近づけたが、結局体の脇に戻した。「きみは今日、公爵に強い印象を与えた。彼に言われたとおり、手紙で〝あの公園で会ったレディ〟だと名乗り、自分自身について僕に言われたとおりに書き記すといい。そうすれば公爵はきみのものになる」

グリフはこともなげに言った。でも残念ながら、キャサリンはもはや確信を持てずにいる。キングスランドを本気で求めているのかどうか、わからなくなったのだ――〝妻は自分の意見を決める際、夫の意見に耳を貸すべきだ〟と固く信じている男を。

それからしばらくして、二人は屋敷へ戻るためにふたたび馬車へ乗り込んだ。それぞれ物思いにふけり、心地いい沈黙が流れるなか、キャサリンは心のなかでつぶやいた。

朝になれば、自分の屋敷に戻ることになる。キングスランド公爵の舞踏会の日まで、グリフともう一度会えるかもわからない。でも、はっきりとわかっていることが一つある。わたしはこの驚くべき一夜を一生忘れはしないだろう。それに、この一夜をともに過ごした紳士のことも。

7

それから二週間と少し経《た》ち、いよいよキングスランド公爵主催の舞踏会が開かれる夜がやってきた。今年の社交シーズン一番の目玉と言われ、誰かの運命が確実に変わる、社交界じゅうが注目している舞踏会だ。キングスランドの大邸宅は高級住宅地ベルグレービアにある。その大広間にアルシアとジョスリンと一緒に足を踏み入れたとたん、キャサリンは期待に胸が高鳴った。奇妙なことにそれは、夜十時に予定されている公爵の発表とはなんの関係もないけれど。それに、名だたる名士たちが会場を埋め尽くして従者からシャンパングラスを受けとっている光景とも、これまで見たこともない最大規模の楽団が大広間を三方から取り囲むバルコニー――より低い位置にある舞踏室を見渡せる、眺めのいいバルコニー――の片隅で待機している光景とも。

そう、そういった華やかな光景とはまったく関係ない。キャサリンが期待に胸を膨らませている理由はただ一つ。今夜グリフとワルツを踊ることになっているから。

ただし、もしグリフが覚えていたらの話だ。そして、彼がこの会場に姿を現したらの話。

まだグリフの姿はどこにも見当たらない。

「誰を探しているの？」親友アルシアの声がした。

「まわりを見ているだけ。こんなにおおぜいの人がここにいるなんて信じられる？」

どこもかしこも人だらけで、みんながイワシの缶詰めに入れられたかのようだ。レディたちは髪を複雑な形に結いあげ、まばゆい宝石をつけ、高価なドレスを身にまとっている。すでに結婚しているかどうか、あるいは公爵の注目を浴びたがっているかどうかなど、もはや関係ないようだ。ここに集ったロンドンじゅうの貴族たちが、キングスランドに知ってもらいたいと願っているのは間違いない——彼が妻を選ぶこの晴れの舞台で、自身は衣服にいくら金をかけても構わず、その優美さを誇示するつもりであることを。とにかく誰もが完璧な装いを競い合いたがっている。

「少なくとも二百人はいるわね」レディ・ジョスリンが考え込むように言う。「公爵はこれまで一度も舞踏会を開いたことがない。だから今夜はみんながここにやってきた。公爵はどれほどたくさんの手紙を受けとったのかしら」

「まだ結婚が決まっていないレディは一人残らず手紙を書いたに違いないわ。なかには、もう婚約者がいるのにもっと高い爵位を狙うレディたちもいるかもしれない」アルシアがしみじみと言う。「わたし、この競争に参加する必要がなくて本当によかった」

「わたしの手紙は八ページにもなったの」ジョスリンが自慢げに言う。「キャット、あなたは？」

「一ページだけ」

ジョスリンは目玉をぐるりと回すと、勝ち誇ったように冷笑を浮かべたが、突然いらだった口調になった。「わたしは自分のいいところを一ページにおさめきることなんてできなかった。なぜ自分が公爵から選ばれるべきか理由を全部書き連ねている間に、手が疲れて引きつったほどよ」

「そうでしょうね」キャサリンはつぶやいた。きっと公爵の心を勝ちとるのはジョスリンだろう。この友人が幸せをつかめますように。そう願いながら、自分のダンスカードをちらっと見てみる。カドリール、ポルカ、ワルツ。ワルツの欄には彼の名前を書き込んである。「アルシア、今日お兄様たちはここに来ているの？」

「マーカスはね。母とわたしの付き添いとして来ているの。父がほかの用事で忙しいから。つまり、みんなも知ってのとおり愛人のところへ出かけているの。相手がどんな女性か知りもしないけれど、彼女のことが嫌いでたまらない。そんな自分が恥ずかしくなるわ。とはいえ、母を苦しめている父を絶対に許せない自分もいる」

キャサリンは言った。「あなたのご両親もイタリア旅行へ行くべきだわ。うちの両親は旅行のおかげで驚くほど仲よくなったのよ」両親が情熱的に抱擁し合い、熱っぽいキスを交わす姿を二度も見て以来、両親がいる部屋へ入る前にはこっそりなかをのぞき込むようにしている。

「大した違いはないと思うわ。父はなんだかんだ言い訳して家を留守にすることが日に日に多くなっているの。夕食でさえ、どこか別の場所で食べて帰ってきたことが何度かあるし」

「ごめんなさい、よけいなことを言ったわ」

アルシアは肩をすくめた。「いいえ、あなたはなんにも悪くない。わたし、父には本当にがっかりしているの。誰だって非の打ちどころのない父親を望むものだもの。あんな不名誉なろくでなしではなくね」

「グリフィス卿《きょう》は?」

「そうね、グリフもろくでなしかもしれない。でも、まだ結婚していないから別に害はないはずよ」

キャサリンはわざと明るい笑い声をあげた。誰にも気づかれたくなかった。かつては自分もアルシアと同じように考えていたのに、もはやそうは考えていない事実に。「違うわ。わたしが尋ねたかったのは、彼もここにやってきているのかということ」

「あら、そういうことね。グリフは出席するとも、わたしたちに付き添うとも言っていなかったけれど、ここに来ないなんて考えられない。さすがに今夜は、紳士クラブに行こうとしている人は誰もいないんじゃないかしら。もしグリフがここにいたら、きっとカード室にいるはずよ」

　グリフを捜し回る気はさらさらない。彼がここにいてもそうでなくても。この屋敷に到着した時点で、グリフは紳士用のダンスカードを手渡され、そのカードを礼装用《イブニング》コートの内ポケットに滑り込ませているだろう。最初のワルツがどのタイミングかはわかっているはずだ。もちろん、もし彼がわたしに申し込んでこなくてもがっかりしたりしない……少なくとも、ひどく落ち込んだりはしない……もう、いまいましい！　本当はものすごく気落ちするだろう。自分の夢を聞かせてくれたあの夜からずっと、グリフとワルツのことしか考えられずにいる。

　ジョスリンはわずかに前のめりになった。「公爵は彼のお母様と一緒に出迎えてくれたとき、誰にもわからないようにわたしにほほ笑んでくれたの」喜びの甲高い叫び声をこらえるかのように、下唇は噛《か》んだままだ。「あれはきみを選ぶよというほのめかしだと思う」

　キャサリンに対して、キングスランドは堅苦しい態度を取っていたし、あの公園での出会いも覚えていない様子だった。公爵がこの自分に魅力を感じていないのははっきりしている。どう考えても、それは一番いいことなのだろう。なぜならわたし自身、公爵と一緒になって幸せになれるか確信が持てない。もしわたしが幸せになれないなら、どうして彼が幸せになどなれるだろう？

「公爵があなたたちのうち、どちらの名前を呼んだとしてもすごく嬉《うれ》しくなるでしょうね」アルシアが如才なく言う。

「ずっと前のあの朝、グリフィス卿が励ましてくれたように、今夜は美しさと完璧なマナーを身につけた最高のレディが勝つことになるのね」喜びを隠しきれない様子でジョスリンが言う。今宵《こよい》、公爵の口から発表されるのは自身の名前であり、公爵夫人になるのはこの自分だと信じて疑っていないようだ。

キャサリンは思った。わたしももっと公爵のことを気にして、我を忘れるほど緊張や心配を募らせるべきだ。そうなる相手がキングスランド公爵でなければ、いったいほかに誰がいるというのだろう？　どう考えても、喉から手が出るほどほしいただ一つのものには手が届きそうにない。

しかしながらこの瞬間、それが悲しいことに思えなかった。すべてはこの先――しかも近いうちに起こるはずのことのせい。

今夜のワルツは、わたしにとって生涯忘れられないものになるだろう。

楽団が最初のダンスであるカドリールの旋律を奏で始めると、キャサリンは笑顔でダンスの相手である子爵を出迎え、彼にいざなわれて舞踏場へ進み出た。ダンスはいつだって大好きだ――いま流行《はや》りの踊り方だけでなく、昔からある踊り方もすべて。たとえ特に踊るのがうまい相手ではなくても、その殿方をダンスじょうずに見せるすべも心得ている。だからこういう舞踏会で、キャサリンは踊る相手に困ることがほとんどない。ダンスがうまいからといって、殿方から求婚されることにはならないけれど。

頭上ではクリスタルのシャンデリアが輝きを放っている。この舞踏室にやってくるまでに通り過ぎたどの部屋にも例外なく、豪華なシャンデリアが輝いていた。今夜公爵が誰を選ぶのであれ、ここにあるシャンデリアは全部そのレディのものになる。なんて愚かだったのだろう。ほんの一瞬とはいえ、自身が公爵から注目されたと考えていたなんて。

子爵が踊りながら、嘆くように言った。「この舞踏会は、いままで出席したなかでも一番奇妙な雰囲気だ」

「どうして？」

「未婚のレディたちのほとんどがしかめっ面をして、公爵の発表をいまかいまかと待っている。発表後は多くの涙が流されることだろう。だから僕ら男たちのほとんどは、彼女たちを慰めるために自分の肩を貸してあげようという気満々なんだ」

なるほど、この風変わりな一夜に備えていたのはレディたちだけではなかったのだ。

「結婚していないレディたち全員が公爵に手紙を書いたと思いますか？」

「もちろんだ。うちの母も、妹たち全員に手紙を書くよう言い張っていた。まだわずか四歳と十歳の妹たちにも」

キャサリンは驚きのあまり、言葉に詰まった。なんと言っていいのかわからない。「驚きました……まさかそんなことが」

「ああ、でも本当なんだ。僕にはこのすべてが吐き気がするほどあさましく思える」

「公爵が子どもを選ぶとは思えませんが」

「そうでないことを願うよ。さもないと、僕は彼に決闘を挑むことになるかもしれない」

「それとあなたのお母様にも」

子爵はにやりとした。「女っていうのは、なぜそんなにも結婚したがるんだろう？」

「男というのは、なぜそんなにも結婚をしたがらないのかしら？」

子爵はさらに笑みを広げると、楽しそうに目を輝かせた。この子爵と前に何度もダンスをしたことがあるが、天気以外の話題に触れた記憶がない。

「レディ・キャサリン、きみがそんなに率直な物言いをするなんて、これまで気づかなかったよ」

「きっと、それがわたしの欠点なのかも」

「むしろ僕はいいと思う。たぶん普段からもっと率直な会話を心がければ、男と女の考えのすれ違いをもう少しなくせるんじゃないかな。こと結婚に関して言えば、レディたちが僕ら男を束縛しようとするいっぽう、僕たち男は縛られたくないと考えているものだ」

「わたしもそう思い始めています、閣下《マイ・ロード》。たぶん、わたしたちの結婚に関する考え方が違っていることに問題があるのかもしれません。あなたの話を聞いていると、結婚を明らかに不愉快なものと考えているのがわかります。もし結婚を刑務所に入れられるのと同じだと思っていたなら、あなたが結婚をしたがらない理由も理解できます」ただし女性にとっても、結婚が不愉快な取り決めとなる可能性は十分にある。結婚によって女たちは、それまで手にしていた多くの権利を失うことになるからだ。

次のダンスが始まってパートナーが変わっても、キャサリンはかつてないほど肩の力を抜いて相手をすることができた。相手の殿方も同じ様子だ。この場にいる者たち全員、今夜は結婚に向いている相手かどうか誰からも判断されないとわかっているのだろう。だから異性に対して、普段の自分以上によく見せる必要もない。何しろ、公爵の発表を待つだけでいいのだから。ダンスが終わり、フロアから出ようとチョークで引かれた境界線に向かってわずか五、六歩ほど歩いたところで、グリフがキャサリンの前に姿を現した。まっすぐに立ち、手袋をはめた手を差し出している。

「最初のワルツは僕と踊るはずだ」彼は静かに口を開いた。

今夜のグリフはいつにもましてハンサムに見える。黒い燕尾服《えんびふく》に同じく黒いズボンと銀色のベストを合わせ、黒い幅広のネクタイ《クラヴァット》を完璧に結んでいる。こぎれいにセットされた金髪を見て、くしゃくしゃにしてやりたくなった。

前のパートナーがわずかにお辞儀をし、キャサリンを託して立ち去ると、グリフは彼女の指にしっかりと指を絡め、舞踏室の中央に舞い戻らせた。

「今夜本当にここに来るかどうかわからなかった」ワルツの調べが奏でられるのを待つ間、

キャサリンは言った。

「賭けの借金を取り返せる場所ならどこへでも行くさ」

がっかりなんてしない。今夜グリフがここにやってきたのが、もっと個人的な理由——この自分を両腕に抱いて踊りたくてたまらなかったから——ではなかったとしても。

彼は少しだけ頭を傾けた。「それに」かすれ声でささやきかけてくる。「こんな魅力的な相手と踊る機会を逃すのは正真正銘の愚か者だけだ」

キャサリンは必死に自分に言い聞かせた。彼の言葉を真に受けてはだめ。頬を真っ赤に染めないようにしなくては。今夜は瞳と肌の色を強調する明るい緑色のドレスを身にまとっているからなおさらだ。「また冗談ばかり」

「いや、今回は違う」グリフはいままで聞いたことがないほどまじめな口調で答えた。どういうわけか、キャサリンはその声に何かを聞きとった気がしたが、その何かは一瞬で消えてしまった。

音楽が始まると、もう千回もダンスをしているかのように、二人はごく自然に体を寄せ合った。本当はこれまで一度も踊ったことがなく、こんなに体を近づけたこともないのに。片手を背中に置かれて体を引き寄せられ、スキャンダラスなほど接近している。グリフの両脚がスカートをかすめる感触がじかに伝わってくるほどの至近距離。

「カード室では幸運に恵まれた？」

「どうして僕がカードをやっていると思った？」

「あなたはカード室にいるかもしれないとアルシアから言われたの」

グリフはゆっくりと首を振った。「僕はバルコニーからみんなを観察していた」

この大広間にはあちこちにカーテンが掲げられているため、バルコニーからなら誰にも見られることなく眼下に広がる光景を見おろせる。あるいは、詮索好きな目を避けて個人的なひとときを楽しむこともできるのだ――誰かが同じ場所にやってこない限りは。「何か興味を引かれるようなことはあった？」

グリフは無言のまま目を合わせてきた。永遠にも思えるほど長い間見つめられ、キャサリンはふと思う。もしかして彼は〝きみに興味を引かれた〟と打ち明ける気なのだろうか？

そのとき、グリフはとうとう口を開いた。「きみのご両親は仲直りしたのか？」

質問に答えてよ。そう言い返しそうになったが、本当の答えを知らないほうが傷つかなくてすむだろう。自分の願っているとおりなのだと信じ続けられる。「ええ、そうなの。実際とても変な感じ。両親がうっとり見つめ合ったり、秘密めいた笑みを交わし合ったり、当たり散らすことなく会話を楽しんだりする姿を見るのに慣れていないから。二人がキスしているところを偶然見かけたこともあるんだから」

「なんてことだ。親のキスは勘弁してくれ」

どうしてこれまでは、グリフのこんな茶目っ気たっぷりの一面に気づかなかったのだろう？　ほがらかな笑い声をあげ、彼のことをぴしゃりと叩《たた》いてやりたい。まさかこんな軽口を叩く人だなんて――でも、とても楽しい。

「好きなだけからかえばいいわ。でも部屋に入って、自分の父親が母親を壁際に立たせ、お互いを食い入るように見つめているところに出くわしたら、本当にまごつくものよ。自分の室内履きに鈴をつけて歩き回ろうかと思い始めているところ。そうすれば、わたしが近づいてきていると両親に知らせることができるから」

グリフは頭をのけぞらせ、心地よく響く笑い声をあげた。「よく言うよ」

「ええ、そこまではしないかもしれない。でも何か対策しなければと考え中なの。母が最近、だらしない格好で過ごす時間が多くなったように思うから」楽しそうに目を光らせているグリフから熱心に見つめられ、頬が熱くなるのを感じた。「それでも、二人にとってはいいことだと喜んでいるのよ。愛を見つけるのに遅すぎることなんてないはずだもの」

「きみもそういう愛を見つけたいと望んでいるのか？」

「完全にあきらめたことは一度もないわ。でも目の前の現実を見つめようと努力はしているつもり」むしろ合理的に割り切ろうとしている。小別荘で愛する祖母と過ごした幸せな記憶さえあれば、自分を心から愛してくれる男性と一緒になって幸せになる未来をあきらめても生きていけるのではないだろうか？　そのどちらも手に入れられると望むのは、あまりに欲張りなように思える。

「キングスランドはきっときみを愛するようになる」

キャサリンは思わず苦笑した。「そのためにはまず、わたしが彼から選ばれなくちゃ。それも、手紙を送ってきた数えきれないほどのレディのなかからね」

「彼の口からレディの名前を聞かされるのをこうやって待っていて、緊張するかい？」

「正直に言えば、それについてはあまり関心がないの。グリフ、あなたはどうなの？　本当の愛を望んでいるのかしら？」

「正直に言えば、それについてはあまり関心がないんだ」

一カ月前ならば、グリフに言葉をまねされるといらだちを感じていた。でもいまは違う。グリフがそうするのは、彼自身が傷つくのを恐れて、守りの壁のようなものを巡らせているせいでは？

「最初は、あなたとこんなふうに仲よくなり始めたのに違和感を覚えていたの。でも振り返ってみれば、最初から仲よくならなかったことのほうが不思議だわ。わたしとあなたに違いなんてないように思うから」

「僕らはまるで違っているよ、そばかすちゃん」

そばかすちゃん。これまであれほど嫌っていた呼び方のはずなのに、初めて愛情が感じられる呼びかけのように聞こえた。こんなに優しい声で、それでいて切羽詰まった調子で言われたせいだろう。いま伝えなければという必死な思いが伝わってくる。こちらと同じく、グリフもこれまでの世界がひっくり返ったような動揺を感じているみたい。彼は指先にしっかりと力を込め、背中にかけていた手を肩甲骨の浅いくぼみにさらにめり込ませた。その瞬間、キャサリンは思った。彼は先ほどの言葉に、何かまったく異なる意味合いを込めたのでは？　それはきっと、シャンデリアの灯《あか》りを受けてグリフの瞳が輝いたから――ただそれだけのことだろう。でも押し殺したような低い声を聞き、こう考えずにいられなかった。彼は二人の体つきがまったく違っているのをほのめかしたのかもしれない。硬くてがっちりした体とクッションのように柔らかな体。ごつごつした体をまるごと受け入れるような、すべらかな体。

もしグリフがわたしを口説いているなら、人でごった返しているこの部屋から離れ、その違いを見つけられるようなどこか別の場所へ連れていくべきだろう。前は腹立たしい人物とみなしていたのに、いつその考えが変わったの？　いつからグリフのことを、恋人になる可能性のある相手として見つめるようになったのだろう？

「自分のクラブ以外に、あなたがどうしても手に入れたいと夢見ているものは何？」

グリフはゆっくりと笑みを浮かべた。彼の両方の口角が持ちあがるにつれ、体がじんわりと温かくなる。まるで、彼がこれから、いままで誰にも話したことがない何かを打ち明けようとしているかのように。「僕の夢はとてもレディには聞かせられないよ」

キャサリンはひどくがっかりした。彼とは秘密を打ち明けられる友人関係になれたと思っていたし、そういう関係になることを望んでいたのに。「わたしはまじめな話をしているのよ、グリフ」

そのときワルツの調べがやみ、反射的にキャサリンは楽団員たちに腹を立てた。でもどう考えても、そんな態度は間違っている。体を離したグリフが手を取り、シルクの手袋の上から手の甲にキスした。唇が触れたか触れないかわからないほどのごく軽いキス。それなのにグリフの唇の熱が感じられた。赤々と燃える暖炉から取り出したばかりの火かき棒を押し当てられたかのよう。誓ってもいい。グリフからじっと見つめられた瞬間、その灰色がかったブルーの瞳に見えたのは紛れもない後悔の色だ。

「キャサリン、夢のなかにはどうしても叶《かな》わないものもある。だがきみの夢は違う。きみの夢は叶うと、僕は心の底から信じている」

そう言うと、グリフはその場にキャサリンを置き去りにして大股で立ち去った。うろたえるあまり、次に取るべき行動がわからなくなる。なぜわたしだけでなく、彼も自分の夢を実現できないのだろう？　脚に力が入らなくなり、よろめくように椅子があるほうへ向かった。既婚婦人たちが多く座るなか、空いていた椅子に文字どおり倒れ込む。視線が向けられるのを感じ、近くに座っているレディたちに弱々しい笑みを向けたが、突然驚いて飛びあがりそうになった。母がいきなり現れ、優美な動きで隣の席に腰をおろしたのだ。

「信じられないわ、あなたがグリフィス・スタンウィック卿と踊るなんて。前に一度も見た記憶がないもの。てっきりあなたたちはお互いを嫌っているとまで思っていたのよ」

「アルシアのお屋敷に泊まっている間に、彼のことを少し知るようになったの」

「あなたたち、お似合いよ。彼が次男なのがつくづく残念」

キャサリンはため息をついた。「あの小別荘を相続するのにあんな条件をつけられるなんて不公平だわ」

「人生は公平ではないものよ、キャサリン。若いうちにその事実を学ぶのは、あなたにとって一番いいことだと思うの。それだけ、がっかりするのを減らすことができるから」

「最近、お母様はがっかりすることが少なくなったはずよ。お父様はお母様にめろめろだもの」

母は優しくて柔らかな笑みを浮かべた。「誰と結婚しても、その相手は初めからあなたにめろめろになるはずよ」

「もし結婚できれば、の話だけれど」

そのとき、どらの音が響き渡った。

母はほっとしたようにため息をついた。「とうとうね。みんなが待ち望んでいた瞬間がようやく訪れたんだわ」

キングスランド公爵が重大発表を始める合図があったら、あたりは水を打ったように静まり返るだろう。キャサリンはそう考えていた。ところが現実は正反対だった。合図のどらが鳴り響くと大広間のあちこちで甲高い悲鳴があがり、独身のレディたちがいっせいに階段の下へ駆け寄り始めたのだ。彼女たちの多くが目をぎらつかせ、我先にと押し合っている者までいる。その階段の一番上にキングスランドが立っているからだ。レディたち全員が、〝最後にもう一度キングスランドに自分の姿を見てほしい〟〝彼の考えを変えられる最後のチャンスをものにしたい〟〝公爵にいま一度考え直してほしい〟と切実に願っているように見える。

でもキャサリンは違った。自分以外の、まだ結婚していない若い女性たちのように熱心にはなれないまま、階段下に駆け寄る彼女たちを一人、また一人と避けるように回り込みながらアルシアのもとへたどり着いた。アルシアは、隣にいる婚約者チャドボーン伯爵の腕に手をかけている。まさに人目を引く美男美女のカップルだ。伯爵はキャサリンに気づいて会釈をした。アルシアが空いたほうの手でキャサリンの手を強く握りしめてくる。

「もっと前のほうへ行く気はないの？　そうすればあなたの名前が呼ばれたとき、すぐに公爵のそばへ行けるのに。ここからだと遠すぎるわ」

キャサリンは首を振った。「彼がわたしの名前を呼ぶはずない」

「それはどうかしら。公園で彼はあなたに惹《ひ》かれている様子だったもの」

「彼はもの静かな妻を望んでいる。わたしはあのとき、そうではないことを証明してしまったから」

「男性が必ずしも自分の本当に望んでいるものを知っているとは限らないわ。実際にそれを手にするまではね」アルシアがキャサリンの耳元でささやいた。「プロポーズしてくれたとき、チャドボーンがそう打ち明けてくれたの」

「わたしには、キングスランド公爵が自分の本当に望んでいるものを知らない男性のようには思えないけれど」

ふたたびどらの音が鳴り、ようやくあたりは静まり返った。壮麗な舞踏室全体に期待に満ちた沈黙が落ちるなか、キングスランド公爵がゆっくりと階段をおりてきた。六歩めで立ち止まり、集まったおおぜいの人たちに鋭い視線を走らせている。

キャサリンはふと考えた。いままでにこれほど自信に満ち、圧倒的な存在感を放ち……冷たく超然とした態度を取っている男性を目にしたことがあっただろうか？　キングスランドとは、温かなやりとりやからかい、くすくす笑いと無縁の結婚生活を送ることになるだろう。自分の妻を愛称で呼ぶこともないはずだ。妻を見つめ、そばかすのあとを探したりもしない。彼女の夢について尋ねたり、その夢を実現する手助けを――ひどく骨を折りながら――したりもしない。妻と秘密をわかち合ったり、本来してはいけないことをしようと誘ったりもしない……妻と友だちになるなどありえない。やがて彼女は、それ以上に悲しい関係はないと気づくことになる。

キャサリンはあたりを見回した。グリフはどこに行ったのだろう？　また上からこっそり室内を見おろしているかもしれないと思い、バルコニーのほうを見つめてみる。でもどこにいるにせよ、じょうずに隠れているらしくて姿が見当たらない。もしかしてあのダンスを終えたあと、すぐにカード室へ向かったのかもしれない。すでにこの屋敷から出ていった可能性もある。

あるいは、わたしの名前が呼ばれなかった場合に慰めを与えようと考え、まだここに残っているのでは？　きっとそうだ。何ページも費やして自分の美点を書き連ねたジョスリンのように、グリフも今夜の結果に少しでも影響を与えようと骨を折ってくれた。わたしのために密偵となってくれ、手紙に何を書くべきか忠告してくれた。こちらが大切なものを失う危機にさらされている事情を知ったからだ。グリフはここに残り、どこかで結果を見守っているはず――そうに違いない。手助けしようとした自身の努力が報われたかどうか、結果を知りたいと考えて当然だろう。ワルツを踊ったとき、ちゃんと告げるべきだった――

「僕のためにお集まりのみなさん」キングスランド公爵の威圧的な声があたりに響き渡った。巨大な室内の隅々にまで届くその声が、この瞬間、未婚のレディたち全員の胸を希望に震わせている。ただしキャサリンのハートだけは違う。公爵以外の男性のために鼓動を始めている。「今夜、僕の将来の妻となるレディを発表するこの場に、みなさんを迎えられて光栄です。当然ながら、そのレディが十分条件を満たすかどうかを見きわめるために、しかるべき求婚期間を経ることになります。ただし、受けとった手紙すべてに目を通しましたが、僕が選んだレディこそ、僕の期待を大きく上回るレディだと信じて疑いません。おめでとう、レディ・キャサリン・ランバート、選ばれたのはきみだ」

キャサリンはその場に凍りついたように立ちすくんだ。耳から聞こえてくるのは、大海のうねりのような心臓の音だけだ。やがてアルシアが歓喜の悲鳴をあげて抱きついてきたのにぼんやりと気づいた。周囲からどよめきがあがるなか、キングスランド公爵がまっすぐこちらを見つめている。こちらの居場所を常に知っているかのような、有無を言わせぬ強力なまなざしだ。まさか、ありえない。あの公爵がわたしを選ぶはずがない。

するとキングスランド公爵は階段をおり始めた。威厳と優雅さが感じられる足取り。彼の先祖たちも戦いの場で、このような威風堂々たる雰囲気を漂わせていたに違いない。

「ねえ、信じられる？　あなた、ものすごい幸運に恵まれたのよ」アルシアが尋ねてきた。

いいえ、まったく信じられない。

「ほら、彼が近づいてくるわ。せめてにっこりほほ笑んで」

でも唇がどうしても言うことを聞いてくれない。さっと二手に分かれた人波の間から、公爵がこちらへ近づいてきているのに。やがて彼はキャサリンの前に立ちはだかった。いつもながら、全身から自信と誇りをにじませている。それでいて、こちらの背筋を凍らせるような冷たさも感じられた。

公爵はキャサリンに向かって手を差し出した。「レディ・キャサリン」

「なぜわたしを？」

「なぜきみではだめなんだ？」

なぜなら、キングスランド公爵に選ばれたら望みのものを手にできるけれど、心からほしいと思うものをあきらめなければならないから。つい最近、自分が心から求めていたことに気づいたばかりのものを。

公爵が片腕を掲げると、音楽が流れ始めた。周囲の人々が海の引き潮のごとくあとずさり、好奇のまなざしを向けているなか、キングスランドは二手に分かれた招待客たちの間に進み出て、キャサリンをワルツへといざなった。今後の人生すべてにおいて、公爵はずっとこんなふうにわたしを先導するつもりだろう。何を考えるべきか、何を言うべきか、どう振る舞うべきか、ありとあらゆることをわたしに教え込もうとするはずだ。

「そんなに驚く必要はない、レディ・キャサリン。せめて嬉しさや喜びを態度で示すべきだ。これほどの名誉を与えられたのだから」

認めざるをえない――キングスランドはダンスがうまい。どのステップも優雅だし完璧だ。彼自身もそうなのだろう。どんな面においても、自分の欠点など許せないに違いない。

だったら妻に対しても同じだろうか？　もし彼の期待に応えることができない場合、どんな反応を示すのだろう？

「正直に言ってもいいでしょうか、閣下《ユア・グレイス》？」

「僕の前できみは常に正直であるべきだ」

「というよりも、わたしは驚いているんです――あなたから選ばれたことに」

「驚いている？　その理由は？」

「わたしはあなたに手紙を出さなかったから」

8

グリフは不思議だった。巨大な舞踏室は人でごった返しているのに、なぜ彼女をこんなにたやすく見つけられるのだろう？　キャサリンとワルツを踊る前にバルコニーの上から眺めているときもそうだったが、二回めはさらにすばやく彼女を見つけられた。ちょうどキングスランドが芝居がかった調子で発表をする直前だ。公爵は実に尊大な物言いをしていた。これほど多くのレディのなかから選ばれたという事実よりも、この自分に選ばれたことそのものを名誉に思うがいいと言いたげな声色だった。まったく運のいい男だ。あのキャサリンを妻にできるのだから。

だが自分の名前が呼ばれても、キャサリンがちっとも嬉《うれ》しそうではないのはどうしてだろう？　なぜアルシアのように飛び回らない？　アルシアときたら喜びを抑えきれず、全身で嬉しさを表現している。そのはしゃぎぶりたるや、そのまま月まで飛んでいきそうないきおいだ。なぜキャサリン本人はそうしない？　きっと自分の幸運がまだ信じられないからだろう。

だがキングスランドにいざなわれ、フロアで二人きりになり、ほかの人たちが部屋の隅に移動してもなお、キャサリンは身を固くしたままだ。居心地が悪そうだし、まったく幸せそうに見えない。先ほど僕の腕のなかでは流麗にワルツを踊っていたのに。

そう考えてしまうのは、キャサリンに心を奪われたことにようやく気づいた男の、愚かな思い込みか？　彼女はさながら、硬い花の蕾《つぼみ》を開かせる太陽。ワルツを踊っていたあの数分間、音楽とキャサリンの香り――オレンジのかすかな香り――に包まれ、彼女にじっと見つめられると、自分が次男である事実など取るに足らないと思えた。

ワルツの調べが終わったいま、二人に祝福の言葉をかけようとおおぜいの人が押し寄せてきている。きっとこの人の流れはこれから数時間、途切れることはないだろう。いや、人波が途切れるには今夜一晩、もしかすると今世紀の終わりまでかかるかもしれない。少なくとも年長の出席者たちならば二人を祝福しようとする。若いレディたちは希望が打ち砕かれたことを思い知らされ、すでに大広間から立ち去っていた。詮索好きな目や同情の視線から逃れ、ひっそりと涙を流すためだろう。なかには彼女たちのあとを追いかけている若い紳士たちもいる。落胆したレディたちを慰め、肩を貸すためなのは明らかだ。

キャサリンも少しこの場から離れる必要があるようだった。周囲にうなずいたり笑みを向けたりを数分間続けたあと、人ごみから逃れるように、開かれた扉からテラスへ出ていった。

気づけばグリフは彼女のあとを追っていた。

自分でもばかげたことだとわかっている。キャサリンはもはやほかの男のもので、正式に結婚市場から退いたも同然。しかも目の前には、望みどおりの輝かしい未来が広がっている。そろそろこちらも計画を実行に移し、自身の望みが実現する瞬間を目の当たりにすべきときだろう。成功するために欠かせない重大な一歩はもう踏み出している。

だが、賢明になるのはあとでいい。いまは一分でも長くキャサリンのそばにいたい。心の底から願っていたものをようやく手に入れ、喜びに顔を輝かせる彼女の姿が見たい。

彼女がいたのは庭園の奥、石畳の道沿いに並んだガス灯の灯《あか》りも届かない場所だった。あの公爵が散歩用にと造らせた道からわざと外れたところにいる。わずかにしか見えないが、彼女が腰に両手を当てているのがシルエットでわかった。ここ数年の間に、同じ姿でこちらに当てこすりを言う彼女を何度目にしただろう？　一つだけ違うのは、いまは僕がこの場にいることをキャサリンが知らないことだ。だがうっかり小枝を踏みしめたせいで、あたりに銃声のように鋭い音が響いた。

キャサリンは振り返った。

「僕だ」すぐに口を開いた。静かな声で話しかける。彼女を怖がらせたくない。「グリフだ」

「わかっているわ。なぜあんなことをしたの？」

グリフの全身がこわばった。ありえないことだが、心臓や肺、血液の流れまですべて止まったように感じられる。「なんのことを言っているのかわからない」

キャサリンが近づいてくる。暗い庭園のなかでは花々が咲き乱れ、あたりにはさまざまな香りが漂っているはずだが、そんなことは関係ない。グリフに感じられるのはオレンジとシナモン――キャサリンの香りだけだ。

「〝彼女は機転がきくし、思ったことをすぐ口にしない思慮深さの持ち主だ。しかも頭がよく〟」

「キャサ――」

「〝彼女はそこにいるだけで、もっとその考えや気持ちをよく知りたいと男に思わせる女性だ。その心に秘められた欲望や、彼女に触れられたときの感触をどうしても知りたいと乞い願わずにいられなくなる〟」

「公爵は――」

「〝彼女は極上のワインのように豊潤で際立った個性を持ち、こちらの好奇心をいやおうなく刺激する。常に新たな一面を見せ、けっして失望させられることがない。一生かけて一緒にいたとしても、それではまだ足りないに違いない〟――あなたがキングスランドに宛てて書き記した言葉よ。どうやら公爵には一度読んだものはどんなものでも覚えている能力があるみたい。ねえ、どうして？　なぜあなたはそんなことをしたの？」

「男はその女がどれほどホイストがうまいかなど気にしないものだからだ。それにきみは自分のいい面をちゃんと見ていない。ほかの人間の目には、きみのいいところがたくさん映っているというのに。きみはあまりに謙虚すぎる」語気を荒らげるつもりはなかったのに、つい強い口調になってしまった。とはいえ、彼女が少しも感謝しているように見えないことに怒りを感じているのは事実だ。それに、彼女が選ばれた事実に腹を立てている――たとえ自分が送った手紙のおかげでそうなっているとしても。本来なら喜ぶべきところなのに、思いきりわめき、欲求不満を吐き出したい衝動に駆られている。

「でも、どうしてわざわざあなたがそんなことを？　カードの席で将来の妻に望む条件を尋ねるだけでも面倒がっていたのに、なぜわざわざ手紙なんか書いたの？　そっちのほうがはるかに面倒なはずなのに」

怒りが消え、先ほどに比べると穏やかな声が出た。「きみは小別荘を手に入れたがっている。心から何かを願うのがどんなものか、僕にはわかっているんだ」そう、けっして手に入らないものを乞い願う気持ちがどういうものか。

キャサリンがさらに近づいてくる。月なのか、星なのか、あるいは遠くの街灯のせいなのかはわからないが、キャサリンが顔を傾けた瞬間、その表情がはっきりと見えた。探るような視線にさらされ、目をじっと見つめられ、心ひそかに願う。どうかこの二つの瞳のなかにある真実を、キャサリンが見通しませんように。感情の奥深くまで見透かされたくなかった。本当はいまこの瞬間、自分がぼろぼろになったように感じていることを。

「でも、あなたはわたしのことを好きでもないのに」キャサリンがささやく。

ああ、それが真実ならばどんなにいいだろう。もう何年間も、自分自身に対して嘘をつき続けてきた――心を守るために。いま、その数々の嘘にこれほど苦しめられていなければ、どんなによかっただろう。

キャサリンはためらいがちに片手を掲げ、顎にそっと触れてきた。くそっ、どこのどいつか知らないが、ずっと前に男女は手袋をはめるべきだと決めた奴《やつ》に思いきり悪態をつきたい。キャサリンの素肌の温《ぬく》もりをじかに感じたい。そのてのひらがどれほど柔らかいか知りたくてたまらない。

またしても同じ言葉が脳裏にちらついている。〝したい〟〝したかった〟〝したくてたまらない〟――こういったやむにやまれぬ衝動のせいでばかなことを考え、愚かな行動を重ねてきた。キャサリンが確実に今後の人生をあの男の腕のなかで過ごせるように手を打ったのもその一つだ。

「あなたがこんな残酷なからかい方をするなんて」キャサリンがぽつりと言う。いつもよりもさらに低いかすれ声だ。たちまちグリフの背筋にうずきが走った。〝想像するな〟と自分に言い聞かせる。

悦《よろこ》びの極みに到達したキャサリンは、やはりこんなふうに喉の奥から振り絞るようなあえぎ声をあげるのだろうか？　男がたちまち我を忘れるような低いあえぎ声を？　さらに、その男の低いうめきとキャサリンのあえぎ声がどんどん重なり合い、どれほど完璧なハーモニーを奏でるか……。

想像するんじゃない。

「何も言い訳しないの？　弁解する気もないと？」

「ああ、弁解する気はない」

ただし、いまこうして口をキャサリンの唇に近づけていること以外は。

もちろんこれは間違いだとわかっている。だが、そもそも今夜のすべてが間違いだったのだ。キャサリンと踊るべきではなかった。両腕のなかに彼女がいないいま、以前よりもっとむなしさを覚えている。このキスも同じだろう。きっと高い代償を払うはめになる。

唇が重なり、そのまま開くよううながすと、キャサリンはためらうことなく口を開き、差し入れた舌先を喜んで受け入れてくれた。キャサリンの口のなかの隠れた部分まで思う存分探り、味わい尽くす。片手をキャサリンのうなじに、もういっぽうを背中に押し当てて、これ以上ないほどぴたりと体を引き寄せた。たとえ月がこの庭園におりてきたとしても、二人の体の間からは一筋の月光ももれないほどに。

キャサリンはしばらくこちらのうなじに沿って指を滑らせていたが、やがてそろそろと髪へ差し入れ、挑発するように唇を動かし始めた。彼女は内気な独身女性とは言えないが、キスを味わいながら、ときどきため息ともあえぎともつかない泣き声のようなものをあげている。

　くそっ、もう何年も前からキャサリンのことは知っていた。それなのになぜ気づかなかったのだろう――礼儀正しいレディ・キャサリンが解き放たれた瞬間、野生化したネコのように奔放になることに？　いまは誰にも見られていない。この場所には二人しかいない。すべきではないことをしているが、二人ともそれを誰かに話すつもりはさらさらない。キャサリンは僕を信じてくれているのだ。マナーに反するこんな行為をしても、誰にも話すはずがないと。彼女の信頼がこのうえなく貴重な宝石のように感じられた。この先待ち受けている孤独な夜に、心の奥底から取り出してじっくり眺められる、かけがえのない贈り物に。そう、これから先、寂しい夜がずっと続くことになる。

　これまで生きてきたなかでは、たくさん間違いを犯してきた。だが、すでにはっきりと感じている。このキスは人生最大の後悔をともなう間違いになるだろう。このキャサリンの味わい――シャンパンのように軽く、それでいて豊かで甘やかな味わい――はいっさい知るべきではなかった。腕のなかでキャサリンがこれほどすばやくとろける感じも。

　このままずっとキャサリンを抱き続けていたい。そうできればどんなにいいだろう。だが、その栄誉は自分以外の男のもの。だからこそ、これ以上勝手な振る舞いをするわけにはいかない。

重ねた唇をわずかにずらし、キャサリンの喉元をそろそろとたどったあと、顎のすぐ下へとはわせた。喉元にある繊細なくぼみが激しく脈打っている。唇を少し上に移動させ、今度は貝殻のような形をした可愛《かわい》らしい耳たぶを軽く噛《か》んでみた。

「公爵とお幸せに」

そう言い残すと、その場から立ち去った。公爵家の次男グリフィス・スタンウィック卿《きょう》として、いままで〝したい〟と思ったことをあきらめたことなど一度もなかった。だが断腸の思いで決断したのだ。本当に心の底から望んでいるただ一つのものから手を引こう、と。

9

翌日の朝、キャサリンはベッドに横たわり、天井をじっと見つめていた。昨夜床についたときとまったく同じだ。昨夜庭園で起きた出来事についてどうしても考えてしまう。

グリフはキスを深めてきて、これまでいかなる殿方にも触れられたことがない口の奥深くまで舌先を伸ばしてきた。ときおり低く苦しげなうめき声をあげながら。その声を耳にしてなぜか思い出したのは、とびきりおいしいチョコレート菓子の新作を初めて口にしたときの自分の反応だ。こんなに風味豊かなものを口にした経験はなく、これ以上の満足感を与えてくれるものはいままでもこれからもない――あのキスはまさにそんな感じだった。わたしのすべてをすっぽりと包み込み、完全に我を失わせるような味わい。しかも、もっとほしくなる。いつだって、もっとほしくてたまらなくなる。

それはグリフも同じに見えた。かつては言葉を駆使して闘っていたのに、昨夜はお互いに舌を巧みに使い、はるかに心穏やかな雰囲気を作りあげている。

先にためらいがちに舌先を差し入れ、引っ込めたのはグリフだった。こちらが彼にならいうと、今度は挑発するかのようにこちらの舌をしっかりととらえ、軽く吸ってきた。一度のキスであれほどいろいろな感触――硬さと柔らかさ、なめらかさとざらつき――を楽しめるとは想像もしていなかった。それに、あれほどさまざまな動き――ゆっくりになったかと思えばすばやくなったり、優しくなったかと思えば力強くなったり――もだ。あのキスを終わらせたくなかった。

でも、結局終わりはやってきた。グリフは暗い庭園にわたしを一人残したまま、あの場から立ち去ったのだ。すぐに戻ってきてほしかった。彼の名前を大声で叫びたかった。だって、何もかもが永遠に変わってしまったから。

あんな熱っぽい口づけをしておきながら、どうしてグリフは一度も振り返ることなく立ち去れたのだろう？　そのことに傷つき、たちまち激しい怒りと混乱に襲われた。感情が波立ち、冷静さを取り戻すのにかなりの時間がかかった。

舞踏室へ戻ると、すぐにキングスランドに迎えられ、またダンスに誘われた。彼にいざなわれてフロアに進み出る間、まだ唇がうずいているのを感じた。絶対に公爵から何か尋ねられるに違いない。だから唇がぽってりと腫れたようになっている言い訳を必死に探していた。公爵には〝新鮮な空気を吸う必要があるから〟と断って庭園に出たけれど、あのときに比べて髪もどこか乱れているような気がする。でも巻き毛がほつれているのは風のせいにすればいい。胸の鼓動が速まって不規則に乱れているのは、慌てて公爵のもとに戻ってきたせいだと言えばいい……。

それなのにキングスランドは何も尋ねてこなかった。わたしのことなど何一つ気にしていない証拠だ。ただ抜け目のない鋭い目つきで、こちらを見つめただけだ。〝こうやって見据えただけで、きみのことなど簡単にわかる〟という考えが透けて見えるようなまなざしだった。だから昨夜はそれからずっと、自分の考えも感情も完璧に封じ続けるようにしたのだ。そしていまベッドに横たわりながら、不安を募らせている。これから一生ずっと、わたしはこんなふうに生きていくのかもしれない。公爵が本当のわたしを知ろうとすることは一度もないのでは？

昨夜屋敷へ戻る馬車のなか、大喜びの両親は笑みを絶やすことなく、もし祖母が生きていて、孫娘が公爵のハートを射止めたと知ったらどれほど喜んだだろうと話し合っていた。何しろ、これから公爵夫人になるのだ。

「キングスランドはほかにもいろいろテストを用意しているはずよ。それに合格しなくては」キャサリンはあいまいに答えた。もしうまくいかなかった場合、両親が感じるはずの落胆を少しでも和らげたい。それに自分の力でつかみとったわけでもないことに関して、両親がこんなふうに熱っぽく語る姿を見るのが耐えられなかった。

なぜグリフはキングスランド公爵宛てに手紙など出したのだろう？　彼がそうした理由をもっとよく理解しなければ。わたしと同じように、グリフもこちらに好意を抱き始めていたのではなかったの？　あのキスで、グリフがわたしに惹《ひ》かれているのがわかった。でももしわたしを求めているなら、なぜ彼は別の男性に与えようとしたのだろう？　グリフがそれほど献身的な男性とは思えない。ただいっぽうで、グリフは心から何かをほしいと願うのがどんなものかはわかっていると話していた――わたしが公爵から選ばれるように手助けした理由は、それで十分ではないだろうか？　グリフに直接会わなくては。そして、わたしに対する彼の本当の気持ちを確かめなければ。そうしないまま、公爵を夫として受け入れられるかどうかを自分の心に問いかけることはできない。

上掛けをはねのけると、呼び鈴の引き綱を引っ張って侍女を呼んだ。それから一時間のうちに支度を整え、朝食を食べるために階下におりていった。

小さな食堂に入ると、両親がくすくす笑いをしていた。いつになったら、彼らがそんなふうに仲睦《なかむつ》まじくしている状態に慣れるのだろう？　信じがたいことに、二人とも学校に通う子どもたちのようにくっくっと笑いをこらえている。母が座っているのは父の右隣の席だ。もう何年もずっと、長いダイニングテーブルを挟んで端と端に座っていたのに。

「おはよう、キャサリン」母が顔をあげ、娘をちらりと見て話しかけてきた。どこからどう見ても幸せいっぱいな母の姿に、キャサリンは嬉《うれ》しくなった。「よく眠れた？」

「正直言うと、あまりよく眠れなかったの。きっと興奮しすぎていたせいね」でも、それはあのキスのせい。もっともっとキスしてほしいと願わずにはいられない。

サイドボードにずらりと並べられたさまざまな肉や卵、チーズのなかから好みのものを皿に盛りつけ、両親が座るテーブルに加わった。母の反対側の席だ。

「キングスランドはいい男だ」父が口を開いた。「今日の午後、おまえを訪ねると話していたぞ。きっと馬車で公園に連れていくつもりだ」

もっとわくわくするべきだろう。この先、正式な形で求婚される可能性は高い。しかもあの公爵からなのだから、喜びに飛びあがって当然だ。それなのに、心のすべてをグリフに占領されている。彼のことしか考えられない。

「そんな不機嫌そうな顔をしてはだめよ」母が言う。「何しろ、いまやあなたは英国貴族のなかでも花形、噂《うわさ》の中心にいるのだから。昨夜はあなたのおかげで、数えきれないほどの人から祝福の言葉をかけられたのよ」

でもキャサリンにはわかっている。母がその人数を数えようとしたのは間違いない。

「いや、グリフィス・スタンウィック卿《きょう》ほど多くはないはずだ」父がややいらだったような声で言った。

キャサリンは好奇心に負け、即座に尋ねた。「彼はどうして祝福の言葉をかけられたの?」

「〈ホワイツ〉で賭けに出て、追いはぎみたいに荒稼ぎしたんだ。おそらくほかの紳士クラブでも同じ賭けをしていたに違いない」

キャサリンはふいに背筋が寒くなるのを感じた。窓の端にできた霜が溶け出し、窓ガラスを完全に覆っていく感じに似ている。唇をなめて息を吸い込んだ。「どんな賭けだったの？」

「自分の予想が当たるかどうかを賭けたんだ。ちなみに彼は、キングスランドがたくさんいるレディたちのなかからおまえを選ぶ、というほうに賭けていた」

　街路を走る馬車に揺られながら、キャサリンは怒り心頭に発していた。あのあと父から〝そんな賭けはばかげていると誰もが考えたが、ウルフォードの次男は愚かな賭けをするので有名なんだ〟と聞かされても、怒りを鎮める助けにはならなかった。だからこそ、多くの者たちが彼の賭けに応じたのだ。みな、選ばれるのはキャサリンだとは思っていなかった。それなのに実際に選ばれたのはこのわたし。グリフから届いた手紙の、キングスランドが省略した部分にはほかにどんなことが書いてあったのだろう？

　昨夜グリフが庭園にやってきたのは罪悪感からだったのだろうか？　あんなキスをしたのは、わずかな努力で大金を手にしたことに大喜びしていたから？　いまこうして改めて振り返ると、別れ際にグリフが口にした言葉は、わたしというよりも彼自身を納得させるためのものだったのかもしれない。わたしにひどいしうちをしたわけではないと自身に言い聞かせ、罪悪感を和らげるための言葉。

ああ、あの悪党は、わたしのチャンスをまんまと利用した。たしかに、それは彼自身が招いたものではあるけれど、もはやそんなことは関係ない。てっきり、グリフはわたしのためを思って公爵宛てに手紙を書いたのだと思っていた。でもこれまでどおり、彼は自分のことしか考えていなかった。そうやって苦労せずに大金を稼げる方法を見つけ出したのだ。

グリフにはわたしに対してすべてを説明する義務がある。

馬車がウルフォード公爵家の屋敷の前に停《と》まった。

「屋敷のなかまで付き添う必要はないわ」付き添い役として馬車に同乗しているメイドに声をかけた。「そんなに時間はかからないから」

馬車から飛びおりた従者が扉を開けて階段をおろし、手を伸ばしてくる。手助けを借りて馬車からおり、堂々たる石造りの階段を目がけて歩く間も、怒りはふつふつと湧き起こるいっぽうだった。正面玄関の前に立って、手袋をはめたまま一度だけ拳で扉をノックした。ドアノッカーを使わなかったのは、一度自分の拳を試しておく必要があったから――グリフの鼻に一発パンチを見舞う準備運動として。

開かれた扉からなかへ入ると、執事が話しかけてきた。「レディ・キャサリン、あなたがいらしたことをレディ・アルシアにすぐに伝えてまいります」どういうわけか、誰かが亡くなったかのように、執事は陰鬱きわまりない声だ。

「今日はグリフィス卿に会いに来たの」

「あいにく屋敷にはおりません」

もちろん、そうだろう。不正なやり方で手にした大金を浪費するために屋敷を離れているのだ。

「だったらレディ・アルシアをお願い」自分の兄の行動を聞かされたら、親友もあきれ返るはずだ。

数分もしないうちに、アルシアがこちらに向かって駆けてきた。目は真っ赤、髪はくしゃくしゃで、顔も青ざめてこわばっている。シルクのハンカチを両手にしっかりと握りしめ、眉根を思いきり寄せていた。「来てくれたのね。どうしてわかったの？　どこで話を聞いたの？　もうロンドンじゅうに噂が広まっているの？」

キャサリンは首を振った。「ごめんなさい、あなたがなんの話をしているのかわからない。ここにやってきたのはグリフと話すためよ。キングスランドが誰を選ぶか、グリフがいまいましい賭けをしたと聞いたから」

「だったら、まだあなたは聞いていないのね」

「聞いていないって、何を？」

「わたしの父と兄二人が、反逆罪で逮捕されてしまったの」

10

一八七四年四月二十日

彼は肩で息をしていた。重々しく苦しげな呼吸だ。心臓が早鐘を打っている。走って、走って、走り続けているが、どこにもたどり着けそうにない。あたりに広がるのは漆黒の闇だけ。だが、その闇の向こう側に……たしかに何かが感じられる——この手を伸ばしさえすれば届く何かが。彼女だ。闇の向こう側に彼女がいる。この手を伸ばしさえすれば、彼女に届く。

突然、彼はどこかの部屋にいるのに気づいた。硬い椅子に座らされ、両手を背中の後ろで縛りつけられ、何人かの人影に囲まれている。いきなり頭上から照らされ、まぶしさに思わず目を細めた。この明かりはどこからやってきているんだろう？　部屋のなかにはランプも、窓もない。というか、何もない。存在するのは彼と、椅子と、人影だけだ。

「名前を教えろ」

「誰の？」

「ほかに誰が関わっている？」

「関わっているって、何に？」

「何人いる？」

「なんの話をしているのか、僕にはさっぱりわからない」

「俺たちがそれを信じるとでも思っているのか？　おまえが陰謀について何も知らないなんて」

「陰謀？」

ふたたび漆黒の闇が戻ってきて、彼はまたしても走っている。今度はアルシアと一緒だ。妹を守らなければならない。僕はアルシアを守る責任があり、義務がある。ただしアルシアのほうはこちらを必要としていない。彼女なりの計画があるのだ。それでもなお、妹のほうへ手を伸ばして――

だがアルシアの姿はどこかへ消えてしまった。

次に現れたのは兄マーカスだ。数々の秘密、欺瞞《ぎまん》、危険。世継ぎとして生まれたマーカスだが、もはや世継ぎではない。兄の姿もぷっつりと消えた。

彼だけを残して。報いを受けるのは彼一人だけ。いつも一人ぼっちだ。いつだって――

グリフはそこで目覚めて体を起こした。小川でびしょ濡《ぬ》れになった犬のように頭を思いきり振って、不愉快な悪夢を振り払おうとする。だがあの夢が告げている真実が重たくのしかかってきて、思わず両手で顔をごしごしとこすった。どうにかしていまわしい過去から抜け出し、意識を現在に戻したい。

兄マーカスとともにロンドン塔へ連行されたのは十カ月前のこと。警察当局からヴィクトリア女王暗殺計画に関わっているとにらまれたせいだ。その陰謀には、二人の父であるウルフォード公爵が関与していた。父は毎晩愛人のもとへ通いつめていたのではなく、暗殺計画に関わっていた共謀者たちに会いに出かけていたのだ。陰謀に関わっていた人間はほかにもいたが、結局逮捕されたのは父だけだった。それから丸二週間、毎日グリフとマーカスの尋問をし続けたあげく、ようやく英国内務大臣は二人が陰謀とは無関係だと納得するに至った。グリフもマーカスも父親が企てていた反逆に関しては何一つ知らず、潔白だったと証明されたのだ。

いまこうしていても、グリフはまだ信じられない。自分たちの父親がそんな陰謀を企て、女王の代わりに別の誰かを王位に就かせようとしていたとは。とはいえ、あの父親に誰も知らない、暗く危険な一面があったのは確かだ。反逆罪で有罪になったウルフォード公爵は絞首刑に処せられた。文字どおり、その首に首つり縄をかけられ、絞め殺されたのだ。

一つだけありがたかったのは、法改正によって公開処刑がもはや禁じられていたこと――

皮肉だったのは、一八七〇年、引きずり回し・四つ裂きの刑の廃止法案に対し、父が反対票を投じていたことだ。結局、廃止法案が可決されたおかげで、父はさらにぞっとするような死に方をせずにすんだ。死刑執行のあとすぐに、英国君主から公爵の爵位と財産すべてを没収された。グリフと家族にかろうじて残されたのはわずかばかりの服と、公爵邸から追い出される直前にどうにかかき集めた少々の私物だけだった。夫が陰謀に加担していた事実を知った母は心を病み、傷心と絶望のうちに亡くなった。親戚や友人たちからもあっさり見捨てられ、結局自分たちだけで生活を立て直すしかなかった。チャドボーン伯爵でさえアルシアに背を向けて婚約を破棄した。そのせいで、妹は英国社交界から完全に追放されることになったのだ。

兄マーカスは目立たないように活動しながら、ヴィクトリア女王暗殺計画を企てたほかのメンバーを見つけ出し、一族の名誉を回復しようとしている。グリフも数カ月は兄と活動をともにしていたのだが、最近ではしびれを切らし、活動に必要な資金を確実に調達するため自分なりに努力を重ねている。人目につかないようにしていては金は稼げないものなのだ。

グリフはベッドからはい出した。いまのところ、部屋にある家具はそのベッドしかない。ズボンを引っつかんで手早く身につける。これまでの投資がようやく実を結び、例の建物の購入資金をようやく準備できた。だがあそこを心に思い描いているとおりに改築するには、さらに多額の金が必要だ。そしていまの自分は、どこで武器を得るべきかを心得ている。

かつて所属していた紳士クラブからは一方的に退会させられ、出入り禁止となった。だがどこにでも、金さえ握らせておけば必要な情報を与えてくれる、実に信用できる従業員はいるものだ。

上着のポケットに手を突っ込むと、一枚の紙を取り出した。紳士たちの名前がずらりと書かれている。かつて〝キングスランド公爵は妻候補にレディ・キャサリンを選ぶ〟というグリフの予想が外れるほうに賭けた者たちのリストだ。紳士にとって賭けで負けた金を払うのは名誉な行為だが、支払う相手が反逆者の息子となると、さほど名誉ある行為にはならないらしい。支払った金が、一文無しとなったグリフやそのきょうだいたちの懐に入るとわかっているからだろう。

案の定、掛け金の支払いを拒んでいるのは、グリフたちにあっさり背を向けたのと同じ紳士たちだった。彼らには徹底的に思い知らせてやるつもりだ。悪魔は常に貸した金をきっちり回収することを——しかも利子つきで。

翌日の夜

キャサリンは劇場に来ると、いつも心が躍った。去年の六月以来、キングスランド公爵が所有するボックス席で観劇するのがお決まりになっている。公爵と二人で何かを定期的に楽しむことはめったにないが、観劇だけは例外。ただ、背後の椅子に付き添い役のメイドが控えるなか、こうして公爵の隣の席に座っていると、疑いを持たずにはいられないけれど。キングスランドが劇場にわたしを連れてくるのは、ここなら会話する必要がほとんどないからではないだろうか？　こちらは舞台の出し物に夢中で、公爵のお好みである〝沈黙〟を容易に貫いていられる。ごくまれにキングスランドのほうをちらっと見てみると、彼はいつも冷ややかに舞台を眺め、心ここにあらずの様子だ。頭のなかで暗算をしているかのように。

ともに何度か出席した晩餐会《ばんさんかい》でも、公爵はなんの問題もなくさりげない会話を続けていたが、それでもキャサリンは疑っている。結婚したあと、二人きりでテーブルに着いたとき、キングスランドは妻と話すよりもむしろ、仕事のことばかりに集中するのではないだろうか？　妻がどんなふうに一日を過ごしたか、近頃何に興味を持っているのかなどといった話題が出ることはないのでは？　とはいえ、自分がキングスランドの興味を引いたり、彼にとって最も大切な存在になったりする必要があるとは思っていない。もともと恋愛結婚ではないのは百も承知だ。それに貴族にとっての〝良縁〟に愛情が必要ないことも。

「何か問題でも？　気が散っているようだね」

キャサリンは驚いて、結婚するはずの男性をちらりと見た——ただし彼が今後の話を切り出してきたら、だけれど。あるいは、こちらが彼に〝話を先に進めるべきだ〟とうながしたら。

あの壮麗な舞踏会で名前を呼ばれて以来、キングスランドと二人きりで過ごした時間はほとんどない。彼はフランス、ベルギー、それにアメリカを回り、つい先日スコットランドから戻ってきたばかりだ。投資しているビジネスのせいで、彼は世界じゅうを飛び回っているらしい。とはいえ、英国にいない間も、公爵はささやかな品々を贈ってくれ、キャサリンのことを忘れていないと態度で示してくれていた。花々やチョコレート——劇場で新しい出し物が始まったときに届く、彼が所有するボックス席への招待状。受けとるのをためらうような不適切なものを送られたことは一度もない。ただし、彼から旅の詳細を綴《つづ》った手紙をもらうほうが、はるかに嬉《うれ》しかっただろう。でもそんな手紙は一通も届かなかった。だから、こうして公爵が帰国したいま、二人には山ほど話すことがあるはずなのに、旅はどうだったかと自分から尋ねる気になれない。特に、公爵から返ってくる答えが〝つまらない仕事ばかりだったよ〟に決まっているからなおさらのこと。

ときどき、ふと思うことがある。キングスランドにとっては、わたしとのことも〝つまらない仕事〟ではないのだろうか？

最近ではこんなふうに疑い始めてもいる。公爵が求めていたのはもの静かな妻というよりもむしろ、そばにいない妻ではないかと。キングスランドがこちらを必要としている本当の理由は世継ぎにしかないのだろう。そのことに腹を立ててもいいのだが、自分だけ善人ぶるつもりはない。こちらも公爵を利用して、望みのものを手に入れようとしているのだ。そんな二人の間に狂おしい情熱など湧き起こるはずがない。だから別のどこかで、情熱を傾けられるものを探す必要があるだろう。最近キャサリンはいくつかの慈善活動に参加するようにしていた。特に興味があるのは、恵まれない女性たちの暮らしをよりよくする活動だ。

「今夜はなんとなく物思いにふけりたい気分なの。ただそれだけ。あなたも同じように何かに気を取られているみたいだから」

「すまない。実はヨークシャーの炭鉱を購入しないかという話があってね。ついその話の利点と欠点をあれこれ考えてしまう」

「どちらのほうが勝っているの？」

公爵はにやりとした。「いまのところ、五分五分だ。ただ、近いうちにヨークシャーに出かけなければ。決断を下すために必要な情報を一つ残らず手に入れたい」

「もし結婚したら、あなたは進んで妻を出張先へ連れていくつもり？」

「きみが僕についてきたいのなら止めるつもりはない。だが一緒に出かけても、きみに寂しい思いをさせることになるだろう。僕は差し迫った問題に時間を取られるはずだから。

とはいえ、正式に合意に達したわけではない。キングスランドは父ともまだ話していないのだ。

ほのめかした。これが初めてではない。いままでも遠回しに言われたことは何度もある。

キャサリンは胃がきりきりするのを感じた。キングスランドがこのわたしを妻にすると

そもそもそういう問題があるせいで旅をしなくてはならないんだ」

「実際の話、あなたは妻を自分の人生の一部だとはみなしていないのね？」

「きみを僕の人生そのものだとみなすつもりはないが、その一部になることは間違いない。

あの日の公園で、きみはちやほやしないと機嫌を悪くするような女性には見えなかった」

「それでも、女性は相手から求められていると思いたいものよ」

「僕もそんなふうに思わない女性とは結婚するつもりはない」

公爵からそう聞かされても、心がちっとも慰められないのはなぜ？　どうして庭園でキ

ングスランドから口づけをされ、我を忘れている自分の姿を想像できないのだろう？　そ

れに、もし公爵から賭けの対象にされてがっかりさせられても、ずたずたに傷ついた自分

の姿を想像できない理由は？

あの夜、キングスランド邸の庭園で別れて以来、グリフとは一度も会っていない。アル

シアにもほとんど会えていない。思えば、グリフに直接立ち向かおうとウルフォード公爵

家を訪ねたあの朝こそ、親友アルシアにとって運命の朝だったのだ。なすすべもなく涙す

るアルシアを抱きしめ、震える背中を優しくさすり、慰めの言葉をかけ続けた。これはとんでもない間違いにすぎない、すぐにそうわかるはずだし、すべてがあっという間にもとどおりに戻るだろう、と。

でもあの日の昼下がり、キャサリンが自宅に戻る頃には、ウルフォード公爵が陰謀を企てていたことが発覚し、二人の息子たちもその陰謀に加担した疑いがかけられているという噂《うわさ》がロンドンじゅうに広まっていた。キャサリンも父から、今後レディ・アルシア・スタンウィックとつき合うのは許さないと言われた。これまでずっと父の庇護下《ひごか》で育ってきた一人娘は、自活するための手段など持っていない。それゆえ父の命令に従うほかなかった。

どうにかしてこっそりアルシアを訪ねようとしたことは何度かある。でも彼女の父親が反逆罪で絞首刑に処せられたあと、アルシアと二人の兄たちは忽然《こつぜん》と姿を消した。まったく連絡がつかなくなってひどく動揺したし、彼らはどうやって暮らしているのだろうと心配もしていた。だが数週間前、親友アルシアが復活を果たした。新たにテュークスベリー伯爵となったベネディクト・トゥルーラヴと深く関わるようになり、彼とつい最近結婚したのだ。いまでは二人ともスコットランドで暮らしているが、彼らの結婚式にはマーカスもグリフも姿を見せなかったし、アルシアも兄二人に関する話をなかなかしたがらない。アルシア自身も兄たちと気軽に会えるわけではないが、二人とも元気で暮らしていると聞かされただけだ。

「僕がほとんどそばにいないことに、きみが心配を抱くのも当然だ」キングスランドが言う。

でもそれこそが問題だった。キャサリンは公爵がいなくてもちっとも気にならない。キングスランドが遠く離れていても、彼を恋しいとも思わないし、いま彼は何をしているだろうと考えたりもしない。おかしなことに、いつもグリフのことを考えてしまう。元気でやっているだろうか、通りをうろついたりパブでビールを楽しんだりしているのかと気になる。あの賭けでグリフに激しい怒りを覚えたにもかかわらず、彼のことを心配せずにはいられない。父親の振る舞いのせいで、どんな代償を払わされているのだろう？

「だが安心してほしい」キングスランドが言葉を継いだ。「何ものも僕の気をそらすことは――」

「キング？」

その瞬間、公爵はキャサリンからボックス席へ入ってきた若い男性にすばやく注意を移した。「ローレンス、まさかおまえが今夜ここへやってくるとは思わなかったよ」

「僕もだ。でもちょっと面倒なことがあってね。ペティピースから今夜兄上がここにいると聞いたんだ」

「いくらだ？」

キングスランドの声色を聞き、キャサリンは思った。この兄弟の間では、こういうやりとりは日常茶飯事なのだろう。かつてキングスランドから、弟ローレンス卿《きょう》のことは自分自身よりも大切に思っていると聞かされたことがある。

ローレンス卿は兄キングスランドと目の高さが同じになるまでしゃがみ込んだ。「千ポンドだ」

「夜になってからまだ数時間しか経《た》っていないのに、もう賭場で千ポンドも負けたのか？　なんてことだ、ローレンス」

「違う、違うんだ。今夜はまだ賭場に出かけてもいない。このあいだのシーズンに、グリフィス・スタンウィックとしたいまいましい賭けのせいだよ」

キャサリンの心臓が大きく跳ねた。グリフの名前が出た。それに、賭けの話も。ローレンス卿が言わんとしているのは、あのぞっとする賭け以外の話であるはずがない。なぜグリフはいまになって勝ち金を回収しているのだろう？

「彼がどこからともなく現れたのか？」

「ああ。賭けに勝った、あの金を回収するために」

「おまえはまだ彼に金を払っていなかったんだな？　負けた金を支払うのは当然のことだ」

「彼に金を払った者など一人もいない。あいつの父親は反逆者だった。だから僕ら全員、あの賭けは無効にすることで一致したんだ」

ということは、いまになっても、グリフは自分の戦利金を手に入れていないのだろうか？　そう知っても、あんな忌むべき賭けをしたグリフに対するいらだちはいっこうにおさまらないが、負けた金を支払っていなかった輩《やから》に対して腹立ちも感じている。アルシアから聞いた話によれば、メイフェアにある屋敷から追い出されたあと彼らきょうだいは、全員が困窮にあえいでいるという。貧民街での暮らしを余儀なくされ、生き延びるために働いているというのだ。

「まさに後悔先に立たずといったところだな。それで、なぜおまえは心変わりして、負けた金を支払おうという気になったんだ？」キングスランドは尋ねた。

「あいつが脅しつけてきたんだ。もし支払わなければ痛い目にあわせる、あるいは、誰にも知られたくない秘密を暴露するぞとね」

およそ、あのグリフィス・スタンウィックらしくない。キャサリンが知るグリフは軽妙なからかいが得意で、常に笑みを浮かべ、屈託のない笑い声をあげる男性だったのに。

「おまえには誰にも知られたくない秘密があるのか？」

「だったらどうなんだ？」

キャサリンが見守るなか、キングスランドは弟をじろじろと見つめた。ここにももう一人、兄の手をわずらわせる典型的な次男がいる。わたしの祖母が、絶対に長男以外とは結婚してはいけないと警告したのも当然だろう。

公爵は長いため息をついた。「必要な金額を渡すようにペティピースに言え」

「僕に言われても、あの兄上の秘書が一銭たりとも金を渡すわけがない。兄上と彼女の間で取り決めている秘密の言葉を告げなければ、金庫を開けようとしないだろう。あるいは、僕に金を渡すのを認めると記された兄上直筆の手紙がなければね」

公爵は上着のポケットから小さな手帳と鉛筆を取り出し、何かを殴り書きすると、そのページを破りとって弟に差し出した。

「ありがとう」ローレンス卿は静かに言うと背筋を伸ばし、そのときようやく兄の隣にいるキャサリンに気づいた。「レディ・キャサリン、せっかくの夜を台無しにしてすまない。どうか観劇を楽しんで」

そしてローレンス卿はすぐにその場から立ち去った。キャサリンに〝どこでグリフと会ったのか〟〝元気そうだったか〟と尋ねる隙も与えないままで。とはいえ、みだりに自分の考えや感情を明かすつもりはない。キングスランドには、彼自身に対するこちらの愛情を一片たりとも疑ってほしくなかった。たとえ、キャサリン自身がその愛情に疑念を抱いていたとしても。

劇場の照明が暗くなり始め、明るいのは舞台だけになり、緞帳《どんちょう》があがると、森を背景に数人の俳優たちが現れた。

「ミスター・グリフィス・スタンウィックから何か連絡は？」

キャサリンは弾《はじ》かれたようにキングスランドに注意を向けた。「いいえ、一度も。彼がわたしを訪ねたり手紙を送ってきたりする理由はどこにもないもの。もちろん、わたしは彼の賭けにのったりしなかったし」

「きみは彼の妹と仲がいい。彼の父親の英国君主に対する裏切りに、彼自身がどの程度関わっていたのか知っているかもしれないと思ったんだ」

「あのとき、アルシアは自分の兄がどんなことに関わっていたかさえ知らなかったはずよ。グリフがあなたの弟を脅しつけたなんて信じられない」

「僕たち紳士は真剣に賭けに応じる。なかには名誉を守るために決闘する者もいるほどだ」

「あなたが弟さんに誰を選ぶつもりか知らせなかったのは、あまり褒められたこととは言えないと思うわ。知らせていれば、弟さんもあんなばかげた賭けでお金を失うこともなかったのに」キャサリンは怒りと心の痛みがふたたび込みあげてくるのを感じた。グリフが自分を手助けした本当の理由を思い出したのだ。

公爵はキャサリンのほうへ体をかがめてきた。「彼が誰を賭けの対象にしたか、きみは知っているんだね？」

ごく低い声だったが、そこに思いやりや温《ぬく》もりはまったく感じられない。公爵が声をひそめたのは、一応この自分に敬意を払ってのことだろうか？　それとも近くのバルコニー席に座っている観客たちの邪魔にならないため？　キャサリンにはわからなかった。

「彼はあなたがわたしを選ぶかどうかを賭けの対象にしたのよね？　父からそう聞いたわ。あなたもその賭けに参加したの？」

「そんな道義に反することはしない。結果を決めるのはこの僕だからね。それに自分の決意を弟に教えるのも公平なことではない。〈ホワイツ〉の賭け金帳に何が記されたかわかっていたから、僕は自分の決定を胸に秘めたまま、誰にも明かさずにいた。一番の友人たちにもだ」

「ええ、もちろんそうでしょう」キャサリンは膝の上で両手を折り重ねた。「グリフがまだお金を回収していなかったとは知らなかったわ。もしほかに誰も支払わなければ、あなたが代わりに支払うつもりなの？」

「ああ、僕は常に自分の借りは返すようにしているからね。ただ、彼の居場所がわからない」

　それはキャサリンも同じだった。ああ、むくむくと頭をもたげてくる関心に悪態をつきたい気分。今夜をともに過ごしているのはキングスランドだ。公爵は彼自身の利益のために、わたしについて知っていることをずる賢く利用しようとする男とは違う。ミスター・グリフィス・スタンウィックに心を占領されてなるものですか。それなのに、どうしても脳裏から彼を追い出せそうにない。

賭けに関して短く言葉を交わしたあと、二人は無言のまま劇を鑑賞し、帰りの馬車のなかでもほとんど口を開かないままだった。馬車がキャサリンの屋敷の前へ停車したところで、二人だけで話したいことがあると引き止められ、とりあえず自分のメイドを先に屋敷へ戻した。でも公爵は言葉を発しないまま、顔を近づけてキスをしてきた。ごく短い、唇がかすかに触れ合っただけの口づけだったが、公爵がそんな大胆な行動に出たのはこれが初めてだ。その瞬間、キャサリンの胸の鼓動が速まったのは否めない。とはいえ、みぞおちにどうしようもないうずきを覚えたり、両膝からいっきに力が抜けたり、つま先をぎゅっと丸めるほどの興奮を感じたりすることはついぞなかった。グリフからキスされたときは本能を呼び覚まされるような感覚を覚えたのに。

でも、あれは紳士とのキスではなかった。正真正銘の悪党とのキス。

もし自分が賢明な女性なら、グリフィス・スタンウィックにまつわる記憶はすべて手放しただろう。彼とキングスランド公爵をあれこれ比べてもまったく意味がないのだから。

11

一八七四年六月一日

それから六週間後、今夜は舞踏会や夜会の予定がなく、キングスランドは言っていたとおりにヨークシャーへ旅立ち、両親はパリ旅行で出かけていたため、キャサリンは〈エリュシオン〉に出かけることにした。〈エリュシオン〉はレディ専用の賭博場だ――というか、少なくともレディたちは、そこが殿方たちがひんぱんに訪れる賭博場に匹敵する店だと考えている。殿方が足しげく通う賭博場よりも〈エリュシオン〉のほうが洗練されているのではないだろうか？　実際訪れてみると、キャサリンが想像していたのとはまったく違う場所だった。エイデン・トゥルーラヴは相当な労力を費やして、女たちの妄想や夢を叶《かな》えるこの場所を作りあげたに違いない。

淡い光がともされたゲーム室では、夜会服に身を包んだハンサムな紳士たちがレディたちに勝つための戦略を教えたり、肩に軽く触れたり、笑みを浮かべたりしながら歩き回っている。それ以外の部屋でもさまざまなお楽しみ――おいしい食べ物やダンス、足のマッサージ――などが用意されているが、キャサリンはゲーム室にいるのが好きだ。ここでは紳士たちがときどき戯れてくるものの、こちらの気が散るほどにはいちゃついてこない。完全な沈黙が訪れることもない。常にサイコロを振る音やルーレットが回る音、カードをシャッフルする音が響き渡り、それらの音を背景にしてプレイヤーたちがゲームの合間に噂話《うわさばなし》を共有し合う。

キャサリンが好きなゲームはヴァン・テ・アン。ルールは至って簡単だ。手札を積み重ね、手札の合計数が二十一《ヴァン・テ・アン》に最も近い者が勝ちとなる。このクラブの会員になったのは、キングスランドに名前を呼ばれたあの運命の夜のすぐあとだ。以前から噂を耳にし、興味をそそられていた。もしもうすぐ結婚するのなら、その前にやりたいことをすべてやっておきたい。ひとたび妻になれば、こういうスキャンダラスな場所で娯楽を楽しむのを夫から反対される可能性もある。とはいえ、わたしは結婚後もこのクラブに通い続けられるのではないだろうか？　夫となるキングスランドは、そのことをちっとも気にかけないのでは？　公爵との結婚生活は、かつての両親と似たものになるに違いない。いまでこそ熱々な関係だが、以前は夫婦仲が冷えきっていた。キングスランドがこの自分を壁に押しつけ、むさぼるように見つめている姿なんて想像できない。そもそもキングスランドは高まる情熱のせいで自分を見失ったり、現状がわからなくなったりする男性に見えなかった。

「レディ・キャサリン？」

声をかけてきた男性ディーラーをちらりと見あげる。手持ちのカードに目を走らせ、うなずいた。「ええ、もう一枚お願い」

配られたカードを見てキャサリンは笑みを浮かべた。これで二十一まであと二つとなった。「わたしはここでやめるわ」

ディーラーはキャサリンの隣に座るレディの前に移った。顔の上半分だけを覆う《ドミノ》マスクをつけている。このクラブには、そんなふうに変装しているメンバーもいる。さまざまな理由から身元を明かしたくないレディたちだ。だがキャサリンはここにやってきているのを誰に知られても構わないと考えている。実際は自分の振る舞いを恥じてなどいないのに、人目を気にしているかのように振る舞うつもりはさらさらない。キングスランドとの関係に関して一つはっきりと言えるのは、こちらが正直さを貫いていること。本当の自分を偽って、別の誰かに見せる必要はないと信じている。

「あなたを推薦してくれる人は見つかったの？」キャサリンの横に座っていたレディ・プルーデンスがひそひそ声で、反対側に座るレディ・キャロラインに尋ねた。

「ええ、見つかったわ」

「その彼女、わたしのことも推薦してくれると思う？」

「もし加入が認められたら、わたしがあなたを推薦する」

「それってなんの話？」キャサリンは尋ねた。話を盗み聞きするのが不作法なことは百も承知だが、彼女たちの会話の推薦という部分がどうしても気になったのだ。

レディたち二人はびくっとし、たちまち後ろめたそうな顔になった。お互いにしばし見つめ合っていたがようやくうなずくと、レディ・プルーデンスがキャサリンのほうへ体をかがめ、ほとんど聞きとれないほど低い声でささやいた。「新しいクラブの話よ」

キャサリンの心臓が跳ねた。あの賭けの勝ち金を全額回収できたら、グリフは大金を手にするはずだ。もしかすると、自分のものにしたいと望んでいたあの建物の購入資金を用意できたのかもしれない。「どんなクラブなの？」

レディ・プルーデンスはいけないことをしているところを見つかるのを恐れるかのように、あたりをすばやく見回した。「男女が出会って……交遊を楽しむための場所よ。でも会員になっているのはごく限られた人たちだけで、新たに会員になれるのはそのうちの誰かの推薦があった場合だけ」もう一度あたりを見回し、その結果に満足したようにキャサリンの耳元へさらに口を近づける。「それに、そのクラブで何が起きたか、誰を見かけたかは口外しないと誓いを立てなければいけない。さらに絶対に秘密厳守なのは、あなたがそこで誰と一緒に過ごしたかよ。噂で聞いたけれど、あるレディがその誓いを守らずに、別のレディに求婚している紳士と一緒に過ごした話をもらしたんですって。そうしたらある夜、彼女が寝室で目覚めたらそのクラブの経営者が忍び込んでいて、噂話をやめなければば彼女の評判を台無しにしてやると脅してきたそうよ」

キャサリンはレディ・プルーデンスをまじまじと見つめた。なんと答えたらいいのだろう。いまの話は、かつてグリフから聞かされた話とあまりによく似ている。ただし、彼が女性の寝室に忍び込んで脅しつけるとは思えないけれど。まず、しっかりと施錠された屋敷に入り込む技術がグリフにあるはずがない。それに彼は誰かを脅すようなたちではない。本気でそんなことをするはずがない。

「あきれた話よね。そんな場所が存在するなんて」沈黙しているキャサリンに向かってレディ・プルーデンスがつぶやく。「もちろんレディの寝室に忍び込むのもそうよ」

いいえ、本当にあきれるべきは、そういうクラブを所有したいというグリフの夢をこのわたしが知っていること。それも、グリフが購入したがっている建物まで知っていて、二人で訪れたあのあとも何度か自分だけで訪れているのだからなおさらだ。前回訪ねたとき、あの建物はまだ売りに出されているように見えた。とはいえ、それももう数カ月前の話。

「そのクラブの所有者は誰なの？」

レディ・プルーデンスは興奮したように目を大きく見開いた。「まさにそこなのよ。知っているのはメンバーだけで、彼らは絶対に話そうとしない。すべてが素敵に謎めいていて、これ以上ないほど怪しげなの」

「レディたち、ゲームをこのまま続けますか？」

キャサリンはディーラーに注意を戻した。彼が自分の手札を見せていて、その合計数は二十一をはるかに上回っている。今夜、勝利の女神はすでに目の前に座っているらしい。首を振って答えた。「今夜はここまでにしておくわ」

自分のチップをかき集めて立ちあがり、テーブル脇に移動し始めたところでつと足を止め、体をかがめてレディ・プルーデンスの耳元でささやいた。「そのクラブの名前は？」

「〈ザ・フェア・アンド・スペア〉よ。でも、会員リストに名前がないと入店が許されない。しかも誰が会員か公表されていないから、誰に頼めばメンバーになれるかもわからないの」

「わたしなら誰かに頼む必要なんてない」紹介を受けたり、会員リストに名前を載せたりする必要もない。

戸口に向かって進みながらキャサリンは確信していた。たとえそのクラブが地球上のどこにあろうと、何ものもわたしがなかに入るのを止められない。ええ、絶対に。

グリフは階段の一番上に立って手すりから乗り出し、新たに到着した客で込み合う玄関広間を見おろした。彼ら全員、グリフが雇った係から名前がリストにあるか確認され、会員であることを証明され、晴れて入店が許されるのを待っているのだ。〈ザ・フェア・アンド・スペア〉が正式にオープンしたのは二週間前のこと。その噂はグリフの予想よりも早く、あっという間に広まった。オープン記念の夜に招待した誰もが、このクラブへやってきた。グリフは招待状に自分の名前を記さなかったが、興味津々で来店した客たちから姿を隠すつもりはさらさらなかった。当然ながら、彼らは反逆者の息子に呼び出され、まんまと来店してしまった事実に気づき、例外なくショックを受けたようだ。その様子を目の当たりにして、ひねくれた喜びを感じずにはいられなかった。表に出ずにクラブを経営すべきかと考えなかったわけではない。だが、もう陰でこそこそするのはうんざりだ。父の裏切り行為のせいで、自分自身まで何者か判断されるつもりはない。

みなの前に姿を現し、歩き回ることにも快感を覚えた。こちらの存在を認めるだけで、客たちは行儀よく振る舞おうとする。両手のあちこちにある傷跡は不吉なサイン――この自分がもはやマナーを守る紳士ではないことに、嫌でも気づかされるだろう。だから彼らの前では手袋をはめず、わざと両手を見せるようにしている。実際クラブの部屋から部屋へ移動していると、誰もがこちらを避けようとした。それもいっこうに気にならない。会員である彼らのおかげで、こちらはどんどん金儲けができるのだ。友人や知人、仲間として彼らを必要としているのではないのだから、怖がられているくらいがちょうどいい。

僕はもう彼らと同じ世界の住人ではない。そうだというふりをするつもりもない。

階段の上に立っているのに飽き飽きして、店内を一歩きするべく体の向きを変えようとした瞬間、目の端に何かをとらえた。彼女だ。

さながら女王か女帝のように自信たっぷりな足取り。その全身から放たれているのは、周囲の者を足元にひれ伏せさせる、まさに支配者のように圧倒的な存在感だ。だがそんな彼女の姿を目の当たりにしても、こちらは胃がきりきりするような感じを覚えるべきではない。心臓の高鳴りも。もちろん、彼女の到着に喜びを感じるなどあってはならない。

だが、この場所の噂を聞きつけたら彼女はここにやってくるだろうとわかっていた。これほど時間が経《た》ったというのに、彼女の姿を見ただけで、ずたずたになった魂がいっきに癒やされたようだ。

だがそれを外に見せるつもりはない。言葉でも、振る舞いでも、顔の表情でも。

今夜の彼女が身につけているのはエメラルドグリーンのドレスだ。前に一度も見たことがないドレスだが、あの色合いが彼女の瞳をことのほか引き立てるのはよく知っている。きっと豊かで濃い色に輝いて見えるだろう。

彼女は特別な存在であるかのように――神よ、そうではないと自分に言い聞かせられるよう、お助けください――本人確認を待っている人々の間を軽やかに通り過ぎ、建物内部に通じる廊下へ足を踏み入れようとした。だがその瞬間、巨漢の男に行く手をさえぎられた。このクラブの秩序を保つため、グリフが雇った用心棒ビリーだ。ビリーが目の前に進み出ただけで大の男でも真っ青になるというのに、彼女は厄介者をたしなめるように片眉をつりあげただけだった。すばらしい。自分の体を易々《やすやす》と半分に折れるほどの大男を前にしても、いっこうに怖がることなく堂々としている。

もちろん、彼女には尊敬すべき点がほかにもたくさんある。ただいかんせん、そのことに気づいたのが遅すぎた。いまさらその一つ一つを数えあげても意味がない。

もし賢明な男ならば、すぐに自分の執務室へ退いて鍵をかけただろう。だが、グリフはその代わりに階段をおり始めた。


目の前に立ちはだかっている男はとてつもなく体が大きい。巨人の子孫だと聞かされても、キャサリンはまったく驚かなかっただろう。とはいえ、〈エリュシオン〉を出たときから、そうではないかと疑っていることが真実かどうか知りたくてうずうずしている。何ものにも――巨人であろうとなかろうと――わたしを止めさせない。「通して」

「先に会員かどうか確認する」

「わたしは会員じゃない。でも、わたしがここへ入るのに会員である必要はないの」

男は何度も目をしばたたいた。おそらく、いま言われた言葉を彼なりに理解しようとしているのだろう。あるいは、こんなふうに言い返されるのに慣れていないだけかもしれない。キャサリンは、ほかの紳士たちがなるべく壁伝いに移動し、巨漢の男に近づかないよう注意しているのに気づいた。彼らはこの建物の奥にある、さらに興味深いお楽しみが待つ場所へ向かおうとしているに違いない。

「みんな、会員でなきゃいけない」男はとうとう口を開いた。ただ、先ほどと比べるとやや自信がなさそうな口調だ。「それがルールだ」

「わたしには関係ない。早くそこをどいて」

「だめだ。そんなことをしたら仕事を失っちまう」

「大丈夫、あなたが仕事を失うことはない。さあ、早くどいて」

「なあ、頼むよ、ミス――」

「いいんだ、ビリー。彼女を通してやれ」

その声が聞こえた瞬間、キャサリンは息がうまくできなくなった。それが気に入らない。しかし、大男が命じられたとおりに引き下がると、すぐにグリフの姿が見えた。体にぴったりした夜会服に身を包んでいる。つい最近仕立てさせたものに違いない。以前会ったときに比べるとグリフの肩幅ははるかに広くなり、腕もずっと太くなった。かつてキングスランド公爵邸の庭園でキスをされたとき、その体を指でたどったので、引き締まった肩と腕の感触をまだ覚えている。許されるならば、もう一度彼の体に指をはわせてみたい。そんな厄介な衝動を抑えるのに必死だった。

今夜ここへやってきたのは、グリフの体に手を滑らせたり、キスをしたり、軽く触れたりするためではない。彼に一言言ってやるためなのだから。

グリフはわずかに頭を傾け、キャサリンに先へ進むよううながした。一国の王が誰かに許しを与えるかのようなしぐさだ。キャサリンにしてみれば、何をするにも彼の許しなど必要ないのに。それでもグリフに向かって四歩近づいたとたん、ベイラムと掘り返したばかりの大地の香りがあいまった彼特有のにおいに鼻腔《びこう》をくすぐられて、突然生き返ったような錯覚に陥った。何年も大海の下に沈んでいたのにとうとう浮かびあがることができ、胸いっぱいに息を吸い込んだかのような気分。

グリフの髪の色は前よりも薄くなり、伸びた巻き毛が肩についている。顎がうっすらと髭《ひげ》で覆われているのは、髭剃《そ》りから数時間経っているせいだろう。あるいは、わざとそうしているのかもしれない。前よりも危険で手ごわくて、一目置くべき男のように見える。いまでは彼の瞳からも同じ印象を受けた。もはやのんきでほがらかな男の目ではない。それどころか、大声をあげて笑うこともないだろうという印象すら与える目だ。

それにしても、グリフの細かな特徴をこれほど詳しく覚えているなんて。いま改めて気づかされたその事実に、満足感と怒りの両方が込みあげる。

「ここは求婚されている者は出入り禁止だ」

「だったら求婚されていなくてよかった」

キャサリンが見守るなか、グリフは青灰色の瞳を一瞬怒りに輝かせたが、すぐに目を細めた。「きみは彼の申し出を断ったのか？」

「いいえ、まだ求婚されていないの」

「だったら、なおさらすぐにここから出たほうがいい。彼はこんなスキャンダラスな場所にきみがいることを快く思わないだろう」

「なぜそんなことをあなたが気にするの？」キャサリンはもう一歩近づいた。「彼がわたしを選んだおかげで、あなたは大金を手にしたんでしょう？　いまいましい賭けをもちかけてたんまり稼いだと聞いているわ」

グリフは顎に力を込めた。これでいい。だってこちらも激しい怒りを感じている。あの運命の夜から毎日、毎週、毎月経つごとに怒りが蓄積され、もう爆発寸前だ。それほど激怒しているのはグリフがあんな賭けをしたせい。そんな彼のことをずっと心配していた自分のせい。それに、きっとグリフがあれからわたしのことなど一度も思い出さなかったせい。〝元気だと知らせなければ〟と彼が思いつきさえしなかったのは、わたしが大切な存在ではなかったといういい証拠だ。もっと怒りを覚えてしまうのは、別のレディの寝室に忍び込めるのなら、わたしの寝室にもこっそりやってきて〝元気に生きている〟と安心させられたはずなのに、そうしなかったグリフにがっかりしているから。

「あなたが卑劣な手を使って得た大金をどんなふうに役立てているのか、わたしにはこの目で確かめるれっきとした権利があるはず。犠牲になるだけの価値があったかどうか確かめるために」

グリフはキャサリンからパンチを見舞われたかのような表情を浮かべている。「きみがなんの犠牲になったというんだ、レディ・キャサリン？」

「あなたはこの話し合いをここで続けるつもりなの、ミスター・スタンウィック？」

さらに強烈なパンチを繰り出してやった。この呼びかけにより、こちらはグリフをもはや貴族とみなしていないとはっきり認めたことになる。同時に、グリフが貴族でなくなって以来、彼の姿を見たのは初めてだという事実を認めたことにもなるけれど。

「ついてきてくれ。落ち着いて話せる場所に案内する。きみをメンバーにするかどうかについても、そこで話し合おう」

グリフが最後の言葉をつけ加えたのは、周囲にいる人々に聞かせるためだろう。彼らは先ほどから、二人が歯を食いしばりながら何を言い合っているのだろうと聞き耳を立てているようだ。もしくは、こちらがグリフのあとから階段をのぼっていくもっともな理由を知らせるためかもしれない。とにかく言われたとおり、彼のあとをついていったものの、すぐに自分の愚かさに気づかされた。グリフがこの建物をどんなふうに改築したのか知りたかったのに、実際は彼の広い肩、そして、大きな背中から腰にかけての美しいラインばかりに目が行ってしまう。グリフの体は引き締まっていてたくましい。にもかかわらず、その力強い体の動きはこのうえなく優美なのだ。

前を歩くグリフがどんな表情をしているのかはわからなかった。だが階上からおりてきた者たちが彼の姿を見たとたん、避けるように壁に体を寄せた。先に階段をのぼっていた者たちが慌ててペースを速めたのは、あとから追いかけてくるグリフの足音を聞きつけたからではないだろうか?

グリフは踊り場にたどり着くとキャサリンが追いつくまで待ち、さらに廊下を進み続けた。その間にすれ違った顔見知り数人に会釈をしながら確信する。今夜わたしがここを訪ねてきた噂話は、キングスランドの耳にも届くだろう——このクラブ内で起きた出来事は絶対に口外してはならないというルールがあっても。噂話のなかには、どうしても誰かに聞かせたくてたまらない類いのものがある。本音を言えば、たとえその話を聞いて公爵が嫉妬する姿を見ても気にしないだろうけれど。

通路の突き当たりまでたどり着くと、グリフは小さな部屋の扉を開けて一歩下がり、キャサリンを先に入らせた。二脚のソファが置かれた、ゆったりと座ってくつろぐための部屋だ。明らかに誘惑のためにしつらえられた一室だろう。レディと紳士は最初は向かい合って別々に座ったとしても、最終的には同じソファで体を寄せ合うことになる。あるいは、少し離れた場所に置かれている寝椅子に二人で体を休めることになるかもしれない。寝椅子のほうがソファ二脚よりもはるかに座り心地がよさそうだ。隅にあるテーブルにはさまざまなアルコールが入ったデカンタが置かれている。いますぐそれを一本手に取ってグリフに投げつけ、全身びしょ濡《ぬ》れにすることもできる。

振り返ると、グリフは腕組みをして、開かれた扉の近くにある壁にもたれていた。

「ここは扉を閉ざして客のプライバシーを守るのがご自慢のクラブだと思っていたけれど」

「評判を保つ必要があるレディがいる場合は例外だ。なぜここにやってきた？」

キャサリンは室内をゆっくりと歩き始めた。といっても、ほかに見るべきものはほとんどない。壁に数枚、挑発的なポーズを取った女性の絵がかけられているだけだ。それらの作品を見ても、こちらのいらだちは少しも和らがない。「なぜ男性が一人もいないの？」

「なんだって？」

キャサリンはグリフに向き合った。「絵の話よ。どうしてほとんど裸同然の女性の絵だけなの？　レディたちだって、男性のむき出しのヒップが描かれた絵を見たがっているとは思わないの？」

グリフは目をきつく閉じ、唇を真一文字に結んだ。きっと、こちらのばかげた意見を聞いて笑いを必死にこらえているのだろう。でもどう考えても正論だ。

グリフは咳払《せきばら》いをして目を開けると、明らかにいらだった調子で尋ねた。「何が望みだ？」

「ひどい裏切り行為によってあなたがどんな成果を得たか、この目で確かめる権利があると思ったから来たの」

「どうしてあれが裏切り行為になる？　きみは望みのものを手に入れたじゃないか」

「あなたもね。わたしはてっきり――」キャサリンは口をつぐんでかぶりを振った。ここで自分のうぶな一面を明かしたくない。グリフがあんなことをしたのは、彼がわたしのことを気にかけ、好意を抱き、わたしが幸せになる姿を見たいからだと考えていた。でもグリフの取った行動はわたしとは何も関係なかったのだ。「あなたは自分が確実に賭けに勝つためにあの手紙を書いたのね」

「そうだ」

「わたしはその手紙の内容を一部しか知らない。正確にはどんなことを書いたの？」

グリフは片方の肩をすくめて落とした。「そんなことはどうでもいい。ちゃんと目的は果たしたのだから」

「そしてあなたは一儲《ひともう》けした」

「いや、つい最近までは違った。賭けに負けた奴《やつ》らが支払おうとしなかったからね。彼らは反逆者の息子に借金を返す必要などないと考えていた。きっときみも同じ意見だろう」

いいえ、腹立たしいことに、賭けの対象はこのわたしだ。負けた者はきちんと支払うべきだろう。「あなたは負け金を支払うようにとローレンス卿《きょう》を脅したのね」

彼はまたしても肩をすくめた。他人のことなどいちいち気にしていられないと言いたげなしぐさだ。「借りたものさえ支払えば、彼は何も恐れなくていいはずだ。実際にいまはそうなっている。ほかの者たちもみな同じだ」

「これまでしていなかったのに、なぜいまになってお金を回収したの?」もしグリフが勝ち金を回収しないままなら、自らの立場を利用したことに罪悪感を覚えていたなら、心の痛みも怒りも少しは和らいだかもしれないのに。もちろん、グリフが最初からあんな賭けなどしなかったなら、もっとよかった。

「父の恥ずべき行為を我がことのように感じていたんだ。だがいまは違う。それに以前は……相手を脅しつける厚かましさもなかった」

キャサリンはこの部屋へやってくるまでに見た光景を思い出した。誰もグリフに話しかけようとせず、その存在を認めようともせず、壁に体を張りつかせてみたり、突然足早になったりして、とにかく彼を避けているようだった。「でもいまはあると?」

「レディ・キャサリン、何もない状態がどういうものか、きみにわかるか? 何一つないのがどういうことか? 友だちも、家族も、隠れ家もない状態が? メイフェアを出たとき、僕らは数ポンドしか持っていなかった。それに空腹だった。アルシアと僕はあばら屋で一緒に暮らした。冬がやってきても暖をとる方法が見つからなかった。もし賭けに負けた奴らがきちんと金を支払っていたら、僕らの状況もかなり違っていただろう。寒さに震え、血を流し、体の痛みと空腹に耐えながら、僕はしだいに彼らを憎むようになった。だから自分が得て当然のものを得るためなら、いまは喜んで奴らを脅しつける」

キャサリンは拳を握りしめながら、グリフにもう三歩近づいた。「あなたと同じように、わたしも怒って当然だとは思わないの？　あなたはわたしについて知っていることをうまく利用して、ほしいものを得ようとした。それこそ、あなたがわたしを手助けした理由だったのよ」

「きみがせっかくの機会を台無しにしようとしていたせいもある。ホイストとは！　ちょっとでも良識ある紳士が、女性のホイストの腕前など気にすると思うか？　どうしてきみが怒っているのか、僕には理解できない。きみは自分の望みのものを手に入れた。なぜ僕も手に入れてはいけないんだ？」

「わたしは自分が利用されたように感じたの。あなたには、それまで誰にも打ち明けたことのない話までしたわ。それだけに自分がとても……弱々しい存在に思えた。自分のすべてをあなたにさらけ出したように感じたから」それもこれもグリフを信頼してのことだ。そうなった経緯をどうやって説明すればいいのだろう？　結局は、心から信じていた彼にごみのように捨てられる羽目になったのに？「あなたはお金を必要としていた。そしてわたしを利用してそのお金を手に入れた。このクラブを開いたとき、せめてわたしに招待状を送るべきだったと思うの。だってわたしがいなければ、あなたはこのクラブを持てなかったのだから」

「さっきも言ったが、きみには会員資格がない。たとえ彼に求婚されていなくても、きみが彼のものだというのは周知の事実だ」

「個人的にこのクラブを案内することだってできたはずよ。前にあなたがやったように」

こちらの手を取って、将来の夢や野望、計画を聞かせてくれたあのときのように。わたしだけに個人的な秘密を打ち明けてくれたおかげで、彼にとって自分が特別な存在だと感じられたあの夜のように。あの瞬間、グリフのいつもとは違う一面を見られた気がしたのに。

「そんなことをしても意味がないと思った」

彼を思いきり叩《たた》いてやりたい。微動だにしないまま立ちはだかり、渋々こちらの相手をしてはいるものの、一刻も早く出ていってくれと考えているのは明らかで――

でもそのとき、彼の拳が真っ白なのに気づいた。必死に自分を抑えつけるように腕組みをしている。壁にもたれたまま、一歩たりともキャサリンに近づくまいと戒めるかのように。さらに観察してみたところ、グリフがそこにさりげなく立っているわけではないのに気づいた。というか、全身のあらゆる部分が不自然にこわばっている。実際のところ、彫像のごとく無表情を保ったグリフはひどく弱々しく見えた。体をぴくりとも動かさないために、涙ぐましい努力をしているようだ。禁欲的なまでに自分を抑えつけている。とはいえ、狙いをつけてハンマーで強打すれば、彫像のように粉々に崩れてしまいそうだ。

さらに一歩近づいたところ、グリフがわずかにひるんだのに気づいた。もしかして彼はわたしに近づくのを恐れているのだろうか？　こちらの存在が彼になんらかの影響を及ぼしているの？　わたしにとっての彼の存在がそうであるように？

あのいまいましい賭けに関しては、いまも憤りを覚えている。グリフが賭けに勝つために着々と踏んでいった段階にも。あろうことか、グリフは勝手にわたしをキングスランド公爵とくっつけようとした。しかもわたし自身、自分が望む相手があの公爵かどうかはっきりわかっていなかったというのに。結局わたしは自分一人の力で目的を達成したわけではない。そのために他人の助けを借りていたことが、どうにも気に入らなかった。

グリフを懲らしめてやりたい。そのためにはどうすればいいか、目の前にいる彼の様子を見ればはっきりとわかる。

もう一歩踏み出した。今回グリフはわずかに頭を後ろにのけぞらせた。そのまま壁に頭をもたせかけたがっているように。

「お金を稼ぐために、わたしを犠牲にすることになるかもしれないとは思わなかったの？　ただの一度も？」

「もし彼が自身の望む相手ではないとわかれば、きみには自ら立ち去る強さがあると信じていた。実際あの発表から一年近く経っているし、つい最近も彼はきみを劇場に連れていって――」

「どうして知っているの？」

「僕はいろんなことを知っているんだ」

グリフは噂話を気にしたり、そういう醜聞を信じたりするたちには見えない。「彼の弟から聞いたのね。きっとあなたはあの劇場の外で、ローレンス卿が負けたお金を返しに来るのを待っていたんだわ」

またしても彼は肩をすくめた。指先がややこわばっているように見える。

「もしかして、劇場のなかへ入るわたしたちを見かけたとか？　あの夜、わたしは新調したばかりの、緑色のドレスを着ていたんだけど」

「きみの髪の色によく合っていた」グリフは顎に力を込めた。いまの言葉をすぐに引っ込めたいと願うかのように。

キャサリンはさらに近寄り、グリフの正面に立った。「あなたはあ、そ、こ、に、い、た、のね」

「ローレンスに〝あの劇場で会いたい、そうすれば借金を全額返せる〟と言われた——ただそれだけだ。別にきみをひそかに見張るためにあそこに行ったんじゃない」

とはいえ、実際にこちらの姿を見たとすれば、グリフは公爵の弟よりもかなり早い時間に劇場へ到着する必要があったはずだ。彼はわたしの姿を一目でいいから見たかったのだろうか？「あの夜のわたしの装いは気に入った？　公爵に気に入られるようにと、さんざん苦労して身につけたあのドレスはどうだった？」

「きみはもう帰るべきだ」

「わたしの用事はまだ終わっていない」

キャサリンは手を伸ばし、開いていた扉に手をかけると、いっきに押して閉めた。

グリフは何もかも気に食わなかった。キャサリンがキングスランドに気に入られるために骨を折ってドレスを身にまとったなどという話は聞きたくない。それに、あの公爵には彼女に触れる権利があり、自分の腕にキャサリンの手をかけさせ、彼女をどこへでもエスコートできるという事実も気に入らない。それにいま、目の前にいるキャサリンのせいで、これほど苦しめられていることも嫌でたまらない。

ここ数カ月というもの、あまたの追いはぎや殺し屋を相手にせざるを得なくなったせいで、我が身を守る腕はかなり上達した。だが相手が裏切られた女性となると――いや、キャサリンは裏切られたわけではない、僕のせいでひどく気分を害しているだけだ――これからいったいどうなるのかわからず、はるかに怖かった。あるいは、危険な目にあったことが一度もない男を相手にするのと同じかもしれない。そういう男はこちらを怖がりはしないが、疑《うたぐ》り深《ぶか》く慎重で手ごわいものだ。

最後に会ったときに比べ、キャサリンは変わった。もしいまの彼女が公爵に手紙を書いたとしたら、昨年の夏に書いていたのとはまるで違う内容になったのではないだろうか？ホイストの話などけっして持ち出さないはずだ。いまキャサリンの全身からは、〝何がなんでも報復したい〟という決意がにじみ出ている。返してもらうべき貸しがあると強く信じているようだ。目を見ればすぐにわかる。僕に〝裏切られ〟たと信じ、ひどい目にあわせてやろうと意気込んでいるのだろう。

僕がすでにさんざん苦しめられている事実に、キャサリンが気づいてさえくれたら。手を伸ばして彼女に触れないよう、どれほど自分を厳しく戒めていることか。きつく腕組みをしているせいで、明日の朝は腕にあざがいくつか見つかるだろう。一日わずか数ペンスのために波止場で仕事をしていたとき以来、腕にこれほどひどい痛みは感じたことがない。きつく歯を食いしばっているせいで、ときおり顎にも痛みが走る。我ながら、こんなふうに強く歯を食いしばりながらよく話ができるものだと驚くほどだ。

「もしあなたが正直に話してくれていたら、あの賭けについてわたしがこれほど怒りを感じることもなかったのに」

いや、正直に話さなかったのは、〝自分が選ばれるかもしれない〟というキャサリンの期待をへたに高めたくなかったせいだ。とはいえ、それは真実のごく一部。僕は、あの状況を利用して金儲けしようとしている事実をキャサリンに知られたくなかった。それなのに知られてしまった。腹を立てているキャサリンを責められないし、彼女に対して罪悪感を覚えている。勝ち金の回収がずるずると遅れたのはそのせいだ。その遅れのせいで賭けに応じた者たちが一致団結し、びた一文支払わないと言い出すことになった。

でも思えば、当時の自分はまだ軟弱だったし、強い態度で出られたらすぐにあきらめていただろう。いまは違う。何カ月も辛酸をなめさせられ、貸したものは相手から奪って当然だと学んだのだ。

「僕がキングスランドに手紙を書いても、きみにとっては取るに足らないことだと思ったんだ。そうやって骨を折っても、僕はきみに何か見返りを求めたわけじゃないから」

キャサリンはじっとこちらを見つめたままだ。緑色の瞳に吸い込まれそうになる。クローバーのごとき優しい色合いに、なんの悩みも抱かぬまま体を預けたい。だがこの先、なんの悩みもない人生を僕が歩むことなどありえないのでは？

キャサリンの吸い込まれそうな瞳に我を忘れていたせいで、彼女がもっと近づいてきたのに気づくまで少し時間がかかった。彼女のボディスがこちらの組んでいる腕をかすめるほどの至近距離だ。さらに指先に力を込め、腕組みをきつくする。

「わたしが貴族と結婚できるよう骨を折ってくれたことに対して、ちゃんとお礼を言わなければいけないようね」

「いや、礼には及ばない」キャサリンから礼を言われることなど何一つしていない。

「あなたに厄介をかけたに違いないわ」

「いや――」

愚かにも、彼女のために何かしてもまったく厄介さは感じないとつい口走りそうになった。でもその前に、指先でうなじから頭の後ろまでゆっくりとたどられ、うつむかされ、唇で完全に口をふさがれた。やれやれ、彼女のためにどれだけ苦労しているか、数えあげたらきりがない。

　このキスを深めてはいけない。キャサリンはほかの男と結婚するのだから。

とはいえ、彼女はいまだ公爵夫人にはなっていない。彼女から差し出したものを受けとってなんの害がある？　これ以上は受けとらないようにすればいい。

　グリフは誘惑に屈して腕組みを解くと、両腕を彼女の体に巻きつけ、さらに引き寄せた。硬い体にたちまち感じたのは、キャサリンの体の柔らかさだ。大胆で不道徳な唇のせいで、彼女に対してすべきではないありとあらゆることが脳裏に思い浮かんでしまう。両手をキャサリンの背中へと滑らせ、柔らかなヒップを強くつかんで体を押しつける。こちらがどれほど彼女をほしがっているか、はっきりと気づくまで。

　キャサリンは頬が落ちるほどおいしい菓子のようだ。その美味たるや、いくら味わっても味わい足りない。そんな彼女を別の男の手にみすみす渡してしまった。ふいに悔恨に襲われ、胸が苦しくなる。あのいまいましい手紙をキングスランドに書いたことへの後悔――そして、あのくだらない賭けをみなにもちかけたことへの後悔。さらに、キャサリンのことを心から気にかけている自分への後悔。

　いまここで彼女の体面を台無しにするわけにはいかない。たとえこの体のありとあらゆる部分が彼女を求めて泣き叫んでいても。きつく腕組みしていたことによる両手の痛みなど、いま感じている欲望の証《あかし》のひりひりするような痛みに比べたらなんでもない。

キャサリンは唇をこちらの顎からネックロスへとはわせ、挑発するように舌先をリネンのシャツの下へ差し入れた。思わず低いうなり声をあげ、体を引く。それなのにキャサリンは素肌に軽く歯を立てると、今度は耳たぶの愛撫《あいぶ》に取りかかり、またしても歯を立てた。きつくではなかったものの、軽くでもない。

「あなたはわたしに借りがある」耳元で低い声でささやく。それから体を引いて、目を合わせた。「わたしをここの会員にして」

そう言うと、キャサリンは扉を開けて早足で出ていった。なすすべもなく興奮をあおられたままのグリフを置き去りにして。

12

　レディ・ウィルヘルミナ・マーチと一緒にいる時間が、キャサリンは好きだった。アルシアが姿を消し、ジョスリンとのつき合いがうまくいかなくなってから心にぽっかりと穴が開いたようだったが、そのむなしさを埋める手助けをしてくれたのがウィルヘルミナだった。

　あろうことか、ジョスリンはあのチャドボーンと婚約し、結局彼と結婚したのだ。一番の親友であるアルシアに背を向けたチャドボーンが許せなかった。どうしても考えてしまう――もし彼がアルシアを応援する道を選んだら、社交界も彼女をはるかに好意的に受け入れたはずなのにと。彼があまりにすばやくジョスリンに求婚したのも間違っているし、求婚をすぐに受け入れたジョスリンは信じられないほど不誠実だ。たとえ売れ残るのではないかと心配を募らせていたとしても、ジョスリンの振る舞いは受け入れがたい。

　そんなわけで、キャサリンにとってレディ・ウィルヘルミナ・マーチは大切な友人となっている。今日もこうして二人で腕を組みながらハイドパークをそぞろ歩き、ほかの多くの貴族たちがめかし込んで散歩する時間を楽しんでいる。

「今年の社交シーズンの間、あなたとはどの舞踏会でも会わなかったわね」

「ええ、誘いを受けるも受けないも、わたししだいだから」ウィルヘルミナが答えた。ほとんどため息のように聞こえる優しい声だ。キャサリンよりも二歳年上の彼女は、自分が永遠に結婚できないだろうと考えている。

「社交上のおつき合いが恋しくなることはないの？」

「特にないわ。それに最近、新たなお楽しみを見つけてちょっとわくわくしているの」

「〈エリュシオン〉で甘やかされること？」キャサリンはウィルヘルミナがあのクラブに足しげく通っているのを知っている。ときには二人で出かけることもある。

「別のクラブなの。きっとあなたも興味があるはず。だって昨夜まさにそのクラブであなたの姿を見かけたもの」

キャサリンは突然立ち止まり、ウィルヘルミナに向き合った。「あなた、〈ザ・フェア・アンド・スペア〉にいたの？　全然気づかなかったわ」

彼女は片眉をつりあげた。「そうでしょうとも。あなたはミスター・グリフィス・スタンウィック以外、誰も目に入っていないようだったもの。彼しか眼中にないみたいだった。それに彼もあなたしか見ていなかった」

キャサリンは突然恥ずかしくなり、頬を染めながらすばやくあたりを見回した。ありがたいことに、聞き耳を立てている者は誰もいない。昨夜、あのクラブを出て自分の屋敷へ戻ってからずっと罪悪感にさいなまれている。グリフにキスをするつもりなんてなかった。彼を問いただすこと以外、何も考えずに乗り込んだのだ。それなのに、グリフがこちらに触れないよう必死に自分を抑えていると気づいた瞬間、少しだけよこしまな衝動に駆られた。突然自分が力を得たように感じられたのだ――キングスランドと一緒にいるときには感じられない類いの力を。同時に、自分の欲望と興奮が高まるのも感じた。公爵邸の庭園で、グリフからされたキスが忘れられなかった。もう一回キスをしたらあんなふうにとろけるのか、どうしても知りたくなったのだ。

でも実際はそれ以上だった。どうしようもない飢餓感と切羽詰まったように何かを求める気持ち、そして貪欲さが込みあげた。キスをいつまでも終わらせたくないいっぽうで、永遠に続けられるわけではないこともわかっていた。それでもなお、ふたたび求めずにはいられなかった。

「彼は親友アルシアのお兄様なの。最近どうしているのか確認したかっただけよ。あなたこそ、あそこで何をしていたの？」

ウィルヘルミナはいたずらっぽい笑みを浮かべた。「ちょっとお行儀の悪いことよ。わたしもう二十七歳。結婚はできない運命の行き遅れだもの。あなたはそう考えていないみたいだけど、もうわたしは愛人を持っても差し支えない年齢。そんなとき、新しくできたあのクラブの噂《うわさ》を聞いたの。誰からも愛されない人たちでも、求められるチャンスをくれる場所だって」

「あなたは愛されていないわけじゃない」キャサリンはきっぱりと言いきった。ウィルヘルミナにも、いかなる女性にも、自分が世間から見捨てられたように感じてほしくない。ただ残念なことに、殿方の多くは何年か社交シーズンを過ごしたレディではなく、その年にデビューしたばかりの若いレディたちを妻にしたいと望むものだ。

「わたしは自分の苦境を嘆いてるわけじゃないわ。実際はその反対なの。だって行きたいと思う場所に行けるし、いちいち夫のお許しを得る必要もない。父はわたしに信託預金を設けてくれているから、年に二千ポンドお小遣いを受けとれる。お金に困るのではないかと心配はしなくていいし、男性を必要ともしていない。ただ、ときどき思うの。昨夜ミスター・グリフィス・スタンウィックがあなたを見つめていたようなまなざしで、わたしを見てくれる誰かがいてくれたらどんなにいいだろうって」

「あんな怒りのまなざしを？　グリフは自分のクラブに乗り込んできたわたしに腹を立てていたわ」

ウィルヘルミナはかぶりを振った。「あなたがあのクラブにやってきたとき、彼がどんな様子だったかあなたには見えなかったはず。この世で一番大切な、かけがえのない人を見るような目つきをしていたんだから」

「それはあなたの思い違いだわ」キャサリンはウィルヘルミナの腕に手をかけ、もっと公園を散策しようとうながした。そうするほうが、面と向き合って友人の瞳を見つめるよりもずっと簡単だったからだ。

「わずか一秒か二秒のことだった。そのあと彼は完全に表情を消したから。でもたしかにこの目で見たの」

「あなたはなんでもロマンチックに考えるきらいがあるから」ウィルヘルミナにそういう傾向があるからこそ、グリフの表情がそんなふうに映ったのだろう。

　グリフはわたしに深い愛情を抱いていたわけではないのだと考えるほうが楽だった。昨年の社交シーズン中にグリフを好ましく思っていたのは、いまよりも人生が単純に見えていたからだと。

「彼があなたを店に入れたことに驚いているの。レディは二十五歳以上でないとあのクラブの会員になれないから」

　キャサリンが二十五歳になるのは今年の八月だ。「彼がなぜそんな規則を作ったのか、不思議だわ」グリフはこちらを避けるために、わざわざそんなルールを設定したの？

「それは、まだ結婚の希望があるレディたちの人生が台無しにされるのを見たくないと彼が考えたからではないかしら？　だって、あそこはお世辞にも品行方正な場所とは言えないもの。そのせいで会員が誰かは秘密だし、その秘密を守れる信頼できる人たちしか入店を許されていない」

いいえ、それは真実とは言えない。そうでなければ、わたしがあのクラブの噂を耳にすることはなかったはずだ。グリフに、彼の考案したシステムには欠点があることを伝えるべきだろうか？　仮にあのクラブをふたたび訪れることがあるなら……いいえ、あのクラブに戻ったなら。

キャサリンはあたりを見回してみた。レディたちが散歩したり、馬車に乗ったりしている。着飾った殿方と一緒のレディもいるが、男性の連れはいない者がほとんどだ。縁談が次々と決まるにつれ、この光景も刻々と変わっていくのだろう。

「彼はほかにどんな規則を設けているの？」

「入店を許されるのは独身の女性と男性だけと決められている。それから、長男として生まれ、爵位の相続人になっている息子たちは入店禁止なの。ただし、平民の長男なら入店が許されているわ。実際、とても興味深い集まりよ。まったく異なる経歴と社会的地位の人たちが集まっているんだもの。わたしもあのクラブで、とても興味深い殿方たちと一緒に時間を過ごした。きっと彼らはそれなりに成功している人たちのはず。そうでなければ、会員権を買えるお金の余裕なんてないはずだもの。あのクラブの会員権は安いとは言えないから」

キャサリンはぼんやりと考えた。グリフはわたしに会員になるための代金を請求するだろうか？　可能性はあるが、びた一文払うつもりはない。わたしはグリフに借りがある。あのいまいましい賭けの対象にされたのだから。「誰か気になる人はいた？」

「いいえ、まだ物色中」ウィルヘルミナは肩を軽くキャサリンの肩にぶつけてきた。「でもむしろ、その時間を楽しんでいるの」

「今夜も行くつもり？」

「ええ。もしあなたも行くなら、わたしの馬車に一緒に乗っていきましょうと誘おうと考えていたところ。ただ、もし二人のうちどちらかがあのクラブに長居したくなった場合を考えると、一緒の馬車で行くのはやめておいたほうがいいわね。あのクラブであなたと落ち合ってなかを案内してもいい。昨夜あなたが、あのクラブでどんな娯楽を楽しめるのかじっくり見られたとは思えないから」

「あら、わたしは行くべきじゃないわ」自分でもそれは痛いほどよくわかっている。

「今夜キングスランドと会う約束があるの？」

「いいえ、彼は来週までずっとヨークシャーよ」両親も不在だった。もう一週間、パリに滞在する予定になっている。「正直に言えば、キングスランドであれ、どんな男性であれ、今後も誰かの言いなりになる人生を送るつもりはないし」

これまでもそうだった。たとえキングスランドにエスコートされなくても、慈善事業の催しや社交会の集まりに参加してきた。〈エリュシオン〉にも出かけている。

「もしかしたら現地で会えるかもしれないわね」

「だったら合図を決めておきましょう。もしわたしが白ワインのグラスを持っていたら〝喜んであなたを案内する〟、赤ワインのグラスだったら〝いまは話しかけないで〟という意味にするのはどう?」

「暗号ってこと? ウィルヘルミナ、あなたにはまだわたしの知らない一面があるみたい。それに今夜はあのクラブで不道徳なことをするつもりなのね」

「だってわたしはあなたとは違うから。仮にある殿方とわたしがお互いを気に入って、どんな相手かという好奇心を満たそうとしても、わたしには失うものなんて何もないもの」

キャサリンは心のなかでひとりごちた。たしかにわたしの場合、失うものばかりだ。公爵も、周囲からの尊敬も、財産もすべて。

今夜は居間でおとなしく刺繡《ししゅう》をしているべきだろう。賭けをしたり、ワルツを踊ったり、おいしいディナーが食べたいなら〈エリュシオン〉へ行けばいい。あるいは自分の寝室に座り、親友アルシア宛てに、スコットランドでの夫との新婚生活はどうかと尋ねる手紙を書くべきだ。

何かをするにしても、キングスランドと観劇に出かけたあの夜の、グリフから〝髪の色に合っている〟と言われたドレスに袖を通す以外のことをすべきだろう。それなのに実際はドレスを身につけ、心のどこかで〝このドレスさえ着ていれば、将来の夫はあの公爵なのだと思い出せるかもしれない〟などと考えている。たとえこうして馬車へ乗り込んで、過去の人として放っておくべき男性に会いに行ったとしても。

今夜グリフはわたしになんの関心も払おうとしないかもしれない。それはそれでいいことだ。たとえグリフから無視されたら耐えがたくなるとわかっていても。

いいえ、やはり、完全には無視できないはず。もしウィルヘルミナが赤ワインのグラスを掲げたら――そうであってほしいと、彼女のために心から願っている――クラブの案内はグリフに頼むつもりだ。

クラブの隅から隅まで探検してみたい。がらんとした建物を案内された夜以来、グリフはあの場所を手に入れたらどんなふうにするつもりだろうと数えきれないほど想像してきた。ウィルヘルミナは正しい。昨夜久しぶりにグリフの声を聞き、巨漢の男の背後から彼が姿を現したとたん、グリフのことしか目に入らなくなった。だから今夜こそクラブのなかを見て回り、すべてに片をつけたい。グリフとのことにも。

公爵の耳におかしな噂が届く前に。

扉を閉じるのも、ささやくように言葉を交わすのもなし。もちろん口づけも、体に触れるのも、あえぎ声をもらすのも絶対になしだ。

彼女がやってきたことにグリフはすぐに気づいた。人の出入りがよく見える、弧を描く階段の途中に立っていたからだ。このクラブをオープンさせて以来、毎晩店に流れ込むおぜいの人々を見てグリフは悦に入っていた。好奇心旺盛な者、長男以外で軽んじられている者、社交界でほとんど注目を集めない者、華やかな催しでも部屋の隅に立っている者が続々とやってくる。だがこのクラブでは、つい最近女王に謁見したばかりの十七歳や十八歳のレディたちは入店が許されない。伯爵以上の爵位を持つ男たちも。

ここではすべての会員が対等な立場にある。ちょっとしたお楽しみを探し求めている者たちばかりだ。彼らがアルコールや食事を注文したり、ディーラーにコインを手渡したりするおかげで、グリフの懐はどんどん潤う。もちろん、そういう行為を楽しむ特権のために彼らが支払う会員費のおかげもある。

だがこれまでの夜とは違い、いまグリフの頭のなかを占めているのは今夜の売り上げについてではなかった。彼女のことしか目に入らない。緑のドレスに身を包み、豊かな髪を結いあげた彼女は優雅なしぐさで人々を避けながら進みつつ、知り合いを認めるとわずかに会釈をしている。貴族の次男や三男、あるいは四男や五男たち。数人の未亡人たちや一人の寡夫にも。みんな、人との交わりを求めてこのクラブにやってきた寂しい者たちだ。彼らが必ずしもセックスを求めているとは限らないという事実を、グリフはすぐに学ぶことになった。この建物の一番上の階にしつらえた、より親密な出会いを求める男女のための部屋はほとんど使われることがない。驚いたことに、そういう機会があっても、このクラブの会員たちは、かつてグリフが訪れた男女が一緒に入れる《コック・アンド・ヘン》クラブの客たちほど自由気ままに振る舞おうとしない。それゆえ、このクラブの評判は守られたままだ。いっぽうで、上流貴族が集うどのきらびやかな舞踏会よりも、ここのほうが笑顔にあふれ、楽しげな笑い声に満ちているのにも気づいている。結局のところ、このクラブは最初に思い描いたものとは少し異なる性質の、何か別の場所になろうとしているのだろう。だがそういう分析はあとからすればいい。

いまはやるべきことがある。どこかの部屋に姿を消す前にキャサリンを捕まえなくては。グリフは階段をおりて、彼女の前に進み出た。「レディ・キャサリン」

「ミスター・スタンウィック」

昨夜、キャサリンはわざわざこの呼びかけを使った。かつてより落ちぶれた事実を強調しようとしたのだろう。一瞬、あえてそう呼んだキャサリンを憎いと思った。だがこの呼び方によって、この世に僕を生み出した父親と僕自身をはっきりと区別することができる。そういう意味ではこの呼び方に感謝したいくらいだ。

「会員には玄関広間でちゃんとした手順を踏むようお願いしている。会員名簿と照らし合わせて、本当に会員か確認したうえで入店が許されるんだ」

「そんな効率の悪いやり方、わたしは我慢できない。会員には会員証かメダルを与えて、あの大男に見せるようにするべきよ。そうすればいちいち待つ必要もない」

「そんなことをしたら、その会員証かメダルを友人に貸すこともできる。そうだろう？」

キャサリンは肩をすくめた。「誰か雇って、会員の似顔絵をそれぞれの会員証に描かせればいい」

グリフは驚いて彼女をまじまじと見つめた。実に明快な解決策だ。「まんざら悪くない考えだな」そうすれば、よりすばやく客たちを入店させられる。店内に滞在する時間が増えるほど、彼らもさらに多くのアルコールを注文し、もっと金を使うようになるだろう。

「いや、まんざらどころではなく名案だ。ほかにきみが変えたいと思う点は？」

「さあ、わからない。まだすべてを見たわけじゃないもの」

グリフは笑みを浮かべないよう必死にこらえた。キャサリンに笑みを向けるつもりはない。彼女がここに戻ってきて嬉《うれ》しがっていると思われるのはしゃくだ。「だったら見学するかい？」

「ええ、それが筋というものよ」

「きみはまだ僕に腹を立てているのか？」

「それほどじゃないわ」キャサリンもまた、笑みを必死にこらえている様子だ。そんな彼女の姿を目の当たりにして、奇妙なことにみぞおちがねじれるような感じを覚えた。

「だったら、僕に案内させてほしい」

グリフは腕を差し出そうとしなかった。キャサリンがほかの会員たち以上の大切な存在だと示すようなそぶりはしたくない。その代わり、腕をひらひらとさせて進むべき方向を示すようにした。階段を過ぎたところにある通路をまっすぐ進むのだ。そのあと両手をすぐに背中に回し、きっちりと組んだ。うっかりキャサリンの腕や肩、背中に手を触れないように。

だが、夜眠るときには、こんなふうにキャサリンにクラブを案内するひとときを想像していた。投資で稼いだ金を貯《た》めてようやくこの建物を購入し、一番上の階に移り住み、一つ一つやるべき仕事に取り組むようになってからずっと。内装作業を始められたのは、あの賭けの勝ち金を回収したおかげだ。それからはとにかく夜明けから真夜中まで働き、大工たちを手助けしたり、家具を運び込んだり、従業員の面接をしたり、招待状を印刷したりした。キャサリンは気づくだろうか？　どの部屋にも、なんらかの方法で彼女を思い出させる色――髪の輝くような赤銅色、瞳の緑や青――を使っていることに。

グリフはキャサリンを薄青の壁紙が張られた応接室へいざなった。部屋の隅に濃い青色のソファが数脚置かれているが、なかにいる人々の多くは立ったまま交流を楽しんでいる。あたりを行き来しながら新たな知り合いを作ったり、古くからの知り合いと再会したりしていた。マホガニー材のカウンターで飲み物を買っては、小さなきゅうりのサンドイッチをちびちびと食べている。

背の高い男性と話していた女性が二人のほうを見ると、赤ワインのグラスを掲げ、わずかに乾杯のしぐさをしてみせた。キャサリンが優しい笑みを浮かべ、小さくうなずいている。

「きみはレディ・ウィルヘルミナ・マーチと知り合いなのか？」グリフは尋ねた。

「ええ、友だちなの」

「きみにこの場所について話したのは彼女なのか？」

キャサリンはグリフに向き直った。「いいえ、〈エリュシオン〉でカードゲームをしているときに、二人のレディが話しているのを耳にしたのよ。あなたが望んでいるほど、ここの会員たちは秘密を守っているとは思えない」

だが、ここを訪ねた事実をキングスランドに知られる危険を冒してまでもキャサリンはやってきたのだ。「彼らがこのクラブについて話すのは気にしていない。実際、ここに関する噂を流してくれることを当てにしているんだ。ただし、会員が誰かや、彼らがここで出会った相手については口外しないようにとお願いしている。きみも会員になるための正式な手順を経て面接を受けていたら、それがよくわかったはずだ」

キャサリンが勝ち誇ったような顔を浮かべたのを見て、グリフは思う。こんな表情の彼女を見て、これほどの喜びを感じていなければいいのに。

「ということは、わたしはすでに正式にここの会員なのね」

「キングスランドから求婚されるまでだ。それか、僕が『タイムズ』できみの婚約の記事を目にするまで。だが今夜好奇心を満たしたら、今後のきみがひんぱんにやってくるとは思えない。ここにやってくる客は全員、自分は人との交流を求めていると大っぴらに認めているようなものだから……あるいは、もっと親密なつき合いを」

キャサリンの勝ち誇った表情がすぐに変わるのを目の当たりにして、グリフは気に入らなかった。どこか悲しげな顔に見えたからだ。

「あなたもそう？　階段の一番上や途中に立ったり――」つまりキャサリンは昨夜も今夜も僕の姿に気づいていたのだ。もしかして、これまで毎晩クラブが閉店する夜二時まで、同じ場所で彼女を待っていたのを知っているのだろうか？「――クラブのなかを歩き回ったりして、親密な関係になれる相手を探しているの？」

ここは肯定的な返事をすべきところだろう。その返事を聞いてどんな反応を示すかは任せればいい。僕を冷たいとか、優しいとか、無頓着と思うかはキャサリンしだいだ。だが認める代わりに、本当のことを話した。「僕はここの女性会員を相手にするつもりはない」なぜなら会員のなかに、自分が心から望んでいる相手は見つけられないから。

そう聞いて、キャサリンは見るからに安堵《あんど》した。そのことに罪悪感と少しの困惑を覚えたのだろう。頬を愛らしいピンク色に染めると、あたりを見回した。「ほかにどんなお楽しみがあるの？」

「ついてきてくれ。見せてあげよう」

先ほどのグリフの返事を聞いて、あんなにほっとするべきではなかった。これまでさんざん想像してきた光景――昨夜案内された部屋に、彼がいろいろな女たちを招き入れ、扉を閉めている姿――が消えうせた瞬間、あれほどの嬉しさを感じるべきではなかったのに。きっとグリフがわたしに望んでいるのは、美しい壁紙や優美きわまりないクリスタルのシャンデリア、人々が飲み物を注文するための磨き込まれたマホガニー材のカウンターにもっと注意を払うことなのだろう。それなのに、グリフに向けられている女たちのむさぼるような目つきが気になって集中できない。欲望や期待を隠そうともしていない者もいる。すべてを失ったあと、グリフは本当に変わった。いまの彼は、以前には感じられなかった力強さを身につけている。完璧に縫製された注文仕立ての外套《がいとう》を身にまとうかのように、その全身から自信がにじみ出ている。人間関係においても相手の上手《うわて》を行っていた。〝僕はきみにこれを与えよう。きみはそれを好きなように利用するといい〟という具合に。キャサリンを魅了する方法もかつてとはずいぶん違っている。グリフにじっと見つめられると、そのまなざしの強烈さゆえに体の内側がかっと熱くなり、二人きりになりたくてたまらなくなる。昨夜のように扉を閉ざしたあの部屋で。

先に階段をあがって案内した前夜とは違い、今夜のグリフはキャサリンのあとを無言のままついてきている。だからよけいに、背後にいる彼を意識せずにはいられない。グリフの体が少しでもこちらの背筋に触れることはないだろうか？　もっと背中が開いているドレスを選んでくればよかった。

ああ、なぜグリフのためにどう装おうかと、あれこれ考えてしまうのだろう？　キングスランドのために何を着ようかなんてほとんど考えたことすらないのに。

グリフには、観劇に行ったあの夜、キングスランドのために苦労してドレスを身につけたと話したけれど、実際は公爵のために美しく装おうと人一倍努力したわけではない。昨夜と今夜は違う。完璧に見せたいという一心で身支度を調えた。

階段の踊り場までたどり着くと、グリフが先に立ち、案内を始めた。とはいえ、両手は背後でしっかりと組んだまま、わずかながらも触れようともしない。ずっと前、初めてこの場所を案内してくれたあの夜のほうがはるかにリラックスしていた。思えば、あの夜はまだキングスランドが運命の発表を行う前だった。いまいましい賭けについても知らされる前だったし、グリフの父親のせいで彼の家族が破滅に追い込まれる前でもあったのだ。

最初に足を踏み入れたのはカード室だった。テーブルはどれも小さく、どれも椅子が二脚しかついていない。十組ほどのカップルがプレイしていて、カードが配られるたびにレディたちは顔を赤くし、殿方たちは含み笑いを浮かべている。

「普通のカード室とあまり変わらないわね」

「もっとよく見てみるんだ」グリフが前かがみになり、キャサリンの耳元でささやいた。彼の吐息がかかって巻き毛がかすかに揺れ、背筋にうずきが走る。「きみの目には何が見える？　そして見えないものはなんだ？」

キャサリンは彼らが興じているゲームに注目してみた。〈エリュシオン〉でやったのと同じゲームだ。「チップがないわ。代用貨幣《トークン》もコインも。賭けが行われていないのね」

「いや、賭けは行われている。だが賭けられているのは、ポケットに突っ込める類いのものではない」

顔をあげてグリフのほうを見つめたとき、いつの間にか彼が近づいていたのに気づいた。しかも彼は全身の神経をこちらに集中させている。瞳の青い部分が煙り、銀色の部分がまばゆく輝いている。金色のまつ毛は、記憶のなかよりも色が濃くなったように見える――そういえば、いままで彼のまつ毛にこれほど注目したことはなかったかもしれない。びっくりするほど長く、きっと眠るときには頬に長い影を落とすのだろう。わたしと唇を重ね合わせたとき、彼が目を閉じた瞬間にも。

「彼らは何を賭けているの？」

「触れ合い……ささやき……口づけだ。おそらくそれ以上のものも。ほかの人たちがいるこの部屋では与えられないようなものを」低くかすれた声でグリフが答える。

キャサリンはいやおうなく興奮をかき立てられた。彼はわたしの耳元で、わたしの素肌に向かって今度は何をささやくつもりなのだろう?

「一番隅にいるカップルをこっそり見てごらん」グリフは続けた。「そのうち男のほうはネッククロスを、女のほうは髪のピンを賭けの対象にするようになるはずだ」

グリフの言葉どおりに、やがてその紳士は肩をすくめて上着を脱いだ。反対側に座るレディは勝ち誇ったような笑みを浮かべている。

「あの二人はどこまでやるつもりかしら?」

「彼らが心から楽しめるまでだ。そのあとはゲームを終わらせるために、二人きりになれる部屋へ移ることになる」

キャサリンは弾《はじ》かれたようにグリフに注意を戻した。「あれはゲームなの?」

「さあ、あの二人のみぞ知る、だな」

「もし彼が彼女の意図を読み違えたらどうするの?」それはあまりに危険な賭けに思える。

「もし彼がつけ込もうとしたら? 彼女を傷つけたら?」

「その場合、彼は僕に呼び出されることになるだろう――彼にとって愉快とは言えない体験が待っている」

「会員を選ぶための面接で、あなたは彼にそういう話をしたの?」

「実際に態度で示してみせた。彼を含めた入会希望者の男たち数人と、ちょっとしたレスリングの試合をしたんだ」

その試合の結果を自慢げに語ろうとしないグリフを見て、キャサリンは確信した。きっとわたしの予想は当たっているはずだ。「それであなたが勝ったのね」

「僕はいつだって勝つ」

キャサリンにはわからなかった。なぜ突然誇らしい気持ちがどっと込みあげてきたのだろう？「あなたがレスリングをやるなんて知らなかったわ」

「最近までやったことはなかった」グリフは後ろへ下がり、扉から出た。「ほかにも部屋がある」

次に向かったのは小さな舞踏室だった。グリフと一緒に踊りながら、このフロアをぐるっと回ってみたい。そんな衝動を覚えたものの、言葉にはしなかった。彼はこちらのいかなる部分にも触れないよう、必死にあらゆる部分を抑えつけているように見える。こうして案内している間も、小指の先を肘にかけようとさえしない。

続いて向かった食堂は、ろうそくの火だけがともされてごく親密な雰囲気が生み出されていた。リネンのカバーがかけられたテーブルに座るカップルのうち、先のカード室で〝ディナーを一緒にとる〟という賭けをした者たちもいるのだろう。

それからビリヤード室、ダーツ室を回った。

続いて案内されたのは喫煙室だ。男も女も、立っている者も座っている者もいるが、明らかに全員がそれぞれの時間を楽しんでいる。上流階級の屋敷では、レディは喫煙室に入るのを絶対に許されない。キャサリンもその例外ではなかった。客を招いたディナーのあと、父親が自分だけの聖域で男性客たちとともにチェルート葉巻をふかす間、何度別の場所でレディたちと紅茶をすすらされただろう？

「あなたは女性を男性と対等な立場に立たせてくれているのね。普通なら許されないことでも体験できるようにしてくれている」

「あまり僕を買いかぶらないほうがいい。ここで葉巻をふかすか、刺繍をするかを選ぶだけの話だ」

キャサリンは軽く笑い声をあげた。「女性と同じく、男性もいつもと同じ暇つぶしの方法では楽しめないかもしれないとは考えなかったの？」

「この通路の先には図書室があるし、下の階には音楽室もある。どちらもこれからきみに見せるつもりだが、音楽室の扉が閉まっていたら誰かが演奏を楽しんでいるはずだ」

そう聞いたとたん、キャサリンは誇らしさで胸がいっぱいになった。「ピアノを弾くための部屋を作るといいかもしれないというわたしの意見を取り入れてくれたのね」

「女性には指先で思う存分楽しんでほしいからね」

キャサリンはその答えに目を見開いた。「女性も行儀が悪いことをどんどんすればいいと言っているみたい」

グリフは肩をすくめた。「ここにいやいややってきている人は一人もいない。誰もがここにやってくることのリスクを承知しているし、自分の行動に責任を持てる大人なんだ」

「女性は二十五歳以上である必要があるのに、わたしはまだ違うわ」

「そうだね。八月十五日になるまでは、きみは例外だ」

「わたしの誕生日がいつか、覚えてくれていたの？」

グリフは何も答えようとせず、ますます熱っぽい目で見つめ返してくるだけだ。魂をわしづかみにされるようなまなざしにさらされ、思わずにはいられない。彼の家族が困難に陥ったあの運命の夜から、いったいグリフはどんな日々を歩んできたのだろう？

でも、豊潤なタバコの香りが漂うこの部屋は、そういう質問をするのにふさわしい場所とは思えない。たとえ最後に会ったあの夜からグリフの人生がどのように変わったのか、その答えが知りたくてたまらなかったとしても。ここで彼を質問責めにするのはためらわれるし、グリフが本当に答えてくれるかどうかもわからない。だからその話題を続ける代わりに、別の質問をすることにした。「わたしもチェルート葉巻を試していい？」

グリフは片方の口角を持ちあげた。「レディ・キャサリン、きみはなんて悪い女なんだ」

たしかに自分でもちょっと行儀が悪いなと思う。本来ならいるべきではないのに、わたしはここにいる。グリフと一緒にいて楽しいと感じるべきではないのに、そう感じている。

グリフは指一本触れることなく、キャサリンをテーブルまで案内した。テーブルの上には濃い色をした、凝った手彫り模様が施された大きな箱が置かれている。彼はその箱を開けると、タバコ葉が詰まった長い入れ物を取り出した。「きみが吸うための準備をしてあげよう」

「準備が必要なの？」

「なんだって？　きみは葉巻に火をつけて直接吸うだけだと考えていたのか？」グリフは銀色の専用カッターを取り出し、チェルート葉巻の丸みのある先端に近づけて切りとった。

「ええ」

グリフはキャサリンと目を合わせた。「人生で最も喜ばしい行為には準備が必要なものだ」

キャサリンはふと思う。いまの言葉には、チェルート葉巻以上の意味が込められているみたい。もっと個人的で親密な、扉を閉ざす必要がある行為を。

手近にあったろうそくの炎を利用して、グリフは点火用の小ろうそくに火をつけると、カットしていないほうの葉巻の先端へ掲げ、ゆっくりと火をつけた。キャサリンがうっとりと見守るなか、彼は自分の口で葉巻をくわえ、葉巻を回しながらその先端をふたたび小ろうそくであぶり、やがて満足した様子で息を吸い込むと、葉巻を口から離して長い煙を吐き出した。

そして炎を消すと小ろうそくを脇に置き、葉巻の先を見つめた。「思いきり吸い込まないほうがいい」

「あなたはそうしていたわ」

　グリフは首を振った。「僕が吸い込んでいたのは途中までだ。初めての場合、煙を肺のなかまで吸い込むのはおすすめしない。ただ煙を味わって、すぐ吐き出すんだ」

「味わう？」

「ああ。どんな味がしたか教えてほしい」グリフは葉巻をキャサリンのほうへ差し出した。

　グリフがくわえた葉巻を自分の口に入れると考えたとたん、いけない考えが浮かんで体が震えそうになった。でも体を震わせるわけにはいかない。いけないことを考えるのもだめ。それにもちろん、グリフから熱っぽい瞳で見つめられていることに喜びを感じるべきでもない。必死に自分に言い聞かせようとする。グリフがあんなに熱心にこちらを見ているのは、この斬新な体験にわたしがどんな反応を示すか興味があるから――ただそれだけだ。でも、いくらそう言い聞かせようとしても、どうしても考えてしまう。夫がいつもこんなふうにわたしのことを見つめてくれたらどんなにいいだろう。自分の妻に求めるのが、扱いやすさと静けさだけの夫ではなかったら。

　昼の間に葉巻をくわえ、息を吸い込んで――

　あまりに速く、しかも深く吸い込みすぎた。煙が喉の奥まで達した瞬間、呼吸ができなくなり、続いて、およそレディらしからぬ咳《せき》が止まらなくなった。煙が予想以上に熱くて濃かったせいだ。

「よしよし。すべて吐き出すんだ。ほら、新鮮な空気を吸って。さあ」

グリフはキャサリンのうなじに近い部分に片手を置くと、指先で背筋の両側を揉《も》むようにマッサージしてくれた。肌から直接伝わってくる、彼の指先のざらざらした感触に意識を集中しようとする。まばたきをして、目にいっぱいたまっている涙を振り払い、心配そうに見つめているグリフのほうを見た。

「ひどい……ありさまね」キャサリンはしわがれ声で言うと、もう一度新鮮な空気を吸い込んだ。「予想をはるかに超える体験だった」

「大丈夫だ。ちゃんと葉巻をふかせるようになるには、ある程度の練習が必要なんだ。味わいはわかったかな？」

キャサリンはかぶりを振り、片手で口を押さえながらまたしても咳をした。「チョコレートみたいな味？」

「ああ、その味わいが圧倒的だが、ほかにもかすかな味わいが混ざっている。もう一度試してみたい？」

「いいえ、もう結構。わたし、顔色が悪くなっていない？」

「ほんの少し青ざめているだけだ。だが感心したよ。僕は初めて葉巻を試したとき、吐いてしまった。当時はまだ十二歳だったけどね。一本失敬したんだ……公爵の書斎から。それで、馬屋の裏で挑戦したところを御者に見つかったが、結局彼から正しい吸い方を教えてもらった」

グリフが自身の父親を〝公爵〟と呼んだのを、キャサリンは聞き逃さなかった。父親について考えるとき、グリフの心にはどんな感情が渦巻いているのだろう？　彼はまだ片手をキャサリンの背中に置いたままだ。こちらと同じように、グリフも押し寄せるさまざまな感情に我を忘れているのだろう。

「その手はどうしたの？　どうしてそんなに傷だらけに？」

昨夜からそれには気づいていた。グリフの両手の甲には、かすかだが細くて白い線が数本走っている。擦り傷や切り傷の跡だろうが、一番心配なのはてのひらだ。傷跡が盛りあがり、たこができている。それゆえ、グリフが手袋をして隠そうとしていないのが奇妙に映った。おそらくわざとだろう。傷だらけの両手を人目にさらし、なんらかのメッセージを伝えているのかもしれない。それがどういうメッセージなのか知りたいと思って尋ねたのだが、すぐにそのことを後悔した。グリフが背中に置いていた手を離してしまったのだ。

彼はキャサリンから葉巻を受けとると、少しふかし、先端が赤く輝くのを確かめた。

「英国君主から爵位と財産を没収されたあと、僕は波止場で商品を入れた木箱や大袋を運ぶ仕事を始めた。その仕事のせいでてのひらに縄や木片が食い込み、水ぶくれとみみず腫れが絶えなくなったんだ。かさぶたやたこで両手の肌がすっかり硬くなるまで、かなり長いこと、そういった生傷に苦しめられた」

キャサリンには想像することしかできない。血が止まらずにひりひりする肌。グリフはひどい痛みに耐えてきたに違いない。

彼はもう一度葉巻をふかすと煙をゆっくり吐き出した。「手の傷のなかには、当局からロンドン塔へ連行されたときにできたものもある。波止場での仕事をやめてからできたものも。だが、それ以上尋ねないでほしい。きみにそういう話をするつもりはない」キャサリンの背後を見て、誰かに小さくうなずいた。「ガーティ」

背後には女性が一人立っていた。キャサリンより十歳以上は年上に見える。その女性は折りたたんだ手紙のようなものを、グリフに差し出した。「たったいま、これが届きました」

グリフは差し出されたものを受けとった。「レディ・キャサリン・ランバート、紹介させてほしい。こちらはこの店を管理しているミセス・ウォードだ」

「お会いできて嬉しいわ、ミセス・ウォード」

その女性はわずかに鼻先を上向けた。「どの規則にも当てはまらない方はあなたなのですね」

キャサリンがちらりとグリフを見ると、彼はうっすらと含み笑いをしながら手紙を開封し、なかをあらためようとしていた。「ええ、そうみたい」

そのままグリフの様子を見守っていると、たちまち真顔になり、全身をこわばらせたのがわかった。葉巻をガラス製の皿の上に置いて言う。「緊急の用件でどうしても出かけなくてはいけなくなった。ガーティ、もし閉店時間まで僕が戻らなかったら戸締まりをしっかりと頼む。レディ・キャサリン、これからも時間があればいつでもここの探検にやってきてくれていい。ではレディたち、失礼する」

グリフは大股で部屋から出ていった。慌ててはいないが、どこか決然たる足取りだ。彼が突然立ち去ったことに驚くあまり、キャサリンは思わず廊下まであとを追い、階段の一番上まで駆けあがっていくのを見送った。すぐあとからミセス・ウォードが追いかけてきた——キャサリンが銀製の燭台《しょくだい》を盗むのではないかと心配するかのように。

「彼はどこに行ったの？」

「ご自分の部屋だと思います」ミセス・ウォードは答えた。「わたしは自分の仕事に戻りますが、その前に何かご用はありませんか？」

「いいえ、ないわ、ありがとう」付き添ってくれる人が誰もいなくなった以上、ここからすぐに立ち去るのが賢明だろう。でもどうしても不安が拭えない。何かものすごく悪いことが起きたのではないだろうか？　顔見知りの数人が話をしているのを横目で見つつ、さりげなく廊下を進んで階段の前までたどり着いた。できることならすぐに駆けあがりたい。とはいえ、出しゃばったり、グリフの邪魔をしたりしたくない。彼は関わってほしくないと考えているようだから。

そのときグリフが階段をおりてきた。帽子と散歩用ステッキを手に持ち、堂々たる足取りだ。彼が最後の段をおりるタイミングで、キャサリンはさっと姿を現した。

彼はいらだったような表情を浮かべた。「レディ・キャサリン、僕には時間が――」

「いったい何事？　何があったの？　アルシアがどうかしたの？」キャサリンが知る限り、親友アルシアはまだスコットランドにいるはずだ。でも彼女の身に悲劇が襲いかかったなら、グリフに知らせが届くに違いない。

グリフの瞳に思いやりと理解の色が浮かんだ。「いや」わずかにためらってから言葉を継いだ。「これからマーカスに会わないといけないんだ。これで失礼させて――」

「緊急の用件だと言っていたわね」それはグリフの態度からもひしひしと伝わってくる。

「もしあなたが馬車を持っていたとしても支度に時間がかかるはず。馬屋に待たせているわたしの馬車であなたを送らせて」

「いや、貸し馬車を拾う」

「わたしの馬車に乗ったほうが早いわ。もうここで見たかったものは全部見たから」本当に見たかったのはグリフ自身だ。「あなたを途中でおろしてから、わたしは自分の屋敷に戻ればいい」

グリフはすばやくうなずいた。「それならそうさせてもらう。ありがとう」

今回彼はキャサリンをエスコートして別の階段へと向かった。赤いじゅうたんが敷かれたその階段は先ほどの階段より幅広く、主要階へと通じている。背中に当てられたグリフの片手から伝わってくるのは、シルクのドレスに焼きあとがつきそうなほど強烈な熱だ。まるで首のごく近く、じかに素肌へ置かれているよう。その確かな熱っぽさが心地いい。親密さや安心感がいやおうなく高まっていく。グリフは呼吸をするのと同じくらい自然に、何も考えないままこちらに触れてくれているみたい。これがどういう状態であれ、いま二人は一つだと感じられる。

きっとグリフが向かおうとしているのは危険な場所だ。御者に、グリフから指示されたのとは正反対の方向へ向かうよう指示できたらどんなにいいだろう。グリフの身を守るために。彼が傷つけられることのないように。

自分の馬車に乗っていくよう申し出たのは善意からではない。抑えきれない好奇心のせいであり、どうしても彼ともう少し一緒にいたいという、救いようのない気持ちのせいでもある。

これまでどんな経緯があっていまのグリフが生まれたのか、その秘密を解き明かしたい。あの夜、公爵邸の庭園でキスをした紳士とはまったく別人になってしまった背景には、どのような事情が隠されているのだろう?

キャサリンの申し出を断るべきだった。自分自身でどうにかしてマーカスに会いに行くべきだったのだ。それなのに、いまグリフはかすかに漂うオレンジの香りに包まれながら、彼女の馬車の閉ざされた空間のなかにいる。本来なら、絶対にキャサリンの近くにいてはいけないときなのに。

「なぜあの葉巻の火をつけたままにして出てきたの？　戻ってもう一度吸おうと考えているみたいに」キャサリンが尋ねてきた。

「火をつけたまま、自然に燃え尽きるようにしたほうが好ましい香りが漂うんだ。僕は不快さよりも快さを好むたちだからね。それにどのみちあの葉巻は捨てられることになる。部屋を回らせている若い男が見つけたら処分するだろう」

「ずいぶん、いろいろな点に配慮しているのね」

そう。キャサリンが知る以上に多くの点に気を配っている。

「アルシアがスコットランドへ旅立つ前に何回か会う機会があったけれど、あなたとマーカスがどうしているかについてはほとんど教えてくれなかった」

ということはキャサリンはいま、こちらがどんな緊急事態に直面しているのか知りたがっているのだろう。でも、喜びを感じるべきではない。こちらは彼女の質問の意味を深読みしすぎているのだ。普通、誰かが友人の家族の近況について尋ねるのは、それがマナーだからであり、それ以上の理由などない。おそらく、キャサリンはあの賭けに対するいらだちをぶつけるために、僕を捜し出したいと考えていたのだろう。

「マーカスは父が関わっていた陰謀の首謀者が何者か、必死に突き止めようとしている。僕もしばらく兄の手伝いをしていたが、そういう追跡に疲れ果ててしまった」

「いまマーカスは危険な状態にあるの？」

ああ、おそらく。「兄の手紙には至急会う必要があると書かれていただけだ」

「それでも、あなたはためらわずに駆けつけようとしている」

「マーカスは兄貴だから、いつだって駆けつけるさ」

「アルシアはどうなの？　彼女のために駆けつけようとは思わないの？　あなたは彼女の結婚式にも出席していなかったわ」その声色には非難の色がにじんでいた。

「マーカスがまだ貴族とつながりを持っているという噂が少しでも流れたら、いま兄と一緒にいる者たちは快く思わないだろう。実際、兄がたびたび尾行されている証拠もあがっている。あのときは僕も兄と同じく、貴族から距離を置くのが一番のように思えたんだ」

「貴族の男性やレディたちがあなたのご家族にどんなふうに背を向けたか考えると、あのクラブに彼らがおおぜいやってきているのが驚きよ」

グリフはにやりとした。「最初は僕があのクラブに関わっているのを秘密にしていたんだ。経営者が僕だと気づく頃には、彼らはクラブの楽しさを知りすぎていて、もはや離れられなくなっていた」それでも彼らは原則としてこちらの存在をほとんど認めようとせず、もちろん寛容に受け入れようともしない。まあいい。彼らがあのクラブに支払う金で、自分は大金を稼いでいるのだ。馬車の窓の外をちらりと見た。「そろそろ目的地だ。ここらへんでいい」

グリフは散歩用ステッキを使い、馬車の天井を二回叩《たた》いた。合図を聞きつけ、御者が馬の歩みを緩め始める。「きみの馬車を使わせてくれてありがとう」馬車が完全に停止すると、自分で扉を開けて飛びおり、振り向いてキャサリンのほうを見た。シルエットしか見えないが、心のなかでは彼女の姿がいまだにはっきりと見えている。「家まで気をつけて」

突然キャサリンから上着の襟を強くつかまれた。「あなたこそ気をつけて」

この両手で彼女の頬を挟み込み、形のいい唇を奪い、最後のキスをしたい。最後にもう一度、彼女の甘やかな味わいを堪能できたらどんなにいいだろう。今夜マーカスから呼び出されたのは、僕たち兄弟の身に危険が迫っているからに違いない。いくら気をつけても避けられないような危険が。それでもグリフがここへ駆けつけたのは、かつて許されない行動を取ってでもその命を守った兄マーカスと会うためだ。その事実を思い出したいま、この汚れた手でキャサリンに触れるつもりはない。「大丈夫、いつも気をつけている」

「わたしたち、ここであなたを待っているから」

「だめだ。すぐに屋敷へ戻るんだ。僕なら自分で方法を見つけてクラブに戻れるから」

キャサリンが指先の力を緩めると、グリフは後ろに下がって馬車の扉を閉め、御者に大声で叫んだ。「さあ、行ってくれ」

彼らが立ち去るのを待たずに、グリフはテムズ川にかかる数本の橋の一つ目がけて走り出した。波立つ心を必死に抑えようとするがうまくいかない。マーカスの手紙にこの一言しか書かれていなかったせいだ。

〝生死《ライフ・アンド・デス》に関わる問題だ〟

13

月明かりを映す水面に近づきながらグリフは歩みを緩めた。きらめくテムズ川の流れはいやおうなくロマンチックな感情をかき立てるが、いまの自分の使命を考えると、その光景の美しさに心奪われるわけにはいかない。いままでもたびたび、ここを兄との密会場所として利用してきた。兄弟のうち、どちらかがわかち合うべき知らせや情報を得た場合、相手を呼び出してひそかに落ち合ってきたのだ。だからマーカスの手紙に待ち合わせ場所が記されていなくても、どこへ向かうべきかはすぐにわかった。

「マーカス?」わざわざ叫ばなくても、ここでは叫んだのと同じだ。川岸に沿ってあたり一面草むらが広がっていて、聞こえるのは川岸にぶつかった上げ潮が立てるぴちゃぴちゃという音だけだった。

柱の背後から見慣れた人影がぬっと現れた。マーカスだ。兄が確かな足取りでこちらへ近づいてきているのを見て、思わず安堵《あんど》のため息をつく。最悪の事態を恐れていた。兄は死線をさまよっているのではないかと心配でたまらなかった。できればランタンを持てたらいいのだが、こうして橋の陰に隠れて会っていても、月と星々の光のおかげで互いの顔くらいは十分に見える。「大丈夫か?」

兄はあざけるように笑った。「父上が死刑になって以来、僕たちの誰かが大丈夫だったことなどあるか」

「ああ、たしかに」とはいえ、グリフの場合クラブを経営して、しかもその会員数が増えていることが慰めとなっているのは事実だ。ふと気づくと、過去について何も考えずに数時間過ごしていることもある。

常々、兄のマーカスは運に恵まれていると思ってきた。爵位も領地も、社会的な立場も財産もすべて受け継ぐのは兄。いっぽうの自分は自身の手で稼がない限り、価値あるものは何一つ手にすることができない。アルシアはごく最近、真実の愛を通じて自分の居場所を見つけた。グリフもまた懸命に努力を重ねて自分なりの立場を見いだしつつある。だが幼い頃から公爵になるべく育てられてきた男が、公爵という立場につくことは絶対ないとわかったいま、いったいどうすればいいというのだろう?

「けがをしているのか?」

「いや、だが奴《やつ》らに正体がばれた。いま奴らは僕の目的が自分たちを裏切り、逮捕させて絞首刑にさせることではないかと疑っている」

マーカスはウルフというあだ名で呼ばれている。こんなふうにすべてが崩壊しなければ、受け継ぐはずだった爵位の一部にちなんだ通り名だ。いまマーカスがつき合っている男たちのなかで、そのあだ名以外を知っている者はこれまで一人もいなかった。「どうやってばれたんだ？」

「そこが問題だ、そうだろう？　僕にはさっぱりわからない。ただ、しばらく姿を隠す必要がある。状況が落ち着いて、この手ですべて解決できるようになるまで」

グリフは上着のポケットに手を入れ、包みを一つ取り出し、マーカスに差し出した。兄は金に困っているはずだと考え、前もって用意してきたものだ。「先立つものを持ってきた」

「おまえから金を受けとるつもりはない。今後ほとんど連絡を取らずに会えなくなる理由を、あらかじめおまえに知らせておきたかっただけだ。知らせなかったせいでおまえが僕を捜し回り、自身を危険にさらすことがないように」

「受けとってくれ。金ならある。僕がクラブを開いた理由の一つは、必要なときに自由にできる資金を確保するためなんだから」

マーカスはにやりとした。「ということは、おまえの読みは正しかったんだな。社交の場ではほとんど注目されない未婚者たちのクラブに関心が集まった」

「ああ、大きな関心を集めている。日に日に注目は高まっているよ。正直言うと、会員希望者の数の多さに自分でも驚いている」

「それは何よりだ。おまえが成功している姿を父上に見せられないのがつくづく残念だな」

「彼は気にかけたりしないさ」父である公爵はいつだって次男には無関心だった。長男の身に万が一のことがあった場合の予備要員としか見なされていなかったのだ。「それに、こっちも気にかけてほしいと思ったことはない」

「そいつはよかった。あの父親が家族としてふさわしくない人間だったことがわかったいまとなってはな」マーカスは包みを受けとった。「これは大事に使わせてもらう。ありがとう」

「どこに行くか決めているのか？」

「いや、まだ――」

「これはこれは。復讐《ふくしゅう》に燃える公爵の長男じゃないか。一緒にいるのは誰だ、ウルフ？さしずめおまえが雇った殺し屋か？」

その声が聞こえたとたん、グリフはすばやく振り向いた。相手は四人。兄とグリフを囲むように扇形に広がっている。だがそのうち三人にはほとんど注意を払わなかった。グリフの注意を引いた男は一人だけ。その男はキャサリンを胸の前に抱え、彼女の喉元にナイフを突きつけている。あろうことかキャサリンの体に触れ、脅し、怖がらせているのだ。

その悪党はまだ知るよしもない――すでに彼は死んだも同然だということを。

「彼女の髪の毛一本でも傷つけたらただではすまさない。頼むから早く殺してくれと、おまえは乞い願うことになる」

冷静に、しかも揺るぎない確信とともに発せられたその言葉を耳にしたとたん、キャサリンの背筋に冷たいものが走った。自分を拘束している男が口にした言葉だろうか？　しかし、男の体がわずかに引きつるのがわかった。その場からすぐ逃げ出したくてたまらないのに、どうにか踏みとどまっているかのように。

先ほどの言葉を口にしたのはグリフだ。その事実を受け入れるまで少し時間がかかった。まさかグリフが。でも目の前にいる彼の全身から、その脅しを実行するという決意のようなものが感じられる。なんの良心の呵責《かしゃく》も後悔も感じないまま、ためらいなく。

屋敷に戻るよう言われたグリフの忠告に従うべきだったのだろう。でも馬車からおりたグリフが走り出したのが見えたとたん、御者に馬車を停《と》めるよう大声で叫んでいた。馬車のなかで両手をきつく握りしめて座りながら、心を決めかねた。グリフを手助けするために、御者と従者に彼のあとを追わせるべきだろうか？　グリフは心配することはないと言っていたけれど、あれは嘘だったのでは？　こちらが思っている以上に、彼はこれまでも命の危険にさらされることがたびたびあったのではないだろうか？　波止場で働いていたせいで両手に傷を負ったと話していたグリフ。でもいまでは疑い始めている。彼はほかにも体の見えない部分に傷を負っているのでは？　グリフはもはや生け垣の間で目を覚ましたり、そばかすをからかったりするような男性ではない。完全に別人だ。

キャサリンがそんなふうにあれこれ考えていると、外からくぐもったうめきと悪態をつく声が聞こえた。突然馬車の扉が開かれ、この悪党に外へ引きずりおろされたのだ。目の前に広がっていたのは、ぞっとするような光景だった。悪党の仲間によって御者と従者は縛りあげられていた。

そしていま、こうして窮地に立たされている。男にナイフを突きつけられ、逃げられる望みはない。まさに絶体絶命。

男が言った。「この女を傷つけるつもりはない。ただし、おまえたち二人が両膝を突いて、殺される運命を受け入れたらの話だ」

「だめよ！」キャサリンは叫んだ。男の不吉な言葉を聞き、骨まで凍るような恐怖が込みあげた。

「心配するな、キャサリン。か弱い女を脅しつけるような臆病者が勝てるはずない」

どうしてグリフはこんなに自信たっぷりに落ち着いていられるのだろう？　激しい胸の鼓動のせいで、体を捕まえている男がはじき飛ばされないのが不思議なくらいだ。

でも……ああ、なんてこと。グリフはためらいもなく、言われたとおりに両膝を突いている。マーカス――体の輪郭からすると、グリフのすぐそばに立っているのはマーカスに違いない——も弟にならい、同じように両膝を突いた。

キャサリンはとてつもない恐怖に支配されそうになったものの、なんとか振り払い、自分が置かれている状況に意識を集中しようとした。この状況を逆手に取って有利な立場に立てるよう、何かできることはないだろうか？

「キャサリン、きみが何をするにせよ」グリフが落ち着き払った口調で言う。「そいつの足を踏みつけるのはよせ」

「なんでこの女が俺の——」

男がすべて言い終える前に、キャサリンは命じられたのとは正反対のことをした。それこそ、グリフがこちらにやってほしいことだと気づいたからだ。

男はグリフの言葉に気を取られたのか、腕の力を緩めた。男の服がドレスの生地にこすれる音が聞こえ、首元からナイフが離される。少なくとも、すぐに体を傷つけられる範囲内にナイフは見当たらない。いまだ。思いきり男の足を踏みつけてやった。渾身《こんしん》の力を込めてヒールを男の足の甲に突き立てる。男が叫び声をあげて後ろにあとずさった隙に、体をねじって拘束から完全に逃れた。

どこからか、天をも揺り動かすような激しい咆哮《ほうこう》が聞こえた。獰猛《どうもう》な野獣のごとく、あたりに響き渡っている。キャサリンが振り向いたときには、グリフは目にもとまらぬ速さで立ちあがり、すでに相手に突進していた。片手で剣を振りあげている——グリフはあの剣をどこに隠し持っていたのだろう？

キャサリンを脅しつけていた男はヤマネを思わせる小さな叫び声をあげた直後、グリフの剣に突き刺されて倒れた。

ほかに三人いた男のうちの一人が、キャサリン目がけて一目散に駆け寄ってくる。なんとか後ろに飛びすさったものの、わざわざそうするまでもなかった。男がキャサリンに近づく前にグリフが切りつけたのだ。

二人めの男もすぐ戦いに加わった。キャサリンがあたりをすばやく見回したところ、マーカスは残った一人とやり合っている。ふたたびグリフに視線を戻すと、どうやらナイフで応戦しているようだ。一人めの男の体から剣を引き抜く時間の余裕がなかったのだろう。ときおり月の光に照らされ、ナイフの切っ先が光っているのが見えた。できることならグリフのそばへ駆けつけ、手助けしたい。でもそんな衝動を必死に抑えて、じっとしていることにした。敏捷《びんしょう》な身のこなしで暴漢たちをかわしている姿は優美そのもの──見ていて惚《ほ》れ惚《ぼ》れするほど美しい。そんな光景を自分が台無しにするのが間違ったことのように思える。

いっぽうで、前日の夜のグリフが、脅しつけてでも借りは必ず返してもらうとほのめかしていた姿を思い出した。いまのグリフは相手を脅し、効果的にパンチを見舞い、勝利をもぎとるすべを知り尽くしている。だからこそ、グリフがその目的を達成するための邪魔をしたくない。叫んだり不適切な動きをしたりして、グリフの気を散らしたくない。

グリフは片脚を振りあげると一人を蹴り飛ばし、あっけなくダウンさせた。すぐさまもう一人にパンチを見舞ったかと思うと、二人ともくんずほぐれつしながら地面に転がり始めた。暗くてキャサリンにはよく見えないものの、拳が筋肉に激しく叩《たた》きつけられる生々しい音やうめき声、叫び声が聞こえてくる。やがて沈黙が訪れた。

グリフは地面から立ちあがり、先に蹴り飛ばした男に注意を向けた。悪党は体勢を立て直している。二人は牽制《けんせい》し合うように、ゆっくりと弧を描き始めた。月明かりのなか、悪党もナイフを手にしているのが見える。

「ナイフを捨ててここから立ち去れ」グリフは命じた。なんの感情も感じられない、ごく普通の声だ。そういった感情すべてをきつく縛りつけ、あえて感じないようにしているかのように。そういった感情に邪魔されず、厳しい試練を乗りきるためにせざるをえない不快な仕事をやり通すために。「おまえを追いかけるつもりはない。約束する」

キャサリンには手に取るようにわかった。男はいま、グリフの言葉が本当かどうか必死に考えているのだろう。このグリフの声を聞いて、なぜそれが真実だとわからないの？

グリフはすでに二人倒している。ちらりと脇を確認すると、マーカスがもう一人の男を倒しているのが見えた。こんな状態でも、男はまだ考えているのだろうか――まだグリフを打ち負かせるチャンスがあると？

つい先ほどまで地面に両膝を突いていたのに、結局グリフは降参などしていなかった。降伏するつもりなどさらさらなかったのだ。グリフはいつの間にこんな戦い方を身につけていたのだろう？　いや、彼が身につけたのはそれ以上の技術だ。いまのグリフは、この世を生き抜くための才能を手に入れている。だからこそ考えてしまった。キングスランド公爵の屋敷で最後に会ってから数カ月の間、グリフはどんな現実に向き合いながらここまで生き延びてきたのだろう？

「背中にナイフを突き立てたりしないだろうな？」男はとうとう尋ねた。うわずった声には紛れもない恐怖が感じられる。

「ああ」いっぽうのグリフの声には、なんの恐れも感じられない。この勝負は自分の勝ちだとはっきりわかっているのだろう。それなのに相手に情けをかけてやっているのだ。

追いはぎなのか、殺し屋なのか知らないが、男は自分のナイフを地面に落とすと後ろを向き、走り出した。地獄の門の番犬たちに足首を噛《か》まれているかのように猛スピードでキャサリンの脇を通り過ぎ、全速力で逃げ去っていった。

ようやく終わった。キャサリンは両脚が震え出すのを感じた。どういうわけか、どこかに両膝を置き忘れてきたらしい。どちらの脚にもまったく力が入らない。このまま地面にくずおれてしまいたい衝動をこらえ、どうにかまっすぐな姿勢を保ち続けた。

「キャサリン？」

きっと自分で考えているほどまっすぐには立てていなかったのだろう。近づいてきたグリフから片腕を体に回され、引き寄せられ、しっかりと抱きしめられた。頭を下げた彼からささやきかけられる。唇がこちらの頬をかすめるほどの至近距離だ。その声は張りつめているものの優しかった。「よし、よくがんばった。けがはしていないかな？」

そのとき、キャサリンは初めて気づいた。視界の隅がぼやけ始めている。もしかして気絶する危険があるのだろうか？

〝危険〟――このわずかな時間のうちに、この言葉が何度頭をよぎったことだろう。こんなことは生まれて初めてだ。でもいまはグリフが目の前にいてくれる。涙があふれそうになったが、必死に振り払って答えた。「いいえ、大丈夫。どこもけがしていないわ」

グリフが安堵に全身を震わせるのがわかった。「すまない。きみをこんな危険な目にあわせてしまって」

「本当に怖かった。あの男に殺されるんじゃないかって……」

「そんなことは僕が絶対に許さない」

グリフの声には絶対的な自信がにじんでおり、それが波立った心を落ち着かせてくれた。あれほど容赦ないグリフの姿を目の当たりにして、どうしてその言葉を疑うことなどできるだろう？

「あなたは……剣を持っていたのね」

「散歩用ステッキのなかに隠し持っていたんだ」

それにナイフも。こうしていると、体の脇に何かが当たっていた。グリフはすでに鞘《さや》にナイフをおさめ、ふたたび上着の下に隠したに違いない。

そのとき草地を踏みしめる重々しい足音が聞こえ、グリフは少し体の向きを変えた。キャサリンの体はしっかりと抱きしめたままだ。「マーカス、けがは？」

「いや。おまえは？」

「大丈夫だ」

「よかった」彼はわずかに頭を傾けた。「レディ・キャサリン、これほど望ましくない状況できみに再会するとは。どうやってここまでやってきた？」

「キャサリンは自分の馬車で僕をここまで送ってくれたんだ」グリフが答える。「彼女はたまたま僕のクラブにいた。うかつにも、僕が彼女の申し出を受けてしまったんだ」

「あなたのせいじゃないわ」キャサリンが言う。「うかつにも、あなたに言われたとおりにすぐに立ち去らなかったのはこのわたしだもの」

「きみの御者と従者は？」

「縛られていたけれど無事なはずよ」悪党たちにさるぐつわを噛まされる前、二人とも低くうめいたり、不満げにぶつぶつ何かをつぶやいたりしていた。彼らも無事だという何よりの証拠だ。

「だったら二人の縄を解いて、きみを安全に送り届けられるようにしなければ」グリフは兄のほうへ注意を戻した。「マーカス、どこか途中まで送っていこうか？」

「いや、川べりにボートをとめてある。二人ともすぐに立ち去ったほうがいい。僕はここから立ち去る前にこの三人をどうにかしておく」

「もし必要なものがあれば、いつでも知らせてくれ」

「ああ。奴らはおまえを追ってこないだろう。あいつらが狙っていたのはこの僕だ。おまえが何者かさえ知らなかった。居場所も知らないに違いない。おまえはたまたま、まずいときにまずい場所にいあわせただけだ。僕のせいだ、後悔している。絶対に尾行されていないと考えていた」

「これからずっと奴らを避けられると考えているのか？」

「とにかくやってみる。ロンドンを離れたら、奴らも追ってはこないだろう。僕が尻尾を巻いて逃げ出したと考えるはずだ」

「兄貴の考えが正しいことを願うよ」

「これはおまえの問題じゃない。関わるな。巻き込まれないようにしろ」

「もし兄貴が僕を必要としているなら――」

「わかってる。だが、必要とはしていない」

グリフは短くうなずいた。「だったらちょっと失礼する」先ほど串刺しにした男のほうへ大股で向かい、自分の剣を引き抜いた。

「しかたがない。弟には選択の余地がなかった」

キャサリンはマーカスを見た。「あなたたち二人ともそうだったでしょう?」

「相手は汚い手を使う卑劣な奴らだ。最終的に全員を絞首刑執行人に引き渡せるかもわからない。僕なら最後の奴は逃さなかっただろう。だが僕はあいつに情けをかけるか決める立場になかった」

キャサリンはしみじみ思った。グリフがあの男に選択肢を与えて本当によかった。そばに戻ってきたグリフに目をやったが、剣はもうどこにも見当たらない。彼が手にしているのはなんの変哲もない散歩用ステッキだけだ。武器を隠し持ちながら移動する男性――その事実をいまだすんなりとは受け入れられない。とはいえ、さほど驚くべきことではないのだろう。厳しい人生のせいでグリフは変わった。かつてよりはるかに危険な男になったのだ。

グリフは兄と別れの挨拶をして肩を叩き合うと、キャサリンをいざない、馬車を待たせてある場所へ戻り始めた。

「どうしてあの人たちはマーカスの命を奪いたがっていたの?」キャサリンはとうとう尋ねた。

「兄貴があの陰謀を企てた首謀者の名前を突き止め、父上とともに加担していた者たちの正体を暴こうとしているからだ」

「あなたにも危険は及ぶのかしら」

「マーカスがあの活動を始めたときから、いつだってそういう覚悟はできている。きみは本当に頭がいいね。さっきは僕の言いたかったことをちゃんと汲《く》みとってくれた」

グリフから褒められ、このうえない嬉《うれ》しさを感じてしまった。「少なくともチェルート葉巻よりはうまく対処できたみたい」

彼は低く含み笑いをした。「ああ、たしかに」

馬車が待機している場所にたどり着くと、グリフはふたたびナイフを取り出し、御者と従者を縛りつけている縄を切って、不愉快な思いをさせたことを詫《わ》びた。追いはぎに追われることなど日常茶飯事と言いたげな淡々とした口調だ。

かつてグリフが属していた世界を、キャサリンはどうしても好きになれなかった。彼がこういった世界から自由になれて本当によかった。先ほどのマーカスの言葉が正しいことを願うしかない。どうかもう二度とグリフが、兄弟を傷つけようと狙う卑劣な男たちにわずらわされることがありませんように。

屋敷へ戻り始めた馬車のなか、キャサリンの反対側にはグリフが座っていた。どうしても無事にキャサリンが屋敷へ戻るのを見届けたい、そのあとは自分一人でクラブに戻るからと言い張ったせいだ。暗闇のなか、グリフの体の輪郭をじっと見つめながら思う。ランタンが手元にあればいいのに。そうすれば彼の姿がもっとはっきりと見える。

クラブではグリフの微妙な変化に気づいた。いまは物腰や態度にもたっぷりの自信が感じられ、容姿と同じように彼の魅力をいっそう引き立てている。でもそれだけではない。グリフはこちらが思った以上に、はるかに複雑な内面の持ち主になっている。

グリフがあのまま体を離さずにいてくれたらよかったのに。彼はキャサリンのあとから馬車に乗り込むと、いったん隣の座席に腰をおろし、片腕をふたたび体に回してきたのだ。その瞬間、思わず彼にすり寄っていた。

先ほどテムズ川の川岸で、喉元にナイフを突きつけられながら立っていたときは、とりとめもない考えが次々と浮かんでは消えていった。心から恋しいと願うこと、これをやっておけばよかったと思うこと、グリフと一緒にやっておきたいこと。もう一度キスしたかった。もう一度話をしたかった。そしてもう一度笑い合い、笑みを浮かべ、からかい合いたかった。おかしなことに、からかわれることさえとても嬉しかったのだ。

自分でも不思議なくらい、どの考えもグリフにまつわるものばかりだった。かわいそうなキングスランド。結婚相手にふさわしい別の女性を見つけるために、また大変な骨折りをすることになるかもしれない。でも公爵についていまはまだ考えたくなかった。きっとあのときグリフのことばかり考えたのは、あの場にいたのが彼であり、キングスランドではなかったせいだろう。

「今夜の冒険については誰にも話さないのが一番だ」グリフはひっそりと言った。「誰かに話しても信じてもらえるとは思えない」自分でもまだ信じられずにいるのだ。

キャサリンは窓の外を眺めながら、どうにか平常心を取り戻そうとした。脳裏から先ほどの出来事を振り払おうとするがなかなかうまくいかない。はるか昔に祖母の小別荘で、初めて泳ぎに出かけた海の波のよう。あっという間にやってきて、ドレスをびしょびしょにして遠ざかったかと思ったら、またしてもこちらに向かって打ち寄せてくる。その繰り返しだ。「昨日の夜、あなたにキスをしたのは怒っていたからなの」

先ほど喉元にナイフを突きつけられて死を覚悟した瞬間、さまざまな後悔が押し寄せ、胸が苦しくなった。そのうちの一つが昨夜のキスだ。

「ああ、わかっている」

昨夜はグリフを非難し、罰するためにキスをした。それなのに、結局は自分自身を罰する羽目になった。公爵邸の庭園でグリフが与えてくれた、大切なキスの思い出を汚すことになったからだ。だからこそ、いま切実に思う。彼との最後のキスが怒りに任せたものであってほしくない。キングスランドと結婚したら、グリフと唇を重ね合わせるのは許されなくなる。でも今夜は違う。あの最後のキスを、別のキスに置き換える機会はまだ残されている。

キャサリンは座席から立ちあがると、揺れる馬車のなかでどうにかバランスを取り、二人の間の距離を縮めていった。グリフの膝の上にまたがり、両脚をそれぞれ彼の太ももの脇にすり寄せる。彼は低くうめきながらも、両手をキャサリンの腰に当てて体を支えてくれた。両方のてのひらでグリフの顔を挟み込み、顎に生えた無精髭《ひげ》のちくちくとした感触をしばし楽しむ。その髭の感触のおかげで、このひとときがいっそう親密なものに感じられるのが不思議だった。グリフは微動だにせず、こちらの出方を待っている。なぜ彼はこんなに普通の呼吸を保てているのだろう？　こちらは胸が苦しくなるほど呼吸が乱れているというのに。グリフのそばにいるだけで、ありとあらゆる本能がかき立てられてしまう。

いまわたしはグリフの膝の上にいる。本来ならこんな場所にいるべきではないけれど、グリフもそれはこのわたし自身が強く望んだから。それに今夜自分が――いいえ、自分だけでなくグリフも――命の危険にさらされ、のち戦いに勝利したから。――が与えられるべきだ。わたしにとってのご褒美はこのキス。もちろん相手はグリフでなければだめだ。

「あなたにキスをしたいの。今回は怒りとは関係のない、感謝のキスを。そうすることが許されるうちに」こちらが唇を近づける前にグリフは唇を開いた。口づけしやすいようにグリフの顔をわずかに傾けながら、前に彼から教わったレッスンをふと思い出す。

〝人生で最も喜ばしい行為には準備が必要なものだ〟

だから、焦《じ》らすようにグリフの口角を舌先で刺激してみた。こちらの言動を面白がっているのを知られたくないとき、いつも彼がわずかに持ちあげているほうの口角だ。舌でグリフの下唇の輪郭をゆっくりとたどった。うっとりするほど柔らかい。めくるめく悦《よろこ》びを約束してくれる、なんとも蠱惑的《こわくてき》な唇。

グリフは低いうめき声をあげ、てのひらでキャサリンの頭の後ろを包み込んでしっかりと支えると、舌を差し入れてきた。もう焦らされるのはごめんだと言いたげないらだったしぐさに、いやおうなく興奮をかき立てられる。〝人生とは貴重で愛《いと》おしいもの。だから過ぎた瞬間への後悔に浪費すべきではない〟――命の危険にさらされたあのときからずっと、そんな考えが頭のなかを駆け巡っている。その事実を肌で感じたい……どうしても感じる必要がある。

そう考えているのはわたしだけではなかった。わたしたち二人はここで、この瞬間をわかち合っている。いまそれ以上に大事なことがあるだろうか？

これは相手を負かすための戦いではない。相手の隙をついて巧みに攻めたとしても、なんの問題がある？　むしろ舌と舌を重ね合わせたり、焦らすように滑らせたり、強く吸いついたりするたびに、互いの悦びが高まっていく。グリフはかすかなチョコレートと香辛料の味わいがする。きっと、先ほどふかしていたチェルート葉巻の残り香だろう。わたしの口も同じ味わいがするのだろうか？

できることなら、グリフがわたしの恐怖の味わいまで感じとりませんように。でもそれは自身が死の恐怖にさらされたせいではない。グリフのせいだ。彼が地面に両膝を突いたあの瞬間を思い出すだけで――

キャサリンは懸命にその記憶を振り払おうとした。このかけがえのない一瞬を心に刻みつけ、ほかの記憶を消し去りたい。夜ベッドでじっくりと味わいながら何度でも思い返し、眠りにつけるように。そうすれば激しい情熱と欲望に彩られた夢を見ることができるだろう。そして目覚めたときには、体が切ないほどの焦がれと渇望にうずいているはずだ。

実際にいまも切ない焦がれと渇望を感じている。グリフのにおいを、感触を、低いうめき声を、より深いキスを乞い願っていた。

片手をグリフのネッククロスに滑らせたとき、もはやその結び目が完璧ではないことに気づいた。このまま解いてしまおう。グリフは抵抗するだろうか？　それとも彼の首元に唇をはわせたら喜んでくれる？　指先でベストをそろそろとたどりながら思案する。ベストのボタンも緩めればいい。二人を隔てる布地が少なくなるほど、グリフの体の温《ぬく》もりを感じやすくなる。手をもっと下に伸ばして――

指先から生温かくて湿った感触が伝わってきて、キャサリンは動きを止めた。たちまち体をこわばらせたグリフから手首をつかまれた。

「これは何？」キャサリンは問いただした。

それなのにグリフは何も答えようとせず、荒い呼吸を繰り返している。もしかして、息が荒いのはキスのせいではないのでは？　つかまれていた手首を振りほどき、指先を自分の顔に近づけてみる。薄暗いせいでぼんやりとしか見えないが、銅のようなにおいははっきりとかぎとれた。「体から血が出ている。さっきマーカスにけがはしていないと言っていたのに」

「もしけがしているとわかったら、兄貴はあの場所を離れようとしなかっただろう」

信じられない。グリフはこのままわたしを屋敷に送り届けたあと、自分一人であのクラブへ戻ろうとしていたのだろうか？　あるいは、医者へ行こうとしていた？　傷の苦しみにたった一人で耐えながら？　もしかして……このまま死んでしまうのかもしれない。

恐怖でいっぱいになり、キャサリンは慌ててグリフの膝上からおりて、彼の隣に座った。できることなら彼に触れたい。でも痛い思いをさせるのが怖かった。「どのくらいひどいの？」

「それほどでもない」

グリフは実の兄マーカスに嘘をついた。どうしてわたしにだけ嘘をつかないと言える？キャサリンはいまや、まったく違った角度からすべてを見ていた。戦いが終わって最初にこちらにやってきたとき、グリフは振り絞るような声でわたしの名前を呼びかけていた。それに体を引き寄せたときは、わたしが彼の右半身に来るようにしていた。そうすることで体を折り曲げ、傷を隠そうとしたのだ。実際、傷はグリフの左半身にある。あの暗闇のなか、月と星々の光しかないからこそ、グリフは自分のけがを隠せたのだ。兄マーカスからも、わたしからも。

その事実を知らされ、胸に引き裂かれるような痛みが走った。魂を切り刻まれたかのようだ。グリフはけがをした事実をわたしに隠し続けようとした。信じて打ち明けようともせずに。

暗がりのなか、キャサリンは座面に沿って両手をそろそろと動かし、グリフの散歩用ステッキを探り当てると、それを使って馬車の天井を叩いた。たちまち、御者が速度を落とし始めたのがわかった。

「何をするつもりだ?」グリフが尋ねる。

「あなたを病院へ連れていくよう指示するつもりよ」

「病院はだめだ」

「だったら医者に」

「だめだ」

本当に腹立たしい男。「せめて傷がどれくらい深いのか見せて」

「レディ・キャサリン、きみには関係のないことだ」

わざと正式な呼び方を使った事実を、うっかり聞き逃すわたしではない。彼は二人の間に距離を置こうとしている。「関係ないはずない」

こちらがどれだけグリフを気にかけているか、彼にはわからないのだろうか？　わたしのことを〝気に入った殿方がいれば誰とでもキスして回るような女〟だと考えているの？　わたしがキスしたいと思える相手は一人だけ、いま目の前にいるこの男性だ。誰に対しても――わたしにも、自分の家族にも、ほかの誰にも――いかなる種類の助けも求めようとしない、意地っ張りで頑固きわまりないこの男性。その独立独歩の精神を心から尊敬するいっぽうで、こう思った。

グリフは孤独すぎる。あまりに孤独すぎる。

馬車が完全に停止すると、キャサリンは手助けを待たずに自分で扉を開け、従者に命じた。「ランタンを持ってきて」

彼は馬車の正面にある留め金からランタンを一つ外し、手渡してきた。

「わたしの指示を待っていて」

「かしこまりました、マイ・レディ」

キャサリンは馬車へ戻ると、窓上のくいにランタンをつるした。ありがたいことに、柔らかい灯《あか》りのおかげでグリフが先ほどよりもはっきりと見える――いいえ、もしかするとこの灯りでも十分ではないかもしれない。彼は青白く弱々しい顔をして、唇を真一文字に引き結んだまま眉根を寄せている。よほど傷が痛むのだろう。この表情からすると、耐えがたい痛みを我慢しているに違いない。それなのにグリフはわたしとキスをした。すべて順調なふりをしていたのだ。本当は順調とはほど遠い状態にあるのに。

「見せて」

「レディ・キャサリン――」

「見せて」

グリフがにらみつけてくる。「きみはいつからそんな口やかましい女になった？」

「あなたがそんな愚か者になったのと同じときくらいかしら。馬車のクッションまるごと取り替える必要があるでしょうね。あなたの血がそこらじゅうについているはずだから」

グリフは片方の口角を持ちあげた。つい先ほどまで、キャサリンが舌先をはわせていたほうの口角。「そんなにひどい傷じゃない」

キャサリンはゆっくりと慎重にグリフを手伝い、血で濡《ぬ》れたシャツをズボンから引っ張り出すとシャツの裾を持ちあげ、ランタンで傷口部分を照らしてみた。血でぎらぎらと光っている部分を見つめ、思わず息をのむ。「大変、ひどい傷だわ。どこから縫い始めたらいいのかわからないほど長くて深い傷跡がついている」

「そんなに深くないはずだ。どこも貫通しているとは思えない」

キャサリンはうなずいた。「ええ、貫通はしていないわ」

とはいえ、グリフが深い傷を負ったのは事実だ。それもぞっとするほどの重傷を。このまま自然に出血が止まるとは思えない。

顔をあげ、グリフと目を合わせた。「お願い。あなたを医者に連れていかせて」

「すぐに屋敷へ戻らないと、きみのご両親が心配する」

「二人はパリにいてわたし一人なの。だから誰にも知られる心配はない」

グリフは永遠に思えるほど長い時間キャサリンを見つめたあと、つと視線をそらして窓を一瞥《いちべつ》し、無言でうなずいた。窓に映った弱々しい姿を見て、自分は手助けを求めてもいいほど弱っているのだと気づいたかのように。

そんなグリフを目の当たりにして、キャサリンは心のなかで悪態をつかずにはいられなかった。グリフの父親に、そしてグリフに背を向けた英国社交界に、そして〝この戦いで頼れる者は誰一人いない〟とグリフに信じ込ませたすべての者たちに。

14

かすかに太陽の光が差し込む寝室でグリフは目覚めた。開かれた窓から潮の香りが混ざったそよ風が吹き込み、カーテンを揺らしている。体のあちこちが痛い。頭もふらふらしている。くそっ、意識がもうろうとしているのは、傷を縫い始める前に医者から処方されたアヘンチンキが理由だ。処置が終わってもずっと頭が働かないままだった。そのせいで、キャサリンから〝今夜の醜悪な出来事を忘れるために祖母の小別荘に行く必要がある〟と言われたとき、付き添うことに一も二もなく同意したのだ。ずっと彼女を見ていたかった。キャサリンを危うく失うところだったのだ——そう考えるだけでいまだ体の震えが止まらない。

どうしても小別荘へ行かなければならないと告げる前、キャサリンはグリフの片手——傷がある場所から遠いほうの手——を取ると、強く握りしめてきた。こちらの骨が砕けるのではないかと心配になるほど渾身《こんしん》の力が込められていた。彼女はうなだれて目を背けていたから、出血が止まらない生々しい傷口を目の当たりにする必要はなかったはずだ。でもそのとき涙が一粒だけキャサリンの頬を伝い、こちらの手に重ねられた彼女の手に音もなくこぼれ落ちるのが見えた。グリフはたちまち激しい苦悩に襲われ、その激しさたるや、医者に傷の手当てをされているときに耐えた苦しみなど比べものにならないほどだった。滝のような涙を流されるよりも、たった一粒の涙のほうがはるかにこたえる。

キャサリンはなんと勇気ある女性だろう。しかも、自分の感情を極限まで抑えるすべを心得ている。ひどい痛みに耐えながら、傷を負ったことを気づかれまいとするあまり、キャサリンがどれほど必死にあの襲撃を受け止めようとしているのか完全には理解できていなかった。

そのあとキャサリンから〝わたしに傷の手当てをさせてほしい。そのほうがあなた一人で傷の手当てをするよりもずっと簡単だから〟と言われ、断りきれなかったのだ。

そんなわけで、いまこうしてグリフはここにいる。本来ならいるべきではない場所に、絶対に一緒にいてはならない女性とともに。まだ正式な申し込みはないものの、いずれは自分以外の男のものとなるはずの女性とともに。この手によって自分以外の男に与えた女性とともに。

ふいに激しい後悔に襲われたが、いまはそのことについて考えたくなかった。

グリフはうめきながらベッドから出ると、部屋を見回した。キャサリンからは、かつて彼女の祖母の部屋だったと聞かされている。ふと目をとめたのは、フラシ天の椅子の上にきれいに折りたたまれた衣類の山だ。昨夜自分が身につけていたものではないはずだ。あれらはしっかり洗濯して繕わなくてはならない。ぼんやりとした頭のなかで、この場所を任せている家政婦がいるというキャサリンの話を思い出した。

昨夜この部屋に到着したあと、キャサリンは衣類を――一枚残らず――脱ぐ手助けをしてくれた。彼女はそのとき目にした光景を気に入ってくれただろうか？

すぐに、そんなことを考えた自分に顔をしかめた。欲望に駆られた不適切な考えだ。こちらがキャサリンに抱いて当然の感情があるとすれば、それは敬意しかない。彼女が言い張らなければ医者に行くこともせず、自分で傷の手当てをする羽目になっていただろう。

グリフはシャツとズボンを手に取った。粗い布地の簡素なデザインだ。きっとキャサリンの祖父のものだろう。あるいは彼女が従者に命じて、村人から借りてきたものかもしれない。どちらにせよ、なんの問題もない。シャツもズボンも清潔だ。サイズはやや小さいように思えるが、ここで過ごすわずかな間だけならこれで十分だろう。洗面台まで歩き、冷たい水で顔を洗った。じっとしたまま、水滴が顔からボウルに落ちる音を聞いているうちに、まったく別のイメージが思い浮かんだ。これまで思い出したのとはまるで違う記憶。

昨夜キャサリンは僕の体を拭いてくれた。こびりついた血や泥、汚れを洗い流してくれたのだ。ゆっくりと、ごく優しく、いたわるように。うっかりキャサリンへ手を伸ばしたり、彼女をマットレスの上に横たえたりしないよう、ベッドの端をつかんでいるほかなかった。

テムズ川の岸でキャサリンが見せた勇気ある態度には、本当に度肝を抜かれた。彼女がほしい、この女性以外は誰もほしくない――本気でそう思った。それゆえに、帰りの馬車のなかで膝にのってきたキャサリンからキスをされたとき、どうしても欲望を抑えられなかった。けがをキャサリンに隠し続けなければいけないことも、すっかり忘れていた。何より大切なのはキャサリンであり、彼女が必要としているもの、望んでいるものを与えることだと思えたのだ。

キャサリンが体を拭き清めてくれている間、ベッドに組み敷かないよう必死にこらえ、ようやくベッドに入った。ところが彼女はシーツと毛布をかけ終えると自分もベッドに横たわり、上掛けを隔てたままではあるものの隣に寄り添ってきた。

「少しだけこのままでいさせて」キャサリンがささやいた。

彼女の体に片腕を巻きつけると、傷を負っていない半身のほうへ引き寄せ、しっかりと抱きしめた。そのあとアヘンチンキのせいで、眠りの世界へずるずると引きずり込まれてしまったのだ。キャサリンはあれからどれくらい隣に横たわっていたのだろう？　いまはどこにいるのか？

グリフはその記憶を、もうろうとした意識を振り払おうとした。医師に傷の処置をされたあと起きたことはぼんやりとしか覚えていない。馬車でこの小別荘へやってくる間も、ようやくこの部屋に落ち着いて深い眠りに落ちるまでの間も。

さらに冷水で何度か顔を洗い、タオルに手を伸ばして顔を拭いて、用意された衣類を身につけた。案の定、自分にはサイズがやや小さい。

窓のほうへ歩いて外を眺めてみたところ、ほかには建物も屋根も見当たらない。木々や花々、緑の大地が広がり、その先には一面の青さが地平線まで広がっている。空だけではない――あれは海だ。

そういえば、昨夜は何かが砕け散るような音が聞こえていた。だがあまりにくたびれていて、音の正体を確かめる気にもなれなかったのだ。キャサリンが窓辺に立ち、外の景色を眺めていたのは覚えている。あれは一瞬眠りから覚めて見た光景なのだろうか？　それとも夢？

ここはケント。ロンドンからわずか数時間の場所だ。ロンドンにはすぐに戻れる――キャサリンも同じ意見ならば、今日にでも。本当にそうするかどうかの決断は、彼女にゆだねたい。だがそのためには、キャサリンを見つけるのが先決だ。

狭い廊下をあてもなく進み、階段を数段おりると、建物の正面側へ出た。片側には丸テーブルが置かれた食事室があり、向かい側には居心地のよさそうな居間がある。

「まあ、閣下《マイ・ロード》、おはようございます」

食事室のほうを振り返ると、黒い仕事着姿の女性が礼儀正しい笑みを浮かべて立っていた。白いエプロンとひだ飾りのついた室内帽《モブキャップ》を合わせている。

「おはよう」

「お嬢様が散歩から戻られるまでに朝食の支度を調えます」

「よし、だったら僕も散歩に出かけてこよう」そのまま歩き続けて扉から外へ出ると、涼やかな風を感じ、思いきり深呼吸をした。海風の潮っぽいにおいに刺激され、生き返ったような気分だ。遠くではカモメたちが弧を描いて飛んでおり、その鳴き声と波の音が相まっている。あたりを見回しながら思案した。キャサリンはどっちの方向へ散歩に出かけたのだろう?

とりあえず崖のへりと思われる場所目がけて歩き出した。靴底に感じる草地の柔らかさが心地いい。とはいえ、いま履いているブーツだと前に進むのがなかなか難しかった。少年時代、乳母や家庭教師の監視の目をすり抜けて逃げ出し、よく裸足《はだし》で牧草地を駆け回ったものだ。父に捕まえられると尻を鞭《むち》打たれ、常に紳士らしい態度を心がけよと説教された。でも父が裏切り者になったせいで、すべて無駄な説教になった。なんとも皮肉な話だ。

崖の先端までたどり着き、大地が途切れる場所から下を見おろしたとたん、思わず息をのんだ。めまいがするような高さだったからではない。青い海水のなか、ドレスのスカートを膝までたくしあげて跳ね回っているキャサリンが見えたからだ。小さな叫び声をあげ、波と戯れるように軽やかな足取りで後ろに下がっている。キャサリンの笑い声が風にのって、グリフのいる場所にまで聞こえてきた。もしかして、つま先を海の生き物につままれたのかもしれない。

グリフは傷跡に注意しながら恐る恐る地面に座り、キャサリンの様子をひたすら見守った。これほど穏やかな気分になれたのはこの数カ月で初めてだ。ここは不安や心配とは無縁の場所のように思える。キャサリンがこの土地に来たがった理由がようやく理解できた。

彼女は打ち寄せる波を背にして立ち去り始めた。力強く、なおかつ軽やかな動きだ。よく教育されたレディのごとく計算された、背筋をまっすぐ伸ばしたぎこちない動きではない。かつてこの地へ祖母を訪ねてきた少女時代の片鱗《へんりん》を垣間見たような気になる。普段よりもずっと肩の力を抜いてくつろいでいる、本当の彼女自身に近い姿を。

キングスランド公爵が一度も目にすることなく、けっして見ようともせず、絶対に理解するはずもない一人の女性の姿だ。

キャサリンは突然歩みを止めると地面にうずくまり、両膝を胸に抱え込んだ。その姿勢のまま動こうとせず、遠く離れた場所からでも肩を大きく震わせているのがわかる。グリフはののしり言葉を吐いていきおいよく立ちあがった。傷口に痛みが走り、さらに下品な言葉を連発しながらもあたりの草地を見回してみる。最近誰かが通ったあとがついている場所を見つけ、とりあえずそこに向かい進んでいると、海岸へおりる小道が続いているのに気づいた。慎重な足取りでその道をたどり、ようやく砂地に出て、決然たる足取りでキャサリンがしゃがみ込んでいる場所へと急ぐ。彼女は膝に額を押し当てたまま動かない。その脇へうずくまると、潮風とオレンジの香りが混ざったにおいに鼻腔《びこう》をくすぐられた。

「キャサリン？」

彼女は少し鼻をすすると、顔を脇へ向けてグリフから見えないようにした。わずか二秒ほどのことだ。それから向き直った顔を見て、グリフはすぐに気づいた。キャサリンはできるだけ気づかれないようにさりげなく涙を拭いたのだろう。でも赤褐色の長いまつ毛の先に、まだ涙のしずくが残っている。

彼女は弱々しい笑みを浮かべながら尋ねた。「今朝の傷の具合はどう？」

「ものすごく痛い」痛みを和らげるアヘンチンキが、体内に一滴でも残っているとは思えない。大きく開いた傷口を縫い合わせるために、いったい何針縫ったのだろう？　もし処置をされている間、そばにいるキャサリンに気を取られていなかったら、一針ずつ数えあげていたに違いない。それに一針縫われるたび、飛びあがるような痛みを感じていたはず。片手を伸ばし、親指で彼女の目尻にたまった涙をすくいあげた。「今朝のきみの調子はどうなんだ？」

キャサリンは震える吐息をついた。「もう完全に大丈夫だと思っていた。でもそうじゃないって突然気づかされた。昨日の夜に感じたありとあらゆる感情が、なんの前ぶれもなく突然よみがえってきたの」

グリフは砂の上に腰をおろした。こうしたほうが体のバランスを取りやすい。片方の肩にキャサリンの頭をのせながらささやく。「泣くのは恥ずかしいことじゃない」

「泣くと自分が弱虫みたいに思えるの」

「きみは弱虫なんかじゃない。わずか数時間前、きみはあれほどの強さを見せつけたじゃないか」

「あなたもよ」キャサリンは体を引きながら、グリフをまじまじと見つめた。これまで一度も本当の彼の姿を見たことがなかったかのように。「あんな戦い方をどこで覚えたの？」

「波止場で仕事をしているときだ」

キャサリンは眉をひそめた。「そこではいつも殴り合いのけんかが起きていたの？」

「いいや。だが、おおぜいの屈強な大男たちが船荷を運んでいた。初めて僕のクラブにやってきた夜、きみを玄関前で止めたビリーのような男たちだ。アルシアとホワイトチャペルで一緒に暮らしている間、必要とあらば確実に妹を守れる手段を身につけたいと思った。ああいう街の路地で近代ボクシングの基本ルール《クイーンズベリー》に従おうとする輩《やから》はいないからね。だからビリーやほかの人間を雇って、紳士なら絶対にやらないような戦いの流儀を教えてもらったんだ」

「アルシアはそのことを知っていたの？」

グリフはかぶりを振った。「妹には、自分たちが暮らしているのが危険な環境ではないかとか、僕がけがをするんじゃないかとか、よけいな心配をかけたくなかったんだ。戦いのレッスンが長引いてアルシアからどこにいたのかと尋ねられたら、女と一緒にいたと答えるようにしていた。妹は簡単に信じてくれたようだった」ほとんど何も考えないまま、キャサリンの三つ編みを手に取り、先端でほつれている巻き毛を親指で撫《な》で始める。その合間も、彼女の顔にさまざまな感情が浮かんでは消えていくさまを見続けていた。「ほかにも質問があれば尋ねてくれていい」

キャサリンは喉元の柔らかな筋肉を動かして息を吸い込むと、下唇の一部を噛《か》んだ。

「あの男、あなたが殺し屋じゃないかと言っていたわ」

キャサリンはそこで口をつぐんだが、グリフは彼女の声のかすかな震えを聞き逃さなかった。本当にしたい質問はあえて口にしなかったのだろう。言葉に出せば、こののどかな場所を汚すことになると考えたのかもしれない。〝本当にそうなの？〟

「マーカスがつき合っている奴《やつ》らは実に冷酷だ。まさに昨夜、きみが目の当たりにしたとおりにね。奴らはマーカスを信用していない。だから密偵たちに兄を監視させている。僕はその密偵たちをさらに監視していた。ある夜、その密偵たちの一人が――」グリフは首を振った。いまでもまだ、あの夜のことを思い出すと混乱させられる。「――どういうわけか兄も僕もまだわからずにいるんだが――マーカスを殺そうとした。だから僕はそいつを止めたんだ。永遠に」

海面を見つめながら考える。このまま海に入ったら、自分がこれまで犯した罪も後悔も海水が洗い流してくれるだろうか？

「そんな自分を誇る気にはなれない。正直に言えば、そいつを殺すつもりはなかった。ただけがを負わせて、〝マーカスは一人じゃない、彼の命を守ろうとする味方がいる〟と暗に伝えたかっただけなんだ。だからそいつの太ももを狙ってナイフを突き出した。ところが相手は予想よりすばやくて、しかも低い姿勢で襲いかかってきた。そしてナイフは奴の腹に突き刺さってしまった……思いきり深く。お世辞にも美しい死に方とは言えなかったが、こちらが伝えたかったことは伝えられた」

グリフは勇気を出してキャサリンに視線を向けた。大きく見開かれた瞳に浮かんでいたのは、この小さな窪地《くぼち》の先に広がる果てしない海の色だ。彼女は動揺しきっていた。

「それなら……その男は自分で自分を殺したも同然だわ」

グリフもこれまで同じ言葉を何度も自分に言い聞かせようとしてきた。そうすることで、夜にほんのわずかでも眠れるようになればと考えたからだ。だが真実はそう簡単にごまかせるものではなかった。そのナイフを手にしていたのはこの自分、相手にそれを突き刺したのもこの自分なのだ。

「それからすぐに、もうマーカスとともに活動するのはやめようと決めた。すでに死んでいるにもかかわらず、あの父親のせいで自分の運命が左右されるのにうんざりしていたんだ。あれは父がやりたくてやったこと。なぜやったかとか、仲間は誰かなんてどうでもいい。とはいえ、僕はマーカスほど多くを失ったわけじゃないが」

「あなたも彼と同じくらいすべてを失ったはずだけれど、自分なりに生きる道を探そうとしたのは正解だったと思う。だっていま、あなたは事業を始めてとても成功しているみたいだもの」

キャサリンの声にはわずかな震えがあった。答えてほしい質問があり、それを尋ねたいのだろう。だがいまだにためらっているのは、本当の答えを知るのが怖いから。グリフはようやく気づいた。自分自身の痛みに気を取られるあまり、彼女が本当は何に苦しんでいるのかわかってやれなかった。「昨夜僕は、あの男たちの誰一人殺していない」

キャサリンは片手を掲げて口を覆うと、小さなあえぎをもらした。「本当に？」

「最初の男は本気で殺してやりたいと思った。だが奴の命を奪うことで、きみに良心の呵《か》責《しゃく》を感じさせたくないと思い直したんだ。だから致命傷にはならないようにした。あいつの傷が完治するにはかなり時間がかかるだろうし、そうであればいいとさえ思っているが」かつて質屋で剣を隠し持てる杖《つえ》を見つけて買った後、医者を訪ねて、体のどの部分をどんなふうに攻撃すれば、相手を死なせることなく最大の痛手を与えられるかいろいろと学んだのだ。「もう一人の奴には強烈なパンチで反撃しただけだ」ナイフで脇腹を切りつけてきたのはその男だった。

キャサリンはふたたびあえぐと、さめざめと泣き出した。「てっきりあの人たちは死んだものと思っていたわ。マーカスもそう言っていたから」

「あそこは暗すぎて、兄貴にも彼らの生死がわからなかったんだろう。死んでいると決め込んでいたんだ」おそらくマーカスは自分が戦っていた相手を殺さざるをえなかった。だからグリフも同じだと考えたのかもしれない。

「ああ、よかった。あなたがあの男たちの命を奪っていなかったと知って、本当にほっとしたわ」

さもありなん。たとえ意図的ではなかったとしても、人一人を死なせた事実とともに生きていくのは難しい。生に強い執着を抱かない者などいないし、絞首台での死を望む者もいない。相手がどんな悪党であれ、その人生の時間を縮めたくはなかった。とはいえ、昨夜自分が相手にした最初の男は傷が癒えるまで長い時間がかかるだろう。剣の傷だけでなく、鼻と顎の骨も砕かれたのだ。だがキャサリンにそんなことまで知らせる必要はない。

ふたたびグリフは親指で彼女の涙のしずくを拭った。「さあ、これできみもなんの罪悪感も覚えずに浜辺でダンスができる」

キャサリンの涙がふいに止まった。「あなた、わたしのことを見ていたの？」グリフがうなずくと、彼女は少しだけ笑った。「誰も見ていないと思ったときしか、あんなことはしないのに」

「いままでも朝食の前に浜辺で踊っていたのかい？」

「一日を始めるにはああするのが一番だと祖母から教わったの。どんな試練や苦難、失望に襲われても、朝を迎えた喜びを感じられるからって。祖母もよくわたしと跳ね回っていたものよ。だからああしていると、いまでも祖母が一緒にいてくれるような気がするの」

「きみはのびのび楽しんでいるように見えた」

「ここで過ごすのは、わたしにとって最高に幸せなひとときだから。一緒に来てくれてありがとう」

「アヘンチンキのおかげだよ」本当はキャサリンのおかげだ。「僕らがここにいると知ったら、キングスランドは心穏やかではいられないだろうが」

「彼が知ることはないわ。わたしの使用人たちはとても忠誠心が強いもの」

「レディ・キャサリン、問題は僕らの忠誠心じゃないのか？　近くにいることがたび重なれば、親密さが高まる場合もある。実際きみは昨日の夜、馬車のなかで僕にキスをしてきた」

「あなたはキングスランドに愛人の一人もいないと思っているの？　いかなる悦《よろこ》びも求めないまま、独身主義を貫いているとでも？」

「少なくとも彼はきみにそういう態度を期待しているはずだ」

「だとしたら、彼はヨークシャーに行く前にちゃんと求婚すべきだったわ」

「彼はロンドンにいないのか？」

「ええ、来週の水曜まで帰ってこない。本当にあちこち旅をしているのよ。わたしたちが正式な結婚まで漕《こ》ぎ着けない理由の一つはそれ。ただ、キングスランドはわたしのことを気に入ってくれていると思う。近いうちに求婚するつもりじゃないかしら」

「それできみはイエスと答えるつもりなんだね」

　キャサリンはグリフの背後を見つめた。「あんなふうに地平線の上に黒雲が湧き起こっているなら、朝食をすませてすぐにロンドンへ戻ったほうがいい。雨が降ると、ここからロンドンへの道がぐちゃぐちゃになるの」グリフに視線を戻しながら続ける。「それにあなたの包帯も替えないと。お医者様から少なくとも一日に一度取り替えるようにと言われたから」

　グリフは医者の言葉を覚えていなかった。だがそれはあのとき、傷の痛みはもちろん、傷にまつわるすべてを意識から締め出そうとしていたからだろう。わかっていたのは、手が握りしめられていた感触だけだ。処置の間ずっと、こちらが体験している痛みを彼女もまた感じているかのようだった。

「だったら急ごう」どうにか立ちあがったとき、グリフは激しい衝動に駆られた。できることなら両腕でキャサリンの体をきつく抱きしめ、柔らかな唇を奪い、きみは僕のものだと高らかに宣言したい。だが思えば、これまでそうだったことなど一度もない。これからもずっと、永遠に。

僕にまつわる真実を知ったいま、キャサリンがこれ以上の抱擁を許すはずもなかった。

小別荘へ戻る道すがら、二人は話し合って、まず朝食を食べてからグリフの包帯を替えることに決めた。嵐がやってきたのは思ったより早く、朝食を食べている最中だった。屋根や雨に打ちつける雨音が突然激しくなったことからすると、出発を遅らさざるをえないだろう。本来なら喜ぶべきところではない。でもすぐにどしゃ降りになり、雷鳴がとどろき、閃光《せんこう》が走るさまを見て、キャサリンは嬉《うれ》しくなった。

この小別荘で一番好きなのはこういうところだ。激しい雨が降っても、ここでは守られていると実感でき、このうえない安心感に包まれる。父の所有する屋敷はどれも大きすぎて、雨が降っているのかどうかさえわからない。でもここは違う。雷雨や吹きすさぶ風の音もすべて聞こえるし、何が起きているのかもわかる。

荒れ狂う天気とはあまりに対照的な、小別荘の穏やかな雰囲気を楽しみながら、キャサリンはグリフの寝室へ湯が入ったボウルを運び込んだ。寝室へ入ったとたん、思いがけない光景が目に飛び込んでくる。グリフが上半身むき出しのまま、窓辺に立ち、外を眺めていたのだ。硬い筋肉と縄のようにうねる腱《けん》の、見事な体つきだ。波止場で労働をこなし、戦うための方法を学び、愛する者たちを守ろうと必死に努力してきた賜物《たまもの》だろう。そして昨夜、グリフはわたしを守り抜いてくれたのだ。

「待ちすぎたな」グリフは静かに口を開いた。目の前に広がる荒れ狂う景色から一瞬たりとも目を離そうとしない。キャサリンは不思議だった。彼はわたしがここにやってきた足音を聞きつけたのだろうか？　それとも気配を感じとった？「もう出発するには遅すぎる」

「そうね。さっき御者と話したら、〝このまま出発したら馬車が立ち往生するだろう、それも一度や二度ではすまないはず〟と言っていたわ。その傷だと、あなたは馬車をぬかるみから出す手助けができないと思うし」

グリフは長いため息を吐き出し、落胆をあらわにした。そんな彼を見ても腹は立たなかった。もうわたしと一緒にこの場所にいたくないのだろう。一刻も早く本来の生活へ戻りたいに違いない。「あなたが一日くらいいなくても、あのクラブはやっていけるはず。ミセス・ウォードはきちんと物事に対処できるわ。そうでなければ、あなたがクラブの運営を任せるはずがないもの」

「僕が心配しているのはクラブじゃない」

「だったら何？」

グリフは首を振ると、嵐の光景に背を向けた。「そのボウルをベッド脇のテーブルに置いてくれ。包帯なら自分で替えられる」

「わたしが取り替えたほうが、傷を縫った糸が引きつれて痛い思いをしない」湯の入ったボウルとリネンをテーブルに置くと小瓶を掲げてみせた。「それにお医者様が傷の回復を早めるためにと軟膏《なんこう》をくれたの。わたしが塗ったほうが簡単だわ」

キャサリンが見守るなか、グリフはしばし自問自答を繰り返していた。形のいい唇を引き結び、目を細めている表情からも、どうすべきか思い悩んでいるのははっきりしている。彼は今回自分のほうからキス――してはいけないキス――を始めてしまうのを心配しているのだろうか？　絶対にあってはならないことが何かわかっていても、それが起きるのを止められるとは限らないと自覚しているの？

「お行儀よくするから」キャサリンは自ら申し出た。

グリフが笑い声をあげた。一瞬だけだったのに、キャサリンは体の芯まで温まるのを感じた。改めて気づかされるには、それだけで十分だ。わたしはいま、グリフが心配しているとおりの道を突き進もうとしている。キングスランドと一緒にいたときは、彼がこちらに触れないように、唇を味わわないようにと必死に自分を抑えているなどと感じたことはない。観劇をしたあの夜以来、公爵から何回か口づけられたが、どれも礼儀正しくていかにも紳士らしいキスだった。

いまははっきりと気づいている。わたしはろくでなしにキスされるほうが好きなのだと。

グリフはまだ笑みをわずかに浮かべたまま、こちらに近づいてきた。「どこに座ればいい？　椅子かな？」

「ベッドに」その答えを聞いた彼が微動だにせず、瞳を期待と情熱に煙らせたのを目の当たりにして、慌てて説明した。「椅子では小さすぎるから」背もたれも肘掛けも分厚い、布張りの椅子は、筋肉質のグリフの体にはいかにもきゅうくつそうだ。「それにわたしも動きたいように動けないと思う」

グリフはベッドに向かうと隅に腰かけた。「なるべくすばやく頼む」

そう言うと彼は両手で自分の太ももをつかんだ。キャサリンが彼のクラブを初めて訪れた夜、腕組みをしていたのと同じように、指先に力が入っていた。グリフがわたしを求めている。そう気づいてこれほどの満足感を覚えるべきではないのに。

いいえ、もしかすると思い違いかも。グリフはただ、傷の手当てをされるときの痛みに備えて体をこわばらせているだけなのかもしれない。とはいえ、なるべく慎重に、優しく処置するつもりだ。グリフにいま以上の痛みを感じさせたくない。そんなことは考えただけで耐えられない。

キャサリンははさみを手に取ると、医者が包帯を固定するために作った結び目をカットした。グリフのまわりを回りながら胴体に巻かれたリネンの包帯を解き、手へ巻きつけていく。そうしているうち、グリフが息を凝らしているのに気づいた。ほとんど息をせずじっとしているその姿は、さながら彫像のようだ。手元が狂い、手の甲がグリフの素肌をかすめるときもある。昨夜きれいに拭いてあげた彼の素肌に。あれからグリフが眠りに落ちたあと、肋骨《ろっこつ》のまわりにある筋肉を指でそっとたどり、両腕からうねるように続いている筋肉の感触も確かめてみた。アヘンチンキのせいでグリフがこんこんと眠り続けているのをいいことに、本来なら許されないような方法で触れてみたのだ。どうしても好奇心を抑えきれなかった。何カ月も行方をくらませていた間に、この男性がどう変わったのか手触りで確かめてみたかった。

グリフの腰のあたりにはシーツがゆったりとかけられていたため、そこから下の部分には手を伸ばさないようにした。服を脱がせる手助けをしたときにも目をそらし続けていた部分だ。

グリフの両腕や胸板にも恐る恐る触れていたが、そのすばらしい感触に驚き、ベッドで隣に横たわってからも彼の体を指でたどり続けずにいられなかった。あんな出来事を体験したせいで、これから自分はなすすべもなく悪魔たちに魂を支配され、恐れや心配に苦しめられるかもしれない――そう考えるだけで耐えられなくなったせいだ。でも、悪魔たちが姿を現すことはなかった。眠っていてもグリフが本能的にこちらをしっかりと抱きしめ、悪魔たちを寄せつけずにいてくれたおかげだろう。

キャサリンは包帯をすべて解き終わり、古いリネンを脇へ置きながら、引き締まった腹部から幅広い胸板にかけてを惚《ほ》れ惚《ぼ》れと見つめた。そこに、怒ったように赤々とした長い傷が刻まれている。糸で傷口が縫い合わされているせいで、よけいに恐ろしく見える。この傷は残ることになるだろう。ひざまずいて指で傷口を軽く押してみた。たちまちグリフが鋭く息をのむ。

「ごめんなさい、痛いわよね。でも傷口が膿《う》んでないかどうか確かめなくてはいけないの。お医者様からこうやるように教わったから」

「きみがあの場に立ち会ってくれてよかった。何も覚えていないんだ」

キャサリンは湯を使って傷のまわりを洗浄した。こびりついた血をすべてきれいに拭きとったあと、軟膏に手を伸ばして指先に取り、縫合された糸に沿うように塗り始めた。グリフは大きく息をのんでお腹を引っ込めたが、きっと痛い思いをしたせいではないはずだ。ああ、こうしてグリフの体に触れるのを止められない。もっと、もっと彼に触れていたい。何か話して気をそらさなくては。わたしだけでなく、グリフのためにも。

「質問していい？」

「質問していいかと前もって尋ねられるのは、あまり幸先《さいさき》のいい出だしとは言えないな。もちろん、きみは自分の好きなようになんでも尋ねていい。ただし、僕がそれに答えるかどうかは別の話だが」

「逮捕されたとき、どんなことがあったの？」

グリフは顎に力を込めたが、記憶の再現が目の前で始まったかのように、まっすぐ前を見つめた。「最初僕たちは混乱したし、理性を失っていたし、どうしようもなく不安になった。当局がうちの屋敷へ踏み込んできたとき、僕は眠っていてベッドから引きずり出されたんだ。マーカスがせめて服を着る時間をくれと命じると、彼らはようやくそれだけは許してくれた。僕がいくら抵抗しても許されなかったのに。伯爵という肩書きを持つマーカスの一言がそれだけ重視されたということだ。そんなわけで最低限の身支度を調えることは許されたが、それでも僕らはなんの説明もなくロンドン塔へ連行されたんだ。

最初に呼び出されたのは僕だった。とっさに〝首を斬り落とされるんだ〟と考えたのを覚えている。いま思えば本当にばかげた考えだが、あのときはそこがそういうための場所のように思えたんだ。彼らに連れられて廊下を進んでいる間も恐ろしくて、次の一歩を踏み出したくないと切実に思った。抵抗し、大声で叫んで、その場から逃げ出したかった。あのアン・ブーリンは、あんなに華奢《きゃしゃ》な女性だったのに、どうやって処刑台まで歩いていけたんだろう？　ただ散歩に出かけるだけだと自分に言い聞かせていたのかもしれない。

僕は、いま直面している苦難やこれから待ち受けている将来について考えるのをやめて、過去に起きた出来事に意識を集中させるようにした。最期の瞬間に思い出す価値がある出来事をね。髪を解いて、ワルツを踊り、この世での最後のキスを交わした、ある女性との思い出を」

キャサリンは作業の手をつと止めた。

グリフが視線を下げ、しっかり目と目を合わせた。「キャサリン、あのとき、僕がそれなりの威厳を保ちながら石造りの階段をおりられたのは、きみのおかげだったんだ」

キャサリンの目から涙があふれるのを見て、グリフは気づいた。彼女にまつわるこんな個人的な打ち明け話をするべきではなかったのだ。だがロンドン塔に幽閉されていたあの二週間と、さらに人生がめちゃくちゃになった数カ月の間ずっと、この自分を支えてくれていたのはキャサリンとの思い出だった。

「リネンを貸してくれ。包帯は僕が巻く」グリフはそっけなく話しかけた。あまりにそっけなさすぎたのだろう。キャサリンは弾《はじ》かれたように包帯を巻く作業に戻った。

「わたしがやるわ」

体に布地を巻きつけられている間、じっとし続けるのは拷問のようだった。リネンの包帯をこちらの背中へ回すたびに、キャサリンが体をかがめて近づいてくる。手を伸ばせばすぐに唇を奪えそうなほどに。柔らかな喉元にキスの雨を降らせそうなほどに。そう考えるたびにいやおうなく興奮をかき立てられ、必死に自分自身に言い聞かせた。

僕は反逆者の息子だ。ロンドンじゅうの裏路地を知り尽くし、そこらじゅうで悪党どものあとを追い、結果的に人の命を奪ってしまった。それにいまや、罪深い行為をうながすクラブを経営している。どう考えても、女性が誇りに思うような類いの紳士ではない。ましてや、高貴なレディに遺産を放棄させるほど立派な男ではありえない。

「でもありがたいことに、彼らがあなたを連れていったのは絞首台ではなかったのね」キャサリンはとうとう包帯を巻く作業を終え、両脚を折り曲げて座った。

「ああ。彼らは僕をある部屋に連れていき、木製の椅子に座らせると、父に関する質問を始めた。そのときようやく、自分が逮捕されたのは父が何かしでかしたせいなのではないかと気づいたんだ。僕は父の行動に関してほとんど何も答えられなかった。父の陰謀を知らされて度肝を抜かれたほどだ」グリフは窓の外をちらりと見た。「いつここを出発できると思う？」

「この雨がどれだけ降り続くかによるわね。でも、いまもいっこうにいきおいが衰えないのを考えれば、明日になるまで出発は無理だと思う」

グリフは悪態をつきそうになったが、どうにかこらえた。キャサリンのそばから逃げ出す必要がある――どうしても。そう考えているのを、彼女には知られたくなかった。キャサリンの魅力に抗《あらが》うのが、刻一刻と難しくなってきている。彼女から熱っぽい目で見つめられたり、彼女の涙を指ですくったり、彼女から体に触れられたりするたびに――

ふと、昨夜キャサリンから体に触れられた記憶がよみがえった。優しい愛撫《あいぶ》が心地よく、自分でも気づかないうちに眠りに落ちていたのだ。夢のなかにまでキャサリンは現れた。そこでは彼女にお返しをした――それも最高にみだらなやり方で。あの夢が現実になればどんなにいいだろう。

だがキャサリンは僕のものではない。それに、彼女が長いこと望んできた小別荘を失うリスクを負わせるわけにはいかない。ここで過ごすキャサリンの様子を目の当たりにし、彼女にこれ以上ないほどしっくりくる場所だとわかったいまはなおさらに。

彼女があんなふうに浜辺でのびのび波と戯れていたのは、この場所の素朴で飾らない雰囲気のおかげだろう。いま僕が生きている世界とはまったく異なる場所だ。僕の過去の邪悪な部分が、キャサリンにも触手を伸ばすのを許してしまった。もう二度とあんなことを許すつもりはない。

ただ僕自身は、そういった過去の邪悪な部分から逃げきれるとは断言できない。もしマーカスから連絡があってもいっさい応答しないし、兄のもとへ戻るつもりもないとは、どうしても誓えない。「なんだか疲れた。少し眠ったほうがよさそうだ」

「もちろんよ」キャサリンは立ちあがった。「傷はよくなってきているわ。ここにいる間、しっかり休まないと。クラブに戻ったら、あなたが十分休めるかどうか疑わしいもの」

ボウルと古いリネン、軟膏を手に取ると、キャサリンは戸口へ向かい始めた。

「レディ・キャサリン」

彼女は歩みを止め、くるりと振り返ってこちらを見た。混乱したような目をしている。正式な呼ばれ方をされたからだろう。だがしかたない。キャサリンは手の届かない存在だと、常に自分に思い出させる必要がある。「手当てをしてくれてありがとう」

「早くその必要がなくなるようにと願っているけれど、あなたを介抱できてわたしも嬉しい」

キャサリンが立ち去ると、グリフは目をきつく閉じた。彼女にまったく別の喜びを与えるイメージがどうしても浮かんでくる。情熱に任せ、汗ばんだ体を重ねながら、究極の悦びを与えているイメージが。

ベッドに仰向けに横たわり、脇腹の傷の痛みにうめいた。いまだ彼女に結婚を申し込もうとしないキングスランドがつくづく恨めしい。そのせいで僕は、キャサリンの誘惑を完全にはねのけられずにいる。

15

降り続く雨の音でグリフは目覚めた。ベッドから起き出し、窓のほうへ歩いてカーテンを開け、すでに薄暗くなった外の景色を眺めてみる。不思議と心が慰められ、穏やかな気分になった。いまではキャサリンがどうしてこの場所を愛してやまないか、よく理解できる。彼女がなぜこの場所にふさわしい男性でなければ明け渡す気になれないのかも。この土地にいると、キャサリンは普段よりもくつろいでいるし、幸せそうだし、心穏やかな様子だ。

なぜキングスランドはいまだ彼女に結婚を申し込んでいないのだろう？　キャサリンと正式につき合うようになってからすでに何カ月も過ぎているというのに？　彼女が宝物のようにすばらしい女性だと気づかないのだろうか？　キャサリンならば非の打ちどころのない公爵夫人に、妻に、そして母になるだろう。彼女が我が子と一緒にいるところを思い描こうとしたところ、なぜか最初に思い浮かんだ子どもたちは金髪だった——ありえない。キングスランドの髪は黒いし、彼女自身は赤銅色だ——とにかく頭のなかのキャサリンは、子どもたちとふざけながら背の高い草の間の小道を駆けおり、渚《なぎさ》へ出て、押し寄せる波につま先をくすぐられるたびに喜びの叫び声をあげている。

グリフは傷跡が残るてのひらを窓ガラスに押し当て、たこのできた指を広げた。どこからどう見ても野蛮人の手だ。

もし事業がこのまま軌道に乗り、これまでの投資が大きな利益を生み出し続けたら、いずれは自分も海辺の小別荘を買えるだろう。だが、それがここ――キャサリンの思い出がたくさん刻まれたこの小別荘――だということはありそうもない。もし彼女への想《おも》いを告白し、結婚を申し込んだら、キャサリンは立派な紳士の妻ではなく、ろくでなしの妻になってしまう。もっと悪いことに、生き残るためならなんでもやる男の妻になってしまうのだ。

今夜もやみそうにない雨に向かって思わず悪態をつく。またしても一晩、キャサリンのそばにいなければならない。

クラブのなかでは人の目がある。こちらを警戒するように見つめる者もいれば、大っぴらに睨《ね》めつけてくる者もいる。常に彼らに見られているという意識があるから、キャサリンに触れたくなってもそういう衝動を抑えられた。適度な距離も保っていられた――身体面だけでなく、精神面でも。だからこそ、キャサリンに心の奥底までのぞかれないようにすることができたのだ。正直に言えば、彼女のほほ笑みを一度目にしたら何週間も生きられるし、彼女のほがらかな笑い声を一度耳にしたら何カ月も生きられる。その事実をキャサリンに知られないまま、いままでどうにかやってきたのに。

キャサリンを避けるために、そして彼女を僕自身から守るために、これまで周囲に防御の壁を張り巡らせてきた。それこそ、れんがを一つ一つ積みあげるように。本物の紳士ならそんな力仕事はしないが、僕は数えきれないほどしたことがある。重たい箱を持ちあげたり、木箱を運んだり、より合わせた縄を引っ張ったり。相手を拳で殴ったり、威嚇したり、密偵のような活動もしたりした。相手の秘密を探り出し、ばらすぞと脅しつけたこともある。相手に危害を与えるため、身につけた力を使ってきた。相手を破滅させるためなら、ためらわずに持てる力のすべてを振るった夜もある。

そんな過去があるろくでなしは当然、キャサリンに手を出すべきではない。だがあのクラブや馬車のなかで彼女からキスされた瞬間、積みあげてきたれんが壁はもろくも崩れた。だからいま、ふたたびその壁を張り巡らせなくてはいけない。

ここへやってくるべきではなかった。たとえ一瞬でも、キャサリンとともに過ごす人生がどんなものになるか垣間見るべきではなかったのだ。きっと浜辺でダンスを踊ったり、彼女の心からの笑い声に耳を傾けたり、ほほ笑みを交わし合ったり、一緒に笑い声をあげたりして……穏やかで心安らぐ時間をわかち合う人生になっただろう。

心の安らぎ。それこそずっと切実に求めてきたものだった。おそらく、兄マーカスが父の真実を知ることにあれほどこだわっている理由もそれだ。マーカスにしてみれば、その真実がわからないことには心の安らぎなど感じられないのだ。でも僕はこれまでで学んできた――真実など知っても心の平穏などもたらされない。もたらされるものがあるとしたらみじめさだけだ。

ここに、一つの真実がある――自分自身が気づくかなり前から、その真実は存在していた。そう、僕はキャサリンを愛している。我ながら空恐ろしくなるほどの情熱と信念を込めて、彼女のことを愛している。だからこそ、キャサリンが望みのものを確実に手に入れられるように、キングスランド公爵へ手紙を書いて後押しをした。

あの賭けはあとから思いついたのだ。賭けをすることで、少しは自分も慰められるだろうと考えた。もしキャサリンを自分のものにできなくても、クラブを所有することができるのだから。だが、そのクラブのなかに響く笑い声はキャサリンのものではない。クラブで目にするほほ笑みも、聞こえてくる蠱惑的《こわくてき》なささやき声も彼女のものではない。あのクラブにキャサリンを存在させることはできなかった――彼女本人がやってきたあの夜までは。そしていまは、クラブにあるどの部屋に足を踏み入れてもキャサリンの姿が思い浮かんでしまう。

キャサリンも同じ体験をすることになるのだろうか？　これからはこの小別荘を歩き回るたび、僕の存在をかすかに感じずにはいられなくなるのか？

扉を軽く叩《たた》く音がした。

「グリフ？　夕食の準備ができたわ。一緒に食べる？」

いいや、皿をこの部屋に運ばせ、ここで食べるべきだ。一人きりで。

だがどのみち、これから一人の夜を数えきれないほど過ごすことになる、どれも孤独な夜となるだろう。たとえ経営するクラブが人でごった返していても、この自分が一人ぼっちで……孤独であることに変わりはない。

だから心のなかでれんがを積み重ね、その間にモルタルを流し込み、ふたたび頑丈な防御の壁を張り巡らせると、部屋を横切って扉を開けた。「ああ、そうする」

夕食のあと、キャサリンはグリフからフォーカード・ブラグを教えてもらった。キングスランド公爵が好きなカードゲームだ。マッチ棒を賭けてゲームを始めたが、なぜかほとんどキャサリンが勝ち、グリフはそのことをぼやいてはいたものの、ゲームそのものを楽しんでいるようだった。

時計の針が十時を打ち、マッチ棒の大半がキャサリンのものになると、グリフはおやすみの挨拶をして自分の寝室へ戻った。だからキャサリンもそれにならい、寝支度を整えた。

それなのにこうしてベッドに横たわっていてもまったく眠れず、グリフのことばかり考えている。彼がこちらと目を合わせるときの様子や、ときおりこちらの唇に視線をさまよわせる様子、それに、彼が手や肘、肩に触れてきたときの感触を思い返してしまう。グリフがいかに自然にこちらの体に触れていたかも。何も考えず、無意識のうちにそうしているかのようだった。わたし自身、気づけばグリフに触れていたことが一、二度あった。リネンのシャツを通じて伝わってくる肌の温《ぬく》もりを指先に感じてようやく触れていたことに気づき、介抱したときの両手の感触を思い出すありさまだった。本来なら、あんな触れ方は許されるはずもない。

今後はきっと、この小別荘へやってくるたびにグリフのことを思い出す。ワイングラスを片手に同じテーブルに座っていた姿や、ソファでくつろぎながらポートワインをすすっていた姿。窓辺に立って、雨をじっと見つめていた姿も。それ以上に忘れられないのは、ここで彼とともに過ごした時間だ。

婚約者であるキングスランドのことをもっと考えるべきだし、この心を独占するべき男性も公爵だとわかっている。キングスランドを恋しく思うべきだし、彼が無事に戻ってこられるか心配するべきだとも。でも正直な話、この意識の隅々まで占めているのはグリフだ。心のすべてを独占され、怖いくらいだった。

キングスランドから結婚を前提にしたつき合いを申し込まれてから、すでに数カ月が経《た》とうとしている。その間にわたしは公爵の何について知ることができただろう？　公爵はからかうときに口角をわずかに持ちあげる？　キスしようとする直前は瞳の色が濃くなる？　緑色のドレス姿のわたしに気づいた瞬間、瞳を煙らせたりする？　グリフから緑色のドレスが好みだという話を聞かされたことは一度もないにもかかわらず、こちらを見つめる彼の目つきでそうだとわかる。あたかも優れた芸術作品を前にしたかのごとく、崇《あが》めるように見つめてくれるから。

グリフに関するささいなことならいくらでも知っている。そういう取るに足らない点も、彼にまつわる重要な点と同じくらい重要だと感じられた。そう、グリフには大きな夢や野心がある。生き残るためにはどんな仕事も引き受けるという意欲も。実際彼はアルシアがベネディクト・トゥルーラヴの妻となる前、妹をずっと見守っていた。そのあともマーカスを見守り、兄の身の安全を守るためにほとんど捨て身で、困難な敵に立ち向かってきたのだ。

これまでの人生でグリフはさまざまな試練を与えられ、その一つ一つに真正面からぶつかってきた。もはや生け垣の間で目覚めることもなければ、夜ごと酒や賭けに溺れることもない……女にも。

ふと、実際彼にはそんな女たちがいたのだろうか？　と考え、すぐさま打ち消す。もちろんいたに決まっている。あのクラブの女性会員たちがグリフを見つめる興味津々の顔つきを見れば一目瞭然だ。グリフ自身は会員を相手にするつもりはないと言っていたけれど。

そもそも、もしほかに好きな女性がいるなら、グリフはあのクラブや馬車のなかでキスを返してきただろうか？

屋根や窓に打ちつける雨音に耳を傾けてみる。昔から、階段の一番上にあるこの部屋が大のお気に入りだった。レディたるもの、荒れた天気や叩きつける雨音をもう少し怖がるべきなのだろう。しかし、こういう悪天候を肌で感じると、いつも体の奥から力がみなぎってくる。たとえ嵐に見舞われようと、どんなことが起きようと、自分は生き抜いていける――そんなふうに強く信じられるのだ。

たとえ愛のない結婚生活を強いられようと。

でも、そういう結婚のために、わたしは本当の愛をあきらめられるのだろうか？

叫び声が聞こえ、グリフは目覚めた。何かを恐れるような甲高い悲鳴だ。誰かに襲いかかられ、命の危険にさらされた者がとっさにあげる鋭い叫び声。ベッドから飛び起き、ズボンを引っつかんで身につけ、手早くボタンをとめた。寝室から飛び出し、脇腹の痛みを無視しながら、悲鳴が聞こえた場所を目指そうとする。大股で廊下を進んで、階段を駆けあがり始めた。

いまこの建物内にいるのは自分とキャサリンだけ。料理や掃除をする女性は村に夫と住んでおり、仕事を終えると毎晩自宅へ戻る。用意された男物の衣類は、その夫のものだったと聞かされた。馬車の御者と従者がどこにいるかはわからないが、彼らもお仕着せを着た馬たちと紋章入りの馬車とともに、村に宿泊しているに違いない。だがいまはそんなことなどどうでもいい。キャサリンのことだけ考えろ。

　またしても悲鳴が聞こえた。しかもグリフの名前を泣き叫んでいる。

　心臓が早鐘のようだ。あまりに激しい鼓動に、周囲の壁が揺れていないのが不思議なほどだった。階段の踊り場にたどり着くと三つの扉が目に飛び込んできた。二つの扉は開かれていて、閉ざされているのは一つだけ。迷わず閉ざされた扉へ向かった。床につく前、キャサリンが閉めたに違いない。扉に手をかけると鍵がかけられていた。そのまま蹴り飛ばしてなかへ押し入る。

　すばやく室内に目を走らせた。窓からかすかに差し込む月明かりを避け、物陰に隠れている者たちはいないだろうか？　だが、隠れようとしている人影も、暗がりにたたずむ不気味な存在も見当たらない。

　そこでふたたび悲鳴があがった。まさしく身に迫る危険を感じた者の切実な叫びだ。ただしその危険はキャサリンが一方的に感じているだけで本物ではない。それなのに彼女は文字どおりベッドの上で転げ回っている。

　グリフにも覚えがある。この数カ月というもの、悪夢にうなされて、恐ろしさのあまり何度ベッドの上でのたうち回ったかわからない。足早に部屋を横切ってベッドに近づくと脇にしゃがみ込み、キャサリンが振り回している両腕を優しくつかんだ。その腕を荒い息遣いに上下している胸の上に重ね、話しかける。「キャサリン……愛《いと》しい人、僕はここにいる。きみを誰にも傷つけさせたりしない。さあ、目を覚ますんだ」決然たる力強い口調を心がけるいっぽうで、体を優しく揺さぶった。「さあ、僕のところへ戻っておいで、可《か》愛《わい》い人」

キャサリンは突然目を見開いた。焦点が合っていない。でもすぐにグリフのほうを見つめ、さらに目を大きく見開いた。まばたきをしながら息も絶え絶えに話しかけてくる。

「あなた、いったいここで何をしているの？」

〝ここにいるのは、きみが地獄の番犬に追われているような悲鳴をあげていたせいだ〟

――だがいまの彼女に詳しい説明をする必要はないだろう。「きみの叫び声が聞こえたんだ」

「まあ、ごめんなさい」キャサリンは腕を動かそうとした。

そのときグリフはようやく、自分がまだ彼女の両手首をしっかり握っていたのに気づいた。キャサリンは無事だと自分自身を安心させるため、どうしてもそうする必要があったのだ。グリフは渋々ながら手を離した。

嬉《うれ》しいことにキャサリンはすぐに手を伸ばし、こちらの顎を包み込んでくれた。「あのテムズ川に戻っていたの。あなたが襲われて……今度は勝てない夢だった」

グリフは片手でキャサリンの手を優しくつかんで掲げ、てのひらの中心に唇を押し当てた。その間ずっと、彼女からかたときも目を離そうとはせずに。「大丈夫だ、キャサリン、僕は必ず勝つ」

なぜなら父親の勝手な行動のせいで、負けるとはどういうことか嫌というほど味わわされたからだ。そして、魂を粉々に砕かれるような完膚なきまでの敗北は二度と体験するまい、と心に固く誓った。いっぽう、キャサリンの心を勝ちとるつもりはない。自ら選択して、そう心を決めた。そうすれば、キャサリンは僕から与えられるよりもはるかにすばらしいものを手にできるのだから。

キャサリンは魅力的な唇を少し歪《ゆが》めた。笑みを浮かべようとしているのか?

「あんなふうに戦う姿を見ていなければ、あなたって傲慢ねと言っていたところよ」

それから彼女は悲しげな顔になった。先ほどうなされていた悪夢は、あの夜目撃した光景が原因だと思い至ったのだろう。もしここを出発したあとに同じ悪夢にうなされることがあっても、僕はそばにいてキャサリンを救ってやることができない。だから恐ろしい悪夢に代わる、よりよい思い出を与えなくては。

グリフは立ちあがって上掛けをめくると、キャサリンの片手を取って軽く引っ張った。

「さあ、一緒においで」

彼女はためらいもせず、質問一つしないまま、ベッドからはい出た。銀色の月光に縁どられたその姿ははかなくて美しく、とてもこの世のものとは思えない。そのままこちらの両腕に体を任せてきた瞬間、たまらず唇を奪った。

彼女に驚きがなかったのに救われた。とにかく一刻も早くキャサリンを味わい、その感触を、温もりを感じたかった。そうしなければ頭がおかしくなりそうだ。

キャサリンは両手をグリフの髪に差し入れ、巻き毛に指先を絡めている。できることなら永遠にこうしていたい。

両手をキャサリンの背中に回し、上下させ始めた。薄いリネンのナイトドレスのおかげで、顔の角度を変えてキスを深めるにつれ、彼女の体の細やかな動きまで伝わってくるのがたまらない。

きっと、キングスランドがキャサリンを選んだのは、僕が出した手紙のせいではない。もしキャサリンがあの傲慢な公爵宛ての手紙のなかで、こうしてキスをするときに見せる自由奔放で情熱的な一面を少しでも表現していたなら、キングスランドも気づいたはずだ――舌を絡めてキスをする段になると、キャサリンはただ上品ぶっただけのレディではなくなるはずだと。だから、美辞麗句を連ねて懇願するほかの手紙の山にわざわざ目を通すまでもなくキャサリンを選んだのかもしれない。

とはいえ、考えたくなかった。結局あの男がそんな彼女のすべてを我がものにし、どれほど情熱的な女か知ることになるのを。

グリフは体を引いてキスをやめると、指と指を絡め合った。いまは、これが悦楽に浸りながら体を絡め合っているのと同じくらい親密な行為に思える。手をつないでキャサリンを窓辺に連れていくと、もう一度ふっくらとした唇を奪った。

もしけがをしていなければ、いまここでこんな抱擁はしていなかっただろう。この腕にキャサリンをかき抱き、その口のなかに舌を差し入れて、彼女を低い声であえがせることはなかったはずだ。

だがこれでは足りない。月の光しかない、こんな薄暗い部屋では。もっと、もっとほしい。

彼女の首元にたっぷりと唇をはわせ、今度は首から耳へとキスの雨を降らせて、やがて柔らかな耳たぶに軽く歯を立てながらナイトドレスのボタンを外し始めた。すべて外し終え、キャサリンが自らほっそりした肩をすくめてナイトドレスを床へ落としたとき、なんともいえない満足感が全身に広がった。銀色の月明かりを浴び、一糸まとわぬ姿のキャサリンが立っている。輝かんばかりのまばゆさだ。

「とても……きれいだ」

キャサリンは指をむき出しの胸板に滑らせてきて、魅入られたように指先で弧を描き始めた。寝室から駆けつけたとき、シャツをつかむ時間がなくて本当によかった。

「あなたも」

もはや引き返せない道を突き進む前に、グリフはキャサリンを窓の外へ向き直らせた。

彼女の目には、雨がすっかりやんで、いつもよりさらに輝いて見える星々が映っているはずだ。三つ編みにした髪の毛をまとめて片方の肩にかけ、背後から体を強く押しつけて、柔らかなうなじに唇を押し当てた。うっとりするほど柔らかい。うなじから肩まで途切れることなく、シルクのようになめらかな肌に覆われている。

「キャサリン、あの海を見つめるんだ」

そしていつの日か、この海をふたたび見つめたなら、僕のことを思い出してくれ。

グリフをこの小別荘へ連れてくるべきではなかった。でもキャサリンにとって、ここはいつでも駆け込める安全な場所。テムズ川であれほど恐ろしい体験をしたあと、どうしてもこの聖域へ来なくてはならなかった。グリフも自分にも、体だけでなく心の傷も癒やせるような場所が必要だと思ったのだ。

父親である公爵の裏切り行為によって、親友アルシアがどれほどの代償を払うことになったかは目の当たりにした。グリフが同じ報いを受けているとは想像できなかったけれど、英国社交界の頂点からいきなり最下層の世界へ突き落とされたのだ。どう考えても緩やかな着地とは言いがたい。空から急降下して地面に叩きつけられたも同然だ。

でもこれからは、愛してやまないこの小さな安息地を訪れるたびにグリフのことを思い出してしまうだろう。絶壁では吹き渡る風のなかに彼の笑い声を聞きとり、居間では秘密を打ち明け合った彼の、低いかすれ声を思い出すはずだ。太陽の光を見てはこちらを見つめている青灰色の瞳を、月の光を見ては彼のほほ笑みを思い出すに違いない。

そしてあの海。きっとあの海を眺めるたびに、グリフの両手で胸をどんなふうに愛撫《あいぶ》されたか記憶を呼び覚まされる。熱っぽい唇を首から背筋、さらにその下へとはわされ、今度はその逆をどうたどられたかも。

遠くで海面が月明かりに照らされて輝いている。海は月の光を自然に受け入れているのだろうか――わたしの肌が、グリフの愛撫が生み出す驚くべき感覚を自然に受け入れているのと同じように？　それとも海面は月明かりを夜空に投げ返すことで、自身の輝きを何倍にも増しているの？

こうやってグリフのむき出しの胸板が背中にこすれる感じがたまらない。彼は唇でうなじをたどり始めた。開いた唇から熱が伝わってくる間も、グリフは指の愛撫をやめようとしない。肋骨《ろっこつ》を通り過ぎてもどんどん下へおりていく。腹部から腰にかけての部分にたどり着くと、焦《じ》らすようにしばらく指先で弧を描き続け、さらにゆっくりと下へはわせ始めた。これほど親密な体の触れ合いに抗《あらが》うべきか考える時間を与えてくれているのだろう。

抵抗なんてしない。両手をグリフの大きな手に重ね、愛撫をさらにうながした。

グリフの指が脚の間の茂みに近づくにつれ、無意識のうちに指先を彼の腕にかけて滑らせていた。伝わってくるのは体毛のちくちくとした感触だ。ごく薄い色のため、彼の見事な体躯《たいく》――上腕から胸板にかけて走る、浮き出た血管や力強く硬い筋肉――を隠すことはない。

襞《ひだ》をかきわけられ、ごく繊細な芯をゆっくり刺激された。いままでどの男性にも一度も触れられたことのない部分。うっとりするような感覚が全身に広がっていく。なぜ年上の女性たちが殿方との自由な出会いを求めて彼のクラブにやってくるのか、ようやく理解できた。

キングスランドは会いに訪ねてくるし、何度かキスをしてきたこともある。でもこれほど心奪われ、情熱的な気分をかき立てられたことは一度もない。だからこそ、この圧倒的な喜びを味わい尽くしたかった。公爵もわたし自身も相手に与えられないはずの喜びだから。そう考えることのどこがいけないのだろう？　相手がこれほど大切な男性ならなおのこと。グリフが死ぬかもしれないと覚悟したあの瞬間、彼のいない世界をどうやって生き続ければいいのだろうと思った。たしかにグリフはもはや英国社交界の一員ではないけれど、少なくともこうして無事に呼吸してくれている。

まあ、いまの彼の呼吸は安らかとは言いがたいけれど。

「もうこんなに熱く濡《ぬ》れている」耳元で切羽詰まったような彼のかすれ声が聞こえた。グリフが突然体のバランスを崩しそうになったのはそのせい？　彼にささやかれ、全身に震えが走ってその場にくずおれそうになっているわたしと同じように？　「これほど早く反応してくれて嬉しいよ」

「それはあなたの愛し方がうまいからでしょう？」

「いや、これはきみが本来持っている力なんだ。いかに我を忘れて、欲望に身を任せているかという証《あかし》だ。もしきみ自身がそれを求めていなかったら、こういった反応を示すことはない」

それ？　わたしが心から求めているのはそれじゃなくてグリフだ。彼がほしい。ほしくてたまらない。こちらの興奮をこれほど巧みに高めても、グリフが自慢げな態度を取ったり、自分の手柄のような話し方をしたりしないのが好ましかった。それどころか、わたしの体をほてらせているこの欲望の炎を、二人で協力しておこしているかのような態度を取ってくれている。

キャサリンは彼のほうへ向き直ろうとした。

「きみの大好きな海を見つめているんだ」

グリフがそう望んでいるならと言われたとおりにしたものの、片手を掲げてグリフの髪に指先を絡めた。彼の体のどこかに触れていたい。こんなふうに片手で胸を揉《も》みしだかれ、もういっぽうの手で脚の間を愛撫されているときは。

その瞬間に指が一本、襞の間に差し入れられたのがわかり、思わず泣き声をもらして体をわななかせた。

「なんて熱いんだ。それにものすごく引き締まっている」指を往復させながら、グリフがうなるような低い声でささやいている。さらにもう一本指を差し入れながら、彼は親指で欲望の芯を刺激し始めた。硬くなった小さな部分に親指を押しつけたり、軽く滑らせたりしている。「くそっ、これだけじゃ足りない。きみを味わいたい」

「だったらキスして」

グリフが正面に移動した。目の前に広がっていた月と星、海の光景が突然見えなくなったと思ったら、むさぼるように激しく口づけられた。唇も、心も、魂そのものまで僕のものだと言いたげなキス。最後の二つ――心と魂をグリフに与えるべきではないことなど百も承知だ。いっぽうで痛いほどよくわかっている。その二つをキングスランド公爵に与えることも絶対にないだろうと。祖母はこの小別荘を相続させるために、愛する男性ではなく爵位のある男性と結婚するようにという条件を付した。でも本当はそんな条件なんてつけるべきではなかったのだ。どうして自分の気持ちよりも、相手の肩書きを優先できるだろう？　なぜ社会的な立場のために、心から愛する男性をあきらめなければいけないの？

これまではいつだって祖母のことを心から尊敬し、愛し、信頼してきた。でも自分自身の将来にまつわるこの問題に関しては、祖母が本当に正しいのだろうかという疑念がどんどん膨らんでいる。いまこの瞬間は、これほど満ち足りた気分を感じているからなおのこと――グリフから全身くまなくキスの雨を降らされているいまは。

「きみは本当に美しい」グリフがまたしてもささやいた。崇めるような口調だ。「極上のクリームみたいだ。いつまでもなめていたい」

彼から片方の胸を手で包み込んで持ちあげられ、キスを繰り返され、全身に熱いうずきが広がっていく。指をグリフの豊かな髪に差し入れ、がっちりした両肩へと滑らせ、気づけば爪を立てていた。胸の頂に吸いつかれ、強くしゃぶられ、なすすべもなく泣き声をあげる。悦《よろこ》びとほんの少しの痛みが混ざった泣き声を聞き、グリフは頂に舌をはわせ、今度は優しくしゃぶりつき始めた。このうえない快感がつま先まで広がっていく。

グリフはもう片方の胸も入念に愛撫してくれた。ああ、思うがままに彼の体に触れられるのが嬉しい。二人の親密さがどんどん増していって、全身くまなく触れているみたい。ただし治りかけの傷には触れないように注意しなければ。そう考えたとたん、テムズ川の悪夢がよみがえりそうになったが、どうにか振り払った。いまは恐怖におののくときではない。体の隅々まで愛撫され、みだらで奔放な気分をかき立てられているのだから。

ふと心配になる。こんなに興奮をあおられて、わたしは持ちこたえられるだろうか？頭の先からつま先、指先に至るまで、これほど熱いうずきを感じさせられているのに？脚の間の小さな部分に触れられただけで、どうして全身が業火に包まれ、震えが止まらなくなるの？

グリフは大きなてのひらをキャサリンの体の両脇に滑らせると、肋骨に沿うようにそろそろとはわせ始め、てのひらのあとを追うようにキスを続けた。それからひざまずいてキャサリンのみぞおちへと愛撫を進め、おへそにそっと舌を差し入れたあと、片方のヒップへ、さらにもう片方のヒップへもキスをした。

頭を下げながらキャサリンの右膝に口づけ、そこから太ももまで小刻みにキスを繰り返すと彼女の脚を大きく広げさせて、左半身にも同じ動作を繰り返した。そのすべてが終わったとき、キャサリンは自ら両脚を広げずにはいられなかった。いつもの慎み深さを完全に忘れているのに自分でも驚いてしまう。その姿を見たグリフが低くうめくのを聞き、体全体がとろけてしまいそうだ。全身を包む熱に圧倒されながら、高まるいっぽうの期待に身をこわばらせる。グリフが次にどんな動きをしようとしているかはわからない。でも本能的にわかるのだ――彼のその動きに感謝することになるだろうと。

グリフは頭をのけぞらせると、欲望に煙った目でキャサリンをじっと見つめた。そのまなざしの熱っぽさたるや、こちらが自然発火しそうなほどだ。

「ずっと前から、きみの全身にキスを降らせる太陽が羨ましくてしかたなかった。でもこれから僕は、太陽もしたことがない部分にキスをするつもりだよ」

グリフは脚の間に頭を埋《うず》めると、唇にキスをするように、キャサリンの最も親密な部分に口づけた。さらに舌を差し入れ、探るようにより奥へ挿入させていく。思わず叫び声をあげて太ももを震わせたが、グリフの両肩に爪を立てて体が動かないようにした。もっと深く、思う存分奪ってほしい。グリフの姿を見つめているだけで、いやおうなく興奮がかき立てられていく。彼が生み出す愉悦の深淵《しんえん》へ堕《お》ちていくのを感じながら、キャサリンは一面に広がる海を見つめた。

はるか遠くで雷鳴が光った。これからさらに雨が降るのだろう。その一瞬、まばゆい光に照らし出され、グリフの広い肩と背中が汗に光っているのがはっきりと見えた。

太陽よ、その光で彼の全身を照らし出し、わたしを妊ませて。こちらが一度に触れられるのはグリフの体の一部分だけだけれど、太陽の光なら全身にいっぺんに触れられる。

グリフはしゃぶりついたかと思えば舌先で刺激したり、焦らすような愛撫を続けたりしている。欲望の芯のまわりで弧を描くように舌を動かしたり、閉じた唇を押し当てて吸いついたり。その合間も、体の奥底で何かが確実に生み出されているのがわかる。

キャサリンは彼の両肩にしがみついた。「グリフ――」

「キャサリン、流れに身を任せて一番深い場所までもぐってごらん。そうすれば高波にさらわれ、あっという間に星空へたどりつける」

彼にこんな詩人みたいな一面があったなんて全然知らなかった。それとも彼はこれから実際に起きることを表現しただけなのだろうか？　舌先で丹念に愛撫されるたびに、弦がかき鳴らされるような感覚が全身に広がっていく。

「もうだめ……我慢できない」

「大丈夫。僕がいる」

そう、彼がそばにいてくれる。きっといつもそうだったのだ。

そのとき劇的な変化が訪れた。体の奥底で何かが弾《はじ》けたと思ったら、たちまち大嵐に巻き込まれ、体がばらばらになり、ふと気づくと海岸に打ち寄せられていたのだ。快感の波が次から次へと押し寄せている間、グリフは少しずつ愛撫の手を緩め、舌の動きをゆっくりにすると、最後に欲望の芯に唇を押し当てた。やがて立ちあがり、両腕をキャサリンの体に巻きつけ、肩のくぼみに顔を引き寄せた。

熱っぽくなったグリフの肌に唇を押し当て、キャサリンは驚きとともに言った。「もう二度と、あの海を前と同じようには見られない」

グリフの笑い声に包まれた瞬間、その声が宝物のように感じられて、どうしようもない愛しさが募った。ふと不安になる。この先の人生で、こんな瞬間を味わうことは二度とないのではないだろうか？

自分がこれほど愛され、こちらも相手をこんなに愛していると実感できる瞬間は。

16

寝室の窓からかすかに差し込む陽光を感じて目覚めた瞬間、キャサリンは落胆した。ベッドにいるのは自分だけ。でもそのとき、枕に浅いくぼみができているのに気づいた。わたしを抱きしめながら横たわっていたグリフが頭を休めていたあとだ。

昨夜あれからキャサリンをベッドまでいざなったあと、グリフは一緒に上掛けの下へもぐり込んだ。ズボンは脱ごうとしなかったものの、彼のむき出しの胸板に鼻をすり寄せ、指先をはわせることはできた。あばら骨の数を数え、その中心にあるくぼみにキスをし、大地のようなグリフの香りも思いきり吸い込んだ。このうえなく満たされた気分だった。口を開く必要すら感じないほどに。ただグリフの存在を肌で感じとるだけでよかった。片方の腕を体に巻きつけられ、もう片方の手でヒップを包み込まれているだけで安心した。

一度目覚めたとき、背後からグリフが抱きしめてくれているのに気づいた。彼は片手でこちらの胸をすっぽりと包み込み、軽いいびきをかいていた。そのとき、言いようもない満足感がどっと押し寄せてきた。岸に打ち寄せる波のごとく次々と押し寄せてきて、果てしなく続くかに思えた。

でも、続くはずがない。ロンドンに戻ったらそれで最後。あと一日、もう一晩、ここに滞在してもいいかもしれない。ただし今度は、彼がわたしに与えてくれたものを、わたしが彼に与えてあげたい。

そう考えたとたん、太ももの間の秘めやかな部分がうずいた。いままでは誰よりもグリフが一番よく知っている場所。あんな行為を許した自分を責めるいっぽう、後悔は一つもない。グリフのことを心から大切に思えるのだから。

きっと、これまでもずっとそうだったのだろう。グリフにいらだちを感じていたのは自分の心を守るためだった――だってろくでなしとは一緒になれないから。これからもずっとこの小別荘の窓を揺らす風の音や古びた床板がきしむ音、海岸に打ち寄せる波が砕ける音を聞き続けていたいなら、爵位を持つ世継ぎと結婚する必要があるから。そう運命づけられているから。

グリフのことを考えただけで、脚の間の小さな蕾《つぼみ》がうずき始めた。そこを中心にして全身に電気のような感覚が広がっていく。グリフが唇をあんなに近づけて、しゃぶりついていた場所。男と女の間にあんな親密なことが起きるなんて、これまで想像もしなかった。

チャドボーンと結婚したジョスリンから聞かされたことがある。〝彼が動いている間は、ひたすらベッドに横たわっているだけ。それに、彼が事を終えたら自分の体を拭かないといけない。そういう行為のあとはひどく汚れるから、すぐに自分のすべきことに取りかからないといけないの〟

その話を聞き、男女の営みというものはひどく冷たいものだと思っていた。でも昨夜の行為は冷たくも、汚らわしくもなかった。それにグリフはわたしにのしかかってもこなかった。父の領地で、牡馬《ぼば》が牝馬《ひんば》に荒々しくのしかかる姿を見たことがあり、一応そういう行為についての知識はある。昨夜のグリフに情熱が足りなかったと言いたいわけではない。というか、たぎるような情熱とは無縁の彼なんて想像できない。グリフのことを考えただけで、体の奥底の、本来ならうずいてはいけないような部分がうずいてしまう。

とはいえ、それは昨夜に始まったことではない。思えばグリフはいつだってわたしのなかにある、本来なら抑えておくべき感情をいやおうなくかき立ててきた。いらだちや怒り、不安、幸せ、喜び、情熱……そして欲望を。

グリフはわたしの感情すべてを解き放つ鍵を持っている。文字どおり、ありとあらゆる感情、火花が散るほど熱くて激しい感情を。

いまここにグリフが一緒にいてくれたらよかったのに。でも彼がそうしなかったのは、きっとこちらの評判を守るため。通いの家政婦ミセス・マクヘンリーは朝食の用意をするために、夜明けとともにここへやってくる。馬車の御者も従者も彼女と一緒にここへやってきて、キャサリンが体を洗うための水を運ぶといった雑用をこなすのだ。いまもすでに階下からそういった物音が聞こえている。

　今朝グリフと改めて顔を合わせたら、恥ずかしくてたまらなくなるだろう。何しろ、あれほど体の隅々まで愛撫《あいぶ》されたのだから。でも、また彼の顔を見られると考えただけでこのうえなく幸せな気持ちだ。朝食前に彼を誘って、海岸でダンスを踊るといいかもしれない。ふいに、砂浜で打ち寄せる波と戯れたい衝動が込みあげてきた。

　ベッドから出ると窓辺へ歩き、昨夜脱ぎ捨てたままの場所にあるナイトドレスを手に取った。ふたたびベッドのほうへ戻ろうとしたとき、自分の姿が姿見に映っているのに気づいた。ためらいがちに近づき、両腕を掲げてみる。夜にあれほどの悦《よろこ》びを味わった女は、朝を迎えてどこか変わったように見えるものなのだろうか？

　しかし驚くべきことに、前夜あんなにみだらな出来事があったことを示す手がかりはどこにも見当たらない。きっと女はこうして自らの奔放さを隠し続けるのだ。

　昨夜の秘め事を知っているのはグリフとわたしだけ。誰にもわからないように、二人だけでひっそりと笑みを交わし合うことができる。

　前回この小別荘を訪れたときに置いていた、あっさりしたデザインのドレスに袖を通すと階下へおり始めた。二階の通路にたどり着き、グリフが寝ているはずの部屋をそっと確認してみると、すでに扉が開かれている。そうだ、彼を驚かせてやろう。つま先立ってその扉に近づいてみたが、室内には誰もいないとわかり、がっかりしてしまった。

居間にも食堂にもグリフの姿はない。

「お嬢様、おはようございます」

キャサリンは厨房《ちゅうぼう》に通じる扉を振り返った。「おはよう、ミセス・マクヘンリー。ミスター・スタンウィックの姿を見た?」

「いいえ、お嬢様。これから朝のお散歩を楽しまれますか?」

「ええ」彼は外にいるに違いない。

「お戻りになる時間に合わせて、朝食の用意をしますね」

「ありがとう」

外に出てみたが、あの崖にもグリフの姿は見当たらない。ふいに不安になり、早足で崖のへりまで行って下を見おろしてみたが、砂浜にも海にも彼の姿はない。

体の向きを変えると、遠くに従者と御者の姿が見えた。道の状態の確認を終えてこちらへ戻ってきているのだろう。足早に二人に近づいた。「今朝はミスター・スタンウィックの姿を見た?」

「はい」御者が答える。「ここへやってくる前、馬を貸す厩舎《きゅうしゃ》で見かけました。馬を一頭買えるかどうかと尋ねられていました」

「なぜ彼は馬を必要としているのかしら?」そう尋ねながらもキャサリンにははっきりと答えがわかっていた。

「わかりません、お嬢様。わたしはその理由をお尋ねする立場にはないと思ったんです。でも、あの方は馬を買った男にロンドンはどちらの方向かと尋ねていらっしゃいました」

そう、グリフは立ち去ったのだ。昨夜二人の間にあんな出来事が起きたというのに。一言の挨拶もなく。

「お嬢様、道の具合を確かめてみたのですが、あの大雨のせいでぐちゃぐちゃになっています。馬車で戻るには、あと一日ここで待機したほうがいいかと思います」

「でも馬一頭なら戻れるのね」

「はい。細心の注意を払い、道端の濡《ぬ》れた草地の上を進めばどうにか戻れるはずです」

「だから彼は旅立ったんだわ」キャサリンは誰ともなしにつぶやいた。心のなかで導き出していた答えは間違っていなかったのだと自身に言い聞かせるように。

あれほど甘美な悦びをもたらしておきながら、グリフはわたしを置き去りにした。その事実に傷つくべきではない。そもそも何かを期待すべきでもなかったのだ。わたしと直接顔を合わせるよりも立ち去るほうが、彼にとってずっと簡単だったはず。こちらも怒りのせいで、彼が何も言わず立ち去った悲しみを感じなくてすむ。

間違いなく、これが一番の幕切れだろう。わたしはキングスランド公爵と結婚するのだから。

17

グリフは少年を一人雇い、かつて妹アルシアと住んでいたホワイトチャペルにある建物と、いまはテュークスベリー伯爵夫人となった妹の屋敷の両方を見張らせるようにしていた。だから彼女がロンドンへ戻ってきて一時間も経《た》たないうちに、高級住宅地メイフェアにある屋敷を訪ねれば妹に会えると知った。

翌日の午後まで待ち、ハンサム馬車を拾って妹を訪ねることにした。

通りをすみやかに進む馬車のなか、どうしてもキャサリンのことを考えてしまう。というか、ただの一瞬も彼女が脳裏から消えることはない。夫となるキングスランドはキャサリンに悦《よろこ》びを与えることができるだろう。とはいえ、それは体の動きを通じてだけのこと。触れたり、押しつけたり、こすったり、弧を描いたり、力を込めて握りしめたり――これまで公爵が何人もの女とベッドをともにして身につけた技術によって生み出される悦びにすぎない。

グリフもそういった技術なら数多く知っている。ただキャサリンには、愛情のともなった男女の営みがどういうものか知ってほしかった。その違いはすぐにはわからないかもしれないが。違いにまったく気づかないなどということがないよう、祈るような気分だった。

同時にグリフ自身も、愛情をともなう男女の営みがどういうものか知りたかった。これまで深い仲になった女はたくさんいたが、誰にも本物の愛情を感じたことがなかったからだ。もちろん彼女たちのことは好きだったし、大切にしていたし、心から気にかけてもいた。だがキャサリンに対する想《おも》いは特別すぎて、ほかの女たちに抱いていた想いとは比べられない。自身がクライマックスを迎えなくてもまったく気にならなかった。その瞬間、いままでとは比較にならないほど大きな満足感を覚えたのだ。いままでもキャサリンのあげるあえぎや叫びが鮮やかによみがえってくる。歓《よろこ》びの極致に達する直前に太ももを震わせていた感触も、最も秘めやかな場所の蜜のような味わいも、欲望のせいで漂わせていた麝香《じゃこう》のような刺激的な香りも。

それに寝入っていたキャサリンがかすかに、柔らかないびきを立てていた姿も知っている。それから二、三時間ずっと、彼女をただ抱きしめながら不思議な思いを噛《か》みしめていた。愛《いと》おしさを込めて呼んでいた愛称を心のなかでつぶやきながら。〝そばかすちゃん〟

キャサリンはいつだってそのあだ名を嫌っていて、それを承知でからかっていた。でもいつの間にか、もはや彼女をからかいたくないと考えるようになり、その愛称を心の特別な場所に封印するようにした。キャサリンのほかの思い出もすべて大切に取ってある、本当に特別な場所に。

夜明け前、眠るキャサリン——なんと安らかで美しい寝顔だっただろう——をそのままにしてあの村を立ち去り、大枚はたいて購入した馬でロンドンへ戻ってから一週間あまりが過ぎようとしている。あの大雨のあとだ、あと一日か二日経たないと出発できないのではないかと危ぶんでいた。もしも勝手が許されるならば、永遠にあの小別荘から出発したくなどなかったが。

ロンドンに戻って以来、毎晩のように自分のクラブの階段に立ち、いつ美しいキャサリンが足早に扉から入ってくるかと待ち構えている。置き去りにされた彼女は怒りを感じて当然だ。僕は彼女のベッドからこっそり抜け出し、何も告げず立ち去ったのだから。

ただ、こっそり抜け出して立ち去るのは容易ではなかった。しばしベッドの脇へ立ち、キャサリンの寝姿を目で楽しみ、巻き毛を指でもてあそんで感触を心に刻みつけようとした。オレンジとシナモンが入り混じったキャサリンの香りを胸いっぱいに吸い込んだ瞬間、やはりベッドに戻って上掛けの下にもぐり込み、キャサリンを完全に、徹底的に奪おうかと考えた。彼女の体も、心も、魂も自分のものにしたかった。

公爵の次男として気ままに生きていたかつての自分ならばそうしていただろう。キャサリンのことよりも自分自身の悦びや望み、欲望を優先させていたはず。だがいまの自分は、もはやそういう男ではない。かつての特権意識は、予想もしていなかった苦労やつらい労働、理不尽な没収を体験するうちにゆっくりとすり切れていった。この手にはもはや何も残されていないと気づいて初めて、かつての自分がいかに恵まれていたか思い知らされたのだ。もしキャサリンを自分のものにすれば、心から望んでいるものを失う彼女の姿を見る羽目になる。キャサリンにそんな身勝手なことをする気にはなれない。

だが、もしキャサリンが会いにやってきたら、このクラブに僕を訪ねてきたら、キャサリンがこの自分を選んだなら――

でも彼女は会いにやってこない。こちらから訪ねようかとも考えてみたが、僕が彼女に与えられるのはほんの二、三夜だけ。永遠に一緒に過ごせるわけではない。そもそもキャサリンがこんな男を求めるだろうか？　一度は完全に打ちひしがれ、時間をかけてようやく粉々になった自分のかけらを拾い集めはしたが、いまだにひび割れたままのこの僕を？ごく短い間の関係でもいいと妥協するのは、どちらにとっても正しいことには思えない。

だからこそあの小別荘から立ち去ったのだ。あの従者と御者ならば、彼女を無事に屋敷まで送り届けてくれるだろうと信じていた。実際彼らがその仕事をちゃんとやり遂げたのも知っている。見張り役として雇っている少年に、キャサリンがロンドンへ戻ってきたら報告するよう命じておいたからだ。

その報告を受けて以来、愚か者のように、夜通しクラブの階段のてっぺんに立ち続けるようになった。周囲を通り過ぎる者たち全員を無視し、すべての神経を扉に集中させているが、キャサリンはいっこうに現れない。誰かが扉から入ってくるたびに心臓が早鐘を打ち、キャサリンではないと気づくたびに意気消沈する——その繰り返しだ。

彼女は二度とこのクラブへやってこない。その現実を自分に何度も言い聞かせ、受け入れさせる必要があった。

最近のクラブは前より活気がなく、どんよりとくすんで見える。優雅で上品なキャサリンが二度と姿を現さないとわかっているせいだ。室内の喧騒《けんそう》やどよめきにも、以前ほど華やぎが感じられない。その場を一瞬で明るくするキャサリンの笑い声が聞こえないせいだ。クラブ内の空気も前よりよどんでいる。キャサリンのオレンジとシナモンの香りが感じられないせいだ。今夜は、来るはずもない彼女をむなしく待ち続けるのをやめて、また部屋から部屋へ歩き回るようにしよう。どこに足を踏み入れても、たちまちキャサリンの記憶が鮮やかによみがえり、寂しさがいや増すだけだとわかっているが。

いま、ハンサム馬車がメイフェアにある巨大な領主館の私道に入ると、グリフは小さく開いている部分から御者に代金を支払い、馬車からおりた。馬車がもと来た道を走り去るのを見送りながら、手入れの行き届いた芝生をぼんやりと眺める。いまさらながらこうしてメイフェアに戻ってきて、立派な屋敷に足を踏み入れようとしているのが不思議だった。もはや自分の居場所はここではないと感じているから。きっと、いままでもここは居場所などではなかったのだろう。

正面の階段をのぼってノッカーを叩《たた》くとすぐに扉が開かれ、姿を現した執事からうやうやしく会釈された。最高級仕立ての服装を見ての、とっさの判断に違いない。成功するためには、すでに成功している者のような振る舞いを心がけること、それが肝心だ。だから衣類には惜しまずに金をかけて、賢い金の使い方をするようにしている。

「ミスター・グリフィス・スタンウィックだ。妹のレディ・テュークスベリーに会いに来た」

執事はさらに扉を開いた。「お入りください、閣下《マイ・ロード》。奥様がご在宅かどうか確かめてまいります」

堂々たる玄関広間に立ちながらグリフはふと考えた。アルシアがここを離れることなど、めったにないに違いない。彼女にふさわしい、これほど立派な屋敷にようやく戻れたのだから。どっしりとした壁にアーチ型の天井、クリスタルのシャンデリア。飾られているスコットランドの大きな剣《クレイモア》や幅広の刀は、何世代も前から受け継がれてきた貴重な遺産だ。

「グリフ！」

振り向くと、アルシアが玄関広間に駆け込んできた。背後から彼女の夫もやってきたが、こちらはゆったりとした歩調だった。ただ、それは彼が長い脚の持ち主で、妻ほど足を速く動かす必要がないからだけなのかもしれない。挨拶の言葉を口にする前にアルシアから両腕を巻きつけられ、力いっぱい抱きしめられた。

「本当に心配していたのよ」アルシアが背をそらせながら言う。「元気そうでよかった。仕事も成功しているようね。正直、最後に会ったときのお兄様はものすごく……恐ろしく見えたから」

ほんの短い時間だったが、最後に会ったのはアルシアが結婚してスコットランドへ旅立つ前だった。当時のグリフは兄マーカスの活動に深く関わっていた。自分自身よりも兄のことを優先させていたのだ。「いまはあのときと違う道を歩いている」

「わたし、これまでの話を全部聞きたいわ」アルシアは少し脇へ移動すると、片手を掲げて言い直した。「わたしたち、これまでの話を全部聞きたいわ」

ベネディクト・トゥルーラヴは前に踏み出すと、アルシアの体に片手を巻きつけて彼女を引き寄せた。呼吸をするように自然に感じられるしぐさだ。それから彼は片手を伸ばしてきた。「スタンウィック」

グリフはその手を取ると、がっちり握手を交わした。「閣下《マイ・ロード》」

新たなテュークスベリー伯爵は顔をしかめた。「堅苦しいのはやめてくれ。ビ、ビーストでいい」

「紅茶を運ばせるわね」アルシアが言う。「さあ、居間でゆっくりとくつろいで。お兄様のこれまでの話を全部聞かせて」

「スコッチのほうがいいかもしれないよ、愛《いと》しい人」ビーストは言った。

グリフは考えた。義理の弟はどの程度真相を知っているのだろう？　彼はロンドンの裏社会に精通しており、ホワイトチャペルを牛耳っている。こちらが認める以上の、さらに詳しい話を知っていたとしても驚きはしない。「ああ、スコッチがありがたい」

そのあと図書室へ向かい、グリフはビーストとスコッチを飲みながら、アルシアがシェリーを片手に語る結婚式の話に耳を傾けた。妹の結婚式に出席できなかったのは、いまでも残念でたまらない。続けて妹は結婚後のスコットランドでの暮らしについて、現地の人々や雄大な自然にたちまち心奪われたと語った。ことのほか幸せそうな妹の姿を見て、こちらも嬉《うれ》しくなる。夫がアルシアを心から愛しているのは誰の目にも明らかだ。チャドボーンが夫なら、妹にこれほどの愛情を示したかどうかは疑問だ。回り道はしたものの、アルシアは心の声に従って自ら選んだ道を進み、以前よりもはるかに満たされた人生を生きている。そう信じずにはいられなかった。目の前にいるアルシアはかつてより強くなり、自信に満ちている。女というのは、いかなる人生の試練も勇敢に克服できる生き物なのかもしれない。

キャサリンもそうだ。あのテムズ川で危険にさらされても、こちらの助けをほとんど借りずに自分の命を守り抜いた。こちらの醜い傷を見てもたじろぐことなく、世話役を買って出て、優しく介抱してくれた。そしていまは僕との関わりなどいっさいなかったかのように、彼女自身の人生を歩んでいる。

妹が冒険談を話し終えると、グリフは自分のクラブについて説明した。

「ぜひ見てみたいわ」アルシアが熱っぽく言う。

「おまえは結婚しているじゃないか。クラブの会員は独身者に限られている」

「会員になりたいわけじゃない、ただこっそりのぞいてみたいだけ。それにほんの少しクラブのなかを歩いてみたいわ」

グリフはかぶりを振った。「そうするとしても開店前の時間でないとだめだ。店が開いていなければ、部屋がたくさんある建物にすぎないが」

あのクラブが成功したのは会員制にしてプライバシーを守り、会員同士がマナーをわきまえて交流することで生み出された独特の雰囲気のおかげだ。だからこそ会員全員が居心地いいひとときを楽しめるよう、心を砕かなければならない。彼ら自身や彼らのとっぴな行為に関する秘密もすべて、あの建物の外にもれる可能性はないという信用を築く必要がある。

「そんなに見せたがらないなんて、さてはあのクラブでは不道徳なことが行われているのね」

グリフは無言のまま、スコッチをすすった。

アルシアはにやりとした。「お兄様ったら本当に悪党ね。お母様なら頭から湯気を立てるような場所に違いないわ」

「あそこがどんな場所か知ったら、母は僕を勘当するかもしれない」

「ああ、お母様が恋しい」アルシアは窓の外をぼんやりと眺めた。「ときどきお父様のことさえ恋しくなるの。いけないことだとわかっているのに」兄に視線を戻しながら続ける。「それにマーカスのことも。最近のお兄様について何か知っている？」

アルシアが何を聞きたがっているかはわかっているが、心配させたくない。とはいえ彼女は妹、長兄についてある程度は知らされるべきだろう。「探し求めている情報にかなり近づけたみたいだが、しばらくロンドンを離れなくてはいけなくなったんだ」

アルシアはうなずいた。明らかにさらなる情報を期待している様子だ。「マーカスがあのいまわしい活動《ダムン》をあきらめてくれたらいいのに」片眉をつりあげながら言う。「ええ、わたしもときどきののしり言葉を使うようになったの。しばらくの間、レディではなかったことがあるから」

「社交界はおまえの復帰を歓迎するはずだ」

「しかたなく受け入れるという感じだと思う。でも力のある一家の一員と結婚したことで、社交界復帰がだいぶ楽になるのはたしかね。そういえば明日の夜、トゥルーラヴ家の人たちとディナーをとる予定なの。お兄様も一緒にどう？　もちろん貴族の人たちとは面識があるだろうけれど、ベンのほかのきょうだいとはまだ顔を合わせたことがないはず。ぜひ参加してほしいの」

「いや、それはどうかな」

「うちの家族なら大丈夫だ」ビースト――妹が口にした〝ベン〟という呼び方よりも、こちらのほうが彼に似つかわしい――は言った。「誰かを勝手に判断したりなどしない。みんな、きみを歓迎するはずだ」

「お兄様、お願い」アルシアが優しい口調で言う。「わたしたち家族が少しでもまともな状態に戻れるとしたら本当に嬉しいし、明日のディナーはその第一歩になるんじゃないかしら。それにお兄様は結婚式にも出席できなかったんだもの」

罪悪感こそ最大の動機――アルシアとは特別仲がよかったわけではないものの、父の逮捕後、ともに苦しい時期を体験したことで強い絆《きずな》が生まれた。特に波止場で働いていたつらい時期は、妹が毎日手の傷の手当てをしてくれたおかげで、互いをより身近に感じるようになったのだ。

「だったら、ぜひそうさせてもらうよ」

アルシアは輝くような笑みを浮かべた。「よかった！　お兄様もきっとみんなを好きになるわ。みんなもお兄様のことを好きになるはず」

それはどうだろう？　〝好き〟という感情がグリフにはわからなかった。ただし妹がこれほど楽観的に考えられるようになった事実はすなおに喜びたい。

アルシアはいままで数多くのことに耐えてきた。婚約を破棄された心の傷、日々の貧しさ、居酒屋での重労働、犯罪や暴力と背中合わせの危険な環境。だからこそ、本当の自分はとても強い人間であることに気づけたのだろう。

「あなた、〈ザ・フェア・アンド・スペア〉に二回来て以来、一度もやってこないわね」

キャサリンの実家の庭園で、ウィルヘルミナは茶目っけたっぷりに言うと紅茶をすすった。

今日キャサリンが親友を招いたのも、いま彼女が口にした理由のせいだった。あれ以来ずっとグリフのクラブは訪ねていない。だから少しでもクラブに関する噂話《うわさばなし》を聞きたかった。いや、彼に関する噂話を。

これ以上グリフのあとを追いかけるつもりはない。あの朝、彼は自分の立場をこれ以上ないほどはっきりさせた。傷の手当てに対する感謝の言葉どころか、さよならの挨拶もないまま、あの小別荘から立ち去ったのがいい証拠。とはいえ、グリフや彼のクラブに対する関心を失ったわけではない。

「もう好奇心は十分満たされたから」

「わたしにはそうは見えないけれど」

キャサリンは急遽《きゅうきょ》作戦を変更することにした。グリフや彼のクラブに関して直接質問するつもりはない。「あの夜、あなたが一緒に赤ワインを飲んでいた男性について聞かせて」

ウィルヘルミナは口から小さな泣き声のような音をもらすと、たちまち頬を真っ赤に染めた。「彼はあそこで出会った殿方というだけ」

「本当にそれだけ？」

さらに頬が赤くなる。「彼はわたしを笑わせてくれるの」

いまは考えたくない——キングスランドがわたしを笑わせてくれることなど一度もないかもしれないことも、彼がどんな笑い声があげるのかさえ知らないことも。心の奥底では、あの公爵がわたしを笑わせることはまずないだろうとわかっている。でも、もしこちらから何か誘いかけたら、キングスランドは一緒に楽しもうとしてくれるだろうか？　彼はいつだってしかつめらしい顔をしている。浜辺でダンスを踊ったりするたちには思えない。ほんの一瞬、窓から海を眺めることさえないように思える。

グリフはあのクラブの経営責任者であり、まだ始めたばかりの店を成功させようと懸命に努力している。それでも時間を見つけてわたしにクラブのなかを案内してくれた。あの頃はわたしをすぐに追い払うつもりがないかのように。でも、わたしがあの悪夢にうなされてからは事情が変わった。もっと正確に言えば、彼がわたしにその悪夢を忘れさせようとある行為をしてから。

あの川岸での恐ろしい体験を思い出しそうになると、グリフに優しく愛撫《あいぶ》された記憶がよみがえる。どんなふうに触れられ、味わい尽くされ、焦《じ》らされ、責められたかを思い出すと、いつの間にか醜い記憶がどこかへ押しやられているのだ。いつもそう。たとえ近くにいないときでも、グリフはわたしの心を慰める力を持っている。

本来この心を慰めるべきはキングスランド公爵であるべきだ。きっと結婚すればそうなるのだろう。ひとたび親密な関係になり、公爵から愛撫される感触を知るようになったら
――とはいえ、あの傷だらけの両手の、ざらざらした感触は絶対に忘れたくない。いったいわたしはどうしたんだろう？　どう考えても自分にはふさわしくない男にこんなに夢中になるなんて。

「彼はずっとあなたを捜しているわ」

鬱々とした物思いからいきなり現実に引き戻され、眉をひそめてウィルヘルミナを見た。

「なぜあなたの意中の殿方がわたしを捜しているの？」

ウィルヘルミナの笑い声が鈴の音のように響き渡った。「わたしの意中の殿方じゃない。あなたのよ。ミスター・スタンウィックのこと」

思わず親友をにらんだ。「彼はわたしの意中の殿方なんかじゃないわ」

「あら、違うの？」

「ええ。前にも話したとおり、彼は親友のお兄様にすぎない」

「興味深い答えね」

「どこが？」

「自分の意中の殿方はキングスランドだと言い張るかと思っていたのに」

「もちろんそうだわ。そんなこと、言う必要もないもの」

ウィルヘルミナは体をかがめてきた。「本当に？」

「わざと気づかないふりをするのはやめて。あなただってそうだとわかっているはずよ」

「ねえ、なぜわたしがこの年齢まで独身を貫いてきたと思う？」

「殿方から一度も求婚されなかったから？」

「自分にふさわしいと思える殿方から一度も求婚されなかったからよ」

「キングスランドはわたしにふさわしい殿方よ」もっと自信たっぷりに答えられたらいいのに。「わたしは未婚のまま年を取りたくないからキングスランドと一緒になるんじゃない。彼と一緒になるのは、そうすることがお互いの利益になるから。貴族の結婚ってそういうものだもの」

貴族の結婚に愛情は必要ない。実際、恋愛結婚をする男女はほとんどいない。

ウィルヘルミナは自分のカップを持ちあげ、紅茶をゆっくりと口に含んだ。「たしかにキングスランドには欠点が見当たらない」

「彼は完璧よ」残念ながら、その完璧さが恐ろしく退屈なものだと気づいてしまったけれど。

「この世に完璧な人間なんて一人もいない。もし完璧だと信じているなら、それはあなたがまだキングスランドをよく知らないせいだわ」

完璧とはほど遠い一人の男性のことならば、よく知っている。それなのに、その男性の小さな欠点一つ一つに心惹《ひ》かれ、彼のことを気にかけずにいられない。彼はわたしのなかにあるありとあらゆる感情を引き出し、これでもかとばかりに感じさせる。その力強さたるや、自分でも怖くなるほどだ。彼に対する怒りであれ、喜びであれ、悲しみや心配であれ、その事実は変わらない。グリフと一緒にいると、何もかもが普段よりもずっと強烈に感じられる。すべて探検し尽くしたいという気分になり、わたしを魅了してやまないのだ。

「ねえ、キャサリン、あなたがどんな選択を下すかは、わたしにはなんの関係もないことだわ。人はいろいろな理由で結婚するものだから。その人なりの望みや利益のために。わたしはその人の立場に立つことができないから、どれ一つとして間違っているとは思わない。だからひたすら自分のやり方を貫いてきたわ。でも人生について一つだけわかっていることがあるの。

生きているとときどき、まったく新しい何かを得るための機会が訪れる――その機会は一晩だけかもしれないし、一時間や一分で終わるかもしれない。だけどその機会をつかみとらなければ、永遠に後悔することになる」

「あなたはあの意中の殿方と一晩をともにしたの？」不作法な質問であるのは百も承知だった。でも親友は別に怒っていないようだ。

「いまはまだ。でもこれからそうするつもり」

「そのあと彼があなたとの関係を終えたら……どうするの？」

「しばらくは嘆き悲しむと思うけれど、気持ちを切り替えて、別の相手を探すと思う。たとえ一晩でも女王のように過ごすほうが、そういった夜を一度も体験しないよりずっといいもの」

「もしそういう一夜を過ごしたら、将来の夫に不公平になるかもしれない」

「あなたは本気で信じているの？　あなたに求婚して以来、キングスランドがほかの誰ともベッドをともにしていないって？」

　ふいに顔が真っ赤になるのがわかった。ウィルヘルミナの物言いは無遠慮すぎる。誰の話をしているのか気づかないふりさえしてくれない。

「女性は夫のために純潔を保つべきだわ」

「そんなこと誰が決めたの？　どうせどこかの男たちでしょう？　あなたはまだ彼と結婚もしていないのよ、キャサリン。それに正式に婚約すらしていない。もし別の誰かと一夜をともにする必要があるなら、婚約する前にその機会をつかみなさい。そうしないと永遠にそういう機会を逃すことになる」

18

グリフはアルシアの新しい家族をすぐに好きになった。思うに、人生を厳しい環境下で始めざるを得なかった人たち――この世に庶子として生まれ落ちることほど困難な状況はないはずだ――は助け合いを通じて、強い絆《きずな》で結ばれるものなのだろう。いま目の前にいるこの一家のように。

こうして暖炉近くに立ち、トゥルーラヴ家の六人きょうだいが助け合う姿を見ていると、後悔の念に駆られた。ずっと長いこと、自分の兄と妹とは助け合ったりなどしてこなかった。力を合わせるようになったのは、つい最近自分たちを取り巻く環境が絶望的になってからのこと。兄と妹のためなら喜んで死ねると気づかされた。そうなる以前は自分の気持ちも、夢も、恐れも、切望もすべてひた隠しにしてきた。父に無視されてずっと無力感を募らせていたことを、兄にも妹にも打ち明けたことはない。

だがトゥルーラヴ家のきょうだいたちが嬉《うれ》しそうに挨拶を交わし、それぞれの近況報告に耳を傾け、続きをうながす様子を見ていると、ある確信が胸に宿る。

間違いない。全員が相手の無理解を恐れることなく、互いに関するすべてを打ち明け合ってきたのだろう。そんな彼らがアルシアを抱擁しているのを目の当たりにして喜びが込みあげた。妹もすでに自分のことを家族の一員だと考えているようだ。

「最初は少し圧倒されるかもしれない」

グリフは話しかけてきたソーンリー公爵をちらっと見た。居酒屋の所有者ジリアン・トゥルーラヴと結婚した男だ。当時、二人の結婚は大きなスキャンダルを巻き起こした。だが強大な力を誇るソーンリーはその困難を切り抜け、自分の妻を無視したがっていた社交界の人々に見事彼女を受け入れさせたのだ。「みんな本当にくつろいでいるようだ」

「僕らが育てられたやり方とはちょっと違っているよな?」

「ああ、残念なことに」

グリフはすでにトゥルーラヴ家の全員に紹介されていたが、その存在に気を悪くした者は一人もいなかった。いまでは彼ら全員が結婚しており、グリフも伴侶たちのきょうだいの一員になっている。結果的に、この部屋には貴族が六人勢ぞろいした。ざっと見渡すと、二十人ほどの人たちが話に興じている。

「彼らがアルシアを家族の一員として温かく迎えてくれて、本当によかった」

「それが彼らの強みの一つなんだ。相手のありのままの姿を受け入れられる。特に、相手の両親が誰だとか、父親が何をしたかなどということにはこだわらない」

「ろくでなし《バスタード》を迎えても、女王暗殺を企てた罪人のようには扱わない」

「ああ。そのろくでなしとやらがきみのことならばね」

グリフはしかめっ面をしてうなずいた。「ここ数カ月というもの、僕は父によって狂わされた運命と必死に闘っているし、いまだに世間からはあの重罪の首謀者であるかのように見られている」

「なるほど。だが僕はそのことについてきみと議論するつもりはない。彼の犯した罪によって、きみに悪い影響が及ぶべきではないと考えているだけだ。とはいえ、残念ながら、貴族は必ずしもそういう見方をしないもの。ジリーと知り合う前は、かく言う僕もほかの多くの貴族たちと同じように考えていた。だがここにいる彼らを知るようになると、これまでの自分の考え方を見直さざるをえなくなる。ままならない境遇に生まれたにもかかわらず、彼らは一人残らず大きな成功をおさめている。そういえば、いまはきみもクラブを経営していると聞いた。男女に新たな出会いを提供する場所のようだな」

グリフは思わずにやりとした。「いまいましい舞踏会で無視されることにうんざりしていたんだ。自分のほかにも、同じように感じている人たちがいるに違いないと考えた」

「事業の成功を祈っているよ」

「ああ、ありがと――」

「遅くなって本当にごめんなさい」かすれ声が聞こえた。グリフの夢のなかに数えきれないほど登場し、記憶に深く刻み込まれている声。

たちまち胃が引きつるような感じを覚えた。同時によみがえったのは、脇腹を優しく介抱する彼女の優しい手の感触だ——あたかも人の肌にはいかなるものも思い出せる能力があるかのように。だが本当にそうなのかもしれない。実際に肌をたどられているような感触があった。腫れて赤く盛りあがった患部をそっと押さえたり、指先を優しく滑らせたりしている感触が。いったい彼女はここで何をしているんだ？　家族の一員でもないのに。

「いいのよ！」アルシアは明るく応じると部屋を横切ってキャサリンに近づき、彼女を抱きしめた。

くそっ、今夜のキャサリンはいちだんと美しい。これ以上ないほど女としての魅力を漂わせている。この前とは別のデザインだが、同じ緑色のドレスを身につけているせいで、エメラルド色の瞳の輝きがいっそう引き立てられている。

アルシアが言った。「わたしたちもつい先ほど集合して、近況報告をしていたところなの。閣下《ユア・グレイス》、ご一緒できて嬉しいわ」

そのときようやくグリフは気づいた。キャサリンの横にキングスランドが立っている。二人が揃《そろ》っているところなど見たくない。だが半面、これが一番なのだと考えている自分もいる。いつしか妄想を募らせていたのだ。もしキャサリンに求婚したら、彼女は僕に背を向けずに人生をともに歩んでくれるのではないかと。実際のところ、自分はキャサリンにごく限られた人生しか与えられないのに。経営しているクラブは、娘を持つ既婚女性たちからも、若い頃に無分別な行動を取った覚えのある父親たちからも、非難の目で見られているというのに。

アルシアは完璧な女主人として、その場にいる人々全員に手際よく二人を紹介している。隣にいたソーンリーも新たにやってきた客を迎えるべく二人のほうへ向かった。こちらもソーンリーにならうべきだろう。もっといいのはここから立ち去ることだ。誰にも見られたり気づかれたりすることなく、ただそっと立ち去ればいい。だがそのとき、アルシアが二人を引きつれてこちらへ向かってきた。

「兄のグリフのことは覚えているわよね」

「ええ、もちろん」キャサリンが答える。声からはどんな気分なのか、何を考えているのかわからない。「元気そうで本当によかった。ご家族があれほどの試練と苦難を経験されたあとだからなおさらに」

察するに、キャサリンの言葉の裏に隠された本当の意味はこうだ。〝一言の挨拶もなく、わたしを置き去りにしたあとだからなおさらに〟

「また会えて嬉しいよ、レディ・キャサリン」グリフは公爵に向き直った。「久しぶりだな、閣下《ユア・グレイス》」

「ああ、スタンウィック。きみから受けた恩は忘れていない。この魅力的なレディに僕の目を向けさせてくれたのは、ほかならぬきみだから」

「僕は恩など与えていない」

アルシアが両眉をつりあげている。公爵がなぜこんなのぼせあがった発言をしたのか、そもそも何を言おうとしているのか、さっぱりわかっていないのだろう。

アルシアは尋ねた。「何かお飲み物はいかが？ ディナーの前に赤ワインは？」

「ええ、お願い」キャサリンが答えた。

「僕に構わず続けていてくれ」キングスランドが言う。「すぐにきみたちに合流する。少しだけミスター・スタンウィックと個人的に話がしたいんだ」

歩き去るレディたちを見送りながら、グリフは頭を巡らせた。もしまだ知らなかったとしても、妹は僕が公爵宛てに書いた手紙について知ることになるだろう。僕から言い出したあの賭けについても。

まあ、どうということはない。しょせんはもう遠い昔のこと。というか、気にするべきではない。それなのに、手紙を書いたことにも賭けをしたことにも、いまだ激しい後悔を覚えていた。いまこうして、貴族の模範とも言うべきキングスランドと一緒にいるキャサリンを見るといっそうつらい。先ほどビーストから渡されたスコッチを飲み干していなかったことに感謝したい気分だ。残ったスコッチをすすりながら、キングスランドの話とやらを待つ。どういう内容かはすでに見当がついている。

「僕の弟を脅したな」紅茶に砂糖を何個入れたか話すかのように、さりげない言い方だった。だが言葉の端々に紛れもない警告が感じられる。

グリフは公爵の視線を受け止めると、片方の口角を持ちあげて冷たい笑みを浮かべた。

「そうだったかな？」

キングスランドは一瞬じろりとグリフを見つめた。「とはいえ、責めるつもりはない。弟はきみに支払うべき借りがあったのだから。ただ興味があるから尋ねたい。きみは弟を殴りつけるのと秘密を暴露する、どちらにするつもりだった？」

「秘密を暴露するほうだ」

公爵は顎に力を込めた。〝殴るつもりだった〟という答えのほうがまだいいと考えていたのははっきりしている。「それがどういう秘密か、僕に教えてくれるつもりはないんだろうな」

「彼はちゃんと支払った。だから秘密は僕の胸にしまっておく」

キングスランドはうなずいた。「簡単にばれるような秘密なのか？　今後ほかの者たちがその秘密を使って、弟を脅迫する可能性は？」

一年前の自分なら、きょうだいを守るためならなんでもしようとする男の気持ちなどわからなかっただろう。でもいまならわかる。目の前にいるキングスランドも、いかなる危害からも弟を守りたいと考えているのだ。ここは真相を打ち明けておいたほうがいいだろう。「彼の秘密なんて知らない」

　キングスランドはひどく驚いたように目をぱちくりさせながら尋ねた。「なんだって？」

「誰にでも秘密はあるものだ。僕はただ、彼の秘密を知っていてそれを暴露するとほのめかしただけだよ」

「すばらしい作戦だな。それで、もし弟が支払わなかったらどうするつもりだった？」

　グリフは肩をすくめた。「その場合、彼の秘密が何か探っただろう」

「見事だな、スタンウィック。今度、交渉のテーブルで押し負けたら同じ作戦を使わせてもらう」

「なんであれ、きみが押し負けることがあるとは思えないが？」

「そのとおり。とにかく、きみは賭けの借金を全額回収したんだな」

「ああ、利子もつけて」

「それはよかった。まあ、何人か敵も作ったはずだが」

「彼らはすでに僕のことを敵視していたから」

　とはいえ、彼らのなかで条件に見合う者には、クラブの半年分の会員資格を与えてやった。それも、彼らを通じてあのクラブにまつわる噂《うわさ》を広める一つの戦略だった。半年の無料期間が終わったとき、彼らの全員とは言わないまでも、その多くが会員でい続けるだろうと踏んでいる。まさに〝損して得取れ〟だ。

「こんなことを言っても意味があるかどうかわからないが、僕は〝親の因果が子に報う〟とは考えていない」

「ありがとう」だがキングスランドと同じ意見の者はめったにいない。

「よければこれで失礼する。スコッチを飲んで、いま取り組んでいる法案についてソーンリーと話し合いたい」

キングスランドは立ち去りかけた。

「彼女は二十五歳の誕生日までに結婚する必要がある」公爵にしか聞こえないよう、ひっそりと口にする。

キングスランドはつと足を止め、こちらを振り返った。「なんだって？」

「レディ・キャサリンだ。彼女は祖母から譲り受けた遺産を得るために、二十五歳の誕生日までに結婚する必要がある。今年の八月十五日に、二十五歳になるんだ」

「なるほど」

「もちろん、きみが彼女と結婚するのはそのためじゃないだろう。彼女がきみと結婚する理由も違うはずだ。だが、もし結婚するつもりならば、彼女にさらなる利益がもたらされるよう、その日までに結婚したほうがいい」かぶりを振りながら続ける。「なぜ彼女に結婚を申し込まない？」

「僕には僕なりの理由があるんだ」

「彼女の欠点を見つけたからではないはずだ、そうだろう?」

「ああ、彼女は非の打ちどころがない。ただ、彼女にも同じように、僕を非の打ちどころのない男だと考えてほしいだけだ。それには時間が必要だし、最近は仕事であちこち飛び回らないといけないからね。だがいまの新たな情報は考慮するようにする」公爵は短い会釈をした。「ありがとう」

キングスランドはそう言うと、ソーンリーと話すべく立ち去った。キャサリンよりも重要な法案などあるはずもないのに。

自身の立場を考えれば、キャサリンの相続に関して話したのは出すぎたまねだったのだろう。とはいえ、もし公爵がしかるべきタイミングで結婚しなければ、キャサリンが彼と結婚する意味がなくなってしまう。

心のなかで悪態を連発せずにはいられない。たとえキングスランドがキャサリンの誕生日までに結婚しなかったとしても、自身が彼女と結婚できるわけではない。公爵はキャサリンにいま以上の権力や名誉、影響力を与えられる。僕はキャサリンに何一つ与えられないどころか、これまで慣れ親しんでいたものすべてから、キャサリンを遠ざけることになる。

この屋敷の居間で歓迎されたからといって、英国社交界から諸手《もろて》をあげて歓迎されるわけではない。そうだと勘違いするほど自分は愚かではない。

そのうえ、僕のような汚れた魂の持ち主はキャサリンにふさわしくない。彼女は僕よりはるかに優れた男と一緒になって当然だ。

家族を含めてのディナーだったため、アルシアは正式な席の配置にこだわらずに席順を決めていた。それゆえキャサリンの席はグリフの向かい側で、キングスランドの隣だった。親友アルシアにとって、今夜はスコットランドから帰国して初めて主催する正式なディナー。だから招待されたとき、キャサリンは喜んで受けることにした――グリフも出席すると聞かされたからよけいに。彼がどんな様子かこの目で確かめたかった。

元気そうなグリフを見て本当にほっとした。肌の色つやもよく、病的に黄ばんだりしていない。到着して、暖炉脇に立つグリフの姿を見たときは、左腕を曲げているのにすぐに気づいた。ふいに誰かから叩《たた》かれたりぶつかられたりするのを避けるためだろう。きっと、脇腹の傷はまだ回復の途中なのだ。あるいは、傷を負ってからずっとあの姿勢を取っていたせいで習慣になっているだけかもしれない。いまグリフは大股でゆうゆうと歩いている。彼が自分の体を守るような姿勢を取っていることに、ほかの誰かが気づくとは思えない。わたし以外の誰かが、グリフのことをむさぼるように見つめているとも思えない。

そうしてしまう自分がいらだたしかった。これまでグリフと二人きりで話す機会がなかったため、さよならも告げずに立ち去られた怒りをいまだ彼にぶつけられずにいる。でも、きっと彼はわたしと顔を合わせるのを避けたがっている。二人きりになれば、ぎこちない雰囲気になるのはわかりきっていた。

あの小別荘での出来事は、本来起きるべきではなかった。それでも、あのときはごく自然なことに思えた。そう、二人同時に塩入れに手を伸ばしたいまのように。指と指が触れ合う特別な瞬間。同時に動きを止めると、先にグリフが手を引っ込めた。

「実は、つい最近までスコットランドにいたんだ」キングスランドは、テーブルの上座に座っている主催者に話しかけた。「蒸溜所《じょうりゅうじょ》への投資を検討していてね」

「スコットランド人は本当においしいウィスキーの作り方を知っているから」ソーンリー公爵夫人が答えた。

「きみの居酒屋で出すのはどうだろう？」

「まずは味見をする必要があるわね」

「俺にも味見させてくれ」エイデンが言う。「うちのクラブで出すといいかもしれない」

エイデンはクラブを二軒所有している。一つは男性用の賭博場で、もう一つはキャサリンも行ったことがある〈エリュシオン〉だ。

「きみはどうだ、ミスター・スタンウィック？」キングスランドが牛肉をナイフで切りながら尋ねた。「きみのクラブでも出してみたら？」

キャサリンの体のあらゆる部分が動きを止めたようだった。ただ一つの例外は、突然早鐘を打ち始めた心臓だ。公爵はグリフのクラブについてどの程度知っているのだろう？

キングスランドはあのクラブの入会資格にまったく当てはまらない。

グリフはちらりとキャサリンを見ると、公爵に視線を移した。「どれほどなめらかな味わいかによる」

「扱いたいという店がすでに三軒もあるなら、投資をさらに真剣に検討してみないとな」

「スコットランドは本当に美しい国だったわ」アルシアが明るい調子で言う。キングスランドとグリフの間で緊迫した空気が流れたのに、敏感に気づいたのだろう。

今夜は自分一人で来るべきだった。でもアルシアからぜひ公爵も一緒にと誘われ、招待されたことをキングスランドに伝えないのが不適切なことに思えたのだ。それに、このディナーに出席したい一番の理由がグリフにあることをアルシアには説明したくない。キングスランドが隣にいれば、きっと自分を抑えていられるとも考えた。正直な話、グリフについては友人として考えるべきなのかどうかもよくわかっていない。もし友人なら、わたしにあんなことはしないはずだ。どう考えてもあれは恋人同士がする行為。つくづく不思議なのは、そんな行為をグリフに許した自分に罪悪感をまったく覚えていないことだ。それどころか、機会があればまたグリフにああしてほしいとさえ考えている。きっとそのときになってようやく、罪の意識を感じるようになるのだろう。ウィルヘルミナからは、そんな罪悪感なんて抱くべきではないと忠告されたけれど。

それからスコットランドの話題が続いた。テーブルに着いた各人が、訪れた地域にまつわる思い出話を披露していく。キャサリンはスコットランドへ行ったことがないため、会話を盛りあげることができなかった。とはいえテーブルのあちこちではそれ以外の話題も話し合われている。こういった食事の席ではごく普通のことだ。キャサリンは聞くともなしに、フィンの妻ラヴィニア・トゥルーラヴとグリフの会話を聞いていた。二人はラヴィニアの夫が育てている馬たちについて、さらには、彼ら夫婦が孤児たちに提供している家について話し合っている。キャサリンはその間もずっと、話し相手であるファンシーには彼女の話に集中している印象を与えるよう心を砕いていた。トゥルーラヴ家の末娘ファンシーの夫はローズモント伯爵だ。そもそもの馴《な》れそめは、彼女が経営する本屋にローズモントがやってきたことだという。当然ながら、最近ファンシーが読んだ小説についての話が先ほどから続いている。

でも正直に言えば、グリフと二人きりになりたくてしかたなかった。

その機会がとうとう訪れたのは、ディナーを終えて、全員でビリヤード室へ移ったあとだった。トゥルーラヴ家では、殿方たちが夕食後にワインを楽しむ間、レディたちは別室で紅茶をすするという習慣などないに違いない。ビリヤード室は、台を置いても彼ら全員が十分に入れる余裕のある大きさだった。広々とした部屋には椅子に座ってくつろぐための空間があり、その両端に暖炉が鎮座している。ガラス扉は開け放たれ、テラスから心地いい風が吹き込んでいた。

ソーンリー公爵がキングスランド公爵にビリヤードをやろうともちかけると、二人は上着を脱いで袖口をまくり始めた。とはいえ、国家の運命がかかっているかのごとく真剣に勝負するつもりがないことは明らかだ。だから公爵同士の対決は二人に任せて、ほかの者たちはビリヤード台から離れた場所でそれぞれ会話を楽しむことになった。

こっそり外に出るグリフに気づいた瞬間、キャサリンは話し相手——アルシアと、エイデンの妻セレーナ——に〝新鮮な空気が吸いたいから〟と中座を断り、彼のあとを追いかけた。グリフが外に出たことは、わたし以外の誰も気づいていないようだ。アルシアとセレーナのどちらも、一緒に外へ出たいとは言い出さなかった——しばらく一人になりたがっているのを察してくれたのだろう。あるいは、グリフが人知れず出ていったのに気づき、こちらの本当の目的を理解したせいかもしれない。ただ二人とも、最近わたしとグリフの間に起きた出来事については何も知らなかった。きっとアルシアは、幼なじみのグリフとただ話したいがため、わたしが彼のあとを追ったのだと考えているはずだ。

グリフはテラスの端に立っていた。いかなる光も避けるように、影が幾重にも重なる暗がりのなか、石造りの手すりに両肘を休めながら庭園を眺めている。彼に近づくにつれ、こんなに心臓が高鳴らなければいいのに。

「きみはここに来るべきじゃなかった」近づいてきたのが誰か確かめもしないまま、グリフは静かに口を開いた。でも、きっとわたしと同じく、彼も波長のようなものを感じてこちらの存在に気づけるのだろう。

「あなたが何も言わずに出ていったからよ」わざわざ明らかにするまでもない。このそっけない声を聞けば、グリフがビリヤード室から抜け出したことについてだけ言っているのではないと伝わるはずだ。

「仕事に戻る必要があったんだ。だがあの道の状態では馬車で戻るのは不可能だった」

「それは夜明け前からわかっていたことでしょう?」

グリフは時間をかけて不満げなため息をつくと背筋を伸ばし、キャサリンと向き合った。

「きみたち二人はお似合いだ」

こちらも調子を合わせて次の話題へ移ると思っていたとしたら大間違いだ。「せめてさよならの挨拶くらいすることはできたはずよ」

「レディ・キャサリン、もし僕があのまま小別荘に残っていたら、きみは手つかずのままではいられなかったはずだ」

手つかずのまま——グリフはその言葉を強調するように口にした。あのときすでに体験させられていた触れ方ではなく、はるかに親密でさらに深い関係になるための触れ方をしていたと言いたいのだ。体のもっと奥深くまで、文字どおり突き刺すような触れ方——わたしが処女のままではいられない触れ方を。

あのまま二人でいたら純潔を奪われていただろうに、体面を傷つけられたと感じる自分の姿はどうしても想像できなかった。

たとえそうなったとしても、キングスランドが気にするかどうかもわからない。彼は独占欲が強いたちには見えなかった。たしかに、一緒にいるときはわたしのことを気にかけてくれるし、一緒にいないときもちょっとした品々を送ってくれる。だけどこちらが何をしても、激しい嫉妬心をあらわにするとは思えない。彼との関係は落ち着いた、ごく冷静なものだった。

いっぽうでグリフは、いかなる場合でもこちらの激しい感情をかき立てる。特に怒りを。

「あんなふうに突然立ち去るなんて不作法だし、不適切だと思うの。わたしが手当てしなければ、あなたは死んでいたかもしれないのよ」

「あの傷はそんなにひどくなかった」

キャサリンはためしに、グリフも驚くほどのすばやさで前方に踏み出し、その脇腹を切りつけるような動きをしてみた。彼が慌てて飛びすさり、脇腹をかばうように手を掲げる。切りつけるふりをしただけだとすぐ気づいたようだが、時すでに遅し。重くのしかかるような暗闇のなかでさえも、彼が不愉快そうにこちらを睨《ね》めつけたのが感じとれた。

「あの傷はそんなにひどくなかったと言うわりには、まだ触られると痛むようね。きっと完全には治っていないはずよ」

「いきなり向かってくるなんてフェアじゃないな」

フェアになどなりたくない。「わたしは傷ついたのよ、グリフ。朝目覚めてあなたがいなくなったのを知ってどうしようもなく傷ついた。もちろん、がっかりもしたし悲しくもなった」

「キャサリン――」

「あなたが立ち去ったと知ったのは、ベッドから起きあがったときじゃない。あの小別荘の外に出たときだった。あの朝目が覚めて、あなたと一緒に海岸を散歩したらどんなに楽しいだろうと考えたの」

「僕があそこに残っていたとしても、何もいい結果は生まれなかったはずだ」

「あなたがあそこから立ち去っても、何もいい結果は生まれなかったわ」

グリフはふたたび庭園のほうを向くと、またしても石造りの手すりの上で腕を組んだ。

「僕が立ち去ったことでいい結果がたくさん生まれた。きみはただそのことに気づいていないだけだ」

「だったら、どんな結果が生まれたか言ってみて」

「わからない人だな。もうすでに話したはずだ」

「あの場所には、わたしの名声を汚そうとする人なんて誰もいなかった。それなのにわたしの評判を守るために、わざわざ起こすことなく立ち去ったというの？」

「誰かがうっかりもらしたかもしれない。小間使いの気を引きたくて従者が話したり、あるいは金ほしさに御者が暴露したりする可能性だってある」

「わたしはあの小別荘に男性と二人きりで滞在したのよ。そのこと自体、十分スキャンダルになるはずだわ。それ以外は憶測にすぎない」

「憶測で人の人生は台無しになるものだ。僕には痛いほどよくわかる」

キャサリンはぎゅっと目を閉じた。グリフは兄とともに、〝父親の陰謀に関わっているのでは〟という憶測の犠牲になった。今夜、グリフは社交の場への復帰を歓迎されたように見えるが、まだ小さな一歩にすぎない。しかもこの場にいる全員が心からリラックスしているわけではないと、キャサリンも気づいていた。

手すりに近づいて自分も両腕を休めたが、肌にざらざらとした感触を覚え、ふと心配になった。傷だらけのグリフの肌に、これは痛すぎるのでは？　でもいっときはそうでも、すぐに慣れて痛くなくなるのかもしれない。

「なぜ女性は純潔を守らなければいけないのかしら？　男性はそうじゃないのに」

グリフは無言のままだ。それが答えなのだろう。

「レディ・ウィルヘルミナは、それは男性がそういう決まりを作ったせいではないかと言っていた。でもわたしは、そういう特殊なルールを作ったのは女性かもしれないと思っているわ。そういう決まりがないと、すぐに悦《よろこ》びの誘惑に屈しそうで不安になるから」

グリフは何も答えようとしない。きっと、英国社交界に関わる問題について論じたくないのだろう。社交界がここまで発展してきたのは、男性が女性とはまったく異なるルールを与えられてきたからこそ。とはいえ、こうやってわざわざテラスにまで出てきたのは、グリフとこの問題について話し合うためではないけれど。

「話を戻すわ。わたしは利用されたように感じたの——たとえあれが、これまで経験したなかで一番すばらしい利用のされ方だったとしても」

グリフは長く苦しげなため息を吐き出した。「キャサリン——」

「あなたが突然立ち去ったせいで、わたしたちの間に起きた出来事がひどく安っぽく思えた。あなたがわたしと一緒にいるのを恥じているみたいに」

「それは違う」グリフは体の向きを変えると、両手でキャサリンの顔を優しく包み込んだ。あたかも、巣から落ちたひな鳥をふたたび安全な巣に戻そうとするかのようなしぐさだった。「でも、自分でもわかっている。あんなことをすべきではなかった。僕は——」グリフはキャサリンの顔から両手を離すと、目の前で掲げた。「——きみに絶対に触れるべきじゃない。きみだってわかっているだろう？　一度でも触れたらこの両手が何をしでかすか。この両手をきみに近づけることは許されない」

「ばかなこと言わないで」彼の片手を取り、傷ついたてのひらに唇を押し当てる。「あなたはこの手であなたのお兄様を救った。それに、わたしのことも」

二人は無言のまま、しばし見つめ合った。慌てなくても、二人で人生をゆっくりと歩んでいけるかのように。

とうとうグリフが口を開いた。「あの朝、僕はきみを起こすべきだった。一人で帰ると伝えるべきだったんだ。だが、きみなしでロンドンへ戻るのがつらすぎて……」

「だから楽な方法を選んだのね」

「きみを残して立ち去るのはけっして楽なことではない」グリフは耳障りな笑い声をあげた。「きみに関して楽なことなんて一つもない」

グリフの告白を聞いて、これほど嬉しさが込みあげてこなければいいのに。

「キャサリン？」

暗闇から低い声が聞こえ、キャサリンは息をのんだ。キングスランド公爵だ。肩越しに振り返ると、恐れていたほど彼が近くにいないのがわかった。公爵がいる場所から、二人の会話が聞こえるとは思えない。そんなことは考えたくもなかった。

グリフが体をこわばらせたのが伝わってきた。必要ならこちらをかばおうと、気を引き締めているのだろう。

彼の手を離してキングスランドと向き合った。「閣下《ユア・グレイス》」

「そろそろ失礼する時間だ」

「ソーンリーには勝てたの？」

「もちろんだ。僕は負けない男だからね」

グリフが尋ねた。「飽き飽きしないのか、いつも勝ち続けることに？　ときどき負けるからこそ、次勝ったときに勝利の味わいが倍増すると思うが」

「興味深い仮説だな。だが僕はわざわざその仮説を試そうとは思わない」公爵は腕を伸ばした。「さあ、キャサリン」

キャサリンはグリフのほうを向いた。「順調そうだとわかって本当によかった。クラブの成功を祈っているわ」それからキングスランドのほうへ近づき、公爵が差し出した腕に腕を巻きつけた。「ええ、帰りましょうか」

公爵にいざなわれてなかへ戻り、全員に別れの挨拶をする。アルシアに近づき、強く抱きしめながら言った。「ご家族の集まりにわたしたちを呼んでくれて本当にありがとう」

「あなたはわたしが持てなかった女きょうだいみたいな存在だもの」

キングスランドのあとから外へ出ると、車回しに待たせていた彼の馬車へと向かった。二人で馬車へ乗り込み、向かい側の席に落ち着き、馬車が音をたてて走り始めるとキングスランドが口を開いた。「なぜ僕に話してくれなかったんだ？　きみは相続をするために、二十五歳までに結婚する必要があるそうだね」

想定外の質問だった。てっきり、あのテラスでグリフと何をしていたのか尋ねられるのかと思っていたのだ。おそらくグリフから話を聞いたのだろう。「その期限のせいで、あなたに重圧を感じてほしくなかったの。妻としてわたしがふさわしいかどうか見きわめる前に、あなたに結婚を急いでほしくなかった」

「もしきみが二十五歳になる前に僕らが結婚しなかったら？」

「心のどこかで、もしそうなったらもう少し自由を味わえるかもしれないと考えていたわ」キャサリンは窓の外を眺めた。「結婚すべきかどうか決めるには、ささいなことのように思い始めていたから」

「相続よりもずっとささいなことのために結婚する貴族たちはおおぜいいる」

「あなたは相続の具体的な内容さえ知らないはずよ」

「重要なのはそこじゃない。本来、相続とは価値あるものを受けとることを意味する。金銭についてであれ、心に関することであれ、それに変わりはない。きみは受け継ぐべきものを受け継ぐんだ。明日かあさってに、きみのお父上を訪ねて話をするつもりだ」

一瞬心臓が完全に止まったような気がした。長年あの大好きな小別荘を自分のものにしたいと思い続けてきたのに、とうとう夢が叶《かな》うと知らされたいま、その現実を完全に受け入れていいものかわからなかった。もしかすると、公爵に相続の条件について話さなかったのは、わたしがあの条件に左右されず、彼と結婚すべきかどうか決めたかったからかもしれない。だから、その条件そのものが存在しないふりをしていたのかも。

キングスランドとは、心から彼を望んでいるという理由で結婚したい。でも公爵の傲慢さや強烈な特権意識、絶対に誰にも負けないという信念に、本当に慣れるかどうかは疑問だった。

「あなたがわたしの名前を発表してからもう一年近く経《た》つけれど、あなたはお仕事で忙しくて、お互いをよく知るほどには一緒の時間を過ごしていないと思うの」

「きみは優秀な公爵夫人になる――僕にはそうわかっている。それに、あの舞踏会できみの名前を呼んだとき、次の社交シーズンが終わるまでに結婚すると発表した。僕は約束を必ず守る男だ。それにそうすれば、必ず互いの利益になる」

「ええ、本当にそうね」

これからの人生を考え、期待に胸躍らせるべきところだろう。それなのに心のなかでは、まったく別の時計――ミスター・グリフィス・スタンウィックに関わる時計――が時を刻み始めるのがわかった。

19

わざわざ炉棚の上の時計を見るまでもない。グリフには、いまが深夜二時を少し過ぎたばかりだとわかる。あたりがしんと静まり返っているせいだ。営業中は、執務室で机に向かって勘定を確認しているときでさえ、クラブの喧騒《けんそう》が聞こえてくる。この場所を訪れた会員たちが興奮を隠せない気配も伝わってくる。それに、ここで出会った孤独な魂の持ち主二人が――少なくとも数時間は――寂しさなど大した問題ではないと気づく瞬間も感じとれる。めったにないことだが、ここでの出会いによって、孤独な人生と永遠におさらばできる者たちもいる。

このクラブで出会った会員たちが結婚まで漕《こ》ぎつけるなど、期待はしていなかった。だがどうやら一組のカップルがそうなりそうな雰囲気だ。もしあの伯爵の娘が自分の家族を説き伏せ、自身でも成功している商人の息子との結婚を認めてもらえるならば。

選んだ相手を家族に認めさせられるかどうか――いつだってそこが鍵になる。父がいまわしい過去を背負い、いまはこんなスキャンダラスなクラブの経営者になっているため、グリフ自身は結婚などはなから考えていない。だが、それより重要なのは、今宵《こよい》キングスランドにいざなわれてテラスから立ち去るキャサリンを見送りながら、息ができなくなるほどの胸苦しさを覚えたことだ。あのとき、自分の心は彼女のものだとはっきり気づかされた。この心がキャサリンから解き放たれ、彼女を別の男に与えられる日などやってくるのだろうか？

通路から足音が響いてきた。ガーティが今夜の売り上げを運んできたのだろう。足音がやんだので机から顔をあげると、驚いたことにガーティだけではなかった。戸口に緑色の何かが見え、思わず立ちあがる。「ここで何をしている？　もう今夜の営業は終わりだ」

レディ・キャサリン・ランバートは小生意気な笑みを浮かべた。誘惑と約束がたっぷりにじんだ笑み、このクラブを訪れるのが三度めか四度めになる女たちが浮かべる類いの笑みを。

彼女たちも初めて来店した夜はためらいがちな笑みしか浮かべない。だがそれまでの彼女たちの人生に足りなかった〝異性との戯れ〟にひとたび慣れると、こういう誘惑的な笑みを浮かべるようになる。とはいえキャサリンの場合、実に自然なほほ笑みだった。両方の口角を持ちあげ、白い歯をのぞかせている。

「知っているわ。ビリーが入るのを許してくれたの」真鍮《しんちゅう》の長い鍵を掲げながら続ける。「それにガーティがこの鍵をくれた。よければ赤の間に案内してもらえるかしら」

その言葉を聞き、みぞおちにパンチを見舞われたような衝撃を覚えた。この階には四つの部屋——緑、青、赤、ピンクの間——があり、すべてカップルが二人きりの時間を楽しめるように設計されている。しつらえられているのは小ぶりなソファと、デカンタやチーズ、果物をのせたテーブル、それにベッドだ。カップルが相性のよさを確かめ合うため、あるいは一夜の欲望を満たすための部屋にほかならない。当初こちらが予想していたよりも使用される回数は少ないものの、そのいっぽう、男女の交わりも欲求も欲望もありとあらゆる形があるのだと学ばされた。

「ここで何をするつもりだ、レディ・キャサリン？」

彼女は小さな手提げ袋《レティキュール》のなかに手を入れ、リボンで結ばれた一組のトランプカードを取り出した。「あなたとゲームがしたいの」

「カード室ならこの下の階だ」

「わたしがプレイしたいのは、扉を閉める必要があるタイプのゲームよ」

たちまち脳裏に、負けたら服を脱ぐゲームに興じている二人の姿が思い浮かんだ。「レディ・キャサリン」どうしてこんなに苦しげなかすれ声になっているんだ？「きみがしようとしているのは危険きわまりないゲームだ」

「よくわかっているわ」彼女がとびきり魅惑的な一瞥《いちべつ》を投げてくる。「だったら自分で部屋を探すわね」

キャサリンはこちらを見つめながらゆっくりと背を向け、その場から消えた。〝ついてこられるものならついてきてみなさい〟と。

くそっ、そんな簡単なことさえうまくできないとは。慌てるあまり、机を完全によけられず、角の硬い部分に太ももをしたたかぶつけ、悪態をついた。朝になればあざができているだろう。だが今夜を彼女と過ごしたら、それよりもっと深い、目に見えない傷をいくつも負うことになるのでは？

廊下に出たがすぐに立ち止まり、キャサリンが真鍮の鍵を鍵穴に滑り込ませるのを見つめた。その数秒間耳をそばだて、階下から物音が聞こえないか確認してみる。誰かがいる気配や動きは感じられないだろうか？　だが何も聞こえない。使用人たちはすでに一日の仕事を終えて帰宅したのだろう。ガーティは今夜の売り上げを手渡さなかったが、きちんと金庫にしまったに違いない。ビリーは店内の戸締まりを抜かりなく確認してから帰ったはずだ。つまり、ここにいるのは自分とキャサリンの二人だけ。実に厄介なことが起こりそうな気がする。これ以上最悪なお膳立てがあるだろうか？

「その部屋じゃない」グリフが話しかけると、キャサリンが肩越しにこちらを見た。ああ、彼女が望んでいるものを絶対与えないための勇気が僕にあればいいのに。

反対方向へキャサリンを案内し、執務室の横にある角部屋へ連れていった。鍵はいつもかけていないから、わざわざ開ける必要がない。プライバシーを守る必要がないせいだ。

いや、少なくとも昨夜まではそうだった。扉を大きく開けて、キャサリンが先になかへ入るのを待っていると、ドレスのスカートが両脚をかすめた。賭けてもいい、わざとだ。キャサリンは意図的にこちらに体を寄せてなかへ入った――オレンジとシナモンの香りを胸いっぱいに吸い込ませるために。実際グリフは、チェルート葉巻の煙を味わうのと同じようにその香りを楽しんだ。

燭台《しょくだい》にあるガス灯をつけると、キャサリンの姿が前よりはっきり見えるようになったが、暗闇を完全に追い払うことはできない。後ろ手に扉を閉めると、かちっという音が銃声のようにあたりに響き渡った。あるいは、自分の耳にそう聞こえただけなのかもしれない。キャサリンはそんな音には気づかないかのように、あちこち眺めながら部屋のなかを歩き回っている。あるのはベッドに衣装戸棚、洗面台、数種類のデカンタが並んだ小ぶりな食器棚、それに、暖炉前にある茶褐色の座り心地のいい袖椅子だけだ。

キャサリンはベッド脇の机の上から一冊の本を手に取った。しおり代わりに挟んである、色あせてすり切れたリボンが、以前彼女の三つ編みを解いたときのものだと気づかれなければいいのだが。あのあと、こっそりそのリボンをポケットに入れて持ち帰り、ことあるごとに撫《な》でていたら、すっかりすり切れてしまった。だが本に挟むようにすればそれ以上傷むことはないと気づき、いまではしおりとして使っている。長く多忙な一日を終えてようやく一人読書を楽しむひとときに、自分を迎えてくれるように。

「密会のために造られた部屋にしては、思ったより生活感があるみたい」彼女は本をもとの位置に戻すと、こちらを振り返った。「あなたはここに住んでいるのね？」

そのとおりだ。他人が罪を犯している部屋に、キャサリンを連れていきたくなかった。

「レディ・キャサリン、いったいここで何をするつもりだ？」

「言ったでしょう？　カードゲームをやりたいの」

「これは何かの罰なのか？　あの朝、僕が何も言わずに小別荘を立ち去ったから？」

「どうして罰だなんて思うの？　いま、わたしはこんなに冷静で落ち着いている。あなたに向かって叫んだり、嫌みを言ったりもしていない。ただ楽しむためにここへやってきたのよ」キャサリンはふたたびあたりを見回した。「でもテーブルがないわね。ベッドに座りましょう」

こちらの許しを待たず、同意を求めようともせず、キャサリンは羽毛布団の上によじのぼって座った。ふんわりと広がったスカートの下で足を折り重ねているのだろう。こちらがどう出るか楽しむように、挑むかのようにこちらを見つめている。

デカンタが並んだ食器棚へ大股で向かった。どうしてもウィスキーが必要だ。「きみはブランデーでいいかな？」

「ええ、お願い」

キャサリンのグラスにブランデーを、自分のグラスにかなりの量のウィスキーを注《つ》いでから、グラス二脚を運んでベッド脇の机に置いた。そのとき、床にキャサリンの室内履きがあるのに気づいた。いま脱いだばかりのように揃《そろ》えられている。考えたくない――ベッドの脇にこうして彼女の室内履きが揃えられているのを毎晩眺められたら、どんなに幸せだろうと。

両足ともブーツを脱いで放り投げた。まるで運試しだ。ブーツが室内履きの近くに落ちれば、本来与えられないはずの許しが与えられるかのように。自身にそういう許しを与えられるのは、キャサリンの熱っぽいまなざしでも、舌で湿された艶っぽい下唇でもないかのように。

自分のグラスを手に取ってベッドの足元に腰をおろすと、寝台の支柱に背をもたせかけて両脚を斜めに伸ばした。この角度ならば、どう動いてもキャサリンの体のいかなる部分にも触れられないはずだ。「さあ、何をプレイする？　ホイストか？」

「まさか。フォーカード・ブラグよ」

「マッチ棒を賭けるつもりか？」

またしてもキャサリンはほほ笑んだ。このクラブにやってくる前は、こちらに向けたことが一度もなかったほほ笑み。彼女がここにやってきたことで、正式な舞踏室では絶対に許されない戯れ方をすることになった。そのまま先に進めば、罪深い行為が待ち受けているはずの戯れ方を。

キャサリンは両腕を後ろに回し、真珠のくし飾りを取ろうとした。ボディスが持ちあがり、柔らかそうな胸が盛りあがる。

くそっ、なぜキャサリンはここにやってきたんだ？　そして、どうして僕はよりによってこんな場所に彼女を招き入れた？　キャサリンは、ロンドンで最も治安の悪い路地裏をうろつく悪党どもより危険な存在だ。奴《やつ》らはナイフを使って鋭い痛みを与え、こちらの命を奪おうとする。いっぽうで、キャサリンは女としてのありとあらゆる手練手管を駆使し、こちらのすべてを完全に破壊しようとする。

キャサリンがこの部屋から出ていくとき、呼吸はし続けているだろう。別に命を奪われるわけではない。だが、きっと心は完全に彼女のものになっている。

キャサリンは二人の間にくし飾りを置いた。「わたしはこれを賭ける。もしあなたが勝ったら、髪もおろすわ」

くし飾りだけでは、こちらが本気を出さないと考えているような言い方だ。

キャサリンが片眉をつりあげる。「あなたは？」

「ネックロスを賭けよう。だが、きみが勝負に勝つまでは外さない」

「それって不公平に思えるわ」

「それがゲームのやり方だ。勝つまでは何も外す必要はない」

「あら、わたしはゲームについて誤解していたようね」キャサリンはカードを切り始めた。

「わたしたち二人だけだから、いつもより簡単なルールにしましょう。カードが配られたらそれぞれ一枚を捨てて、自分の手札を見せ合う。強いほうが勝ちよ」

短くうなずいてウィスキーをすすり、キャサリンがカードを配るのを見守った。小別荘ではカードを配ったのもゲームのやり方を教えたのもすべてこちらだったが、鮮やかな手さばきだ。長年ホイストをやってきて慣れているからだろう。彼女がカード一式を脇に置いて、自分の持ち札を手に取った。グラスを置く場所がなかったため、しかたなく配られたカードを片手でどうにか広げ、一番弱いカードを捨てた。

「あなたが先よ」

グリフは自分の持ち札をひとまず伏せて置き、めくった。お粗末な手札だ。揃いのカードは一組もない。だがハートのジャックのおかげで、ハートの二、七、九の手札には勝てた。キャサリンが自分の手札を見せるのを待つ間も、心は冷静なままだった。

彼女はくし飾りをこちらに手渡さずベッド脇の机の上に置いたが、グリフは特に文句を言わなかった。あの真珠のくし飾りを永遠に自分のものにする気はない。このばかげたゲームの間だけだ。

それからキャサリンはピンを次々と引き抜いてくし飾りの隣に置いた。肩のまわりに跳ねている赤褐色の巻き毛を見て、このゲームを心ゆくまで楽しんでやろうという気がさらに高まってきた。

ただし気をそらされなければ、の話だ。いますぐ手を伸ばしてあの美しい赤褐色の巻き毛に両手を差し入れられたらどんなにいいだろう。だがキャサリンは僕のものではない。勝手に触れることはできない。それでもこうやって拷問のような思いを味わわされ、苦しめられている時点で、僕がキャサリンのものなのは火を見るよりも明らかだ。彼女が浮かべている勝ち誇ったようなほほ笑みからすると、こちらが欲望をかき立てられていることにはすでに気づいているのだろう。こちらの膝上をちらっと一瞥するだけで十分なはず。

最後の巻き毛を両肩に垂らし終えると、キャサリンは頭を軽く振ってもつれた髪を解こうとした。いったいなぜ彼女は、これほど美しい髪をピンでとめているのだろう？　女性に最高の魅力を与える要素が髪だとするならば、キャサリンの赤銅色の髪は、まさに王権《クラ》を示す儀式用品《ウン・ジュエルズ》に匹敵するほどの輝きを放っている。

「わたしの手袋を」

「手袋をどうするんだ？」

キャサリンはこちらが面白いことを言ったかのように笑みを浮かべた。だが実際は、こちらのかすれ声を聞いて嬉《うれ》しくなったのではないだろうか？

「手袋を次のゲームに賭けるわ」

キャサリンは次も負けた。キング一枚を持っていたものの、こちらのスリーペアの手札にはかなわなかったのだ。

またもや拷問のような時間の始まりだ。キャサリンが手袋を取る姿を見つめていなければならない。しかもその作業に今夜一晩じゅうかけるかのように、もどかしいほどゆっくりとしたペースだ。肘から手首へシルクの布をそろそろとおろし、指先部分を引っ張って静かに引き抜いた。

グリフはつぶやいた。「きっと、きみのご両親はまだパリにいて、ここにきみが来ていることを知らないんだな」

「二人とも数日前に戻ってきたけれど、今夜わたしが屋敷から抜け出すずっと前に寝室へ入っていたわ」

「きみの御者は信頼できるのか？」

「ええ、とても忠実よ。彼は誰にも話したりしない。それに、わたしがこのクラブに入るところは誰にも見られてない。あなたの従業員たちが全員ここから立ち去るまで待っていたの。あなたなら、自分の従業員たちにわたしたちのささやかな秘密を守らせられるはずだとわかっているし」

「彼らはどんな秘密も守る。そのために高い給料を払っているんだ。それに、もし秘密を守らなければ、僕から復讐《ふくしゅう》されることになるのもちゃんとわかっている」

片方の手袋が外され、なめらかな白肌があらわになった。傷一つ見当たらないが、少女時代の彼女の腕や手にはそばかすが散っていたものだ。自身の右のてのひらをちらっと見てみる。傷だらけだ。それも、見た目にはっきりとわかる傷ばかり。傷一つない手の持ち主であるキャサリンと、一生かかっても消えない傷だらけの手の持ち主である自分。傷だらけの手を隠したい、いますぐに――初めて、そんな強烈な衝動を覚えた。残っていたウィスキーをぐっと飲み干し、ベッドの向こう側にグラスを置いた。

もう片方の手袋を外し終えたキャサリンは、最初に外した手袋に重ね、枕の山の上にかけたあと、視線をこちらに戻してブランデーをすすった。喉元の柔らかそうな筋肉が繊細な動きを見せているのを目の当たりにし、いまさらながら思い知らされる。このほっそりとした優美な首が、ナイフで傷つけられるかもしれなかったのだと。

テムズ川で襲われた夜、あのままキャサリンを見送るべきだった。彼女と一緒にあの馬車へ乗り込むべきではなかったし、馬車のなかでキスをすべきではなかった。それに、月明かりに照らし出された、美しい肌の輝きを見るべきでもなかった。いま、ドレスで完璧に隠されているにもかかわらず、キャサリンの白肌になすすべもなくそそられてしまう。

キャサリンは一瞬だけ疑わしげに目を光らせたが、ブランデーを一口すすった。そうすることで自分を守ろうとするかのように。今夜の彼女は首に真珠のネックレスを巻いている。間違いなく、次のゲームはあのネックレスを賭けるだろう。あるいはストッキングかもしれない。いずれにせよ、ドレスではない。脱ぐのにこちらの助けが必要なものを賭けるはずがない。

キャサリンは自分のグラスを脇へ置くと、ピンク色の唇を舌で湿した。実に蠱惑的《こわくてき》だ。あの唇を味わいたくてたまらない。だが同じように、脚の間にあるもう一つの秘められた唇も味わいたい。

キャサリンはここにやってくるべきではなかった。彼女がベッドに座った時点ですぐに引きずりおろし、肩に担ぎあげ、馬屋で待機しているはずの馬車へ運ぶべきだったのだ。だが実際は魅入られたように、ただキャサリンを見つめることしかできない。彼女は細くて華奢《きゃしゃ》な指を二本、ボディスの正面に滑り込ませている。

「次はこれを賭けるわ」ボディスの胸元から取り出したのは、細い鎖にかけられた金色のメダルだった。いや、違う——時計鎖《フォブ》がついた懐中時計だ。胸元にしまってあったのだろう。

金色の蓋をじっと見つめてみる。あっさりとしたデザインだが、本体のまわりを囲むように手彫りのツタ模様が施され、その中心にGとSというイニシャルが刻されている。ふいに喉に痛みを覚えた。ウィスキーのせいだろうか？　突然喉が締めつけられたか、腫れあがったかのように感じられ、うまく息ができない。ましてや話すことなどできそうになかった。ようやく視線をあげてキャサリンと目を合わせると、彼女は心配そうにこちらをじっと見つめている。

「次のゲーム、きみはわざと負けるつもりなんだな」

キャサリンがかすかにうなずいたときに気づいた。彼女はいままでのゲームもすべて、わざと負けたのだ。おそらく勝てそうな手札をわざと捨てたのだろう。ゲームが終わるたびに、手札は山の一番下に戻されることになる。それを調べてみれば、その考えが正しいかどうかわかるだろう。

だが、調べるまでもない。キャサリンが間違いなくそうしただろうとわかっているから。

「きみのくし飾りも手袋も受けとるつもりはない。だがこれは――」

「すぐにあなたのものになる」

「なぜわざわざこんな手の込んだことを？　ただ僕に与えればいいだけなのに、どうしてそうしなかった？」

「レディは紳士にこういう贈り物をするべきではないから」そう、こんなに高価で個人的な品物を与えるべきではない。それがマナーだ。「それに紳士もそういう贈り物を受けとるべきではないから」

「僕はこんなクラブを経営し、他人にやってはならないことをするよううながしている。そんな男のことを本気で紳士だと考えているのか？　きみからの贈り物は受けとろうとしないと？」

「だってノーと言うつもりでしょう？」

グリフは苦笑いをした。「そうだな」

「仕事をしている男性は時計を持たなくちゃ。そう思わない？　あなたはまだ時計を持っていないことに気づいていたの」

キャサリンは手を伸ばし、懐中時計をひっくり返した。そこに短い言葉が刻まれている。

〝夢をつかめ〟

「あなたはキングスランドに手紙を書くことで、わたしが自分の夢をつかむ手助けをしてくれた。今度はあなたの番。自分の夢をつかんで」キャサリンがつぶやいた。

たしかに一つの夢はつかんだ。だがもう一つの夢は、いくら捕まえようとしてもこの手からするりと逃げていく。当然と言えば当然なのだが。

キャサリンは懐中時計を手に取ると、体を前のめりにして近づいてきた。太ももに彼女の膝が軽く触れる。その瞬間、情けないことに、つま先まで電流が走ったのがわかった。キャサリンはこちらの上着の前を開くと、ベストのポケットに懐中時計を入れ、ボタン穴にフォブの先端をつけてくれた。その間できたことといえば、ただひたすら彼女の顔を見つめることだけ。そこに浮かんでいたのは抑えきれない喜びの表情だった――こちらのために奉仕することが嬉しくてたまらないかのように。

「受けとれないよ」

彼女は胸を軽く叩《たた》いてきた。「もう遅い。すでにあなたのものよ」優しい瞳で見つめながら続ける。「それに、これならわたしの髪のリボンみたいに簡単にはすり切れない」

キャサリンはあの本に挟んであったしおりの正体に気づいていた。

ああ、彼女が信じられないほど近くにいる。とっさに両手を彼女の髪に差し入れ、シルクのごとき感触を楽しんでいた。「きみはこんなことをするべきじゃなかった。この場所にやってきたのも、僕に会いに来たのも、やってはいけないことだ」

「もう二度としない。今夜だけ。あともう一度だけ夢を見せて。あなたがわたしに与えてくれたように、わたしにもあなたに与えさせて」

「愛《いと》しい人、もしそれがきみの求めている夢だとしたら、僕らはこれから互いを与え合うことになる」そうつぶやいてキャサリンの唇にキスをした。

思えば、この唇の間からいままでさんざん皮肉っぽい言葉をかけられてきた。この唇は僕に両膝をつかせる不思議な力も持っている。いまこの瞬間、キャサリンは誰のものでもない。だがもうすぐ誰かのものになる――あの公爵のものに。彼女のためにそうなることを願っていたはずなのに、その事実を思うたびに体が引き裂かれるようだった。

そう、キャサリンが差し出そうとしているものを受けとろう。彼女に一片たりとも後悔させないために。キャサリンは大人の女性だ。キングスランド公爵も彼女くらいの年齢の女性に、異性との経験がまったくないことなど求めていないはず。少しだけ経験があることを喜ばしく思う可能性すらある。もしクラブが成功すれば、今後無知ゆえに夫婦の交わりをやみくもに恐れる女たちも少なくなるだろう。

あの冷徹な公爵だ、妻を心から愛することは一度もないかもしれない。だからこそ、キャサリンには彼女を心底愛している男と一夜をともにしてほしい。その本音を打ち明けることはできなかったが。彼女にはなんの後悔も、自責の念も感じてほしくないし、今夜を思い返すこともしないでほしい。もしあのときああしていたらどうなったのかなどと思い悩んでほしくない。

二人にあるのは今夜一夜だけ。今宵が過ぎれば、僕は自分のクラブを、キャサリンは彼女の小別荘を大切にしながら生きていくことになる。二人で過ごしたこれまでの思い出とともに。

手際よくレースを解いて留め金を外し、シルク、サテン、リネン、レースの布地を次々に脇へ放り投げていくと、とうとう生まれたままの姿のキャサリンが目の前に現れた。

「驚くよ……きみは本当に美しくて完璧だ」たぎる欲望に声がかすれている。「月明かりに照らされていたきみは、とてもこの世のものとは思えなかった。だがガス灯のあるこの部屋にいると、体のありとあらゆる部分が見える。本当に色が白いんだね、想像していたとおりだ」しかも脚の間の茂みは、髪の色と同じ。

「わたしにはあなたの一部分しか見えない。あなたのすべてが見たいわ」

キャサリンがくれた懐中時計を慎重な手つきでポケットから外し、ベッド脇の机にあるくし飾りの隣に置いた。それからやや荒っぽい手つきで上着を脱ぎ、床へ放り投げた。続いてベストとシャツ、ズボンも。

キャサリンはこちらへためらいがちに手を伸ばし、脇腹にある治りかけの傷口に触れてきた。みみず腫れになっている。傷跡は一生残ることになるだろう。「この傷のせいで、わたしはあなたを失いかけたのね」

両手で彼女の頬を挟み込んだ。「今夜は悲しいことを考えるのはよそう。恐ろしい記憶を思い出すのもなし。過去なんてどうでもいい――僕らにとって大切なのはいまなんだ」

「そのためにここがあるんでしょう？　ここは少しの間、いろいろな現実から逃げられる場所。本来あるべき自分ではなく、つかの間なりたい自分に、理想の自分になれる場所なのね」

「人によって、逃げたいと思う問題はさまざまにあると思うんだ。だからこそ、きみもあの小別荘に行くんだろう？　現実から逃れるために」

「ええ、そういうときもある。思い出を振り返るために行くときもある」キャサリンは体をぴったり押しつけてくると、首に両腕を巻きつけてささやいた。「これからはあの小別荘へ行くたびに、あなたのことを考えるようになる」

キャサリンにはわかっていた。このクラブへやってくるべきではなかったことも、グリフとこんなことをすべきではないことも。でも彼は熱っぽいまなざしをこちらに向けてくる――きみ以外のものは何もほしくないと言わんばかりに。そのまなざしにさらされていると、すべきではないことなんてもはやどうでもいいと思える。

グリフから唇を奪われた。優しくはない。何艘《そう》もの船をこっぱみじんに打ち砕く、猛烈な嵐を思わせるキスだ。力強く、強烈で、我が道を突き進むという決意が感じられるキス。

心から願った。どうかグリフの好きなように、わたしをめちゃくちゃにしてほしい。

これが間違ったことなのは百も承知だ。それなのに、どうしてこれほど正しいことに感じられるの？　むさぼるようにキスをされている間、グリフにぴたりと体を押しつけていると、なぜこんなに心地よくなるの？　彼の舌からウィスキーの味わいが伝わってくる。きっと彼には、こちらの舌に残るブランデーの香りが伝わっているのだろう。

指先をグリフの髪に差し入れながら思い出したのは、海からの風に吹かれ、彼の巻き毛が千々に乱れていた様子だ。これからはケントのどんな景色を目にしてもグリフを思い出すことになる。今夜一夜をともにしたあとは、もうあの地に戻れないかもしれない。どんなことであれ、グリフのことを思い出せば彼を求めずにはいられなくなるから。またほしくなる、永遠に求めてしまうだろう。

それでもウィルヘルミナの忠告に従って、今夜は自分自身のために、品行方正なレディならすべきではないことをしようと思い立った。結婚することが許されない男性に身を任せ、ごつごつとした傷だらけの両手を全身にはわされ、もう膝に力が入らない。

そのときグリフから体をすくいあげられ、小さな叫び声をあげた。ベッドへ体を横たえられたかと思ったら、すぐに上からのしかかられる。

「僕の枕の上で、きみの髪が広がるところをずっと想像していたんだ」グリフの指が差し入れられた巻き毛は、手袋が重ねてある枕の上に広がった。「信じられないほどきれいだ。僕のためにきみが三つ編みを解いてくれたあの夜も、本当はこうしたかった」彼は両手で赤褐色の巻き毛を集め、いっぱいになってこぼれ落ちると、そこに顔を埋《うず》めた。「本当に柔らかい。それにものすごくたっぷりしている」

「前からあなたの目が好きだった。アルシアと同じ色だけれど、彼女の目をじっと見つめていたいと思ったことは一度もない。でもあなたの目はのぞき込まずにいられないわ。きっといつもあなたが瞳をいたずらっぽく輝かせているからね。絶対に口に出してはいけないことを考えているみたいに見える」

「うーん」グリフが喉にキスの雨を降らせてくる。しかも小刻みゆえに、一度にほんのわずかしか上下していない。「きみはオレンジの香りがするね。僕はオレンジが大好きなんだ。きみを見て目を輝かせているのはそのせいかもしれない。こうしてきみを味わっている自分を想像して」

「ときにはぴりっとすっぱくなるかも」

グリフが頭をあげ、にやりとする。「そういう刺激も好きだ」

キャサリンは指を彼の顎に沿って滑らせた。指先から伝わってくる、髭《ひげ》のちくちくとした感触がたまらない。低くささやいた。「今夜わたしのすべてを奪って」

グリフは鎖を解かれた野獣さながらの低いうなり声を響かせると、ふたたび猛然とキスを始めた。この女はすでに自分のものだと言いたげな、独占欲たっぷりのキス。きっと本当にそうなのだろう。だってグリフがそばにいると、彼とキスすることしか考えられない。グリフがそばにいないときでも、彼とキスすることしか考えられない。グリフほどわたしを高ぶらせる男性はいないだろう。

思うままに互いの体を探り合い始めた。手と舌、指、口。ありとあらゆる体の部分を存分に使いたい。グリフの体から伝わってくる感触すべてが心地いい。いまこうして、彼のすべてを味わえることが幸せでたまらない。

今夜が終われば罪悪感に襲われ、これで本当によかったのだろうかと思い悩むことになるのだろう。そのときはそのとき。そういう感情に襲われてからどうするか考えればいい。でも、いまこうしてグリフの体をまさぐり、彼の悦《よろこ》びや興奮のうめきを聞いている瞬間を後悔することはけっしてないだろう。あの懐中時計を手渡したとき、グリフがこの世で一番大切なものを見るような目で眺めてくれたことも。この世で一番大切なのはきみだという目で見つめてくれることも。

グリフが胸の愛撫《あいぶ》を始めた。蕾《つぼみ》のような頂に舌をはわされ、キスをされ、なすすべもなくうめくことしかできない。喉の奥から絞り出した声が振動となり、その震えが胸へ、さらにもっと体の下のほうへと伝わっていく。とうとう、純潔を保つために守り続けてきた秘めやかな場所へと達したとき、突然その部分が解放を求め始めた。グリフが与えてくれるはずの解放を乞い願っているかのように。

ごく優しい手つきで襞《ひだ》をかきわけると、グリフは熱っぽい声で言った。「もうこんなに濡《ぬ》れている。僕を迎える準備ができているんだね」

彼が体を持ちあげると、脚の間に硬いものが当たるのを感じた。思わず両腕をグリフの体の下から両脇へ、さらに力強い背中へと滑らせる。惚《ほ》れ惚《ぼ》れするほど男らしい背中だ。波止場で重たい木箱やずだ袋を運んで鍛えた賜物《たまもの》だろう。

公爵の息子がそういう肉体労働をしていたと知れば、ほとんどの人は彼を落ちぶれたと考えるはず。でもわたしは違う。そうすることで、グリフは何がなんでも生き残るという決意を示したのだ。彼ならば、すべきことはなんだってするだろう。このクラブの経営を成功させた理由の一つがそこにある。かつてほかの人たちは――恥ずかしながらそのなかにわたしも含まれている――グリフを怠け者だと考えていた。でも実際はまるで違ったのだ。これからも彼は努力を惜しむことなく我が道を進み、成功をおさめていくだろう。

グリフはゆっくりと時間をかけて、欲望の証《あかし》を少しずつ挿入している。じわじわと押し広げられる感触に慣れるのを待ってくれているのだろう。片方の足でしっかりと踏みしめ、両膝を曲げ、体を持ちあげて、揺りかごのように彼を迎え入れる。グリフの低いうめきが彼の体を通じて伝わってくるのが心地いい。

グリフが腰を小刻みに動かし始めると、そのすばらしい感覚がさざ波のようにどんどん重なっていった。どうしても弱々しい泣き声をあげてしまう。二人の動きが激しくなり、体をぶつけ合うようになるにつれ、体の奥底で何かとてつもない力が生まれるのを感じた。嵐のせいで巻き起こった大波が海岸に次々と打ち寄せ、波しぶきを飛び散らせているかのよう。その激しい大波に二人ともいっきにのみ込まれ、あっという間に高みにさらわれた。思わず叫び声をあげると、すぐにグリフの低いうめきが聞こえた。二人の悦びの声が、互いの体のなかで響き合っている。

ようやく我に返ったとき、グリフが最後の瞬間に欲望の証を引き抜いていたことに気づいた。お腹の上に彼の種が蒔《ま》かれている。しごく正しい選択だ。これから結婚する公爵に、ほかの男性の子どもを授けるわけにはいかない。それでもなお、ひどく悲しい気分になった。グリフの子どもの命を授かり、この体のなかで育てる機会は永遠に失われたのだから。

グリフは唇に、両方の胸に、そして胸の谷間に唇を押し当てると口を開いた。「ここで待っていて。すぐに拭いてあげる」

祖母からよく言われたものだ。〝自分のやらなかったことをくよくよ考えるのはやめなさい。自分のやったことだけに集中しなさい〟

わたしはいま、何ものにも代えられない体験をした。このかけがえのない体験だけで十分だと満足しなければ。今夜も、これから続く残りの人生も。

「彼はわたしに結婚を申し込むつもりみたい。ここ二、三日のうちに、うちの父親と話したいと言っていたから」グリフに体をすり寄せたまま、キャサリンはぽつりと口にした。体にはがっちりした腕が巻きつけられていて、彼は指先でこちらの肩にゆっくりと弧を描いている。それにならうように、こちらもグリフの胸板に指をそろそろとはわせている。わざわざ〝彼〟が何者かを告げる必要はない。それにいまこの部屋で、彼の名前を口にしたくない。

「ずいぶん長いことかかったね」

「気にならないの？」

「なぜ気にしないといけない？　そうなるようにしむけたのはこの僕だ」

「ええ、賭けに勝つために」

グリフは何も答えようとしないが、そんな彼を責める気にはなれなかった。いったいこの場で何を言えばいいというのだろう？　賭けの勝ち金を回収しようとしなかった彼も、最後には回収した。結局みんなをあざむいてこのクラブを開業したのだ。もうそのことに憤りを感じてはいないものの、なお心のどこかで、グリフが認めてくれたらいいのに、と願う自分がいる——彼がキングスランド宛てに手紙を書いた当初の目的は、このクラブを所有するためではなく、わたしが心から望んでいるものを得る手助けをするためだったのだと。

ああ、わたしはなぜこんなに落ち込んでいるの？　どうしてもっと多くを求めてしまうのだろう？　これまで一度も、グリフから愛を告白されたこともないのに。

いまこうしてここにいるのは、グリフがわたしに対して愛情を抱いているせいではない。わたしが彼に対して愛情を抱いているせいだ。

これまでに何度、女たちはこれと同じ間違いを繰り返してきたのだろう？　あのトゥルーラヴ家がいい例だ。彼らが産み落とされたのは、同じ間違いが少なくとも六回起きたため。でも運のいいことに、わたしは望まれない子どもをこの世に送り出すことはない。いや、望まれていないわけではない。このわたし自身は望んでいる。でもうちの両親は、もし娘が身ごもったとわかれば屋敷から追い出そうとするかもしれない。そういう事態を免れられたのは、ひとえにグリフのおかげだ。彼に経験があり、この先のことを考えて避妊してくれたから。

自分以外の女性がこの部屋で過ごすと考えただけで耐えられない。でも、きっとグリフはこれから粛々と生きていくのだろう。そしてわたしはわたしなりの人生を歩むことになる。グリフには幸せになってほしい。誰か相手を見つけてほしい。わたしは公爵という相手を得るのだから。

「わたしがイエスと答えると考えているのね」

グリフは身じろぎをし、ベッドの上で片肘を突くと、こちらを見おろした。「もちろん、きみはイエスと答えるだろう。これまでずっと望んできたものを手に入れるための機会がついに訪れたのだから」指先を丸めてキャサリンの首の側面にそっと押し当て、親指で彼女の顎をさすりながら続ける。「僕は実際にあの場所へ行ったんだ。きみがなぜあの場所を愛しているか、喉から手が出るほどほしがっているのかよくわかった。本当にあそこはきみにふさわしい場所だ。小別荘も、海も、海岸線も、夜明けもすべてきみのもの――いつだってあの場所にいるきみの姿が見える」

記憶のなかで。

それはわたしも同じこと。いつだってあの場所にいるグリフの姿が見える。それにこの場所もそうだ。かつては打ち捨てられていたこの建物にグリフは命を、心を、未来を与えて生まれ変わらせた。実の父親にも社交界にも裏切られたというのに、彼はその運命を逆手に取ってまったく別の一面をあらわにし、前より強くてすてきな男性になった。自らの野心を達成できる能力を持った男だと証明してみせたのだ。

「ここに戻ってくることはできないわね……もう二度と」

「ああ、そのとおりだ。きみの会員資格を取り消しておく」

「もしわたしが彼にノーと答えたら？」

「ありえない」

グリフが体を回転させてベッドから抜け出すと、ズボンをつかんだ。

キャサリンは起きあがり、シーツを胸まで引きあげた。「いったい何をしているの？」

グリフはシュミーズと下穿き《ドロワーズ》を放り投げてきた。「服を着ようとしているんだ」

「なぜ服なんか」グリフは怒っているようだ。実際、全身から激しい怒りが感じられる。

「そろそろ帰ったほうがいい。きみの馬車まで送っていく」

「どうして突然そんなことを言い出したの？」

グリフはこちらに向き直った。間違いない。かんかんに怒っている。

「なぜ彼にノーと答えようかなどと考えるんだ？　僕にあれほど骨を折らせて、ようやく彼とつき合えることになったのに？　そのせっかくの機会を利用しない手はないだろう？」

「あれほど骨を折らせて、ですって？」ベッドからはい出て、体の両脇で拳を握りしめ、グリフをにらみつけた。「これから何をするつもり？　彼が本当にわたしと結婚するかどうか、また賭けでもするの？」

「ばかな」

グリフの声には確固たる自信が感じられない。キャサリンはにわかに恐ろしくなった。

彼は本当にそうしようとしているのかもしれない。「だったら、なぜわたしが彼と結婚するかどうかをそんなに気にしているの？」

「それこそ、僕があの小別荘から立ち去った理由だからだ。あのまま残っていたら、誘惑に屈してきみを自分のものにしていただろう。それにきみのほうは、ひとときの情熱を愛情と勘違いして、二人の関係を続けられるはずだなどとばかげた考えにしがみついていたはずだ。だが僕と結婚したら、自分が何を失うことになるか本当にわかっているのか？ まずはっきりしているのは、きみが何も相続できなくなること。そうだろう？ 社交界での立場も失い、ディナーに招かれることもなくなる。舞踏会に出席することも。誰もきみを訪ねてこなくなるんだぞ」

「アルシアのご家族はあなたを歓迎していたわ」

「それは僕らが血縁関係になったからだ。いまきみのまわりにいる人たちはどうだ？ 全員、僕とは関わりたくないと思うに違いない。僕は彼らの秘密を知っている。彼らも、僕に秘密を握られているのがわかっている。だったら、このクラブにやってくる人たちはどうなんだって？ 彼らはここを訪ねていることを秘密にしている。このクラブで姿を見られるのは自慢できないことだと考えているからね。このクラブがどういう行為をうながす場所か、よくわかっている——僕がここで何をうながしているかも。彼らが自分の屋敷にそんな男を喜んで招待するはずがない。もしきみが僕のそばにいれば、きみだって彼らに歓迎されなくなるんだ」

「そんなの、わからないわ」

「いや、僕にはよくわかっている」グリフはかぶりを振った。「だがすべてどうでもいいことだ。僕は結婚に向いていない。そんな足かせに拘束される気はさらさらないんだ。きみは一晩の逢瀬《おうせ》を求めてやってきたし、僕がきみに与えたいと思えるのはそれだけだ。きみはまんまとこの場所の罠《わな》にはまったようだな。このクラブのすべてが幻想なんだよ。さあ、そろそろきみの公爵のもとへ戻るべきときだ」

グリフは目の前にいるキャサリンを見つめた。もっともな憤りに体を震わせながら立ちはだかっているその姿は輝かんばかりに美しい。いまでもまだ、さまざまな部分の肌が無精髭にこすられてピンク色に変わっているのがわかる。先ほどまでほてっていた彼女の頬の赤みが薄れていく様子も。

そしていま、キャサリンの瞳に不信感と心の痛みが宿っているのがはっきりと見えた。心が千々に乱れる。

だが僕のために、彼女に大切な夢をあきらめさせるわけにはいかない。

のけ者にされるのがどういうことか、キャサリンにわかるはずもない。どれほど心がずたずたになり、傷つけられることなのか。彼女にとっては、もっとひどい事態に感じられるだろう。何しろ、これまで全面的に受け入れられてきた社交界から、突然冷たく背を向けられるのだ。打ちのめされ、心がぽっきりと折れるに違いない。そして結局、自分にそんな代償を払わせたこの僕を恨めしいと感じるようになる。

キャサリンの身にはいかなる不幸も降りかかってほしくない。こちらのせいで彼女が気まずさを覚えたり、悔しい思いをしたり、恥辱を味わわされたりする姿を見たくない。

「あなたは変わったと思っていた」キャサリンは自分の下着をつかんだ。「でも結局、ろくでなしの悪党のままだったのね」

「ああ、いつだってそうだ。それが性に合っている」たとえいま、身を裂かれるような思いにさいなまれていたとしても。魂がずたずたに引き裂かれ、このままなすすべもなく地獄へ堕《お》ちそうになっていたとしても。

キャサリンが進み出てドレスを手に取った。レース紐《ひも》を結ぶ手助けをしようと一歩踏み出したが彼女からにらみつけられ、すぐに立ち止まった。

「あなたの手助けなんて必要ない。もうこれ以上、あなたに用はないわ」

キャサリンが苦労しながら着替えをする間、グリフはズボンを穿《は》いてシャツを身につけ、ブーツを引っつかんだ。どうやったのか定かでないが、キャサリンはなんとかドレスを身にまとうと、こちらが着替え終わる前に扉に向かい出した。すぐさまあとを追う。

「エスコートは不要よ」そっけない口調で彼女は言った。

「きみの馬車は馬屋で待たせているんだろう？　馬屋へ直接行ける裏口がある」

それからずっとキャサリンは無言のままで、一番下の階へたどり着くとようやく口を開いた。「その扉まで案内して」

グリフは彼女を引き連れて廊下を進み、厨房《ちゅうぼう》を通って裏口にたどり着いた。掛け金を動かして扉を開けると、キャサリンが脇を通り抜けた。今回は、ドレスのスカートが少しでもこちらの脚をかすめないよう細心の注意を払いながら。

自業自得だとわかってはいても、腹に強烈なパンチを見舞われたような気分だった。

キャサリンは肩をそびやかし、頭を高く掲げたまま、ひたすら前に進んでいく。すぐに従者が馬車の扉を開け、彼女に手を貸し、馬車に乗る手助けをした。

馬車に乗り込むと、暗がりのなか、キャサリンの姿は見えなくなった。窓から外をのぞこうともしないまま、彼女は立ち去った。

やがてすべてが静けさに包まれた。

グリフはがっくりと両膝を突き、うなだれると低くうなった。彼女を手放してしまった痛みで、いまにも壊れそうな心を抱えながら。

20

その日一日ずっと、キャサリンはぼんやりしたまま過ごした。十分に愛されたはずの体が絶え間なくうずき、気づくとグリフのことを考え、彼がどんなふうに愛撫《あいぶ》してくれたかを思い出してしまう。あの巧みな愛撫によって、彼はわたしを心から愛し、大切に思い、本気で望んでくれているのだと確信できた――彼自身の口から残酷な真実を告げられ、そんな確信がすべて吹き飛ぶまでは。

アルシアが訪ねてきて庭園で一緒に紅茶を楽しんだときは、うっかりこう打ち明けそうになった。〝わたし、大きな間違いを犯したの。あなたのお兄様と激しく愛し合ってしまった〟

ウィルヘルミナから公園の散歩に誘われたときも、うっかりこう告白しそうになった。〝あなたの言うとおりだったわ。女って少なくとも一生に一度は不道徳なことをするべきよね〟――不道徳なことをする相手は慎重に選ぶべきだったけれど。

何気なく図書室に入ると、間の悪いことに、母が父の膝上にのってキスをしているところだった。近くの床に本が落ちていることから察するに、母は父親の読書を邪魔し、もっと楽しいことをしようと誘いかけたのだろう。胸の先端がうずくのを感じながら、両親に気づかれないよう図書室から出て、心のなかでつぶやく。この先、あんなふうに自然に愛し合える瞬間がわたしに訪れるのだろうか？　キングスランド公爵と結婚することはすなわち、そういったかけがえのない瞬間を犠牲にすることなのでは？

公爵は焦がれに瞳を煙らせたり、ほとばしるような欲望とともに両手を伸ばしたりしてくれるだろうか？　わたしの全身を愛撫できるのがどれほど幸せか、低いかすれ声でささやいてくれる？　体のどの部分を愛撫してほしいのかと尋ね、こちらからも積極的に彼の体に触れるよううながしてくれるの？

午後訪ねてきたレディたちと一緒に過ごしながらも、キャサリンは一人になりたくてしかたがなかった。彼女たちが嬉々《きき》としてレディや紳士にまつわる噂話《うわさばなし》を披露しても、ほとんど耳に入ってこない。できることならいますぐ自分のベッドにもぐり込み、グリフのことを考えていたい。彼と二人で過ごしたひとときを振り返り、あんな濃密な瞬間は二度と訪れない事実を嘆き悲しみたい――今後グリフとの間には、いかなる瞬間も始まらないことも。

わたしはグリフから離れ、別の未来を歩くことになる。誰よりも自分を愛していると信じていた祖母の手によってお膳立てされた人生を。祖母ほどわたしが最高の人生を送ることを願っていた人はいない。だからこそ、そういった人生を手に入れるご褒美として、あの小別荘を用意してくれたのだ。でも、もしそのご褒美が、これから自分が払おうとしている代償に見合わないものだったとしたら？

ここから離れなくては。本当の自分になれるのはあの場所だけ。何ものにも邪魔されることなく考えられるあそこへ行く必要がある。たわいない噂話をするために立ち寄る者が誰一人いない場所に――

両親が体をくっつけていない一瞬を見計らって、数日間ケントへ行ってくると告げ、メイドに小さなトランクへ荷物を詰めるよう申しつけた。

旅行用のドレスに着替え終えたちょうどそのとき、寝室の扉を叩《たた》く音がして、母がいきなり入ってきた。こちらの返事を待つ余裕もないほど興奮している様子だ。

「ああ、キャサリン、ついに公爵があなたのお父様と一対一で話したいとやってきたの。いま図書室で話し合っているところよ」母は小さな叫び声をあげ、娘の両手を握りしめた。「今夜にはあなたの婚約が決まる。絶対にそうなるわ。さあ、着替えなさい。公爵のプロポーズを受ける準備を整えるのよ」

たしかに、キングスランドは父と話をするつもりだと言っていた。でもまさか、こんなに急だなんて。「彼が投資について話している可能性だってあるわ」

「まさか！」母は一蹴するように手をひらひらとさせた。「ねえ、あなた、公爵夫人になるのよ。あなたのおばあさまが生きていたら、どれほど喜んだことか」

「喜んだかしら？」

「もちろんよ。おばあさまはあなたが大切にされるのを見たがっていたんだもの。英国広しといえど、キングスランド公爵以上にあなたを大切にしてくれる貴族はいないはずだわ」

化粧台の椅子に座りながらキャサリンは思う。母の言葉は正しい。公爵と結婚すればすてきな屋敷に住み、美しい服を着て、よく気がつく使用人たちによって大切に世話されるだろう。でもキングスランドのことを恋しいとは思えない。彼とのキスを思い描いても体がかっと熱くなったりしない。どうしても触れてほしいとも思えないし、彼はどうしているだろうと一日に何度か心配になったりもしない。こんな状態がキングスランドにとって正しいことなのだろうか？　そして、わたし自身にとっては？

「でもおばあさまが望んでいたのは、そういうふうにお世話をされることなのかしら？　わたしは彼についてほとんど知らないのに」

「あの方は忙しい人だから。噂によれば、この段階ですでに年収が去年の二倍に増えているそうよ」

「そんなことをしなくても十分お金持ちなのに」

「彼はいま、さらにお金持ちになっているということよ。あなた、いったいどうしたの？

彼の求婚をはねつけるための言い訳を探しているみたい」

「そういうわけじゃない。でも、いよいよという時を迎えたいま、彼のことをほとんど何も知らないことが心配でたまらなくなってきたの。彼が好きなのはどんな本なのかも、彼がどういう事業を手がけているかもほとんど知らないし——」つい最近、公爵が興味を持っている二、三のビジネスについて話を聞いたことがあるだけだ。「——時間があるとき、彼が何をして楽しんでいるのかも知らないんだもの」

「何をぐずぐず言っているの？　せっかく理想の結婚を手に入れようとしているのに。これであなたの人生のすべてが決まる。そういう結婚をするために、あなたはこれまで努力してきたはずよ」

「わたしが努力をしてきたのはこのため？　本当にそうなのかしら」

「ねえ、最近のあなた、ものすごく変よ。もしかしてアルシアの影響？　あなたのお父様が〝彼女は立派な男性と結婚したから〟と、また訪ねるのを許したせい？　あなたの頭をおかしな考えでいっぱいにしているのはアルシアなの？」

「違うわ」キャサリンは立ちあがり、窓辺まで歩いた。車回しに公爵の紋章入りの黒い馬車が停《と》められているのが見える。ああ、あの海はどこ？　どうしてもあの海が見たい。けれどもし公爵と結婚しなければ、わたしはあの海を失うことになる。

もちろんブライトンにも海はある。とはいえ、ケントと同じ海というわけではない。それにブライトンにはグリフとの思い出が一つもない。なぜグリフの思い出にこだわってしまうのだろう？　彼はわたしのことなどこれっぽっちも求めていないのに。

「キャサリン、いったい何があったの？」母は隣にやってくると、キャサリンの背中に流れ落ちている巻き毛を軽く叩いた。「キングスランドがあなたとの結婚についてではなく、あなたのお葬式について話しているような態度ね」

キャサリンは体の向きを変え、この世に自分を生み出してくれた女性に面と向き合った。

「お母様は三十年間も愛を待ち続けてきた。もう少し早く、お父様の愛を得られたらよかったのにとは思わない？」

母は娘の髪の毛をいじるのをやめ、ぼんやりと窓の外を眺めた。いま母は何を見ているのだろう？　これまで何を見つめてきたのだろう？

「ねえキャサリン、なかには愛を知らずに一生を終える女性だっている。たとえ待たされたとしても、まったく愛されないよりずっとましだわ」

「質問の答えになっていないわ」

「もちろん、わたしだってもう少し早ければよかったのにと思う」母は両肩を怒らせ、ふたたび娘を見つめた。顎をぐっと持ちあげたその顔に浮かぶのは、もはや母としての優しい表情ではない。伯爵夫人としての誇り高い表情だ。「でも長いこと愛を得られなかった間も、ひもじい思いをしたり、寒さを耐え忍んだり、何かを我慢したりすることは一度もなかった。愛とは手に入れられたらすばらしいものだけれど、与えられない可能性もある。現実的になりなさい。もしお父様が亡くなったら、あなたのおじも、彼の息子も、あなたに何も与えるはずがない。もちろん、あなたの面倒も見ないし、本来あなたにふさわしいはずの影響力や権力、名声も与えようとしないでしょう。でも公爵夫人になれば違う。それもキングスランド公爵夫人になれば、いまの十倍の力を手に入れられる。もしこの結婚の申し込みを断れば、あなたはあなたのおばあさまだけでなく、わたしやあなたのお父様までがっかりさせることになる。それにいずれは、あなた自身も自分にがっかりする羽目になるわ」母はキャサリンの手を握りしめた。「噂では、キングスランドが受けとった手紙は百通を超えたとか。そのなかから彼はあなたを選んだ。そこに愛のきざしが感じられるはずよ」

「ええ、わたしもその可能性はあるかもしれないと考えているわ」こちらが望む〝愛〟は、母が考えているものとはまったく違うけれど。

母はキャサリンの旅行用ドレスの袖を引っ張った。「さあ、もう少し魅力的な服に着替えて。サラ、あの緑色のドレスを」

「かしこまりました、奥様《マイ・レディ》」キャサリンのメイドが答えた。

「わざわざまた着替えるの？」

「もちろん着替えなくてはだめ」母は娘の顔を両手で挟み込んだ。「彼から求婚された瞬間はあなたにとって大切な記憶になるし、彼だって何度も思い出すことになる。だからこそ、輝くように美しい最高のあなたでいなければ」

どういうわけか、キングスランドが求婚の瞬間を何度も思い出す姿は想像できなかった。

そのとき扉を叩く音がした。どこか急いでいるようなノックだ。

「ほらね！」母が叫ぶ。

メイドの一人が扉を開けると、部屋に入ってきて、短いお辞儀をした。「客間でキングスランド公爵がお待ちです。レディ・キャサリンとお話ししたいとおっしゃっています」

母は安堵《あんど》したように深いため息をついた。「閣下《ヒズ・グレイス》に、わたしたちはすぐに階下へおりていくと伝えてちょうだい」続いてキャサリンに向き直った。「さあ、ちゃんとしたドレスに着替えて」

旅行用のドレスを脱ぎ、緑色のドレスを身につけている最中、キャサリンはまるで女優になったかのように感じていた。母がお膳立てした演劇の舞台へと向かおうとしている、と。その証拠に、母はセリフまで教え込もうとしている。

「彼には深い感謝の気持ちを伝えるのよ。わたしを選んでくれてありがとうございます、こんなに名誉なことはありません、必ずや――」

「お母様、公爵になんと言うべきか教えてもらう必要はないわ。こういう場合にどう答えるのが正しいか、いままでずっと教え込まれてきたんだから」

母は言い返そうとせず、娘の両腕を強く握りしめた。「すごく浮かれた気分になっているだけよ。だってあなたが幸せになれるんだもの。さあ、彼があなたに何を求めているのか、その目でちゃんと確かめてきなさい」

「黙って」

　母は娘をにらんだ。「なんですって？」

「黙っておとなしくしていること——それこそ彼がわたしに求めていることなの」キャサリンは母の腕に腕を巻きつけた。「でも、ええ、彼がわたしになんと言ってくるか、この目でしっかり確かめてくるわ」

　二人で階段をおりる合間も、母はキャサリンのウェディングドレスをどうしたいかについて話し続けた。チュールやサテン、レースをふんだんに使いたいことや、ベールや引き裾《トレーン》の長さまでだ。でも何もかもつまらないことのように思える。プロポーズを目前に控えた高揚感は、いったいどこへ行ったのだろう？　結婚に対する喜びや期待はどこへ？

　母に付き添われて客間へ入ると、暖炉脇にキングスランド公爵が立っていた。炉棚に腕を押し当て、やや首を傾けて火のない炉床を見つめている。二人の足音を聞きつけ、公爵は振り返った。

　惚《ほ》れ惚《ぼ》れするほどのハンサムぶりだ。黒い髪が、精悍《せいかん》な顔つきをいっそう引き立てている。それなのになんのときめきも感じない。冷めた紅茶が入ったカップを見たときのよう。

いますぐこの指を公爵の髪に差し入れ、頭から両肩へ滑らせたいとは思えない。彼の両腕に飛び込んでいる自分の姿も想像できない。

「閣下《ユア・グレイス》」母はよどみない足取りでキングスランドへ近づき、お辞儀をした。「あなたがお呼びだと聞き、二人とも喜んでやってきました」

「レディ・リッジウェイ、いつもながらお会いできて光栄です」

「でもあなたがここにいらしたのは、わたしに会うためではないことはわかっています。だからわたしはこのあたりで」

流れるような足取りで扉へ向かう母はキャサリンの脇を通り過ぎるとき、鋭い一瞥《いちべつ》をくれた。〝しっかりやるのよ！〟

母が出ていくと、キャサリンは公爵にかすかな笑みを向けた。「閣下《ユア・グレイス》、紅茶はいかが？」

「いや、いいんだ。ありがとう。座ったら？」

キャサリンはそのまま公爵に近づいたが、一メートルほど手前で立ち止まった。「いいえ、わたしは立っていたいんです」

「ご自由に」公爵は咳払《せきばら》いをした。「たったいま、きみのお父上と会ってきたところだ。何を話し合ったかは、きみもわかっていると思う」

「実際にその場で聞いていたわけではないから、どんな話し合いだったか自信たっぷりに答えることはできないわ」もしグリフがこんなばかげた話の切り出し方をしたら、これと同じ返事をしただろう。グリフもこんな返事を気に入るわけがないけれど、瞳には称賛の色を浮かべるはずだ。でも、目の前にいる公爵の目に浮かんでいるのは単なるいらだちだった。

「妻になっても、そんな反抗的な態度を取るつもりじゃないだろうね？」

「一度も妻になったことがないから、正直、自分がどんな妻になるかなんて言えないわ」

「きみが自分のよさを訴える手紙を僕に送らなかったのは、それが理由なのか？」

「あなたに手紙を書かなかった理由はたくさんある」

「なるほど。たとえそうだとしても、僕はきみのお父上と話し合い、合意に至った。だからあとはこうするだけだ」公爵は一歩前に踏み出し、頭をわずかに傾けた。「レディ・キャサリン、僕の妻になってくれるだろうか？」

キャサリンは公爵をしばし見つめた。彼は返事を待つだけで、それ以上動こうとはしない。「片膝を突かないのね」

「気を悪くしないでほしいが、僕は誰に対してもひざまずいたりしない」

脳裏に思い浮かんだのは、ためらうことなく両膝を突いていたグリフの姿だ。そうすることで、あのまま命を奪われるかもしれなかったのに。悪夢にうなされていたときはすぐに駆けつけて目覚めさせてくれた。しかも、その悪夢に代わる甘やかな記憶を与えてくれたのだ。まったく別の形で両膝を突いて。

それなのにグリフィス・スタンウィックはあのすべてが幻想だと言った。きみの公爵のもとへ戻るべきだと。こちらに一晩の逢瀬《おうせ》の機会を与えただけなのだと。でももしわたしがそれ以上のものを望んでいるとしたら？

「夫になっても、そんな反抗的な態度を取るつもりじゃないでしょう？」

公爵が短い笑い声をあげたそのとき、突然気づいた。これまで彼が笑った声は一度も聞いたことがなかった。いまは愉快そうに笑っているけれど、こちらの魂の奥深くまで届き、魂をわしづかみにするような笑い声ではない。公爵がここから立ち去って一時間も経《た》てば、記憶からかき消えてしまうだろう。

「一度も夫になったことがないから、正直、自分がどんな夫になるかなんて言えない」公爵はかぶりを振った。「いや、それは違うな」

「前に誰かの夫だったことがあるの？」

公爵はにやりとした。今回は返しに感心した様子だ。「いいや。だが自分がどんな夫になるかはわかっている。間違いなく鼻持ちならない夫になるだろう。僕には僕なりの期待があり、その期待が叶《かな》わない状態が我慢できない。きみは少なくともその期待のうち、一つは知っているはずだ。グリフィス・スタンウィックを使って、僕が妻に求める条件を聞き出したのだから」

キャサリンは目玉をぐるりと回した。「ええ。あの日公園で、あなたがそのことに気づいたとわかったわ」

「僕が妻に何を期待しているかわかって、きみはいくぶんほっとしたかもしれない。ただ僕は、自分自身に対してはるかに厳しい基準を設けている。できる限りの努力をして、よき夫になるつもりだ。絶対にきみをひっぱたいたりしないし、きみの気持ちをわざと傷つけるようなまねもしない。浮気はしないし、僕の献身を疑わせるような不誠実な態度もいっさい取らない」

「献身は愛情とは違うわ」

「ああ、いまの僕が誰かを愛せるとは思えない。だがおそらく、きみがそれは間違いだと証明してくれるだろう」

「あなたは自分の間違いを証明されるのが好きな男性には思えないけれど」

「もう僕のことをよくわかっているんだな、レディ・キャサリン」

「残念ながら、わたしたちはお互いについてほとんど知らない。いまから五年後は、お互いについてどれくらい知るようになっているかしら？　十年後は？　もしあなたがわたしを愛せなかったら――」

「きみには相続すべきものがある。きみのお父上がその内容について説明してくれた。きみはその相続ができれば満足だと理解している」

「ええ、人はそう思うでしょう。わたしの祖母もそう考えていた。でも、祖母はわたしのについてよく知らなかったのではないかと疑い始めているの」キャサリンは小さく、皮肉っぽい笑い声をあげた。「いまのいままで、わたし自身も自分について知っているかどうかはわからなかったわ。祖母が亡くなったのはわたしが十二歳のときで、当時はとにかく祖母を、そして彼女が愛した環境を取り戻したいということしか考えられなかった。でも、あの小別荘が自分のものになっても祖母は戻らない。祖母の愛情はあの小別荘に宿っているわけではないから」自分の心臓に片手を当てながら続ける。「祖母の愛情が宿っているのはここ――わたしの心のなかなんだわ。愛情に満ちたすべての思い出とともに」

「この話し合いがどういう方向へ向かっているのか、僕にはわからないよ」

「そうね、たぶんそうなんでしょう」自分でもどういう流れになるのか不安なまま、話し始めたのだ。でも、いまははっきりとわかっている。もしキングスランドの結婚の申し込みを受けたら、わたしは愛の思い出に満ちた一生を犠牲にすることになるだろう。「閣下《ユア・グレイス》、いつの日か、あなたがためらいなく両膝を突きたいと思う女性を見つけることを願っているわ。でも、その女性はわたしではない。あなたの感動的な求婚に対するわたしの答えはノーよ。わたしはあなたと結婚しません――あなたとは結婚できないの」

「無理になかに入ろうとしている公爵が一人いるんです」

グリフは受付の間で、画家が手際よく、つい最近会員になったばかりのレディの会員証へ似顔絵を描くさまを眺めていた。キャサリンからいいアイデアを聞かされてすぐに画家を雇ったのだった。彼は有能だ。手早く似顔絵を描けるうえに、とても正確ときている。キャサリンのアイデアは実に的を射ていた。おかげで、前よりも会員たちを待たせずに入店させられるようになった。彼らは似顔絵の描かれた会員証をビリーに見せるだけでいい。ちなみに、ビリーは会員ではない者たちを追い払うのもうまい。そんな彼がいったい何を手間取っているのだろう？　画家のそばから離れながら、グリフは巨漢のビリーに注意を向けた。

「公爵は入場禁止だと言ったんですが、自分は入場できると言ってます。まったくお高くとまった嫌な奴《やつ》ですよ。こっちの言うことも聞かずにどんどん入ってくるから、もう少しで殴りつけてやるところだったんですが、まずは彼の言い分が正しいかどうか、あなたに確認するのが一番だと思ってやってきました」

それほど不愉快な公爵ならば一人だけ心当たりがある。「基本的に公爵は入場禁止だが、今回その公爵とは個人的に話してみよう」

廊下に出てキングスランドが立っているのを見ても、別段驚きはしなかった。言われたとおり廊下で待ってはいたものの、勝手に店内がさらによく見える奥まで進み、階上にある各部屋を見あげている。

「閣下《ユア・グレイス》」

キングスランドは視線を下げ、グリフを見た。「このクラブに関する噂は聞いたことがある。ここの会員資格は相続人となる長男を認めていないとか」

「彼らのほうがここの会員資格に当てはまらないんだ」

キングスランドは低く含み笑いをした。「いかにも次男らしい物言いだな。だがここが流行《はや》っているのは、それなりに権力のある貴族男性がこの場所を褒めているおかげのはずだ」

「それなりの権力があり、この場所を褒めるのは貴族だけじゃない。それに男性だけでなく女性もいる」

公爵はにやりとした。「ああ、トゥルーラヴ家の面々のことか。チャドボーンはとんでもないろくでなしだったことが明らかになったな――きみの妹に背を向けたせいで。彼女のほうは立派に名誉を回復したがね」

「兄と僕であいつに拳を見舞ってやった。もしいかなる形であれ、きみがレディ・キャサリンを不幸にしたら、きみにも同じことをするつもりだ」

「彼女が幸せになれるかどうかは、僕の責任ではない」

「彼女の夫になる以上、きみが責任を負うと決まっている」

「僕は彼女の夫にはならない」

溶岩のような激しい怒りが込みあげ、グリフの全身を貫いた。「この期に及んで、きみは彼女を振ったのか?」

「彼女が僕を振ったんだ。きっぱり断られた。プロポーズしたとき、僕がひざまずかなかったのが許せなかったようだ。僕にしてみれば、手紙を送ってこなかった女性を選んだのは一種の賭けだった」

その言葉を聞かされたとたん、頭が真っ白になった。「手紙を送ってこなかったとはどういう意味だ?」

「やはりそうか。常々、きみには薄っぺらい知性しかないと思っていたんだ。複雑な言い回しが理解できないようだな?」

くそっ、いますぐこいつのいかにも貴族的な鼻に拳を見舞ってやりたい。「あのばかげた浮かれ騒ぎのなかで、きみは彼女の名前を覚えていなかったんだろう。だから彼女からの手紙だとわからなかったんだ。もしくは、彼女からの手紙を見逃したに違いない。実際彼女がきみ宛ての手紙を書いているのを、僕はこの目で見たんだ」

「彼女は手紙を書いたかもしれないが、実際には送ってこなかった。あの公園で彼女と会ってから、僕は届けられる手紙に特に注意を払い、一通ずつ目を通すようになり、彼女の名前がないかどうか気にかけていたんだ。彼女がどんな手紙を書いてくるか興味深かったから」

「きみが彼女と会ったのはあの公園だけじゃない。三年ほど前の舞踏会で初めて出会い、彼女とダンスもしていた」

「へえ、そうなのか？　それは驚きだ」公爵はグリフをじっと見つめた。「だがきみからの手紙なら受けとった。おそらく彼女がきみを使って書かせたんだろう、そちらのほうがはるかに優れた戦略だと考えたに違いない——最初はそう思った。ところが彼女の名前を発表した夜、二人でダンスをしているときに、彼女がきみの手紙について何も知らないのだと気づき、いっそう興味をかき立てられた。いったいなぜ、きみはあの手紙を僕に書いたんだ？」

こんちくしょう！　目の前にいる鼻持ちならない男に罵詈雑言《ばりぞうごん》をぶつけたい。だがそうする代わりに打ち明けた。「僕はきみが彼女を選ぶほうに賭けていた。賭けに勝つために、きみの妻選びに少しでも影響を与えたかったんだ」それにキャサリンのためでもある。彼女が望みのものを手に入れられるようにしたかった。だが、それをこの嫌みな奴の前で明かすつもりはない。

「もっともな理由だ」キングスランドはあたりを見回した。「この事業がうまくいくよう幸運を祈っている。自分が思いつけばよかったのにと思うよ。巨額の利益があがりそうな商売だ」

キングスランド公爵は踵《きびす》を返し、扉のほうへ向かい始めた。

グリフは二歩ほど前に進み出た。「なぜすぐ彼女に結婚を申し込まなかった？　どうしてこんなに時間をかけた？　今度こそ本当の答えを聞かせてほしい」

公爵は肩越しにグリフを一瞥した。「僕の愚かな思いつきだ。彼女が僕のことを憧れとともに見つめてくれる日が来るのを待っていたんだ。あの日、彼女が公園できみを見つめていたようにね」

21

いつもながら自信たっぷりの足取りで、キングスランド公爵はお気に入りの紳士クラブに入るとまっすぐ図書室へ向かった。ほかの者たちが待っている。

負けることには慣れていなかった。負けるという状態そのものがどうもしっくりこない。冷酷な戦略、それが自分のモットーだ。というか、それは〝チェスメン〟――自分と友人たち――がオックスフォード大学時代から実践し続けてきたモットーでもある。全員、ゲームの戦い方を熟知した者ばかり。いかなるゲームであっても、狡猾《こうかつ》かつ容赦ない戦略に基づいて確実に勝ち続けている。だからこそ周囲から恐れられると同時に尊敬もされているのだ。自分たちは複雑なルールもちゃんと理解している。細部を知ることこそ、既存のいかなるルールも見事に壊し、結果的にチェスメンたちに常に勝利をもたらす秘訣《ひけつ》だと。

キングスランドはすぐに、図書室の反対側の角にいる三人組に気づいた。三人とも革張りの袖椅子にゆったりと座り、ほかの者たちに聞こえないよう声を抑えて何か話し合っている。一つ空いた椅子近くにあるテーブルには、すでにスコッチの入ったグラスがのせられていた。彼らはみな、キングスランドの到着を待ち受けているのだ。

キングスランドはいきなり分厚い革張りのクッションにどさりと座ると、グラスを手に取って掲げた。「さあ、紳士諸君、支払ってくれ」

「冗談だろ」ビショップが言う。「彼女はきみの求婚をはねつけたのか？」

スコッチをぐっと飲み干すと、キングスランドはそっけない笑みを浮かべた。「ああ、そうだ。彼女はキングよりポーンを選んだ」

「彼女がそうするだろうとなぜわかった？」ルークが尋ねる。「きみが自分自身を賭けの対象にしたことなんてこれまで一度もなかった。それなのに今回、きみはためらいもせずにそうした」

「なぜわかったか？　この観察力のおかげだ。ずっと前に公園で出会った日、あの二人の間にぴりぴりした空気が漂っているのに気づいた――濃密な、性的な緊張感がね。彼ら自身はその正体が何か、まだ気づいていない様子だったが」

「この結果だときみは愚か者のように見えるぞ。何しろ、これまでずっと彼女に時間や手《て》間隙《まひま》を費やしていたんだ」

「ほかに僕にどんな選択肢があったというんだ？　あの父親が謀反人となって大騒ぎを引き起こし、結果的に彼はしばし僕らの世界から放り出されることになった。だが彼がふたたびこの世界に舞い戻ってきたと聞いたときにわかったんだ。本来あるべき状況に戻るまでに、さほど時間はかからないだろうとね」

「もし彼が僕らの世界に戻ってこなかったら？」

「彼女との結婚話は順調に進んだはずだ。彼女は興味深い女性だからな」あまり口数が少ないとは言えないが、実に興味をそそられる女性だった。

「だがそこで質問したい。あのポーンはレディ・キャサリンを自分のクイーンとして選ぶだろうか？」

「あの二人が八月までに結婚するほうに千ポンド賭けてもいい」すでに勝ち金を手にしたかのような自信たっぷりの表情で、キングスランドは答えた。

「ずいぶんと具体的だな。その賭けに応じたら、きみ自身、愚か者だと証明するようなものだろう」

「ああ、実際そういうことになる。だから賭け帳に載せておくつもりだ」

ナイトがキングスランドをまじまじと見つめた。「ロンドンじゅうから負けたと思われているにしては、きみはさほど困った様子に見えないな」

「僕は負けてなどいない。今回の賭けできみたち一人一人から千ポンド受けとることになる。そして、彼女を本当の意味で勝ちとれると思ったことは一度もない。たとえ結婚に同意したとしても、彼女の情熱は常に別の場所に向けられていたはずだ」

それくらいは我慢できただろう。こちらの情熱も別の場所に向けられているのだから。

愛は、僕が探し求めているものではない。だが権力や影響力、富となると、まったく話が変わってくる。

「連絡役の一人から聞いたところによると、マーカス・スタンウィックが一族の名誉を取り戻そうと必死になっているらしい」ナイトが言う。

「彼が成功するほうに二千ポンド賭けてもいい」キングスランドは彼らにもちかけた。

「僕らのなかで、その賭けに応じる者は一人もいないさ」

「彼がやろうとしているのは恐ろしく骨の折れる仕事だからな」

だがこれっぽっちも疑っていない。かつて公爵になるはずだったマーカス・スタンウィックは、その偉業を成し遂げるだろう。

「きみには妻が必要なことに変わりはない」ビショップはよけいなことを口にした。キングスランドがその事実を忘れているかのように。

「きみたちだって全員、妻が必要だ」

「またあれと同じやり方で妻探しをするつもりなのか?」

「やってはいけない理由が見当たらない。わずらわしい手間がずいぶん省けるからな」

ただし次回のクイーンには、ほかの男に心奪われたまま結婚生活を送る危険性が絶対にない女性を選ぶつもりだ。

22

シュミーズとドロワーズ姿のまま、キャサリンは砂浜の上に広げた毛布の上に座り、岸に打ち寄せる波を眺めていた。ぴちゃぴちゃという音をたて、うねるように寄せては返す波の動きを見ていると飽きない。ドレスを脱いだあと、つい先ほどまで冷たい海に少しだけ入っていた。午後遅い太陽の光を浴びていたら体はもうほとんど乾いたが、いまもこうして全身の肌に柔らかな陽光を浴び続けている。

誕生日の翌日にここから立ち去るときには、この小別荘を譲り受ける権利はもはやわたしになくなっている。そしてその頃には、肌には間違いなくそばかすができているはずだ。でももはやそんなことはどうでもいい。きっと、そばかすは太陽の光にキスされた部分以外にも残るはず。グリフが口づけしてくれた体のいろいろな場所に。これからはそれを彼との思い出に、生きるよすがにしたい。

キングスランド公爵の求婚を断ったせいで、両親はすこぶる機嫌が悪い。でも彼と一緒になっても幸せになれるとは思えなかった。彼だってわたしと一緒になっても、幸せになれるとは思えない。今回わたしが思いやりのかけらもない態度を取ったのはわかっているけれど、それでもこの世のどこかに、キングスランドをためらいなくひざまずかせるような女性がいることを切に願っている。もし彼がそういう女性と結婚できれば、これほど嬉《うれ》しいことはない。

キングスランドが屋敷から立ち去り、両親たちの落胆ぶりを目の当たりにしたあと、荷物を詰めたトランクを馬車に運ばせ、そのままこの小別荘へやってきた。馬車と御者はすでにロンドンへ戻らせている。二十五歳の誕生日を迎えるまで、ここから離れるつもりはないからだ。この地にやってきてからすでに二週間が過ぎようとしている。穏やかさと静けさが全身を包み、体の内側まで染み渡っていくよう。ずっとそんな穏やかな日々を過ごしているせいで、心なしか髪の色も目の色も薄くなったように思える。

ここを立ち去るその日までずっと一人でいたいと思った。何ものにも邪魔されることなく思い出に浸りたかったから。身の回りの世話をさせるために、わざわざ家政婦のミセス・マクヘンリーを雇うことさえしなかった。毎日自分で村へ出かけ、散歩しながら簡単な食事を買い揃《そろ》えている。果物やチーズ、パン、バター、ワイン——特にワインはたくさん買い込んである。眠くなったらベッドへ行き、十分に睡眠を取ったらまた起き出す。読書や刺繍《ししゅう》、散歩を楽しんだり、波打ち際でダンスを踊ったりもする。

幸せな毎日だ。かなり幸せと言っていい。完全なる幸せを手に入れるために、あと一つ足りないのはグリフだけ。でもどうすれば彼を自分のものにできるかわからない。彼は自らの立場をはっきりと明らかにしている。わたしにふさわしくない相手だと考えているのだ。この小別荘を相続する可能性がわたしに残されている限り——もはや、そのためには見知らぬどこかの貴族と慌てて結婚するしかないと知っても——小別荘を奪ったのは自分だと自責の念に駆られ続けるだろう。

でも二十五歳の誕生日が過ぎて、わたしがこの小別荘を相続する希望がついえたらどうだろう？　グリフはそれでも自分を責め続けるだろうか？　いいえ、そんなはずはない。ふたたび彼のクラブを訪れて彼を驚かせてやろう。挑発的なデザインのドレスを身にまとい、悪女っぽく振る舞うのだ。熱っぽい視線を浴びせ、訳知り顔の笑みを向けよう。グリフをこの腕のなかに取り戻すのに一生かかるとしても、残りの人生すべてを賭けて誘惑し続けてみせる。

小別荘の相続という問題がなくなれば、わたしはいかなる制約からも解き放たれる。もはや結婚に関して心配する必要がなくなって、どこかほっとしてもいた。これからはいままでとまったく違う視点から結婚について考えられる。結婚相手の選択肢の幅が広がって、その気になれば鍛冶屋の息子とも結婚できるし、そうしてもこれ以上何かを失うことにはならないだろう。

祖母は自分でも気づかないうちに、孫娘であるわたしの両肩に重荷を背負わせていた。

そんな重荷が突然取り除かれたいま、喜びを隠しきれない。この小別荘は、わたしが人生を賭ける対象ではなかった。これまでだって一度もそうではなかったのだろう。いまようやくその事実に気づき始めている。

父は今回の一件で怒っているけれど、結局は娘のために信託預金を設定してくれるはずだ。彼の弟であるおじが莫大《ばくだい》な遺産を相続したあとでも、わたしが快適に暮らしていけるようにと。もし父がそうしなかった場合は――

あのグリフが波止場での仕事をこなせたのだから、わたしだってどこかで勤め口を見つけられるはず。雇い主が誰であれ、わたしを雇ったことを後悔はさせない。

視界の隅で何か動くのがわかり、ちらっと脇を見た瞬間、全身の血が熱くなった。たぎるような情熱と欲望が体の隅々まで流れていく。長身で引き締まった筋肉をした、堂々たる体躯《たいく》の持ち主が大股でこちらに近づいてくる。グリフだ。裸足《はだし》のまま、ズボンをふくらはぎまでまくりあげている。シャツの袖も肘までまくっているせいで、袖口が風にはためいている。いったい彼はネッククロスやベスト、上着をどこに置いてきたのだろう？　でもそんなことはどうでもいい。そういったものは、この場所にまったく必要ない。

装身具や衣類を身につけていないにもかかわらず、グリフの全身からは貴族男性らしい堂々たる存在感がにじみ出ていた。英国君主から社交界での立場を奪いとられても、グリフは泥のなかからはいあがり、自らの力で威厳を取り戻したのだ。その完璧な姿を目の当たりにして、息をすることさえままならない。

グリフはそばまでやってくると、向かい合うように毛布の上に座り、キャサリンの足の反対側に長い両脚を伸ばして、太ももを触れ合わせてきた。衣服に隔てられているものの、キャサリンのほうは薄い布しか身につけていないため、グリフの体の下に横たわっているかのような親密さが生まれた。

「去年、きみはキングスランドに手紙を送っていなかったんだね。自分のよさを彼に訴えようともしていなかった」

開口一番そんなことを言われるとは思いもしなかった。てっきりグリフは謝罪の言葉を口にするだろうと考えていたのだ。〝きみなしでは生きていけないことに気づいたんだ〟と言ってほしかったのに。

「せめて挨拶くらいしてほしいわ。ものすごくびっくりしているの。どうしてわたしがここにいるってわかったの？」

「きみの屋敷を訪ねてご両親と話し合ったんだ。時間はかかったが、とうとうご両親がきみの居場所を教えてくれた」グリフはしばし口をつぐんで、キャサリンを見つめてから尋ねた。「なぜだ？」

グリフはその質問の答えを聞かないまま会話を進めるつもりはないのだろう。たとえたった一言しか尋ねず、それが直接的な質問でなかったとしても。

間違いない。彼はこちらに説明を求めている。でもどうやって説明すればいいのだろう？　キャサリンはかぶりを振って下唇を噛《か》み、適切な言葉を懸命に探そうとした。

「だってわたしは黙っていられないから。それに、もの静かな妻を望んでいる男性が、浜辺でダンスを踊る女と結婚して幸せになれるとも思えなかったから。わたしが踊るのは浜辺だけじゃない。朝目覚めてベッドから出てすぐにダンスするときもあれば、夜遅い時間にがらんとした部屋から部屋へ移動しながら踊ることもある。でも一番の理由はさっきも話したように……黙っていられないたちだから。夫とは話し合いたい。大切なことであれ、ささいなことであれ、自分の意見を夫とわかち合いたいの。自分なりの提案をしたいし、夫には、こちらの提案が一番とは言わないまでも耳を傾ける価値のあるものだと思わせたい」

「だがキングスランドから名前を呼ばれたあとも、きみは彼に背を向けようとはせず、つき合い続けた」

キャサリンは肩をすくめた。「それはあなたがわざわざあんなに骨を折ってくれたからよ。せめてキングスランドには機会を与えるべきだと思ったの」

グリフはあのあと姿を消してしまったし、わたしは公爵と結婚すれば得られるものを何より望んでいたのだ――少なくとも一年前は。頭のなかは祖母の小別荘のことでいっぱいだった。あまりに長いこと、あの小別荘に人生を支配されてきたせいだ。でもいまはまったく別のものを望んでいる。グリフにその事実をどうしても理解してもらわなければ。

「公爵からついに結婚を申し込まれたけれど、ノーと答えたの」

「ああ、知っている。彼は僕に会いにやってきたんだ」

それは意外な展開だ。わたしが公爵に手紙を送らなかったことをグリフが知ったのはそのときだろう。

「彼の求婚を断ったいま、期限の日までに爵位のある男性を見つけてすぐに結婚しない限り、きみは小別荘を完全に失うことになる」

「もうすべてを気にしないことにしたの。自分が求めているのは爵位のある男性ではないとわかったから……だからわたしはいま、こうしてここにいる。この場所にまつわる思い出を一つ残らず心に刻みつけるために」

「それでどうするつもりだ？」

「あなたは前に、わたしを残して立ち去るのはけっして楽なことではないと言っていたわね。そう気づいたのはいつだったの？」

グリフは視線を横にそらすと、湾曲した海岸線の先を見つめた。弧を描いたような地形のため、この場所は人目に触れることなく過ごせる小さなくぼみになっている。この場所にいるといつも安心できる理由の一つがそれだ。誰に見られることなく波打ち際で踊れる。だから心が軽くなり屈託ない笑顔になれる。レディというよりもおてんば娘のように振る舞ってはいないだろうか、などといちいち心配する必要もない。

グリフはふたたびキャサリンを見つめると口を開いた。「キングスランドの庭園できみにキスをした夜だ。だがその前からずっとそうだったんだろう」

そのとき名状しがたい感情が込みあげてきた。頑丈な木製金庫の鍵を外して、そこに隠されていた秘宝を見つけたかのよう。

〝きみを残して立ち去るのはけっして楽なことではない。きみに関して楽なことなんて一つもない〟それはこちらも同じだ。グリフに関して簡単なことなど何一つない。でもわたしの場合、なぜそうなのかという理由に気づいたのはごく最近のことだ。

「あなたはいつからわたしを愛してくれていたの？」

キャサリンが見守るなか、グリフは目をきつく閉じ、喉の筋肉を上下させながら息をのむと、ため息をついた。その長いため息を風に任せて運ばせると、ついに目を開いてまなざしで射抜いた。「これまでずっとだ」

キャサリンはふいに涙が目を刺すのを感じた。胸がえぐられたかのようで、うまく呼吸できない。心臓の鼓動も速くなったり遅くなったりしている。もはや一定のリズムを刻むことができなくなったみたいに。

「なぜ話してくれなかったの？　あなたの気持ちを一度も明かそうとしなかったのはどうして？」

「僕が次男だからだ。きみの相続に関する条件について知るずっと前に、きみがアルシアに〝爵位のある男性としか結婚するつもりはない〟と話しているのを聞いたことがある。僕は爵位を持つことはない。それにいまの僕は……」グリフはふたたび視線をそらした。「とんでもないことをしでかしてしまったんだ。きみも知ってのとおり、この両手についた血は必ずしも僕自身のものだけではない」

グリフの両手が血に染まったという真実を聞かされても、もはや衝撃を受けることはなかった。ただグリフ自身は、その事実となかなか折り合いをつけられずに苦しんでいる――それがひしひしと伝わってきた。

「でもそれはあなたがほかの人たちを守ろうとしたからだわ。アルシアを養うために波止場で働いていたときも、マーカスを守るため、危険な男たち相手に戦っていたときも……わたしを守ろうとしたときも。キングスランドは求婚するとき、わたしのために片膝さえ突こうとしなかった。でもあなたは違う。ためらいもせずに両膝を突いた。あのあと、あなたから暗に伝えられたメッセージの意味をわたしがちゃんと理解できるかどうかさえわからなかったのに。もし理解できなければあなたはあの場で殺されていた。あなたはいつだってほかの人たちのために我が身を犠牲にしてきたのね――何一つ見返りを求めないままで」

「僕はなんの見返りにも値しない人間だ。見返りがほしいとも思わない。もともと自分の利益のためにそういう行動に出ているわけじゃないからね」

そのときキャサリンは思い至った。あの手紙もそうなのだ。グリフがキングスランド宛てに手紙をしたためたのは、いまいましい賭けのせいではない。彼はわたしが心から望んでいるものを与える手助けをしようとしたのだ。でもこの数カ月でグリフが変わったように、わたしも変わった。自分が心の底からほしいと願うものも、自分にとって大切だと考えるものも、一番重要だと思えるものも。

キャサリンは片方のてのひらを彼の顎にそっと押し当てた。「あなたを愛しているの、グリフィス・スタンウィック。公爵の求婚を断ったのは、海辺の小別荘よりも、あなたと過ごす一生のほうがずっと大切だから」

グリフは痛みに耐えているような低いうめきをあげると、顎に当てられたキャサリンの手に手を重ね、頭の向きを変えて、てのひらの真ん中に唇を押し当てた。「ああ、キャサリン、きみには僕なんかよりもずっと立派な男がふさわしい。僕はこれまで罪深いことをいくつもしでかしてきたんだ」

「いいえ、あなたは間違っている。これから一生かけて、それをあなたに証明してみせたい。あなたはけっして長男の予備でも二番手でもないし、万が一のときのための存在でもない。これまでだって、あなたは自分の価値を損ねるようなことは何一つやっていない。わたしにとって、あなたはいつだって一番の存在。誰よりも愛《いと》しい人であり、愛するただ一人の男性なの。そのことをちゃんと証明すると約束するし、それまでこの口を閉じるつもりはない。あなたにもその口を閉じさせるつもりはない。わたしの夫になってくれる？」

キャサリンの言葉を聞き、グリフは無意識のうちにひざまずいていた。座っていてもどうしてもひざまずかずにはいられなかったのだ。どういうわけか、目の前にいるこの女性にはこのやり方が一番ふさわしいように思える。キャサリンは一般常識になどとらわれることなく、結婚の申し込みは男女どちらから口にしても許されるべきだと考えているのだ。グリフは立ちあがり、さらにキャサリンに体を寄せると、傷だらけの手で美しい顔を包み込んだ。彼女を毛布の上にそっと横たえて、自分もその隣に横たわる。いったん唇を離したものの、すぐにまた口づけを始めた。キャサリンの唇は、いくら味わっても満足することがない。いつもそうだ。もっともっと味わいたい。

ただし今回、一つだけ違う点がある。こんなふうにむさぼるようにキスをしていても、もはやなんの罪悪感も覚えない。一方的に彼女から何かを奪っているのではないかと思い悩む必要がないのだ。

キャサリンがこの自分を選んでくれた。

グリフは低くうなるとまたしても彼女の唇を奪った。有無を言わせぬ、完全で徹底的なキス。両肩から背中にかけてはわされているキャサリンの手の感触がたまらない。彼女のほうへ体を横向きにすると、腰にほっそりとした片脚を巻きつけられた。キャサリンがふくらはぎをこちらの腰に引っかけるようにし、体を滑らせて、さらに密着させてくる。すっかりこわばった欲望の証《あかし》に、彼女の脚の間の柔らかな部分が押し当てられるのがわかった。

キャサリンはこちらの胸に片手をはわせるとシャツのボタンを外し始め、その作業が終わるとすぐに、今度はズボンのボタンに取りかかった。

彼女の口から唇を離してシュミーズのリボンをほどき始めると、キャサリンは笑い声をあげて体を離し、身につけていたわずかな下着を自ら脱いで放り投げた。風に運ばれてどこかへ飛ばされても、いっこうに気にならないかのように。

グリフもシャツを頭から脱ぎ、ズボンから両脚を引き抜いた。

二人して笑い声をたて、瞳を輝かせて笑みを浮かべながら、ふたたび抱きしめ合う。その瞬間、グリフはなんともいえない解放感を覚えた。この世にこれほどの喜び、これほどの自由があろうとは。

太陽の光を浴び、キャサリンの素肌は輝いて見える。柔らかな胸にキスの雨を降らせながらふと思った。いまこの瞬間、きっと彼女の肌にそばかすが生まれている。

「ずっと願っていたんだ。まぶしいほど明るい光の下で、きみを見てみたいって」

「お昼になれば、もっとまぶしくなるわ」

「そんな時間まで待っていられないよ」胸の頂のまわりに舌をはわせ、尖《とが》った部分にしゃぶりついた。

キャサリンが低くあえぎ、彼の体の下で身をよじらせる。「あなたがそうやって焦《じ》らすやり方を楽しめるようになってきたみたい」

「きみだって僕を焦らすじゃないか」

その言葉の正しさを証明するように、キャサリンはグリフを仰向けにすると、両手と舌を使った愛撫《あいぶ》で彼を焦らし始めた。触れたり、なめたり、軽く歯を立てたり。その合間も、グリフは両手をキャサリンの体にはわせ続けた。軽くつまみ、撫《な》で、とにかくキャサリンの体のあらゆる部分に触れたい。この手で触れていない部分は一つもないようにしたい。彼女の体のどこもかしこも愛《いと》おしくてたまらない。

両手でキャサリンの顔を包み込み、顔をあげさせた。しっかりと目を合わせてささやく。

「僕はおとなしい妻などほしくない。きみには僕の名前を思いきり叫んでほしい」

「どうかあなたもわたしの名前を叫んで」

キャサリンは自分がしていることが信じられなかった。ここは外。それも海岸なのだ。この入り江に漁師がひょっこり姿を現したことは一度もない。というか、いままで誰の姿も見たことがない。とはいえ、こんなふうに睦《むつ》み合っている姿は、いつ誰に見られてもおかしく――

いや、正直に言えば気にしてなどいない。こうやって、一度も触れられたことのない全身のあらゆるくぼみやへこみ、曲線をグリフの両手でたどられているのだから。こうして彼の腰にまたがり、誇らしげに屹立《きつりつ》している欲望の証を見ていられるのだから。欲望の証はこれ以上ないほどそそり立っている。一刻も早くキャサリンに悦《よろこ》びを与えたいと言いたげに。

キャサリンは体を少し後ろにずらし、頭をさげて、グリフの欲望の証をうっとりと見つめた。本当に美しい。このわたしにあれほどの悦びを与えてくれ、体のなかに二人の子どもの種を蒔《ま》いてくれる大切な部分だ。昨年夏に村でアイスを楽しんだときのように、欲望の証に舌をはわせて味わってみる。

グリフは悪態をついて体を弓なりにすると、両手をキャサリンの髪に差し入れて指先に力を込めてきた。

「こうされるのが好きなの？」無邪気に尋ねて視線をあげたとたん、驚きに言葉を失った。グリフが射るようなまなざしでこちらを見ている。その瞳に宿った、太陽の光よりもまばゆく熱い炎のせいで、いまにも体が自然発火しそう。それでもかたときも視線をそらそうとしないまま欲望の証の先端に口づけ、そこにたまっていたしずくを舌でなめとった。

　口全体で彼自身をすっぽりと包み込むと、グリフは野獣のごときうめき声をあげた。その響きが、欲望の証を通じてこちらにも伝わってくる。体を弓なりにしたグリフは息も絶え絶えだ。彼にされたのと同じように、いまわたしもグリフに頭がおかしくなるほどの快感を与えているのだろう。舌先でゆっくりと刺激したり吸いついたりして、グリフのあげるかすれたうめきを聞いていると、さらに嬉しさが込みあげてくる。こうやって彼自身を愛撫するのが楽しくて、思わずいたずらっぽい笑みを浮かべた。

「くそっ、キャサリン――」グリフは手を伸ばし、キャサリンの体を引きあげるようにした。「このままだと種を蒔いてしまいそうだ。できればきみの体の奥深くに蒔きたい」

「今回はわたしから離れないで」

　グリフはキャサリンの腰を強くつかんだ。「ああ。二度ときみを離すものか」

　彼はキャサリンの体を持ちあげて欲望の証の上にまたがせるようにし、秘められた部分に差し入れ、いっきに満たした。

　高まる快感に頭をのけぞらせたとき、キャサリンの目に崖のてっぺんが見えた。これからの人生、ずっとグリフと一緒に、あの崖からの眺めを楽しみたい。でもいまはこの瞬間のことで頭がいっぱい。体を揺り動かし、グリフのリズムに合わせて二人でペースを生み出していく。最初は気だるいリズムだったのにどんどんテンポが速くなり、いやおうなく快感の波が高まっていった。

感情の熱いうねりが押し寄せて、全身がのみ込まれていく。グリフのありとあらゆる部分に触れたい。手が届く場所ならどこでも。彼の男らしくて力強い体が好きだった。よく鍛えられた筋肉はもちろん、体のへこみもくぼみも一つ残らず愛おしい。それにグリフがわたしの体に両腕を巻きつけて抱きしめてくれる感触も、彼がこちらをじっと見つめている様子も。まるで太陽や月、星々を見あげる、崇《あが》めるようなまなざしだ。

とうとう悦びの極致に達し、グリフの名前を叫んだ。その叫びがあたりに響き渡ったかと思ったら、すぐにグリフの野獣のごとき咆哮《ほうこう》が聞こえた。わたしの名前を叫んでくれている。二人の人生が重なり合ったように、二人の悦びの叫びも重なり合い、あたりに響き渡っていく。

キャサリンはグリフにまたがったまま体を前に傾けた。すっかり満たされ、このうえない満足感に浸っている。グリフから両腕を体を巻きつけられ、近くに引き寄せられる感触も心地いい。

それからしばらく無言のまま、彼の体の温《ぬく》もりを楽しんだ。こうして肌を触れ合わせていると、自分が守られている気がする。もはや一人きりで海辺でダンスを踊る必要はない。いつもそばにグリフがいてくれるのだから。

「結婚はいつにする？」

「なるべく早くしたい」

「村にある教会で結婚できるはずよ」

「でも、僕はいつでもいいんだ。きみの好きなときに結婚しよう」

いまは七月の初めだ。あと数週間かけて、この土地で思い出作りをしたい。グリフと一緒にここで過ごした思い出を。

「結婚したら、あなたは仕事のためにロンドンへ戻らなければいけないのはわかっているけれど、ここはロンドンからそんなに遠くない。だからわたしはもう少しここにいていい？　八月なかばまで、毎日ここへ戻ってきてくれる？」

「きみは好きなだけここにいられる。それに、いつだってここにやってこられるんだ」

ああ、情熱的に愛し合った興奮がおさまらず、まだ理性的に考えられないのだろう。

「この土地は、わたしの誕生日の翌日にわたしのおじのものになる」

「彼はきみにこの場所を与えてくれるそうだ。二十五歳の誕生日プレゼントとしてね」

キャサリンは突然体を起こし、グリフを見おろした。「なんですって？」

グリフは満足げににやりとすると、キャサリンがその場でとろけそうになるほど愛情たっぷりのまなざしを向けてきた。「彼は、自分にはこの場所が必要ないからきみの手にゆだねたほうがいいと決めたんだ」

「どうして？」

「彼にはどうしても知られたくない秘密があるからさ」

キャサリンはとっさに片手を口に当てた。ぞっとするべきなのか、喜ぶべきなのか決めかねている。「あなた、その秘密をばらすと脅したのね？」

「彼の秘密を探り出すのにほぼ一週間かかった。そのあと、その秘密について彼と話し合う必要があったんだ。そうでなければ、もう少し早くきみに会いにここへやってこられたのに」

「あなたって本当に悪党ね。もしおじがあんなに嫌な人間でなければ、彼を気の毒に思ったかもしれない」キャサリンは笑い声をたて、腹ばいのまま、グリフのことを強く抱きしめた。「でも間違いなく、おじはあなたに脅されて当然の男よ。本当に、心から愛しているわ、グリフ」体を起こして続ける。「どうしてもっと早くわたしに教えてくれなかったの？」

「きみには僕に借りがあるように感じてほしくなかったんだ——僕が結婚を申し込むまで」

「あなた、わたしに結婚を申し込もうと考えていたの？」

「ああ。だがこうなってみると、こっちのほうがよかったと思っている」

もし自分から求婚しなかったとしても、グリフが結婚を申し込もうとしていたとわかって嬉しくなった。「この小別荘を手に入れるために、あなたは相当骨を折ったに違いないわ」

「ああ、実際そうなんだ。だが今回は、その見返りとして何かを求めるつもりはない。だって、きみはすでに僕にとってこれ以上ないほど大切な、かけがえのないものを与えてくれたから。きみ自身をね」

よく晴れた土曜の午前、二人は村の教会で結婚した。結婚式に立ち会ったのは、ごく親しい友だちと家族だけだった。もしウェストミンスター寺院で挙式していたら、好奇心に駆られたおおぜいの貴族が参列していたはずだ。でもキャサリンはそんな大々的な挙式に興味などなかった。グリフになんの思いやりも示そうとしなかった彼らの前にさらされるなんてごめんだ。

両親は諸手《もろて》をあげて喜んでくれたわけではない。なぜキャサリンがキングスランド公爵を振ってまでろくでなしを選んだのか理解できないようだ。それでも最終的には二人の結婚を祝福してくれ、父は教会の通路を一緒に歩いてくれた。アルシアと彼女の夫も参列してくれたが、教会にマーカスの姿はない。グリフは何も言わないものの、キャサリンには彼が兄マーカスのことを心配しているのがよくわかっていた。何しろ、テムズ川で別れたあの夜以来、マーカスからの連絡はぷっつり途絶えたままなのだ。

式が終わると、参列者たち全員で海辺へ散歩に出て、ミセス・マクヘンリーが野外に用意した簡単な食事、そしてシャンパンとワインを楽しんだ。

まばゆい陽光のもと、風にのってみんなの笑い声や話し声があたりに響いている。村の男たちがバイオリンを奏でるなか、キャサリンは砂の上で夫とワルツを踊った。

「幸せかい？」グリフが尋ねる。

「ええ、とても。今日はこれ以上ないほど完璧な一日だわ」

「この大群を追い払うまでその言葉は取っておいてほしい」彼はにやりとしながら頭を傾け、トゥルーラヴ家全員とそれぞれの伴侶たち、ウィルヘルミナ、キャサリンの両親を指し示した。「そうしたら僕の自由にできる。きみに本当の意味での完璧さを見せてあげるよ」

キャサリンは夫に体を近づけた。胸と胸がくっつくほどの至近距離。「いったい何を考えているの？」

「夜明けまできみと愛し合うんだ」そう答えながらグリフは動きを止め、眉をひそめた。

「あれは誰だ？」

グリフが妻の体の向きを変え、二人で小道のほうを見つめる。小道の先には女性が一人立っていた。濃紺の上品なドレス姿の彼女は、慎重な足取りで二人のほうへ近づいてくる。

「さあ、わからない。村の女性だとも思えないわ。これは内輪の集まりだと彼女に伝えたほうがいいかもしれないわね」

グリフの腕に手をかけて夫にいざなわれながら、キャサリンはゆっくりと女性に近づいていった。見たところ、自分より少しだけ年上のようだ。

「こんにちは、何かご用かしら？」

見知らぬ女性はキャサリンをまじまじと見つめた。それこそ頭の先からむき出しのつま先――砂浜にたどり着いた時点で裸足になっていた――まで。「ミセス・グリフィス・スタンウィック？」

キャサリンが笑みを向ける。「どうしてわかったの？」

「純白のシルクとレースのドレス、それに風になびいているベールのせいです」

女性のきまじめな答えを聞き、キャサリンはふと思った。先ほどの質問はそういったことについてではないと説明すべきだろうか？　でも口を開く前に、女性は言葉を継いだ。

「わたしはミス・ペティピース。キングスランド公爵の秘書をしています。彼からあなたの結婚式にこれを届けるよう言われました。公爵にとって非常に大切な用件だと思えたので、わたし自身の手であなたにお渡ししようとやってきたんです」

キャサリンは差し出された封筒を受けとった。「これは？」

「公爵があなたに持っていてほしいと考えておられるものです」

どうやらミス・ペティピースはすべてを文字どおりにとらえるたちのようだ。「公爵が元気であることを願っているわ」

「なぜ彼が元気ではないと？」

その答えからすると、結婚を断られてもキングスランド公爵が傷ついていないのは明らかだ。キャサリンは少しほっとした。

「それではいい一日を、ミセス・スタンウィック」彼女は体の向きを変えて立ち去ろうとした。

「ミス・ペティピース？」

若い女性は振り返ってキャサリンを見た。

「帰る前に軽食を一緒にいかが？」

「ありがとうございます。でもそういった気晴らしをしている時間がありません。すぐにロンドンへ戻り、公爵のためにほかにも重要な仕事をこなさなければ」

「そう、それなら気をつけて帰ってね」

小さくお辞儀をすると、キングスランド公爵の秘書はもと来た道を引き返していった。

「きっと彼女はとても優秀な女性なのね」キャサリンはぼんやりとつぶやいた。

「その手紙を読まないのか？」

グリフの上着の内ポケットに受けとった手紙をしまい込み、言った。「読むのはあとにするわ。いまはあなたとワルツを踊りたいから」

それから二人はワルツを次々と踊り続けた。その間も太陽は大空をゆっくり移動し続け、シャンパンが何本も開けられ、友人や家族たちがキャサリンの幸せを祝福してくれた。

とうとう太陽が地平線に沈み始めると、浮かれ騒いでいた者たちが最後にもう一度乾杯をしてお開きとなり、それぞれ帰路についた。グリフがアルシアと夫を馬車まで見送りに行っている間、キャサリンは崖の先端に立ち、キングスランドからの手紙を読むことにした。

親愛なるミセス・スタンウィック
同封したものをきみに送ろうかどうか考え、やはりこれはきみが持っているべきだと判断した。
きみの幸せを祈っている。だが僕のそんな祈りは意味がないはずだ。きみはすでに幸せを手にしているのだから。
敬具　キングスランド

彼の手紙は簡潔で短かった。別に驚くべきことではない。ただこの手紙を読んで、思った。公爵との結婚生活は、わたしが危ぶんでいたのとは違う形になったのではないだろうか？　でも同封されていた手紙を読み、そんな考えはあっけなく吹き飛んだ。この手紙の内容と比べたら、やはり公爵はわたしについて何も知らなかったと言うほかない。

公爵閣下へ
きみがレディたちに手紙を書かせ、彼女たちが公爵夫人になるにふさわしい点を説明させていると聞いた。

あえて言わせてもらおう。もしきみが妻として望んでいるのが、きみに注目されることを名誉なことだと考えている女性だとしたらそれは違う。むしろきみが探すべきは、きみのやり方に注意を払って熱心に意見しようとするレディだ。きみにそう気づかせるレディを見つけることこそ最高の栄誉。

そのうえで、僕はきみにレディ・キャサリン・ランバートを選ぶことを進言する。リッジウェイ伯爵の一人娘だ。残念ながら、あのレディは自分に男を惹《ひ》きつける驚くほどの魅力があることにまったく気づいていない。きっと、きみは彼女から届いた手紙の冒頭を読み終わる前にどこかへ置いてしまったはずだ。それゆえ僕はこうしてペンを取り、彼女が未来のキングスランド公爵夫人にふさわしい理由をきみに説明しようと考えた。

あの公園での出会いできみも気づいたに違いない。彼女は機転がきくし、思ったことをすぐ口にしない思慮深さの持ち主だ。しかも頭がよく、かなりの会話好きでもある。きみはおとなしい妻を望んでいるが、きみの屋敷であれ、きみがいくつも手がけている事業であれ、きみの所有する広大な領地であれ、すべてにおいて彼女に意見を求めないのはどう考えても間違いだ。彼女の考えは簡潔で、あいまいなところが一つもない。そのうえ、彼女以外は誰も思いつかないような視点から意見を述べることができる。僕自身、ころころと気が変わったり、いらいらするほど退屈だったりする彼女を一度も見たことはない。

彼女はそこにいるだけで、もっとその考えや気持ちをよく知りたいと男に思わせる女性だ。その心に秘められた欲望や、彼女に触れられたときの感触をどうしても知りたいと乞い願わずにいられなくなる。彼女は極上のワインのように豊潤で際立った個性を持ち、こちらの好奇心をいやおうなく刺激する。常に新たな一面を見せ、けっして失望させられることがない。一生かけて一緒にいたとしても、それではまだ足りないに違いない。それほどまでに彼女は多様な面を持つ、複雑きわまりない生き物だ。どんな男の心もわしづかみにするに違いない。この手紙を読みながら、きみも自分の心を彼女にゆだねたくなっただろう？

それでも彼女を手放すようなら、きみは正真正銘の愚か者だ。

僕を信じてほしい。この広い世界において、彼女ほどきみの公爵夫人となるにふさわしい女性はいない。

敬具　グリフィス・スタンウィック卿《きょう》

キャサリンはくしゃくしゃにしないよう細心の注意を払いつつ、その手紙を胸にしっかりと抱きしめた。この手紙を永遠に取っておきたい。

キングスランドはしごく正しい。これはわたしのもの。手紙をしたためた本人がそうであるように。

「キングスランドはなんと言ってきたんだ？」

振り返ると、すぐ背後に夫が立っていた。両手を腰に巻きつけられ、体を近くに引き寄せられる。

「彼はわたしにあなたの手紙を送ってくれたの」

グリフは深々とため息をついた。「なんてばかなことを」

キャサリンは笑みを浮かべ、片腕を夫の首に巻きつけて、もう片方の腕を胸に当てた。ちょうどグリフの心臓が鼓動している場所だ。わたしのために強いリズムを刻んでくれている。

グリフは低くうめくと、いきなり口づけてきた。きみの心は僕のものだ——そう言いたげに、むさぼるように情熱的なキスを繰り返す。

その合間に太陽がとうとう沈み、一日の終わりを告げた。グリフはキャサリンの体をすくいあげると、小別荘に向かって歩き出した。これから互いの思い出をたくさん刻みつけ、二人の夢を一つずつ実現させるためのかけがえのない場所へ。

エピローグ

数年後　ウィンドスウェプト・コテージ

崖っぷちに立ちはだかり、全身に午後の遅い日差しをたっぷり浴びながら、グリフは眼下を見おろしていた。はるか遠くまで広がる青い海の波打ち際では、妻キャサリンと、八歳になった長女を筆頭に三人の娘たちが戯れている。四人とも下着しか身につけていないが、誰にも見られる心配はない。

波間にいた妻は小さな悲鳴をあげ、砂浜へと駆け戻ってきた。ほがらかな笑い声が風にのり、グリフのいる場所まで届いてくる。続いて娘たち全員が叫び声をあげ、母にならって砂浜へ駆け戻ってきた。三人とも太陽に向かって両腕を掲げ、裸足《はだし》のまま体を揺らしている。その姿は、雨嵐の到来を告げる強風に吹きさらされた若木のようだ。もちろん、地平線のどこにも嵐がやってくる気配は見当たらない。太陽が朝霧をすっかり追い払ってくれたおかげで、午後も晴天が続き、太陽の光に照らされて海もいっそう輝き渡っている。

母と娘たちは一つになり、笑い声をあげながら砂浜でくるくると回り始めた。いつもの儀式だ。みんなで歌を歌うときもある。

ああ、なんと満ち足りた気分だろう。グリフの天使たちはなんの悩みも心配もない様子だ。それが何よりも嬉《うれ》しい。この日々を守るためならなんだってやるつもりだ。いつか娘たちもそれぞれ自立するだろう。本人たちが望めば結婚するのもいいが、何かを得るためにする必要はない。娘たちの結婚に関してはなんの条件もつけないつもりだ。

よかれと思ったこととはいえ、キャサリンは祖母のせいで危うく愛とは無縁の存在になるところだった。

いや、愛とは無縁の存在ではない。愛のない結婚を強いられていただけだ。仮にこうして結婚することなく、僕の家名を名乗らなかったとしても、キャサリンは僕の変わらぬ愛の対象になっていただろう。いつだってキャサリンは僕の愛を独り占めしている。だがいま、彼女は僕の愛情だけでなく家名も手にすることになった。

キャサリンは顔をあげると額に片手を当て、グリフの背後から照りつけている日差しをさえぎると手を振った。「あなたもこっちに来て！」

わざわざ招かれるまでもない。まさしく加わろうとしていたところだ。だがその前にいっとき、いまの自分に与えられたすばらしい贈り物を楽しみたかった。妻と娘たち。どう考えても、これ以上の幸せは望めない。

もう何度通ったかわからない、海へと続く道を大股で進みながら、妻と娘たちがいる砂浜を目指した。まず娘たちが、続いてキャサリンがそばに駆け寄ってきて、両手をぎゅっと握りしめてきた。誰も傷跡など気にせず、満面の笑みを向けている。目と髪の色も含めて、娘たちは三人ともキャサリン似だ——幸いなことに。

「パパ、わたしたちをあの深いところまで連れていってくれる?」長女が尋ねてきた。

三人の娘たちは、海水がグリフの腰まで届くところを〝深いところ〟と呼んでいる。そこまで連れていくと、どの娘も父親にしがみついたまま体を動かし、大喜びでぴちゃぴちゃとしぶきをあげるのだ。

「ねえ、いいでしょう?」次女が懇願する。

「いっしょうのおねがい」三女が続けた。

「いいよ。でもいまはまず、おまえたちのお母様と話がしたいんだ」

「つまりお母様にキスするってことね」長女は頭がいい。それにものおじせずに自分の意見を口にする。

グリフはにやりとした。「ああ、それもある」

「さあ、あなたたち」キャサリンが口を開いた。「わたしがお父様と話している間に、砂のお城を作っていてちょうだい」

「つまりお父様にキスするってことね」長女がそう言ってくすくす笑いを始めると、妹たちもたちまち笑い始め、三人とも笑いながら急いでその場を去った。

キャサリンはグリフの両腕のなかにやってくると夫に口づけた。つい数時間前に愛し合い、夫から全身にキスされたばかりのことなど忘れたかのように。だがもちろんグリフもそんなことは気にせず、妻の体をさらに近くに引き寄せた。たとえ百歳まで生きたとしても、もう十分だとは思うことはないだろう。キャサリンのことも、彼女とこうしてキスすることも。

妻は体を引くと、探るようにグリフの顔を見つめた。「それで手紙にはなんて書いてあったの?」

アルシアからの手紙は今朝受けとったばかりだ。妻と娘たちのあとから遅れて浜辺にやってきたのは、その手紙に目を通していたせいだった。おかげで崖の上から彼女たちの姿をじっくり眺めることができた。四人の楽しそうな姿を見ていて幸せな気分になると同時に、改めて気づかされた。一歩間違えれば、自分は妻も娘たちも持てないところだったのだと。

「アルシアが僕らを招待してくれている。数週間、スコットランドで家族と一緒に過ごさないかとね」

「あの子たち、それを聞いたら大喜びね。いとこたちを訪ねるのをいつも楽しみにしているから」

グリフは頭を下げ、妻の耳の下の感じやすい部分に軽く歯を立てた。「きみは？」

「あなたはいつだってわたしを喜ばせてくれているわ」

「そうかな？」

「ええ。あなたは満足？」

グリフは体を離し、妻と目を合わせた。いまキャサリンの瞳は、目の前に広がる海と同じ色に見える。

「どうしてそんな質問を？　長男の予備として生まれたにしては、我ながらよくやっているほうだと思う」経営しているクラブは大きな成功をおさめている。それにここ数年で、投資も実を結んでかなりの利益をあげていた。「何しろ、かつて公爵から求婚された女性を妻にしているんだからな」

キャサリンはいたずらっぽい笑みを浮かべた。「不思議よね。なぜ公爵よりもろくでなしを好きになったのかしら？　しかも、そのろくでなしにめろめろで、心をわしづかみにされているなんて」両のてのひらで夫の顎を包み込んで続ける。「わたしはこの小別荘を心から愛していた。でもそれ以上にあなたを心から愛しているの」

「きみは僕のすべてだよ、キャサリン。きみとあの子たちなしでは生きられない」

グリフはもう一度妻の唇を奪った。自分がキャサリンにふさわしい男だとは思えない。そうなるのはまだ先だとわかっている。でもだからといって、彼女を手放すほど愚か者ではない。キャサリンはこちらの足りないところを補い、完全無欠にしてくれる存在なのだ。

そよ風があたりに吹き、カモメたちが甲高い鳴き声をあげ、波が岸に次々と押し寄せているなか、グリフはキャサリンを両腕に抱きかかえると、ぐるぐると回し始めた。妻のあげる笑い声があたりに響き渡る。最高に甘やかな、世界で一番心地よい笑い声。

いまから娘たちを一人ずつ〝深いところ〟まで連れていってあげたあと、キャサリンとともに彼女が大切にしているあの小別荘に戻るつもりだ。そしてベッドにすぐさま連れていき、妻をどれだけ大切に思っているか、身をもって証明しよう。

キャサリンと一緒なら、自分の生まれも過去も気にならない。何よりも大事なのは、二人を固く結びつけている愛情なのだ。

著者あとがき

男女が一緒に入れる《コック・アンド・ヘン》クラブは十九世紀前半、少なくとも一八五〇年代にはロンドンのさほど豊かではない地域に存在していました。そのクラブでは結婚していない男女が出会い、気に入った相手と一緒に店から出て、親密な一夜を過ごすことになります。いわば独身者に出会いを提供するクラブです。その後は徐々に衰退していき、性的なお楽しみよりもむしろ社交面でのお楽しみ、たとえば音楽をはじめとする娯楽を楽しむ場に姿を変えていきました。

この本のヒーローであるグリフがまだ若かりし頃、そういったコック・アンド・ヘン・クラブを訪れる可能性はかなり低いのですが、ありがたいことに、作家には文学的許容《リテラリー・ライセンス》、つまり作品の効果を高めるための論理上の逸脱が許されています。そこで、グリフがそういったためったにない経験を通じてひらめきを得て、自分のクラブを持ちたいと考えるという本書のストーリーができあがったのです。

訳者あとがき

人気作家ロレイン・ヒースの新作『Scoundrel of My Heart』の全訳をお届けいたします。

レディ・キャサリン・ランバートは二十四歳。伯爵家の一人娘として何不自由ない生活を送っていますが一つだけ悩みを抱えていました。ケントの海辺にある、亡き祖母との思い出が詰まった小別荘をぜひとも相続したいのですが、そのためには二十五歳になるまでにどうしても爵位のある殿方と結婚しなければいけません。期限は来年の八月。刻々とタイムリミットが迫ってきています。

そこへまたとないチャンスが飛び込んできました。独身男性のなかでも最高の結婚相手と目されているキングスランド公爵が『タイムズ』にこんな広告を出したのです。「貴族のみなさん、あなたのお嬢さんたちに自分が将来の公爵夫人としてふさわしいと思う理由を手紙に書かせてください。僕はそのなかから妻となるにふさわしい女性を選びます」

キャサリンは親友レディ・アルシアの兄グリフィス（グリフ）・スタンウィックに、キングスランド公爵が妻に求めている条件をこっそり聞き出してほしいと頼み込みます。グリフとは十二年前からの知り合いですが、昔からなぜか顔を合わせるとからかわれ、言い争いばかりしてしまう仲です。今回も、お願いしてもすげなく断られるかもと覚悟していたのですが、グリフは意外とすんなりと聞き入れてくれ、協力してくれました。そればかりか、祖母の小別荘を相続する条件について打ち明けると、そのあとも親身に相談にのってくれ、公爵宛ての手紙に何を書くべきかアドバイスまでくれたのです。

誰にも話せなかった個人的秘密を打ち明け合うようになってから、キャサリンのグリフに対する印象は大きく変わっていきます。公爵家の男子として気ままな放蕩《ほうとう》生活を送っているように見えていた彼が、次男であるために誰からも期待されずむなしさを感じていること、毎晩酒と賭けをしているのはそのむなしさを忘れたいからであることに気づかされたのです。

ところがある日、英国社交界を根底から揺るがす大事件が起こります。グリフの父親である公爵が反逆罪で処刑され、グリフと兄マーカスも共謀の疑いで逮捕されてしまったのです。グリフの家族は爵位を剥奪《はくだつ》され、公爵家からも追い出され、行方がわからなくなってしまい――

キャサリン、グリフ、キングスランド公爵。本書では三人が織りなす人間関係を軸に、男女の微妙な心理がていねいに描き出されています。社会状況や環境制約に抗《あらが》いながらも、本当の男女の愛を知るにつれ、成熟した大人の女性に育っていくキャサリン。その姿は、現代という時代を生きるわたしたちにも大きな勇気を与えてくれます。時代は違えど、女性の機会を阻む制約がいまなおあることに変わりはありません。訳しているときに、こういうたおやかさと知性をあわせもった女性になれたらと何度も思わせられました。また本書では、ヒーローであるグリフもさまざまな制約に抗いながら、実に魅力的な男性に成長していきます。特に逮捕前と後のグリフの豹変《ひょうへん》ぶりに驚いた読者の方も多いのではないでしょうか？

本書にちらっと登場するグリフの妹レディ・アルシアとビースト・トゥルーラヴは、ｍｉｒａｂｏｏｋｓからすでに刊行されている、トゥルーラヴ家シリーズ第六作め『公爵令嬢と月夜のビースト』のヒロインとヒーローです。この作品をお読みになって興味を持たれたら、ぜひこちらのシリーズもお楽しみください。

早くも本国では本シリーズの続編として、本書に登場するキングスランド公爵がヒーローとなる『The Duchess Hunt』、二〇二二年には『The Return of the Duke』が刊行されています。こちらの作品にもどうぞご期待ください。

最後に、本書が世に出るまでには、多くの方々のお力を頂戴しました。この場を借りて、厚く御礼申しあげます。

二〇二四年五月

さとう史緒

訳者紹介　さとう史緒

成蹊大学文学部英米文学科卒。企業にて社長秘書等を務めたのち、翻訳の道へ。小説からビジネス書、アーティストのファンブックまで、幅広いジャンルの翻訳に携わる。ロレイン・ヒース『公爵令嬢と月夜のビースト』(mirabooks)など訳書多数。

mira™

放蕩貴族《ほうとうきぞく》の最後《さいご》の恋人《こいびと》

2024年5月15日発行　第1刷

著　者　ロレイン・ヒース

訳　者　さとう史緒《しお》

発行人　鈴木幸辰

発行所　株式会社ハーパーコリンズ・ジャパン
東京都千代田区大手町1-5-1
04-2951-2000（注文）
0570-008091（読者サービス係）

印刷・製本　中央精版印刷株式会社

ISBN978-4-596-99296-3